Encanto mortal

SARAH CROSS

Encanto mortal

Tradução
Ana Death Duarte

1ª edição

Rio de Janeiro-RJ / Campinas-SP, 2013

Editora: Raïssa Castro
Coordenadora editorial: Ana Paula Gomes
Copidesque: Sheila Louzada
Revisão: Cleide Salme
Capa e projeto gráfico: André S. Tavares da Silva
Diagramação: DPG Editora Ltda.
Foto da capa: Falcona/Shutterstock (garota)

Título original: *Kill Me Softly*

ISBN: 978-85-7686-213-0

Verus Editora Ltda.
Rua Benedicto Aristides Ribeiro, 55, Jd. Santa Genebra II, Campinas/SP, 13084-753
Fone/Fax: (19) 3249-0001 | www.veruseditora.com.br

CIP-BRASIL. CATALOGAÇÃO NA PUBLICAÇÃO
SINDICATO NACIONAL DOS EDITORES DE LIVROS, RJ

C958e

Cross, Sarah
    Encanto mortal / Sarah Cross ; tradução Ana Death Duarte. - 1. ed. -
Campinas, SP : Verus, 2013.
    23 cm.

Tradução de: Kill Me Softly
ISBN 978-85-7686-213-0

    1. Romance juvenil americano. I. Duarte, Ana Death. II. Título.

13-03220
    CDD: 028.5
    CDU: 087.5

Revisado conforme o novo acordo ortográfico

A todos aqueles que adoram contos de fadas

Eu não quero realismo. Eu quero magia!
— Blanche DuBois
Tennessee Williams, Um bonde chamado desejo

Ela nunca lhe parecera mais bonita, mais
perfeita, do que agora que estava morta.

ANIVERSÁRIOS, TERRÍVEIS E DELICIOSAS ocasiões para quem vivia em Beau Rivage. Quando o relógio badalava meia-noite, os presentes davam lugar à magia.

Maldições floresciam.

Garotas mordiam maçãs ácidas em vez de bolos de aniversário, engasgavam-se nas lascas vermelhas e brancas e caíam em um sono encantado. Inconscientes sob dosséis trançados como teias de aranha, congeladas dentro de caixões de vidro, esperavam o príncipe aparecer. Ou ludibriavam ogros, faziam escambo — trocando sua voz por amor —, dançavam até rachar seus sapatinhos de cristal.

Um príncipe a acordaria, inflamado pela promessa de amor verdadeiro, e descobriria que teria de destruir uma bruxa. Roubar um coração. Arrancá-lo de sua caixa torácica, onde ficava protegido por um veludo sangrento, e entregá-lo à rainha que exigira a morte da princesa.

Garotas se tornavam vítimas e heroínas.

Garotos se tornavam amantes e assassinos.

E às vezes... tornavam-se ambos.

1

— MIRA, SEUS DEZESSEIS aninhos estão chegando — disse Elsa com um largo sorriso, lambendo do dedo o glacê azul-celeste. — Estou tentando fazer um bolo.

— Ótimo — disse Mira, com um sorriso forçado.

Fazia mais ou menos uma hora que sua madrinha estava criando um caos na cozinha, espalhando copos de medidas e tigelas com massas grudentas sobre cada centímetro da superfície do balcão. O rosto de Elsa estava salpicado de farinha, sua calça jeans manchada de corantes de comida em todas as cores do arco-íris. A cozinha era o cenário de um desastre — definitivamente não o melhor lugar para se sentar à mesa e ler uma peça de dar nos nervos como *Wait Until Dark* —, mas Mira tinha conseguido bloquear o caos culinário que reinava a seu redor. Outras coisas ocupavam sua mente.

Seus ombros estavam encurvados, como se ocultassem sua culpa. Seu cabelo continuava caindo nas páginas do livro à sua frente, cobrindo as palavras, mas não importava: distraída que estava com seu plano, com o culminar de oito meses de fingimento, Mira não conseguia mesmo se concentrar na história. O livro aberto era apenas para despistar o inimigo. Assim ela podia resmungar respostas monossilábicas sem que ninguém imaginasse que havia algo errado — contanto que ela se lembrasse de virar as páginas de vez em quando.

Sua outra madrinha, Bliss, entrou a toda na cozinha, sua ampla saia girando de um lado para o outro como um sino. Bliss era sua madrinha mais feminina: sempre com roupas cheias de babados, o cabelo em perfeitos cachos loiros e com algumas mechas prateadas.

— Elsa, você está *estragando* a surpresa! — reclamou Bliss. — Não é para preparar o bolo da Mira bem na frente dela! Além do mais... tínhamos combinado que a cobertura seria cor-de-rosa.

— Não — retrucou Elsa. — Você *sugeriu* que fosse cor-de-rosa. Eu optei por ignorar sua sugestão.

Bliss enfiou os dedos na garganta, fingindo vomitar.

— Esse bolo vai me fazer passar mal antes mesmo de assar.

— Vamos deixar que Mirabelle decida — disse Elsa. — Belle, de que cor você quer a cobertura do bolo?

Mira deu de ombros. Ela nem estaria ali na hora da comemoração.

— Qualquer cor por mim está bom.

Mais cedo naquele dia ela havia amassado a última das cartas de amor (aquela que saíra borrada da impressora) e a enfiado no bolso. Ela agora buscava a carta para restaurar sua confiança, como se fosse um talismã da loja de Bliss.

Você consegue. Você tem que ir, ou vai passar o resto da vida se lamentando.

— Mira está distraída — falou Bliss, batendo de leve com uma agulha de tricô de vidro na palma da mão.

Bliss nunca tricotava; apenas levava a agulha de um lado para o outro, usando-a como se fosse uma varinha quando queria provar seu ponto de vista. Bliss era um pouco... excêntrica.

Elsa também. As madrinhas de Mira eram mulheres incomuns: duas amigas que acabaram virando suas "mães" quando não restava mais ninguém para cuidar dela. Bliss tinha uma loja estilo New Age, cheia de amuletos, cristais, incensos e parafernálias de unicórnios. Elsa era professora de literatura na universidade local. Além de uma leve ruga e um novo fio de cabelo grisalho a cada ano, as duas pareciam nunca envelhecer.

Elsa e Bliss viviam exclusivamente para Mira. O que tornava ainda mais desprezível a traição que ela estava prestes a cometer.

— Mira está sempre distraída — disse Elsa, lançando um olhar carinhoso na direção dela.

Era verdade: agora suas madrinhas já estavam acostumadas a vê-la sonhando acordada o tempo todo. Hoje, porém, Mira não estava perdida em fantasias. Hoje o que a dominava era a culpa, e o medo de ser descoberta, e o enorme esforço para não demonstrar nada disso.

— Se ela não estivesse distraída, sem dúvida escolheria *cor-de-rosa* — disse Bliss, abrindo com violência as portas dos armários da cozinha e espiando lá dentro. — Você escondeu o corante vermelho?

— Talvez — falou Elsa, antes de passar para um assunto mais delicado. Mira já sabia qual seria a pergunta antes mesmo de ouvi-la. — Tem certeza de que não quer uma festa, Belle?

Elas já haviam falado sobre isso antes, e a recusa de Mira em celebrar seu décimo sexto aniversário era como uma placa em néon dizendo ESTOU DEPRIMIDA. Desde sempre que ela passava mais tempo sozinha do que com os amigos, mas não deixava de ter amigos, e sempre fizera festas de aniversário. Bliss e Elsa davam muita importância à data. Diziam que todo ano era uma dádiva, não uma garantia, e que isso deveria ser comemorado à altura.

Mira sempre sentira que, por baixo de tais palavras, suas madrinhas na verdade estavam se referindo à morte dos pais dela. Duas vidas encerradas quando Mira tinha apenas três meses.

E talvez também estivessem se referindo à vida dela própria.

Porque Mira poderia ter morrido aquela noite. Em sua festa de batismo, no salão que pegara fogo, as chamas engolindo tudo — inclusive a vida que ela poderia ter tido.

— Belle? Mirabelle? Está me ouvindo?

— Hã... sim — disse ela, de súbito voltando à realidade. — Vocês me desculpem, eu só estava pensando...

— Tem certeza de que não quer uma festa? — Elsa se recostou no balcão, limpando as mãos com um pano de prato. — Podíamos fazer alguma coisa simples aqui em casa. Chamar alguns amigos...

Mira odiava desapontar suas madrinhas. Concordar seria muito mais fácil. Elsa e Bliss teriam relaxado, parado com aqueles olhares preocupados. Mas ela não tinha coragem de dar esperanças às duas e permitir que planejassem uma festa sendo que ela nem estaria lá.

— Você está partindo nosso coração — provocou Bliss, inclinando--se para dar um beijo na cabeça da menina.

Mira inspirou fundo e depois soltou o ar devagar, para não parecer que estava chateada. Mais um dia de mentiras. Só mais um dia até ela fugir — para o único lugar aonde suas madrinhas a haviam proibido de ir — e assim partir o coração delas de verdade.

Mira teria que se acostumar à ideia de decepcioná-las.

৶৹

Na noite em que partiu, Mira anotou às pressas a senha de seu e-mail em um post-it e o grudou à escrivaninha: o toque final. Depois, contou seu dinheiro, enfiou a bola de notas no bolso e seguiu na ponta dos pés pelo corredor, fechando a porta do quarto depois de sair.

Passava das onze da noite, e tanto Bliss quanto Elsa dormiam em seus respectivos quartos. A casa estava silenciosa, exceto pelos ocasionais tinidos dos sinos de vento lá fora.

Mira seguiu sorrateiramente pelo corredor, descalça e de mãos vazias, tentando ao máximo parecer inocente. Se uma de suas madrinhas acordasse, ela diria que estava indo lá fora contemplar as estrelas, uma desculpa sonhadora, mas na qual acreditariam.

No entanto, Mira torcia para que isso não fosse necessário. Se perdesse sua oportunidade aquela noite... talvez nunca mais tivesse coragem de tentar de novo.

Com cuidado, Mira destrancou a porta dos fundos e a abriu, sem produzir nenhum rangido porque ela havia passado óleo nas dobradiças duas semanas antes, quando estava sozinha em casa. Então saiu para o quintal, como um ladrão às avessas: saindo à força. Roubando a si mesma.

O ar estava úmido, fresco para o mês de junho. Chuviscava, e, ao cruzar o quintal até a casinha do cachorro, ela sentiu a grama levemente molhada lhe fazendo cócegas nos pés. A casinha do cachorro estava lá desde que elas haviam ido morar na casa, e permanecia desabitada, já que elas não tinham um cão. Bliss pintara a pequena construção com várias cores bem vibrantes, de forma que mais parecia uma casa de boneca do que de cachorro. Quando era pequena, Mira a usava como depósito de brinquedos.

Ela ajoelhou em frente à casinha e enfiou o braço inteiro pela abertura, tateando lá dentro até que seus dedos roçaram o náilon da sua bolsa de viagem lotada. Pegando-a pelas alças, foi uma dificuldade puxá-la para fora pela pequena porta da casinha, mas, resmungando um pouco, conseguiu arrancá-la dali. Não era uma bolsa muito grande, mas estava quase estourando de tão cheia; até seus sapatos ela enfiara ali. Tinha escondido a bolsa lá naquele mesmo dia, pela manhã, quando Elsa estava fora resolvendo alguns assuntos cotidianos e Bliss estava em sua loja; e passara o dia inteiro aterrorizada com a possibilidade de que uma delas a encontrasse.

Tremendo sob a chuva que atingia seu braço como se fossem agulhas, Mira se pôs de pé. Jogou a tira mais longa da bolsa sobre o ombro, inspirou fundo... e lançou-se correndo pelo quintal até a rua. E continuou correndo até a esquina, seus pés descalços batendo na calçada, para só então diminuir a marcha para um caminhar rápido. Mantinha a cabeça baixa — e rezava para que uma viatura policial não passasse por ali.

Assim prosseguiu até chegar à casa de Rachel, que fazia aulas de teatro com ela. As duas já tinham feito algumas cenas juntas, mas Rachel era mais uma conhecida do que uma amiga. Ela não gostava de Mira o suficiente a ponto de tentar persuadi-la a não fazer o que ela faria, e nem mesmo se importava em saber para onde ela estava indo.

Ou seja: era a cúmplice perfeita.

Rachel a estava esperando na garagem com seu namorado, Matt. Os dois pareciam gêmeos, ambos de calça jeans escura e camiseta. Mira apressou o passo para alcançá-los logo, sentindo um peso sair de sobre seus ombros agora que estava avançando em seu plano.

— E aí — disse Mira, sem fôlego e sorrindo, suas roupas encharcadas pela chuva.

Rachel a olhou intrigada; jogou a franja para trás com um movimento de cabeça e perguntou:

— Mira, você não precisa de sapatos?

— Estão na minha bolsa — respondeu ela. — Eu estava com pressa.

— Fugindo da prisão — disse Matt, assentindo como quem compreendia.

O que não estava muito longe da verdade. Não que suas madrinhas a mantivessem trancafiada em casa: eram apenas insanamente rígidas. Protegiam-na de tudo, até mesmo de coisas de que nenhuma pessoa normal precisa ser protegida.

Mira só podia andar de carro se fosse um adulto dirigindo, tinha de usar um creme depilatório com cheiro insalubre porque raspar as pernas com gilete era proibido, não tinha permissão para namorar, tinha de voltar para casa às dez da noite nos fins de semana, não podia furar as orelhas nem usar maquiagem nem ter um celular... A lista não tinha fim.

Mira não gostava dessas regras todas, mas as seguia. Em parte, por respeito: ela sentia que devia ser obediente a suas madrinhas depois de tudo que as duas haviam feito por ela. E elas eram tão carinhosas, mesmo quando rígidas, que Mira odiava deixá-las preocupadas ou chateadas.

Porém havia uma restrição que ela não conseguia aceitar: suas madrinhas se recusavam a deixá-la visitar a cidade em que nascera. Depois do incêndio, elas a haviam levado embora de lá e se mudado para Indiana, no norte, para uma cidadezinha que girava em torno da universidade e de mais nada, e não tinham intenção alguma de deixá-la voltar a sua cidade natal. Mira batia nessa mesma tecla algumas vezes por ano, e *sempre* no dia de seu aniversário; e todas as vezes elas diziam "não". Não um "quando você for mais velha", não um "talvez um dia"... apenas um consistente e resoluto *não*.

Muitas recordações ruins, era o que alegavam. *Seria pesado demais para você.*

Mas as únicas "recordações" que Mira tinha eram as histórias cuidadosamente escolhidas pelas duas. De que seus pais a vestiram com rendas e uma delicada coroa de botões de rosas para seu batismo. De que dançaram juntos na cerimônia de casamento deles, como se estivessem flutuando. Elsa e Bliss nunca lhe contavam nada de novo. Era como se muito antes tivessem decidido reunir um punhado de respostas seguras, e assim todo o resto permaneceria um mistério.

— Preparada? — quis saber Rachel.

Mira assentiu e lhe entregou o dinheiro para que ela não tivesse de pedir.

— Por me levar até lá — disse Mira, em referência ao acordo que haviam feito.

— E por manter segredo — acrescentou Rachel, com um largo sorriso.

Não que ela fosse contar alguma coisa às madrinhas de Mira. Rachel não se importava com regras, só lhe interessava ter seu tanque de gasolina reabastecido e seu tempo recompensado.

— Cara. Eu nunca ia imaginar que você era esse tipo de garota — disse Matt.

— Eu tento manter segredo — disse Mira, tirando seus chinelos da bolsa e calçando-os.

Rachel revirou os olhos.

— Uau, como vocês são maus. Entrem no carro.

Todos assumiram seus lugares no carro, Rachel deu partida no motor — e então lá se foram eles.

Havia muita coisa que Mira mantinha em segredo. Por exemplo, a saudade imensa que sentia dos pais.

Admitir que ainda sentia saudade deles seria embaraçoso, então ela não falava nisso. Era mais fácil se refugiar em seus devaneios quando a dor da perda era intensa demais, imaginar como seria sua vida se seus pais estivessem vivos. Ela os recriara a partir do que suas madrinhas lhe contavam, preenchendo as lacunas com traços de personagens de filmes antigos, elementos da própria personalidade e da pessoa que ela gostaria de ser — a pessoa que seria se os tivesse conhecido.

Se fosse pensar racionalmente, Mira sabia que já deveria ter superado a morte deles havia muito tempo. Tinha sorte de ter sobrevivido, e deveria se concentrar nessa parte de sua história, ser grata por isso. No entanto, a dor da perda de seus pais, de nunca os ter conhecido, estava sempre em primeiro plano em seu coração.

Mira queria visitar o túmulo deles. Queria contar a seus fantasmas quem ela havia se tornado. Ver a cidade que costumavam chamar de lar e, assim, conseguir um encerramento emocional para aquele evento difícil de sua vida. Para então — talvez — poder ser uma pessoa normal.

Ela não podia mais continuar daquele jeito.

Rachel dirigia com o rádio sintonizado em uma estação de rock, cantando junto sempre que tocava alguma música de que gostava. Matt se virou para abraçar o banco do passageiro, seu cabelo longo demais caindo em seu rosto.

— Então, aonde você está indo? — ele quis saber.

— San Francisco. Vou encontrar um cara.

Mira não se importava com os rumores que estariam circulando quando voltasse. Seriam melhores que a imagem que ela já tinha: uma órfã encalhada que vivia com duas madrinhas esquisitonas e que passava mais tempo vivendo dentro da própria cabeça do que na vida real.

— Namoro a distância, sabe — disse ela, complementando a mentira.

— Legal — comentou Matt.

— Está mais para *bizarro* — ponderou Rachel. — São horas e horas de ônibus até lá. É bom que esse cara seja gato.

Mira deu de ombros. Se Rachel achava que um relacionamento a distância era algo bizarro, acharia muito mais bizarro se soubesse da verdade: um relacionamento a distância de mentira, com oito meses de cartas de amor que ela mesma havia escrito para encobrir a mentira.

Lá fora eles viam passar rapidamente casas às escuras nas calmas e graciosas ruas; e então eles estavam na estrada, e Rachel pediu a Matt que ele a avisasse quando estivessem chegando perto da saída que deveriam pegar, e Mira se perdeu em seus pensamentos, deixando que os dois conversassem entre si. Cerrou os olhos e visualizou a última linha da última carta que tinha escrito:

Em breve vamos nos encontrar. Eu te amo...

Mira conhecia suas madrinhas muito bem, portanto sabia que, se de repente sumisse, Bliss e Elsa presumiriam que ela havia ido para o único lugar que ela vivia enchendo o saco das duas para poder conhecer.

Então ela tinha que deixar uma trilha falsa para as duas.

De novembro a junho, Mira tinha escrito cartas de amor para si mesma e para um garoto imaginário que supostamente vivia em San Francisco. Começara como um jogo, uma trama que poderia abandonar caso mudasse de ideia, mas, quanto mais próximo o momento de partir, mais determinada ela ficava a realizar seu plano.

Mira enviava as cartas por via eletrônica, de e para duas contas de e-mail; e, no dia anterior, imprimira alguns dos melhores exemplos — *Nem acredito que estamos fazendo isso! Mal posso esperar para ver você!* — e as "plantara" na gaveta de sua escrivaninha.

Ela sabia que Elsa e Bliss vasculhariam cada canto de seu quarto assim que soubessem de seu sumiço. Então encontrariam as cartas não muito bem escondidas, detalhando seus planos de fugir para San Francisco para conhecer "David", e chegariam à conclusão de que era para lá que Mira tinha ido. Porém, mesmo que suas madrinhas suspeitassem das cartas... assim que entrassem em sua conta de e-mail (com a ajuda da senha que a própria Mira deixara no post-it em sua escrivaninha) e vissem oito meses de mensagens progressivamente apaixonadas... ficariam convencidas.

Suas madrinhas não a tinham criado para que fosse uma mentirosa — e em geral ela de fato não era. As duas nunca suspeitariam de que ela tivesse o mínimo de ardil ou de loucura suficiente para levar até o fim tal plano tão bem elaborado. No entanto, completar dezesseis anos deveria ser uma ocasião especial. E ela estava disposta a quebrar as regras para garantir isso.

— Droga, vou ter que fazer baliza para conseguir parar ali — murmurou Rachel.

Mira abriu os olhos. Rachel abaixara o volume do rádio e estava com ambas as mãos agarradas ao volante. A estrada negra e úmida reluzia sob as luzes dos postes da rua. Mira podia ver a rodoviária bem à sua frente.

— Vá para o acostamento. Eu faço isso — disse Matt.

— Caramba, Matt, eu consigo estacionar!

Mira se inclinou para a frente entre os assentos, ansiosa para simplesmente *ir* agora que seu destino estava à vista.

— Não precisa estacionar. É só me deixar aqui mesmo.

— Tem certeza? — perguntou Rachel.

— Absoluta.

Um instante depois, o carro deu uma parada brusca do outro lado da estrada, em frente à rodoviária. Mira saltou, arrastando a bolsa de viagem atrás de si.

Caía uma chuva pesada agora. A garoa dera lugar a um tamborilar constante, gotas encorpadas atingindo seu rosto e seus ombros. Mira se despediu de Rachel e Matt, depois esperou um intervalo no fluxo de carros para atravessar a estrada correndo, apertando os dedos dos pés para não perder os chinelos.

— Boa sorte! — gritou Matt pela janela aberta.

— Tome cuidado! — gritou Rachel.

— Obrigada! — Mira gritou em resposta.

Ela passou pela porta de vidro escura da rodoviária e foi até o guichê de passagens, onde comprou uma só de ida com um punhado de notas úmidas. Quando largou a bolsa no chão atrás da última pessoa na fila para o ônibus e se sentou em cima para esperar, estava tremendo de animação.

Ficou olhando o relógio avançar lentamente por quase uma hora, até que finalmente ouviu o anúncio de que seu ônibus chegara à plataforma de embarque, e a fila começou a andar vagarosa e sonolentamente.

Mira não era o tipo de pessoa que quebrava regras, que fazia coisas que não deveria fazer, que vivia perigosamente, que corria riscos.

No entanto, uma semana antes de seu aniversário ela pegou um ônibus com destino a Beau Rivage: a cidade onde havia nascido, a cidade onde seus pais estavam enterrados.

O único local a que suas madrinhas a haviam proibido de ir.

2

SEIS DIAS ANTES DE seu décimo sexto aniversário, sentada na Poço dos Desejos, a cafeteria de um cassino no coração de Beau Rivage, Mira pedia sua terceira limonada da noite e espalhava engenhosamente algumas poucas batatas fritas já frias pelo prato de forma a parecer que ainda estava comendo e não apenas ocupando espaço. Era uma da manhã e ela estava sozinha em uma cidade estranha, com sua bolsa de viagem ao lado, um livro de uma peça de teatro aberto a sua frente... e sem nenhum lugar para onde ir.

Essa não era a triunfante volta ao lar que ela havia imaginado.

Mira tremia de frio por causa do ar-condicionado. Seu cabelo ainda estava mais ondulado que de costume, todo rebelde por causa da umidade, além de emaranhado graças ao tanto que ela tinha andado, suado e se cansado.

Ela precisava de um lugar para ficar, mas não tinha idade para alugar um quarto de hotel sozinha. Nem coragem para acampar ao ar livre. Ela fora a três cemitérios naquele dia, pois, se não conseguisse passar a noite em Beau Rivage, queria pelo menos ver o túmulo dos pais antes de partir. Mas tudo o que conseguira foi ficar queimada de sol e frustrada.

Ao cair da noite, seu entusiasmo havia desaparecido. A convidativa cidade à beira-mar tornara-se uma ruína em néon. Silhuetas escuras infiltravam-se por entre as sombras. As luzes dos cassinos dançavam e piscavam, queimando seus olhos como explosões estelares. O ar úmido grudava em sua pele como um admirador indesejado, e ela foi correndo para dentro do Cassino Dream para se ver livre dele.

E assim acabou indo parar na Poço dos Desejos.

Os cassinos ficavam abertos a noite toda. Ela presumiu que poderia ficar sentada na cafeteria, talvez até dar uma cochilada com a cabeça apoiada na mesa, que ninguém nem se importaria. Mas agora que já estava ali havia três horas, os problemas daquela estratégia começavam a lhe parecer óbvios. Algum frequentador do cassino veria uma garota "indefesa" de short e blusa de babados e iria assediá-la. Ou alguma vovó daquelas viciadas em máquinas caça-níqueis avistaria uma "criminosa fugitiva" e chamaria a polícia. Ou ambos.

Mira geralmente era considerada um alvo fácil, graças a sua aparência inocente: olhos indolentes e brandos e rosto de feições suaves que a faziam parecer ingênua e manipulável, embora não fosse nem um nem outro. Ela mantinha a cabeça baixa para não encorajar a aproximação de nenhum bom samaritano. Ou de pervertidos.

Estava lendo *Um bonde chamado desejo* pela enésima vez, mexendo os lábios sem vocalizar as palavras já quase decoradas, quando notou um cara em pé junto a sua mesa. Ela levou a mão à nuca, ficou tentando desembaraçar o cabelo com os dedos, e rezou para que ele fosse embora.

Não deu muito certo.

— Estou ficando entediado de observar você — disse ele. — Você está lendo esse livro aí há horas!

Mira ergueu as sobrancelhas e viu uma calça jeans rasgada, com frases escritas em tinta preta se torcendo em volta de cada perna como correntes. Um bracelete de couro com spikes cobria o pulso magro e levemente moreno. No pescoço, um cordão com um pingente de serra elétrica em miniatura.

E para completar: o cabelo e até as sobrancelhas dele eram *azuis*. De um azul cor de bala, um azul de tinta guache. O cabelo do garoto era todo espetado, mechas duras e pontiagudas, e, para combinar, ele exibia no rosto um sorriso presunçoso. Um piercing atravessava sua sobrancelha esquerda.

Tudo nele parecia calculado para afastar as pessoas. Como uma planta guarnecida de espinhos, ou animais cujas cores brilhantes eram sinais de *veneno*.

Bem, funcionava.

Mira não sabia se ele estava flertando com ela ou a perturbando só por diversão, mas queria ser deixada em paz. E, segundo lhe dizia a experiência, a melhor maneira de se livrar de um cara atrevido era sendo rude com ele. Ela já tinha passado tanto tempo sendo educada que **definitivamente** sabia como fazer o oposto.

— Não estou aqui para entreter você — disse ela, com seu olhar mais frio.

Os músculos nos braços bronzeados do cara se flexionaram quando ele espalmou as mãos sobre a mesa e se inclinou sobre Mira para ver a página que ela estava lendo, sem se deixar desanimar.

— Então está aqui para quê?

— Não é da sua conta — foi a resposta dela.

— Duvido muito.

Mira o ignorou, na esperança de que ele ficasse entediado e fosse embora.

— A propósito, meu nome é Blue — disse ele.

Mira revirou os olhos. *Blue. Azul. Ah, tá.*

— Que legal pra você.

Ele então voltou a atenção para a bolsa de viagem dela: quase explodindo de tão cheia, com o adesivo portando o código de destino da empresa de ônibus ainda colado na alça.

— Você está perdida? Não é órfã, é? Meu irmão mais velho adora seduzir órfãs.

A ideia era absurda, mas a palavra *órfã* a atingiu em cheio. O que sempre acontecia.

Mira engoliu em seco sua primeira reação.

— É mesmo? — disse ela, com indiferença na voz.

— É uma doença. Então, para sua própria segurança, vou ter de pedir que vá embora.

— Este é um lugar público — argumentou ela. — Eu posso...

— Na verdade...

Mas alguém o interrompeu:

— Blue... espero que você esteja sendo legal com ela.

Ao se virar, Mira se deparou com um garoto de camisa social branca, as mangas arregaçadas até os cotovelos. Ele era bem bonitinho, tinha cabelo cor de mel e físico atlético, mas parecia desconfortável, até mesmo um pouco envergonhado, em estar ali. Seus olhos adejavam em torno de Mira como uma abelha distraída por uma flor.

Para ser educada, ela conseguiu abrir um sorriso forçado.

— Este é o Freddie — apresentou Blue. — Ele tem uma quedinha por donzelas em perigo.

Ele disse isso em tom de zombaria. Freddie baixou a cabeça e murmurou:

— Mentira.

— Não, ele não está sendo legal comigo — foi a resposta de Mira, já que Blue estava ignorando a pergunta.

— Eu estou sendo legal sim — retrucou ele. — Estou expulsando você daqui.

Mira lhe lançou um olhar de ódio.

— Então eu deveria agradecer por você ser um babaca?

— Exatamente. — Ele se inclinou na direção dela de novo. — Aliás, o que está fazendo aqui? Você está praticamente acampada aqui no cassino.

— E você só reparou isso porque não tem nada melhor pra fazer do que me encarar.

— É — foi a resposta de Blue. — Mas também porque eu moro aqui. O Dream é o cassino do meu pai.

Mira tomou um gole da limonada, tremendo. *Que ótimo.* Talvez ele estivesse mentindo... mas talvez não, e nesse caso ele seria um babaca e a chutaria para fora dali, porque era algo que podia fazer. Então, ela teria que ir andando até um dos outros cassinos, em um horário em que só Deus sabia que tipo de gente vagava pelas ruas.

Mira agarrou sua bolsa de viagem.

— Tenho que ir ao banheiro — falou bruscamente.

Freddie ficou ruborizado e desviou o olhar.

— Então você é humana — disse Blue.

— O que mais eu poderia ser?

— Nada. — Ele sorriu. — Pode ir. Vamos esperar aqui.

ᔆᓴ

Quando ela voltou, Blue e Freddie tinham pagado sua conta, e tanto seu copo de limonada quanto o prato de batatas fritas que ela "ainda não tinha terminado" fazia mais de três horas haviam sido retirados da mesa. Não era lá grande coisa, mas ela estava se agarrando àquela mesa como se fosse seu refúgio. Sentia como se tivessem roubado algo seu.

— Eu ainda não tinha acabado de comer — reclamou Mira.

Ela se imaginou caminhando com dificuldade pela cidade de novo, só que dessa vez no escuro, com a pesada bolsa de viagem aquecendo sua coxa com o atrito, ouvindo os enervantes passos atrás de si...

— Não precisa agradecer — disse Blue. — A comida e o quarto são por nossa conta, não é transtorno algum. Não mesmo.

— Eu não *estou* hospedada aqui! — disse ela, cada vez mais irritada. — Era por isso que eu precisava da mesa.

Os olhos de Blue se iluminaram... e Mira ficou nervosa: ele parecia feliz *demais* em saber que ela não estava hospedada ali.

— Melhor ainda. Vou levar você até o Palace, nesta mesma rua. Não é lá essas coisas... afinal, eles têm banheira em formato de coração e papel de parede cor-de-rosa e, hã... Pois é. — E lhe dirigiu um olhar como quem diz "Por aí você já tem uma ideia". — Mas lá não vai aparecer ninguém para te atacar no quarto. Coisa que eu não posso prometer caso você durma aqui na cafeteria.

Ela o encarou com toda a raiva que conseguia transmitir.

Ele deu de ombros.

— Nunca se sabe. Nossa clientela aqui é bem baixo nível.

— Muito tentador — murmurou Mira. — Mas não, obrigada.

Mira o empurrou ao passar por ele, mas Blue a pegou pelo braço, seus dedos bronzeados a segurando com força. Ele não parecia estar lhe dando a possibilidade de escolha. Estava tentando obrigá-la a aceitar a oferta, levá-la embora do cassino e depois...?

— Estamos no meio da noite — disse Blue com gentileza, o charme se insinuando sorrateiramente na voz dele. — Vamos... Eu e Freddie acompanhamos você até lá.

Ela sentia o sangue pulsar nos ouvidos. Que péssima ideia tinha sido aquela! Aquilo tudo, na verdade... Mira se soltou com um solavanco. Sua voz estremeceu ao dizer:

— Não me ouviu, não? Eu não vou a *lugar nenhum* com você!

Blue abriu a boca para dizer alguma coisa, mas ela não ficou por perto para ouvir.

⁓

As luzes do teto do cassino ardiam em um amarelo feio. Mira seguia o nauseante tapete violeta, preto e dourado como se fosse a própria estrada de tijolos amarelos. Máquinas caça-níqueis ressoavam e bradavam em massa, como monstros brigando uns com os outros. Garçonetes carregando drinques costuravam seu caminho por entre a multidão.

Era 1h38 da manhã — não tinha a menor condição de ela ficar vagando pelas ruas. Então encontrou uma parte mais afastada do elaborado jardim de conto de fadas que ornamentava o saguão do Dream, pulou a frágil barricada de corda que isolava o local e se ajeitou na base de uma glicínia para esperar a manhã chegar.

Mira olhava o relógio de tempos em tempos, o coração tamborilando de nervosismo a princípio, se perguntando quanto tempo conseguiria descansar antes que alguém a chutasse dali para fora. Porém, quando deu 1h50, depois 2h04 e, por fim, 2h15, ela relaxou.

Estava semiadormecida quando ouviu uma voz feminina murmurar:

— Ah, olhe só para ela. O que será que há de errado?

Subitamente alerta, ela tentou fingir que não tinha ouvido aquilo. Talvez a mulher nem estivesse se referindo a ela. Ou, o que era mais provável, até estivesse — mas logo a esqueceria e iria embora.

Ela ouviu o som de sapatos afundando na palha que compunha o chão do jardim, acompanhado de um resmungo masculino, como se vindo de alguém que não devia estar tão ágil às duas e meia da manhã para pular a corda e entrar na sintética floresta de contos de fadas.

Mira ergueu o queixo — no exato momento em que o cara se agachou na frente dela.

Ele devia ter vinte ou vinte e um anos, o que a deixou surpresa. Estava acostumada com garotos universitários, por viver em uma cidadezinha cheia deles, e, de modo geral, eram uma mistura de seres tolerantes e egocêntricos que não ligavam a mínima para o que os outros fizessem. Ela não conseguia imaginar um dos alunos de sua madrinha Elsa se interessando pelo que ela estava passando.

Em contrapartida, aquele cara não parecia um típico garoto de vinte e um anos.

Ele vestia um terno escuro, sem gravata, a camisa aberta no pescoço. Seu cabelo reluzia em um tom tão escuro quanto seus olhos — que eram azuis como safiras, ou como as asas de um corvo. Alguma coisa nele não era lá muito normal, bonito demais, e estranho, e Mira se pegou observando-o como se observa o fogo: encantada e um pouco amedrontada por estar tão perto.

Ele abaixou a cabeça e olhou para ela como se esperasse que ela lhe contasse um segredo.

— Você não parece feliz — disse ele.

— Eu estou bem — disse Mira, ciente do quão falso aquilo soava considerando onde estava.

— Está se escondendo de alguém?

— Não... não exatamente.

Os olhos escuros a analisavam, tentando entendê-la, indo de sua bolsa de viagem para suas roupas amarrotadas e a inquietação que muito provavelmente estava estampada em seu rosto.

— Pode me contar. Talvez eu possa te ajudar.

Atrás dele, Mira podia ver a jovem que a havia avistado primeiro, inclinando-se na diagonal para espiar através do bosque enlaçado de árvores. O cabelo da garota era de um castanho-escuro, seu belo rosto era em formato de coração e seu corpo era ainda mais gracioso, que o vestido verde justinho que ela usava valorizava muito bem.

— Ela está bem? — quis saber a jovem.

— Ela está bem, Cora. — Baixando novamente a voz, ele perguntou a Mira: — E então, o que está acontecendo?

Mira deu de ombros.

— Um cara aí estava me importunando na cafeteria... então eu vim para cá.

— Um cara aí? — Ele ergueu as sobrancelhas. — É só me mostrar quem é que eu faço com que ele peça desculpas e ainda o coloco para fora daqui.

— Eu não... Como é?!

Um calafrio percorreu o corpo dela. Seus olhos permaneceram por um bom tempo fixos no preto-azulado do cabelo dele e em seus abismais olhos azuis.

— Você... trabalha aqui?

— Sou o dono — disse ele. — Quer dizer, mais ou menos. Só quando meu pai não está. E adoro botar as pessoas para fora, é só me dar uma desculpa.

— Hum... Não acho que você vá colocar essa pessoa para fora. Acho que ele é o seu irmão. Mas obrigada — murmurou ela.

Ele riu. Os cantos de seus olhos se voltaram para cima e, de súbito, ele estava diferente. Sua expressão estava mais natural, e ele sorria.

— Blue? O imbecil do meu irmão estava importunando você? Tem razão, não posso chutar o cara para fora daqui... mas posso te oferecer algo como reparação. Que tal uma sessão no spa? Um jantar no Rampion?

Ele começou a lhe lançar opções, como se fosse ficar feliz em dar a Mira o que quer que ela quisesse; e, enquanto ele falava, o fluxo de sangue em sua cabeça se intensificou a tal ponto que ela já não ouvia mais as palavras. A forma como os olhos dele naturalmente se fixaram nos dela, assomada à linguagem corporal, ao timbre de sua voz agora que ele estava sendo legal, tudo isso fez com que ela se desse conta de que...

ele até que era bem sexy. E, quando a mão dele por acaso roçou a dela, um choque provocante eletrificou suas veias. Aquele cara não era um garotão com seu skate, cheirando a colônia barata, que ria exageradamente de piadas desagradáveis. Ele era outra coisa, alguém que vivia em um mundo diferente, e ela gostou disso.

— Não, sério, eu estou bem — disse Mira, envergonhada de estar sendo tão afetada por aquele cara que ela mal conhecia, a apenas três metros da namorada dele, que continuava ali parada, de pé. — Só quero ficar sentada um tempinho aqui.

Ele balançou a cabeça em negativa.

— Você não pode ficar aqui no jardim. Qual é o número do seu quarto? — Ele pegou o celular. — Eu falo com os seus pais. Você brigou com eles? É por isso que está com essa bolsa de viagem?

A namorada começara a ficar inquieta, alternando o peso do corpo entre uma perna e outra, esfregando os braços descobertos. Parecia menos preocupada e mais impaciente agora.

— Está tudo bem? — perguntou ela.

Ele fez um aceno com a mão na direção dela, como quem diz "espere".

— Eu não estou *hospedada* aqui — disse Mira. — Não estou com os meus pais. Vim para cá *encontrar* os meus pais.

Ela exalou o ar com força, em frustração, já se arrependendo de ter dito aquilo sem pensar. Já esperava que ele lhe dissesse como aquilo era imbecil. Em vez disso, porém, ele pareceu interessado:

— Você veio encontrá-los?

— Estou procurando o túmulo deles. Eles morreram aqui em Beau Rivage faz muito tempo, mas não sei onde foram enterrados. E eu não... não tenho nenhum lugar para onde ir agora.

Mira ficou mexendo, inquieta, no zíper de sua bolsa de viagem, certa de que teria que ir embora dali. Seus músculos estavam tão exauridos de ter passado o dia todo andando que ela só queria dormir. Entregar-se, desistir, e de todas as formas possíveis.

— Você não tem um lugar para ficar, nenhum parente por aqui, nada?

Ela balançou a cabeça, confirmando com uma negativa, envergonhada. Mira tinha sido obcecadamente cuidadosa com todos os detalhes de sua fuga, mas contara que seus instintos e sua íntima ligação com seus pais a guiariam assim que chegasse em Beau Rivage. Agora ela se sentia uma idiota.

— Pois agora tem — disse ele, erguendo a bolsa de viagem de Mira antes que ela pudesse impedi-lo, abaixando a corda que isolava o jardim artificial e olhando para trás de relance, como se esperasse que ela o seguisse. — Você não vem?

— Hum... — Ela o seguiu, hesitante. — Eu consigo carregar isso aí. E a minha intenção não era descolar caridade quando eu...

— Relaxe — falou ele, virando o corpo para impedir que ela pegasse a bolsa de volta. — e me deixe ajudá-la.

Relutante, ela pulou a corda, que só então ele soltou. Mira não sabia ao certo aonde eles estavam indo, mas tinha certeza de que Cora não estava nem um pouco animada com aquilo. O olhar feio que a garota dirigiu a ela não deixava dúvidas.

— São duas da manhã — disse o irmão de Blue. — E temos quartos desocupados. Então você vai passar a noite aqui no Dream. Sem discussão.

Mira assentiu, embaraçada.

— Ok. Quer dizer... obrigada.

— *Ou* você pode chamar a polícia — disse Cora ao namorado, sua voz assumindo uma rispidez até então inexistente. Ela cruzou os braços. — Já que é bem provável que tenha alguém procurando por ela. Além do mais, ela não é problema seu.

Mira sentiu um calafrio percorrer seu corpo.

— Eu... não tem ninguém procurando por...

— Todo mundo neste hotel é problema meu — respondeu ele friamente, com um olhar incisivo para a namorada. — E tenho certeza de que se ela quisesse que chamassem a polícia, ela mesma teria feito isso. Então, que tal você ir jogar? — Ele tirou do bolso um punhado de fichas de aposta. — Veja se consegue perder o meu dinheiro ainda mais rápido. Tente bater seu recorde.

Cora fez cara feia, mas aceitou as fichas, enfiando-as na bolsa-carteira preta como se já tivesse feito isso uma centena de vezes.

— Tudo bem, mas veja se anda logo. Não estou sentindo a sorte muito do meu lado hoje.

— Ligo para você mais tarde.

Ele apertou o botão do elevador, e, quando as portas de metal se abriram, entrou junto com Mira, deixando Cora para trás.

༄

Os reflexos dos dois se multiplicavam pelos espelhos que forravam todos os lados do elevador — mostrando a Mira que ela estava mais desgrenhada do que havia imaginado. Seu cabelo ondulado estava emaranhado e grudado em alguns pontos, como se ela tivesse rolado pelo chão de uma floresta em vez de apenas dormido encostada em uma árvore. Ela se segurou para não tentar ajeitar aquele horror, pois não queria dar a impressão de que estava tentando ficar bonita para ele. O que seria mais embaraçoso que o cabelo bagunçado.

Ele a levou a um quarto no vigésimo andar, abriu a porta com a chave-mestra e, ao entrar, colocou a bolsa dela no chão, depois seguiu a passos largos até a janela e abriu as grossas cortinas. O luar inundou o quarto, fazendo os objetos e móveis escuros tomarem forma.

Ele se virou na direção de Mira, mas não se afastou da janela.

— Você chegou à cidade esta noite?

— Hoje mais cedo.

Ela foi se deixando levar para a janela, atraída pela vista. Lá embaixo, podia ver as sinuosas ondas negras do oceano, tingidas de prateado pela lua. Ali, longe do clamor das máquinas de jogo, do caos de centenas de vozes, o Dream estava bem silencioso.

— Então você não conhece a cidade muito bem?

— Não — admitiu ela. — Tenho um mapa, mas... é difícil saber por onde começar.

Ele a olhou com cautela, como se estivesse considerando algo.

— Se não estiver com pressa, talvez eu possa ajudar você. Se estiver disposta a ir fundo nisso.

— Eu estou disposta — ela apressou-se em dizer. — Faz tanto tempo que eu tenho esse desejo em mente que... Significaria muito para mim.

Ela *estava* com pressa, mas a ideia de ter que caminhar sozinha pela cidade era tão desanimadora que não custaria nada esperar alguns dias se isso fosse lhe render alguma ajuda.

— Tudo bem então — disse ele. — Bem... não posso prometer nada, mas vou ver o que posso fazer. E, enquanto isso, você será nossa hóspede.

— Obrigada. Muito obrigada.

Mira se sentia como se estivesse balbuciando coisas sem o menor sentido, mesmo quando mal abria a boca. Ele estava sendo tão gentil... ela já devia tê-lo deixado ir embora. Ela começou a se afastar da janela e ele disse:

— Então, me conte sua história. — E ela parou. Podia sentir a atenção dele, como uma mão em seu pescoço. — Quem você deixou para trás em casa? Pais adotivos?

— Minhas madrinhas. Elas conheceram meus pais. Estavam lá quando eles... morreram. E cuidaram de mim desde então.

Ele recostou o ombro na janela e inclinou a cabeça para olhar para Mira. A luz prateada transformava a cor de seus olhos e cabelos em um tom de preto tão escuro quanto a madrugada.

— Você se incomoda se eu perguntar o que aconteceu?

Normalmente ela não falava sobre sua tragédia, mas o olhar dele lhe inspirava o desejo de confiança. Além do mais, ele havia se disposto a ajudá-la com... com aquele sonho que significava tudo para ela. Ele merecia conhecer sua história.

Ela abaixou a cabeça.

— Eu tinha três meses de vida. Estávamos na minha festa de batismo... Era um belo salão de festas, com uma pintura no teto como a Capela Sistina, só que com cenas de contos de fadas. Por mais que a pessoa girasse e girasse, sempre podia ver uma história diferente. Havia uma menina com uma capa vermelha correndo de um lobo, uma sereia com barbatanas prestes a se transformarem em pernas e... uma bela domando uma fera. Isso foi o que minhas madrinhas me contaram... Eu era nova demais para lembrar.

Mira inspirou fundo, fez uma pausa. A história daquela noite estava inteira em sua cabeça, em uma linha contínua como uma daquelas histórias que se contam às crianças para fazê-las dormir, porque era assim que suas madrinhas lhe contavam, mas ela não conseguia recontar a história direto. Tinha que dividi-la em *antes* e *depois*.

— Depois... começou o incêndio. Que se espalhou pelo salão e foi subindo, engolindo as cortinas e chegando até o teto. A fumaça enchia o ar e as vigas começaram a cair... e meus pais estavam tentando salvar todo mundo. Eles me entregaram para minha madrinha Bliss, que me envolveu no xale dela e saiu comigo, fugindo do fogo em direção a algum lugar seguro. Como era uma festa, tinha muita gente, mas meus pais conseguiram fazer com que todos saíssem a salvo. Só que eu acho que eles não se deram conta de que já tinham conseguido isso, porque continuaram procurando mais pessoas. Então eles foram... — As palavras ficaram presas em sua boca, duras como pedra. — Eles foram os únicos que não conseguiram sair de lá a tempo.

— Que trágico. Eles agiram como heróis, mas poderiam ter sobrevivido se soubessem.

Ele disse isso como se realmente se importasse. Como se entendesse o quão horrível era ter perdido os pais daquele jeito.

— Isso é o pior. Mesmo me culpando por pensar assim, minha vontade é de que eles não tivessem feito tanto esforço para salvar todo mundo. Porque... porque talvez assim eu ainda tivesse os dois comigo.

Ela já esperava ouvir que aquele seu desejo não era realmente o que ela queria, como Elsa sempre dizia, ou que era egoísmo abrir mão de tantas vidas por apenas duas. Mas não: a mente dele estava em algum outro lugar.

— Uma festa de batismo... Então seus pais eram muito tradicionais.

— Pelo menos é o que parece pelas fotos. Eu devo ter só uma foto em que meu pai *não* aparece de smoking — disse ela, com um sorriso. — Mas não sei. Geralmente penso neles como perfeitos.

Ele inclinou a cabeça para trás, cerrando os olhos. O luar deslizava por seu pescoço.

— Não me lembro muito bem da minha mãe. Nunca pensei nela como perfeita. Provavelmente por ela ter ido embora de casa. Quando alguém escolhe abandonar você... é diferente.

— Você perdeu sua mãe?

Mira não esperava ter algo em comum com ele. Será que tinha sido por isso que ele havia se oferecido para ajudá-la?

— Ela nos deixou quando eu tinha oito anos. Acho que tinha medo de se apegar.

Mira apenas assentiu, sem saber o que dizer. Não conseguia imaginar uma mãe que fosse tão fria a ponto de deixar a família por um motivo desses.

— Sinto muito — disse ela.

Ele deu de ombros.

— Isso foi há muito tempo.

Eles permaneceram junto à janela por mais um instante, até que ele foi até o interruptor e acendeu a luz. O quarto expandiu-se, passando de um oceano escuro para uma suíte ligeiramente pomposa; o brilho e o tremeluzir do cassino se mesclava com as cores de mar e areia.

Agora que o quarto estava mais claro, parecia menos íntimo, menos propício para confissões. Mira foi tirando suas coisas da bolsa de viagem enquanto ele ligava para a recepção. Ela desenrolava camisetas e blusas e saias tentando não o encarar.

— Aqui é o Felix — disse ele ao telefone. — Preciso que você ative uma chave para o quarto 2005 e traga aqui em cima. Isso. Só anote aí que é minha convidada. Deixe a data de saída em aberto.

Ele — *Felix* — desligou o telefone e a fitou. Ficou parado por um instante, observando-a desfazer a mala.

— Vão trazer a sua chave.

— Obrigada — disse ela, afastando o cabelo do rosto e se endireitando.

Ocorreu-lhe então que talvez ela estivesse sendo pretensiosa. Que era rude presumir que ficaria de graça no quarto.

— Eu tenho como pagar — disse, pegando a carteira.

Mas Felix fez que não com um movimento curto e enfático de cabeça.

— Não se preocupe com isso. Vou me sentir melhor se você não ficar na rua. Pense como se estivesse me fazendo um favor. Não como se me devesse um.

Felix sorriu, e havia algo vulnerável em seu sorriso, como se fossem amigos. Mira retribuiu o sorriso, sentindo-se segura e menos perdida... e a tensão que tinha suportado o dia todo começou a baixar como a maré de um oceano.

Poucos minutos depois, alguém bateu à porta. Um funcionário do hotel trazendo o cartão-chave. Felix dispensou o funcionário após pegar o cartão. Deixou-o sobre a escrivaninha ao lado de um bloco do hotel, em que anotou alguns números úteis: da recepção, do serviço de quarto, o celular dele... e foi então que ela, por fim, ficou sabendo seu nome completo, as letras surgindo em uma série de traços elegantes e inclinados:

Felix Valentine

— Se não conseguir falar comigo... provavelmente é porque estou resolvendo algum assunto importante ou em uma reunião e não posso atender. Não vá pensar que estou ignorando você. — Ele então parou, perdido em pensamentos, e riu. — Até agora eu não perguntei seu nome. Fiquei tão envolvido em... — Ele balançou a cabeça. — Está tarde, eu não estava pensando direito. Como você se chama?

— Mira — respondeu ela. — Ou Mirabelle.

— Tudo bem, Mira... Vou deixar você dormir um pouco. Mas me ligue se precisar de alguma coisa. E amanhã, ou depois de amanhã, vamos dar início à nossa busca... assim que eu conseguir arrumar um tempinho.

— Se estiver ocupado, posso fazer essa busca sozinha. Você já fez muito por mim, não precisa...

Mas as palavras secaram em sua boca. Algo no jeito como Felix a olhava... aqueles olhos azuis plenos de autoconfiança... alguma coisa fazia com que ela se sentisse uma boba em insistir em dizer que ele não precisava se envolver naquilo. Ele pôs a mão em seu ombro e disse:

— Mira, eu passo os meus dias fazendo coisas que não quero fazer. Mas ajudar você é algo que eu *quero* fazer. Posso arrumar um tempo para isso.

Felix então se inclinou para frente, e seus lábios roçaram a face dela, e por um instante Mira não conseguiu enxergar mais nada além dele. O mundo havia sido reduzido à calidez dos lábios dele, ao leve cheiro de fumaça em suas roupas, ao aroma intenso de seu perfume.

E então ele se afastou. Provavelmente estava só sendo gentil. Mas ela não estava acostumada a receber beijos de ninguém além de suas madrinhas. Não estava acostumada a beijos que fossem ao mesmo tempo assustadores e maravilhosos, casuais e memoráveis. Seu mundo era muito menor que isso.

— Tudo bem? — perguntou ele, com um sorriso.

— Tudo bem — ela conseguiu dizer, desconfiando que não sabia mais o que estava respondendo.

— Ótimo.

Felix seguiu para o corredor, mas parou um instante para dizer a ela:

— Ei... tranque bem a porta depois que eu sair. Por aqui, cuidado nunca é demais.

— Pode deixar — prometeu ela.

Mas não o fez. Não de imediato. Sua bochecha ardia como se ela tivesse pegado sol por tempo demais, e ela ficou ali parada, de pé, completamente imóvel, para não quebrar o encanto. O cheiro do perfume de Felix permanecia em sua pele.

Quando fechou os olhos, ela conseguiu imaginar que ele ainda estava lá. Conseguiu reviver aquele beijo uma vez mais. Todos os dois segundos que tinha durado.

Suspirando lentamente, Mira enfim trancou a porta e tirou os chinelos, chutando-os para longe. Esperou que sua fantasia se dissolvesse (*Foi um beijo equivalente a um aperto de mãos; nenhum motivo para ficar toda animada*) e permitiu que a deliciosa liberdade de estar descalça a trouxesse de volta à realidade. O carpete era um alento, bem diferente do asfalto quente de uma estrada sem fim à vista. Mira tinha um quarto; não precisava mais ficar com medo de que alguém a importunasse ou a machucasse. Podia descansar.

Mas, antes de tudo: um banho. Estava grudenta demais de suor para ir dormir.

Foi calmamente até o banheiro. Era imenso, com toalhas dobradas tão macias quanto almofadas, uma parede inteiramente espelhada e uma banheira de hidromassagem bem funda separada do chuveiro.

Tirou as roupas sujas e entrou no box rodeado por paredes de vidro. Esfregou-se até eliminar a camada de sujeira do dia de viagem, se sentindo por fim uma nova pessoa, com esperanças renovadas... e nisso seus dedos esbarraram na deformidade que ela tinha na base das costas.

A marca.

༄

A marca ficava na base de sua coluna. Era de um tom de vinho como uma queimadura, a pele do local menos opaca e mais lisa e fina, tal qual uma cicatriz: um anel raiado por finas linhas vermelhas, como uma roda. Tão grande quanto seu punho.

As roupas cobriam a marca se ela tomasse o cuidado de usar camisetas compridas, mas com o biquíni não tinha jeito. Parecia que ela havia sido marcada a fogo, e Mira odiava isso. Era um dos motivos para estar deixando o cabelo crescer: ter um recurso extra de camuflagem. Se seu cabelo chegasse à altura do bumbum, ela poderia andar por aí de biquíni sem se preocupar com o que os outros iriam dizer.

Sim, porque ela já tinha ouvido de tudo desde que comparecera a sua primeira festa na piscina, quando tinha doze anos. Em sua estreia de biquíni, saindo correndo da água para descer pelo tobogã toda hora, ela ouvira:

O que é aquilo nas costas dela? Câncer?

Risadinhas. Sons de repulsa e incredulidade.

Será que é uma tatuagem? Que coisa mais feia!

Mira enrolou uma toalha na cintura tão logo se deu conta de que estavam falando dela, depois se sentou na beira da piscina, tendo esquecido a diversão do tobogã, e esperou Bliss e Elsa aparecerem para levá-la de volta para casa.

Desde aquele dia ela sentia que a marca era como algo vivo. Como um olho que a seguia por toda parte.

Suas madrinhas diziam que era bobagem ficar constrangida por causa de "uma pequena marca de nascença". *É o seu corpo, não tem nada de errado com você.*

Como se fosse normal ter uma marca horrenda em forma de roda na pele.

Ela sentiu uma pontada de culpa ao pensar em Elsa e Bliss, e ficou se perguntando onde elas estariam naquele exato momento; se teriam pegado um voo para San Francisco ou se estavam botando a casa abaixo, em pânico. Mas Mira estava exausta demais para ficar se martirizando com isso. Ela não gostava de mentir para suas madrinhas, mas elas não tinham lhe dado muita escolha. Mira precisava de uma conclusão emocional para aquele difícil evento de sua vida, era uma necessidade explorar sua conexão com os pais. Enfrentaria as consequências quando voltasse.

Ao acabar o banho, Mira envolveu a massa encharcada de seu cabelo loiro com uma toalha, vestiu o conjunto de short e regata que comprara para usar como pijama e deitou na cama, enfiando-se debaixo dos lençóis, deixando que as cobertas a engolissem como areia movediça.

Estava tão cansada que mal conseguia sentir os braços e as pernas — mas mesmo assim seu cérebro não adormecia. Encarando a negritude do teto, ela se perguntava se era louca, tendo percorrido toda aquela distância para se ajoelhar ao lado de dois túmulos. Partir o coração de suas madrinhas para salvar o seu.

É claro que você é louca. Só não sei até que ponto.

As cobertas eram pesadas, como se ela estivesse deitada debaixo da terra.

Normalmente, quando não conseguia dormir, Mira se refugiava em seus devaneios, encontrava conforto em sonhar acordada. Desenrolava uma história para seus pais como se fosse um tapete de veludo, e os guiava por ali até cair no sono. Aquela noite, no entanto, ela se sentia presa demais à realidade do momento para deixá-la.

Estava em um lugar novo, em um belo quarto só seu. Pensou em Felix, no beijo que ele lhe dera no rosto, e seu coração se acelerou como se quisesse lembrá-la de que estava ali. Mira havia passado oito meses obcecada com seu plano, escrevendo cartas de amor para um garoto que não existia. Era legal a sensação de uma paixonite de verdade uma vez na vida.

Quando adormeceu, sonhou com o oceano, com pétalas de glicínia acariciando sua pele. Com Felix ajoelhado na areia, a espuma do oceano escorrendo de seus dedos e ele murmurando: *Aqui estão eles*.

Acordou com um tremendo *bam!*.

3

A PÁLIDA LUZ DA aurora vazava para dentro do quarto pelas bordas das cortinas, apenas o bastante para que Mira visse que a tranca da porta havia sido arrombada, e que a porta havia sido escancarada e batida com força contra a parede. Uma silhueta esguia e escura avançava rapidamente pelo quarto...

E se lançou sobre a cama.

Mira começou a gritar; esticou a mão para pegar o telefone ao lado da cama enquanto o corpo do intruso caía em cima do seu. Uma mão quente cobriu com violência sua boca.

— Por que ainda está aqui? — sibilou ele. — Você é louca?

Desorientada, mas cheia de adrenalina, ela deu um tranco com o corpo — ela era mais forte do que parecia: fazia dança de salão havia anos —, e conseguiu fazer com que o estranho saísse rolando de cima dela, o corpo dele indo cair com um baque no chão. Seus instintos lhe diziam: *Lute, proteja-se.*

Ela desceu da cama de um pulo e aterrissou sobre ele, atingindo-lhe o peito com os joelhos. Então esticou a mão para pegar o telefone — e o teria esmagado na cabeça do invasor se ele não tivesse erguido os quadris com força e lançado Mira para o lado.

Ele a agarrou pelos pulsos e a imobilizou de costas no chão. Inclinou-se sobre ela.

E, sob a obscura quase aurora, ela o reconheceu. O cabelo espetado. O corpo magro, que fazia um esforço para mantê-la presa. E então seu medo se transformou em raiva.

— Você é louca mesmo — murmurou Blue. — Você precisa dar o fora daqui, *agora*!

— Me largue! — disse ela, tentando levantar a perna para golpeá-lo com o joelho em um lugar sensível.

— Estou tentando impedir que você seja morta.

— Ah, sei...

A porta arrombada já havia oscilado e quase se fechado com um clique fazia um bom tempo. Agora foi aberta de novo. A expressão preocupada de Freddie apareceu quando ele enfiou a cabeça no quarto para ver o que estava acontecendo.

— Está tudo...?

Quando ele viu os dois no chão, entrou correndo, com uma expressão mortificada.

— Blue, o que você está fazendo?

— Você sabe o que eu estou fazendo.

— Tire o imbecil do seu amigo de cima de mim! — exclamou Mira.

— A imbecil aqui é você! — retrucou Blue. — Porque ainda está aqui. Tenho plena certeza de que mandei você ir embora.

Eu odeio você, pensou Mira, olhando com raiva para ele.

O pingente de serra elétrica do cordão de Blue balançava no ar, a lâmina prateada suspensa bem na frente do rosto dela, provocando-a. A vontade de Mira era dar um safanão naquele pingente, mas suas mãos estavam presas. O chão, que tinha parecido tão macio na noite anterior, estava duro sob seus ombros; ela se sentia quase nua em seu minúsculo pijama improvisado — ótimo para quem morava em uma casa cheia de mulheres, não para ser atacada por garotos estranhos.

Freddie se jogou ao lado deles, aflito.

— Solte a menina, Blue; isso não fica nada bem.

— Por que não faz alguma coisa — disse Mira —, em vez de ficar com essa cara de cãozinho triste?

— Ei! — exclamou Freddie, com cara de cãozinho triste.

— Não vou molestar você — disse Blue.

— Está molestando o meu pulso — falou Mira. — Eu não quero que encoste em mim.

— Eu não queria que você chutasse meus pulmões, então acho que estamos quites.

— Engano seu — disse ela por entre os dentes.

— Vamos ao que interessa — disse Blue. — Você precisa sair desse hotel. E não voltar aqui nunca mais. E se eu tiver que carregar você para fora, arrastá-la à força até o cassino Palace ou a um hotelzinho qualquer de beira de estrada, é o que vou fazer. E se tiver de machucar você, vou machucar. Eu *não* sou legal. Então não me teste a menos que queira provas disso.

Mira respondeu a isso com palavras que Bliss e Elsa nunca lhe permitiriam dizer. Blue sorriu, como se tivesse acabado de ouvir que era um talentoso agressor.

Freddie parecia chocado.

— Damas não deveriam falar assim.

— Ah, cale a boca! — retrucou ela, com raiva.

— Seja legal com o Freddie — disse Blue. — Ele gostou de você.

— Talvez *eu* também não seja legal — disse ela.

— Certo. Seja malvada com o Freddie, mas não venha me culpar se um pardal apaixonado arrancar seus olhos. Eu avisei.

Ele então a soltou e se levantou, olhando-a com atenção como se esperasse ser atacado.

— Pegue suas coisas. Vamos embora daqui.

— Os pardais nunca machucariam ninguém — disse Freddie. — Um gaio azul poderia ferir alguém. Ou um beija-flor. Mas nunca um...

Ignorando-o, Blue gritou com Mira:

— Ande logo! Você tem dois minutos antes que eu mesmo comece a colocar suas coisas dentro da sua bolsa.

— Você é doido! — disse Mira, vestindo o casaco e puxando o zíper até em cima, já que estava sem sutiã e estava cansada daqueles dois encarando-a. — Primeiro você me oferece um quarto. Depois, tenta me arrastar até algum hotel meia-boca. E quando o seu irmão é realmente *legal* comigo, você tem um acesso e me ataca. Que parte disso faz sentido?

Ele balançou a cabeça, irritado.

— Se eu a tivesse colocado em algum outro lugar, você não teria conhecido o meu irmão. Não quero que ele chegue perto de você. E ponto-final.

— Não acredito que você está com ciúme do próprio irmão — murmurou ela.

— Ciúme? — Blue apertou os olhos, finalmente parecendo estar com raiva, e assumiu uma expressão que lhe dava um ar diferente daquela arrogância repulsiva que em geral demonstrava. — Você não faz *a mínima* ideia de onde está se metendo. Agora faça o que digo antes que eu tome uma atitude da qual posso me arrepender.

Mira enfiou os pés nos chinelos, bufando como um touro. Estava furiosa.

— Duvido que você se arrependa de alguma coisa! Antes você precisaria ter consciência.

— É, é... Vamos. — Ele a empurrou de leve por entre as omoplatas. — Aqui não é o seu lugar. Você nem faz ideia.

෨෮

Blue e Freddie a conduziram pelo saguão do Dream até a entrada principal. Lá fora, um funcionário do hotel estava parado, a postos para guiar hóspedes que chegassem ou saíssem de táxi. Ao avistar Blue, ele fez um movimento indicando o carro do hotel, um utilitário Lexus preto, e os instalou em segurança. Mira se perguntou se faria alguma diferença para o manobrista se ela tivesse anunciado que estava sendo feita refém. Imaginava que não.

— Aonde vamos? — perguntou o motorista.

— À propriedade dos Deneuve — respondeu Blue.

— Viv não vai querer nos ver assim tão cedo — comentou Freddie.

— Não me importa o que Viv quer ou deixa de querer.

— E alguma vez você se importa com o que alguma pessoa no mundo quer? — provocou Mira, acidamente.

— Não — respondeu Blue.

Ele abriu as janelas do carro e se acomodou, relaxado, no amplo assento de couro. Fechou os olhos, seu corpo amolecendo como água, como se estivesse determinado a cochilar por alguns minutos. Mira sentiu uma vontade intensa de agredi-lo enquanto ele estava ali vulnerável, para se vingar por ele tê-la prendido contra o chão, mas parecia absurdo começar uma briga na frente do motorista do hotel.

A manhã como um todo foi absurda. Em toda a sua vida, Mira nunca tinha sentido tamanha raiva, nem nunca se sentira tão agressiva. Normalmente ela não tinha aquela vontade de bater nos outros, nem mesmo de gritar com ninguém — porque em geral dá para conversar racionalmente com as pessoas. E, se não der, há sempre a opção de evitá-las. Mas Blue era impossível. Era um garoto muito rude e hostil, e estava... inexorável em relação a isso.

Ela se ajeitou em seu lugar e fez o que pôde para ficar calma. Talvez depois Felix desse um soco no irmão por ela.

Seguiram em um silêncio quase total, interrompido apenas por Freddie, que volta e meia perguntava ao motorista se ele não queria ouvir o CD de sua banda — ao que o motorista sempre respondia com um firme "não". Os prédios altos e as extensões prateadas de oceano deram lugar a estradas margeadas por árvores de magnólia e carvalhos à medida que eles deixavam a área central da cidade para trás. Um intenso cheiro de verde penetrou no carro, tão forte que Mira chegava a sentir o gosto.

No momento em que chegaram à propriedade dos Deneuve, uma mansão branca localizada à margem de um campo de golfe arborizado, Mira tinha passado de furiosa a apenas irritada e agora estava quase esperançosa. *Viv* devia ser uma garota. Viv provavelmente não pularia para cima dela para atacá-la nem ficaria lhe dando ordens a torto e a direito; talvez até ficasse do seu lado e gritasse com aqueles dois jovens raptores — ainda mais considerando que eles a estavam incomodando àquela hora da manhã.

Quando eles saíram do carro e se dirigiram à casa, Mira viu um adolescente forte e de cabelo escuro empurrando um cortador de grama pelo terreno inclinado, contornando os carvalhos que pontuavam o jardim. Seu peito estava úmido de suor, e pedacinhos de grama cortada salpicavam sua pele morena-clara. Ele usava uma bermuda esportiva marrom, com uma camiseta por dentro do elástico da cintura.

O garoto desligou o cortador de grama quando os viu — e olhou para eles de cara feia.

Mira torceu para que aquele não fosse Viv. Mas, vendo pelo lado positivo, mais alguém estava infeliz em ver Blue e Freddie. O mundo estava começando a fazer mais sentido.

Blue foi subindo o jardim como se a expressão irritada do garoto tivesse renovado suas energias. Mira teve que correr para acompanhar os passos dele.

— Quer que eu carregue a sua bolsa? — ofereceu Freddie. Ele parecia um pouco culpado, mas esperançoso também.

— Não. — Ela torceu a alça em volta do pulso, de forma que ele não pudesse puxar a bolsa. — Não preciso de nenhum favor seu.

— Mas eu *quero* fazer esse favor para você.

Ela olhou com ódio para ele.

— *Não.*

Ao se aproximarem da casa, avistaram uma mulher no alpendre. Ela vestia um robe cor-de-rosa elegante e quase transparente, ornamentado com penas de marabu, e segurava uma taça de martíni cheia do que parecia ser suco de laranja. Os seios fartos e empinados (e provavelmente muito *caros*) saltavam do decote de seu robe. Mal balançaram quando ela os cumprimentou com um aceno.

— Aquela é a Viv? — quis saber Mira.

Blue desatou a rir.

— Sorte sua ela não ter ouvido você dizer isso.

— Aquela é a Regina, a madrasta malvada da Viv — disse Freddie. — Opa, a madrasta da Viv — corrigiu ele. — *Madrasta normal*, foi o que eu quis dizer.

— Hum... entendi — disse Mira.

— E aquele é o Henley — acrescentou Blue enquanto eles davam a volta na colina, apontando para o rapaz que estava cortando a grama. — Ele trabalha aqui, é o jardineiro. Entre outras coisas.

Quando chegaram perto de Henley, ele secava o suor do rosto com ꓶ camiseta. Devia ter a idade deles, cerca de dezessete anos, mas sua testa já estava enrugada, como se tivesse passado anos vigilante, esperando que alguma coisa ruim acontecesse.

— Por que você tinha de trazer o Knight aqui? — perguntou Henley.

A voz dele era grave e forte, como daqueles garotos da escola que se davam mal em todas as aulas, menos na de educação física, e que viviam eternamente irritados.

— Relaxe. Não seja paranoico.

— Henley acha que eu sou a fim da Viv — sussurrou Freddie para Mira. Um sussurro não muito sutil, na verdade, pois acabou saindo um pouquinho alto demais. — Mas eu não quero. Nunca nem tentei nada.

— Quem é essa? — perguntou Henley, agora olhando para Mira.

— Ninguém importante — disse Blue. — Só uma garota qualquer que estou protegendo de um sedutor.

— Meu nome é Mira — disse ela, oferecendo a mão.

Ele a cumprimentou com sua mão suada e quente. Seus olhos estreitaram-se; ele ainda parecia estar com raiva, mas não dela.

— Prazer em te conhecer, eu acho. Pena que seja na companhia desse babaca.

— Viv está viva, certo? — perguntou Blue. — Você não arrancou o coração dela, espero?

— Qual o seu problema? — exclamou Mira, irritada. — Que coisa repulsiva!

Henley mantinha a expressão severa, o olhar pesado sobre Blue.

— Sorte sua eu não estar com um machado aqui comigo, Valentine.

— Sorte de todo mundo, não? — retrucou Blue. — Mas então, e a Viv?

— O que você quer com ela?

Henley era o jardineiro, mas se comportava como um guardião. Mira se perguntava por quê. Talvez ele fosse o namorado da tal Viv... ou talvez quisesse ser.

Blue deu de ombros.

— Preciso tirar do hotel essa pirralha arrogante aqui. O Felix a trancou em um quarto e ela acha que ele é simplesmente um sonho.

— Ah, cale a boca! — disse Mira. — Você não sabe de nada sobre mim.

— Enfim — prosseguiu Blue —, ela não tem lugar para ficar, então vim incomodar a Viv. Achei que fosse uma boa ideia, quando considerei essa possibilidade pela primeira vez.

Blue olhou de relance para a madrasta de Viv, apoiada na balaustrada do alpendre, mergulhando o dedo em sua taça de martíni e espiando o grupinho ali reunido.

— A Regina está olhando para cá para verificar se a grama está sendo bem cortada ou ela só fica assim por perto para o caso de você precisar que alguém lamba o suor do seu peito?

Henley se enfureceu.

— Ela gosta de tomar o café da manhã ao ar livre, só isso.

— Foi o que imaginei — disse Freddie, em um tom bem-humorado. — Ela parece uma mulher bacana. Apesar de ser tão perversa.

— Cale a boca, Knight — rosnou Henley.

༄

Os quatro deram a volta até os fundos da casa, onde ficava a sacada do quarto de Viv.

A sacada dava vista para um pequeno jardim composto apenas por um poço de pedra rodeado de árvores frutíferas. Pássaros pontilhavam os galhos das árvores como enfeites de Natal até virem Freddie, quando então saíram voando e o cercaram, batendo as asas acima da cabeça dele como uma coroa flutuante. Esquilos listrados surgiram dos arbustos e foram guinchar aos pés dele.

Freddie estendeu a mão, e um pardal empoleirou-se em seu dedo. Ele deu uma risada inocente e falou:

— Mira, olhe! — E fez um gesto, chamando-a mais para perto. — Não se preocupe, esse não vai arrancar os seus olhos.

Mas Mira manteve distância, impressionada demais para se mover.

As criaturas do bosque ignoravam tanto Henley quanto Blue, mas pareciam não se cansar de Freddie. Não era uma visão assustadora, mas era *estranho*. Era contra a natureza. Mira fechou os olhos com força, na esperança de que o grupo de animais adoradores de Freddie sumissem.

Mas, quando abriu os olhos, continuavam todos lá. Freddie ainda ria, daquele jeito doce dele, tilintante. E Henley o olhava de cara feia, como se Freddie fosse o mal em forma de gente.

— Outra marca, outro destino — Blue estava dizendo a Henley, em um tom de voz baixo e calmo. Seus olhos foram rapidamente na direção de Mira; e logo se desviaram.

— Ah, é — bufou Henley. — Como se ela não notasse.

As portas francesas que davam para o quarto de Viv estavam escancaradas, uma brisa sugando para dentro as cortinas brancas translúcidas para depois lançá-las para fora.

Henley colocou as mãos em concha em torno da boca e gritou, em voz bem grave:

— Viv! Acorde!

Um minuto depois, uma garota apareceu na sacada. A luz do sol foi revelando-a aos poucos, como se o próprio sol relutasse em tocá-la.

Sua pele era branca como giz; sua boca, de um cor-de-rosa avermelhado, como sementes de romã; e seu cabelo, tão negro quanto uma pincelada de caligrafia chinesa. Ela vestia uma camisola que caía quase reta em sua silhueta franzina como a de um menino, e usava uma máscara de dormir de cetim vermelho que ela havia puxado para a testa.

— Olá, Vivian — disse Blue.

A garota apoiou os cotovelos na balaustrada, e três pombas desceram alvoroçadas para se juntarem a ela.

— Ah, meu Deus! Primeiro o jardineiro, e agora isso. Preciso do meu sono da beleza, sabiam?

— Logo, logo você vai poder dormir bastante — disse Blue. — Bem que poderia ficar consciente enquanto pode.

Ele abriu um largo sorriso puxado para o lado, olhando para ela lá no alto. Viv passou a mão pelo rosto, com ar de extrema infelicidade.

— Se eu controlasse esses pássaros, eles estariam cobrindo vocês de cocô — disse ela.

— Que pena que você controla só o coração deles, não a mente — disse Blue. — Podemos subir?

— Acho que sim. Sei que vocês só vão embora se eu disser que sim.

Henley conduziu-os pela porta dos fundos, que ia dar direto na cozinha. Pedacinhos de grama caíam no chão enquanto o jardineiro colocava para dentro da bermuda a camiseta suja de terra. Ele parecia desconfortável dentro da elegante casa. Como se ali não fosse seu lugar e ele soubesse disso.

Quando chegaram ao quarto de Viv, encontraram-na de roupa trocada, sentada na beirada de uma imensa cama vermelha e preta, seu corpo se destacando em meio aos lençóis vermelho-sangue. Ela tomou um gole de uma garrafa de Coca-Cola pela metade e fez uma careta.

— Sem gás — reclamou. — E quente.

— Porque você é preguiçosa demais para descer e ir pegar outra garrafa — disse Henley.

— Porque eu não quero ver aquela vadia — retorquiu Viv, com raiva.

Blue se jogou na cama e apanhou um travesseiro para ficar confortável.

— Ei, pelo menos com esse café da manhã ela não corre o risco de engasgar.

— Cale a boca! — disseram ao mesmo tempo Viv e Henley.

Mira ficou se perguntando *o que* eles queriam dizer com aquilo. Talvez Viv tivesse engasgado com alguma coisa um dia desses, será? E agora eles ficavam sacaneando a garota por isso?

Com um suspiro, Mira se sentou na cadeira da escrivaninha de Viv, perto de um MacBook. Era muito difícil acompanhar aquelas pessoas e suas piadinhas internas; metade do tempo ela não entendia o que eles falavam.

O logo da maçã, no laptop da Apple, estava coberto por um X feito com fita isolante preta. Mira estreitou os olhos ao notar aquilo. *Coisa esquisita.*

— E aí? — falou Viv, ao que Mira girou na cadeira. Viv a encarava, seus olhos brilhavam. — Ela é das nossas?

Blue balançou a cabeça em negativa.

— É de fora. Só estou fazendo papel de guardião.

Viv assentiu, como se aquilo fizesse sentido para ela.

— Que fofo. Mas você precisa arranjar um novo hobby.

Uma pomba entrou voando pela sacada e pousou no ombro de Viv, arrulhando de um jeito meigo. Uma série de borboletas azuis veio em seguida, e depois foram em direção a Freddie.

Quando Freddie riu novamente, Henley grunhiu e atirou pelas portas francesas a garrafa de Coca-Cola, que no entanto acabou não passando da balaustrada, derramando o líquido preto por toda a sacada.

— Você vai limpar isso! — disse Viv a ele.

— Mais alguma coisa? — debochou Henley, irritado.

Viv revirou os olhos.

— Que tal você fazer um tratamento para controlar essa sua raiva? Ou parar de ser um imbecil?

— Eu voto por todas essas opções — disse Blue, abraçando o travesseiro e rolando na cama até ficar de costas para os outros. — Caramba, está difícil dormir com vocês aqui.

— Falou o cara que me acordou às sete da manhã!

Viv pegou seu travesseiro e o arrancou de Blue, usando-o para bater nele até obrigá-lo a se sentar direito na cama.

Ficaram todos em silêncio por um instante. Um rato com uma margarida entre os dentes aproveitou-se da quietude para passar correndo, deixando a margarida aos pés de Viv para depois seguir ligeiro para baixo da penteadeira, antes que alguém pudesse pisar nele.

Mira queria perguntar: *Por que este lugar está repleto de animais? Animais fofos que agem como se amassem essa garota?* Mas não disse nada, porque ninguém mais estava questionando isso.

— Você devia sair com a gente — disse Viv a Mira, abaixando-se para buscar um par de sandálias sob a cama e nisso desencavando um minúsculo coelho branco.

— Eu só quero... — começou Mira, tentando explicar por que estava em Beau Rivage, mas foi interrompida por Viv antes que pudesse terminar.

— Não se preocupe. — Ela sorriu. — Não vamos permitir que ninguém machuque você. — Ela se virou para os outros. — Ei, estão a fim de ir à Casa de Doces?

— Por mim, tudo bem — disse Blue. — O Felix nunca põe os pés naquele lugar.

— É porque vocês são donos de, tipo, uns cinco restaurantes chiques. Eu também não iria à Casa de Doces se tivesse meu próprio sushi bar lá embaixo. — Viv calçou suas sandálias, envolvendo os tornozelos com fitas vermelhas. — Só preciso de um minuto.

Levantando-se, Viv foi até um espelho com moldura negra e ficou parada na frente dele. O espelho captava seu reflexo da cabeça até a cintura, e Viv parecia nervosa enquanto encarava sua imagem. Retorcendo o cabelo em uma espiral bagunçada, ela piscou para o espelho como se estivesse esperando sua aprovação.

— *Você está linda* — disse o espelho. — *Incrível.*

O espelho... falava? Mira apertou os olhos para ver se havia alguma caixa de som presa a ele. Como se... talvez a pessoa pudesse comprar um espelho que viesse com frases pré-gravadas: pressione um botão e ele dirá: "Você está maravilhosa!"

Mas Viv parecia preocupada e não lisonjeada. Ela soltou palavrões e puxou os grampos de cabelo. Mechas negras caíram sobre seus ombros; ela então jogou a cabeça para baixo e bagunçou o cabelo com as mãos.

— Piorou? — perguntou ela, com um olhar de incômodo estampado no rosto.

— *Ainda linda* — foi a resposta do espelho. — *Mais linda do que ela.*

Mira soltou uma exclamação de espanto como se estivesse engasgando, e nisso Blue saiu da cama de súbito, derrubando um travesseiro quando suas botas alcançaram o chão.

— Você pode por favor parar de brincar com o seu espelho? — falou ele. — Está assustando a nossa hóspede.

— Eu só queria ter certeza — disse Viv, na defensiva.

— Por que insiste nisso? Você já sabe mesmo qual vai ser a resposta.

— Eu sei, mas... — Ela balançou a cabeça. — Não importa.

Freddie se pôs de pé, fazendo as borboletas entrarem em frenesi.

— Vamos à Casa de Doces, Viv. Você vai se sentir melhor depois de umas panquecas. E talvez assim engorde um pouquinho, o que deixaria Regina feliz por um tempo.

Ele tentou um sorriso todo luminoso no rosto, mas em nada melhorou o humor de Viv.

— Regina nunca fica feliz.

Com um suspiro, Viv saiu do quarto e desceu para o térreo, suas sandálias plataforma ressoando contra os degraus da escada.

Mira notou que Henley observava Viv — como agora observava o espaço vazio em que ela estava apenas alguns segundos antes — com o mesmo olhar de fascinação do espelho sobre ela. O desejo que transparecia tão claramente no rosto dele fez Mira ter calafrios.

Ela sentia como se tivesse ido parar por acaso em um mundo de segredos de estranhos — no país das maravilhas, em vez da cidade onde tinha nascido —, e esses segredos eram como dinamites prestes a explodir. Ela não sabia ao certo o quanto gostaria de saber.

Eu tinha a vida dela em minhas mãos.
E então a tomei.

4

A CASA DE DOCES era uma cafeteria cafona que ficava em uma casinha decorada com doces. As molduras eram listradas em vermelho e branco, e caramelos, chicletes, pirulitos e balas de hortelã enfeitavam as paredes.

Os fregueses matinais estavam chegando aos poucos: casais, policiais e várias pessoas indo comer sozinhas. Uma dúzia de garotas em vestido de festa e descalças caminhavam pelo estacionamento com seus sapatos detonados nas mãos, como se tivessem passado a noite toda curtindo a balada e estivessem relutantes em voltar para casa.

Um grupo de turistas de meia-idade, todos com camisetas iguais estampando o nome de um farol que tinham ido visitar, não pôde entrar; a atendente à porta, vestida como uma garçonete da Bavária, lhes explicou que eles precisavam ter feito reserva.

Viv não enfrentou a mesma resistência. Reivindicou uma mesa para oito no meio da cafeteria lotada, depois pegou seu celular e começou a chamar pessoas para encontrá-la ali. Uma garçonete apressou-se a entregar os cardápios, e serviu a todos xícaras de um lamacento café.

Mira acabou sentando quase à ponta da mesa, ao lado de Blue e em frente a Freddie. Em certo momento, no carro, apertada no banco traseiro entre pessoas que mal conhecia, ela se sentira incapaz de continuar com aquilo por mais tempo. Sentira um repentino surto de solidão e desamparo, um desespero ao pensar que não iria encontrar, afinal, o túmulo dos pais, e lágrimas quentes haviam escorrido por suas faces. Ela logo tinha virado o rosto para a janela e limpado as lágrimas. Aparentemente, ninguém havia notado que ela estava chateada — e não queria mesmo que notassem.

— As panquecas daqui são muito boas — disse-lhe Freddie — Assim como os waffles.

Mira passou os olhos pelo cardápio. Tentou falar com um tom ameno:

— Eu estava pensando em um pouco de liberdade, e, para beber, uma medida cautelar de afastamento. Mas é tudo só com bacon.

— A medida cautelar de afastamento sai mais caro — intrometeu-se Blue, rasgando dois pacotinhos de açúcar e adoçando seu café. — Tem que pedir separado.

— Que saco. Acho que vou querer o bacon então.

Enquanto os outros faziam seus pedidos, Blue tomou um gole de café e perguntou a Mira, baixinho:

— Por que você estava chorando antes? Estava com medo?

Mira balançou a cabeça em negativa. Não sabia o que dizer.

— Não. Eu estava... eu me lembrei de uma coisa que me deixa triste.

— Ah, sim. Achei que tivesse assustado você.

— Você não se preocupou com isso quando invadiu o meu quarto.

Blue deu de ombros, com uma expressão culpada.

— Eu realmente quis assustar você. Mas só para servir de alerta. Minha intenção não era fazer você chorar... isso muda as coisas.

— Muda como?

— Faz com que eu esteja magoando as pessoas em vez de ajudá-las.

— Então você ainda acha que está me ajudando?

— Mesmo que você não saiba disso.

Ele então se calou e voltou sua atenção para a garçonete, rindo de alguma piada que Viv falou. Levantou-se para acenar para um cara fortão que vinha na direção deles que parecia não ter ido dormir ainda. O cara trajava uma camisa havaiana e tinha marcas de batom no pescoço, de duas cores diferentes. Seu bagunçado cabelo loiro-dourado estava emaranhado em volta de seu rosto, mas, apesar de descabelado, ele conseguia ter um ar presunçoso.

— Este é Rafe — apresentou Freddie. — Foi ele quem derrubou sua porta. Ele teria vindo com a gente, mas tinha que... bem, acompanhar umas damas até em casa.

Mira assentiu, olhando para Rafe com suspeita. Ele já estava começando com um ponto negativo, e Mira sentia que haveria mais.

Rafe se jogou na cadeira ao lado de Viv e passou o braço por trás da cadeira dela — e então se pôs a olhar para a camiseta dela.

— Viv ainda não tem peito nenhum — anunciou ele.

Henley socou a mesa com as duas mãos, fazendo os pratos e talheres trepidarem ruidosamente. Depois de murmurar alguma coisa sobre ir embora antes que matasse alguém, saiu da cafeteria.

Viv soltou um suspiro.

— Pare de falar dos meus peitos, seu babaca.

— Rafe, por favor, tenha um pouco de modos — disse Freddie. — Ou pelo menos finja que tem.

Rafe ignorou a ambos.

— Você perdeu na loteria da puberdade, Viv. Dê um jeito de fazer com que o seu pai compre um par de peitos para você. Que nem os da sua madrasta.

Viv tomou um gole de Coca-Cola, os olhos semicerrados em indiferença, como se estivesse acostumada com aquilo.

— Sabe, eu me mataria se tivesse que quebrar a sua maldição — disse ela.

— Eu também. Preciso de uma garota bem gostosa se for meu destino ficar preso a uma só pelo resto da vida.

— Tem damas à mesa — censurou Freddie, sua voz começando a soar mais severa.

Por fim, Blue jogou um pedaço de pão em Rafe.

— Guarde sua maldição para você, Wilder.

Rafe catou o pão do colo, dobrou-o e o comeu em duas mordidas.

— Você não tem do que reclamar — disse Rafe de boca cheia, apontando um dedo carnudo para Blue. — Taí um problema que você nunca vai ter: ficar preso a uma garota. Pode ter quantas quiser. É só continuar passando para a seguinte até cansar.

Blue desferiu a ele um olhar frio, firme e de ódio... um ódio genuíno.

Então chegou outra amiga, desviando o foco da atenção de Rafe e Blue para si, e evitando que os dois partissem para a briga.

— Que história é essa de *maldições*? — perguntou Mira a Freddie, em um murmúrio.

— É só brincadeira — respondeu ele, com um sorriso não muito convincente.

Ela fez um biquinho de contrariada. Estava óbvio que ele estava escondendo alguma coisa.

A recém-chegada se sentou à ponta da mesa, entre Mira e Freddie, e quando Mira olhou para ela — olhou *de verdade* —, até esqueceu por que tinha feito biquinho para Freddie.

Era a garota mais bonita que Mira já tinha visto em toda a sua vida.

Seu cabelo preto, liso e brilhoso ia até a cintura. Seus olhos de corça tinham longos cílios, quase negros de tão escuros; sua pele reluzia como seda. Seu rosto era tão belo que só de olhar para ela as pessoas se sentiam felizes, e até mesmo o aroma que ela exalava era agradável: como madressilva. Nenhuma borboleta girava em volta de sua cabeça, mas deviam ter passado por ali antes.

Freddie apresentou-as.

— Mira, esta é a srta. Layla Phan. Layla, esta é Mira.

— Oi — disse Layla.

Sua voz era gentil, doce... mas algo feroz surgiu em sua expressão quando ela olhou para Rafe.

— Não quer sentar aqui perto de mim? — perguntou Rafe a ela com um largo sorriso no rosto.

— Não, não quero — respondeu Layla. — Eu não sentaria perto de você nem se todos os outros lugares da sala estivessem em chamas.

— Ai! — Rafe se encolheu e depois se recompôs, com um sorriso abatido. — Eu ficaria magoado com isso se acreditasse que era verdade. Você bem sabe que tem curiosidade de experimentar o meu equipamento.

— Mais ou menos a mesma curiosidade que eu tenho de pegar sífilis — retrucou Layla, irritada.

— Ele estava se referindo ao carro dele — disse Freddie a Mira, como se tivesse a absurda esperança de que Mira fosse tonta o suficiente para acreditar.

— O carro dele tem sífilis? — perguntou Mira, se fazendo de chocada. Freddie ficou vermelho. — Eu sei que não era isso.

Freddie assentiu, envergonhado, e esfregou o rosto com as mãos.

— Tem razão. Lamento que você tenha de ouvir uma coisa dessas. Ele algum dia ainda vai... sofrer mudanças positivas; um dia.

— Ele é um tremendo de um idiota — murmurou Layla. Sua mão tremia sobre a mesa. — Eu adoraria atirar nele com uma espingarda quando o dia da transformação dele finalmente chegar.

— Dia da transformação...? — perguntou Mira no mesmo instante.

Os grandes e escuros olhos de Layla a observaram como se só agora ela se lembrasse de onde estava.

— Ah. Nada. Não se preocupe. Olá. Esqueci que nem conheço você. Eu... costumo exagerar. Muito. Nem espingarda eu tenho.

— Pode comprar uma no Walmart — sugeriu Viv. — Passe no meu cartão se quiser. Vou usar meu coma como álibi.

Mira concentrou-se em comer suas panquecas, embora estivesse começando a se sentir esquisita. O que havia de errado com aquelas pessoas? *Todo mundo* ali era doido de pedra?

Ao lado dela, Blue parecia tenso, partindo uma tira de bacon em pedaços. As pontas de seus dedos brilhavam com a gordura.

— Estou começando a achar que foi um erro apresentar você para a galera toda — disse ele.

Rafe continuava dando em cima de Layla, que continuava brigando com ele, insistindo no fato de que fadas não transformavam pessoas boas em monstros, só expunham as monstruosidades que as próprias pessoas já tinham dentro de si; e Freddie dava o melhor de si para bancar o reconciliador, ou professor de etiqueta de 1850, ou fosse lá o que estivesse fazendo. Henley observava o grupo lá de fora, recostado na janela fumando um cigarro. Viv examinava uma tortinha de maçã com um largo sorriso masoquista no rosto.

— Não é de se admirar que você seja tão esquisito — disse Mira por fim.

— Ah, é, aprendi com essa gente — disse Blue, com um sorriso débil.

— Eu quero que você saiba... — falou Mira — ... que sejam quais forem as suas intenções, e mesmo que você ache que são boas, eu não viajei até esta cidade para ser levada de um lugar para o outro com pessoas loucas bancando minhas babás. Tenho assuntos a resolver aqui, e é o que pretendo fazer.

— Tudo bem, é só ficar longe do cassino.

— Não.

Blue então virou o corpo todo para ela e a agarrou com força pelo pulso, como se estivesse tentando intimidá-la. Ela jogou nele sua faquinha toda melada de mel e, se contorcendo, conseguiu se soltar. Causando uma cena, é claro. Às vezes é necessário.

Em um pulo, ela ficou de pé.

— Não me diga o que fazer. E não me trate com grosseria a menos que queira ser desmembrado. É o meu último aviso.

— Dá para falar baixo? — reclamou Blue, baixinho.

— Não, *não dá* — retrucou ela, gritando ainda mais, de propósito.

Havia uma mancha de mel do tamanho e forma exatos de um talho no peito de Blue. As pessoas olhavam para ele, mas ninguém parecia tão surpreso com o surto de Mira, o que era bem estranho, e na verdade ela não estava nem aí se eles estavam ou não surpresos. A raiva se associava ao açúcar em seu sangue, o que a deixava nauseada. Ela só queria ir embora. Então, pegou sua bolsa e, pela segunda vez em dois dias, saiu em fúria.

— Sempre popular com as garotas, Blue — disse Viv.

Mira ouviu uma cadeira ser empurrada para trás, como se alguém estivesse prestes a ir atrás dela, depois ouviu a voz de Blue:

— Esqueça, Freddie.

— Mas ela está chateada — falou Freddie.

— Ela não é mais nenhum bebê. Deixe que brinque com fogo se quiser.

— Bela bunda — comentou Rafe.

E então Mira saiu, a porta oscilando e se fechando atrás dela, finalmente silenciando aquele bando de malucos; e lá foi ela pelo estacionamento quente, seus chinelos fazendo um barulho de sucção como se estivessem quase derretendo no asfalto fumegante.

Henley ergueu o olhar quando a viu se aproximando.

— Quer uma carona? — ofereceu, mas ele não parecia muito entusiasmado com a ideia de levá-la a lugar algum.

— Não. Mas obrigada. Divirta-se com os doidos.

Ele deu uma bufada de desdém.

— Eu não chamaria isso de diversão.

— Eu estava sendo sarcástica.

Henley assentiu, levando o cigarro à boca, e ela seguiu seu caminho em direção ao Dream.

5

MIRA PAROU EM UM dos banheiros reluzentes do Dream, se trocou — vestiu roupas amarrotadas, mas normais —, depois buscou dentro da bolsa um creme para pentear e passou um pouco no cabelo. Ainda parecia suja e desarrumada, mas ao menos não estava mais de pijama e seu cabelo estava um pouco apresentável. Saindo dali, foi até a recepção e pediu para falar com Felix Valentine. Seu coração batia alucinadamente. Ela chegou a se perguntar se a mulher da recepção conseguia notar isso.

Quando Felix apareceu, ele parecia ainda mais bonito. Seus olhos estavam mais brilhantes, seu sorriso lhe vinha mais rápido ao rosto.

— Olá, Mira — disse ele.

Ela imediatamente desandou a falar:

— Não sei se agora é um bom momento. Se não for, não tem problema. Eu teria esperado você me ligar, mas seu irmão invadiu meu quarto hoje de manhã e me fez sair daqui, e eu... achei que você deveria saber disso.

— Espere... pode repetir? Blue invadiu o seu quarto?

— Um dos amigos dele derrubou a porta e eles me levaram embora daqui à força.

— Não posso acreditar que ninguém tenha me falado nada a respeito disso — murmurou Felix. — Só um minuto.

Felix pegou o celular e afastou-se um pouco de Mira para fazer uma ligação. Ela não conseguia ouvir muita coisa do que ele dizia, o saguão estava tumultuado àquela hora do dia, mas via, pelas expressões no seu rosto, que ele estava gritando com alguém. Quando voltou, no entanto, já não havia mais qualquer sinal de indignação em seu semblante.

— Tudo resolvido. Não vai acontecer de novo.

— Obrigada — disse Mira, arrastando um dos chinelos no chão distraidamente.

De repente Mira se sentiu tímida. Não estava acostumada com pessoas ficando com raiva por sua causa — mas meio que gostou. Fazia-a sentir que ele se importava com ela.

Felix passou os dedos pelo cabelo e inclinou a cabeça, olhando para ela.

— Preciso sair um pouco daqui. Quer ir começar a sua busca hoje? Sou todo seu, se você me quiser.

Ela apenas assentiu, não confiando em si mesma para falar algo.

ᖰᖰᕼ

O ponto de partida foi o maior cemitério de Beau Rivage, de onde seguiram até o mais pitoresco. Por fim, o calor intenso forçou os dois a entrar em algum lugar, em um restaurante vietnamita quase vazio, onde se sentaram a uma mesa preta bamba. Passaram duas horas ali, tomando café gelado e rolinhos, além de pratos cujos nomes Mira nem conseguia pronunciar, a cafeína e a atenção exclusiva dele a deixando eufórica.

Felix tinha trocado de roupa antes de eles saírem do Dream. Sem o terno — agora de calça jeans e uma camiseta branca lisa —, ele parecia uma outra pessoa. Não ficava intimidante vagando em meio a túmulos sob o calor, tão suado e sujo quanto ela. Ele tinha levado um par de óculos de sol, o que era injusto, já que a forte luz branca do sol a obrigava a apertar os olhos para conseguir enxergar; e no restaurante ela afanou os óculos dele e os experimentou, apoiando o queixo nas mãos e o desafiando a recuperar seus óculos, com sua melhor expressão de diva impassível.

Ele ergueu uma sobrancelha.

— Não vou brigar com você pelos óculos. São os mais baratos que eu tenho.

Ela torceu o nariz para Felix, encarnando Myrna Loy em *A ceia dos acusados*. Ele riu.

Mirna tinha bebido tanto café gelado e olhado para ele tanto tempo que seu sangue zunia. Seu coração não cansava de bater acelerado.

No carro — preto, com janelas cobertas por insulfilm —, Felix colocou jazz para tocar. Mira conhecia algumas das músicas graças às aulas de dança, e ele admitiu que o jazz era influência de sua mãe. Uma das únicas coisas típicas dela que absorvera para si.

— Ela só ouvia esse tipo de música quando eu era criança — contou ele. — Pegava um quebra-cabeça ou alguma outra coisa para eu brincar, botava um disco para tocar e se arrumava como se fosse sair, só para ficar dançando no quarto durante uma hora. A música era uma fuga para ela, eu acho... uma forma de fugir de mim, do meu pai. Não que ele passasse muito tempo com a gente na época em que ela ainda não tinha ido embora.

Mira lhe perguntou sobre seu pai — como ele era? —, mas Felix parecia relutante em entrar nesse assunto, então ela não insistiu.

Passaram por casas antigas maravilhosas, edifícios inabitados e em frágeis condições, faixas de areia branca e reluzente. Mira comentou que seu aniversário estava chegando, e que a data a fizera sentir que estava na hora de parar de apenas sonhar e finalmente fazer alguma coisa. Depois, contou que tinha ficado muito nervosa por medo de ter cometido um erro... mas que agora estava grata por poder contar com a ajuda dele.

Terminaram o dia em um velho e triste cemitério perto do mar. A maior parte das lápides estava rachada e os mausoléus tinham desabado, mas ainda dava para ler as inscrições. Na verdade, Mira ficou foi aliviada por não encontrar o túmulo dos pais naquele lugar tão decadente.

Estavam sentados lado a lado em um banco de pedra, à sombra de uma árvore florida, um musgo espanhol (ou barba-de-velho, como também é conhecido), quando Mira pegou a fotografia que havia trazido consigo. Aquela que ficava ao lado de sua cama em casa, para a qual ela sussurrava *boa noite* antes de dormir.

Ela pegou a foto pelas beiradas, para que seus dedos suados não a manchassem.

— Estes eram meus pais — disse ela. — Se quiser ver...

— Claro que quero.

Mira lhe passou a fotografia. Era um retrato tirado no dia do casamento dos dois. Sua mãe usava um vestido antigo com gola rendada que lhe subia pela garganta. Seu pai estava elegante em um smoking preto, o braço em torno da noiva, exibindo o porte nobre de um oficial do Exército, ou de um cavaleiro. Ambos eram muito bonitos. E pareciam muito felizes.

— Adora e Piers — disse Felix, repetindo os nomes que ela lhe dissera. — Um belo casal.

— Eles eram um casal perfeito. Quer dizer, *imagino* que fossem. Quando imagino como deviam ser. — Mira baixou bastante a cabeça, envergonhada. — Eu... invento histórias sobre eles. É esquisito, eu sei.

— Não é tão esquisito assim. Eu penso no passado às vezes... em como eu gostaria que tivesse sido diferente. Tem coisas que eu daria quase tudo para mudar.

— O quê, por exemplo?

Felix colocou a foto no colo dela e ergueu os óculos de sol do nariz dela.

— Levar você de carro por aí não é suficiente? Você precisa saber dos meus segredos também?

Mira riu.

— É claro.

Felix ergueu os olhos para o céu, agora com ar sério. Folhas farfalhavam no alto da árvores, lançando sombras indistintas que dançavam pelo rosto dele.

— Como posso dizer isso? Muitas vezes... penso que conheço determinada pessoa, que posso confiar nela. Mas então descubro que estou enganado... e minha vontade é nunca ter conhecido aquela pessoa.

Mira prestava bastante atenção. Sentia como se Felix estivesse lhe mostrando algo que ele relutava em exibir, e queria ser merecedora dessa honra.

— Já me machuquei muito — continuou ele. — E isso faz... depois de um tempo, faz com que a gente se sinta um idiota. Fico me dizendo...

O maxilar dele enrijeceu e ele parou de falar, como se estivesse decidindo se devia ou não continuar.

— O quê? — perguntou ela gentilmente.

Ele suspirou, limpou o suor da testa e desviou o olhar de relance para o oceano.

— Fico me dizendo que o amor não é para nos destruir. Porque não quero acreditar que seja assim. Que tenha de ser assim. Mas todos os relacionamentos que já tive terminaram em desastre. Então, a sensação que tenho é de que... de que o amor destrói. Só isso: só destrói.

Mira ficou se perguntando que tipo de traição ele sofrera; o que uma garota (ou mesmo várias) tinha feito para partir seu coração daquela forma.

E disse a si mesma que *ela* nunca o machucaria assim.

Não que teria a oportunidade de fazer isso.

Felix se levantou, encerrando a conversa.

— Desculpe, Mira... Não queria descarregar isso em cima de você desse jeito.

Ele foi até a ponta do cemitério e ficou lá parado de pé, em meio a pedaços de anjos quebrados, o olhar fixo na água. Havia uma rachadura nele, na pessoa que ele desejava ser, e ela conhecia essa rachadura, porque também a tinha.

Mira se pôs de pé rapidamente, a foto saindo voando de seu colo, esquecida. Foi na ponta dos pés até Felix, como se executasse uma dança com movimentos muito precisos, e tocou nas costas dele. De leve, só para que ele soubesse que ela estava ali.

— Não vai ser assim sempre — disse ela, tentando não soar tão ingênua.

Mira sabia que era uma garota em quem Felix poderia confiar. Se ele quisesse...

A água reluzia como vidro, como se a luz do sol a partisse em lascas reluzentes. O calor infindável, a umidade e os perfumes fortes do verão tornavam Mira ciente do físico, de todos os sentidos... e enfraqueciam a sedução de seu sonhar acordada.

Ela tinha vontade de abraçá-lo, colar seu rosto nas costas dele e apertá-lo, mas não conseguiria dar aquele salto. Não sem algum sinal de que ele queria aquilo. Seria humilhante demais se ele a afastasse.

Felix ficou calado por tanto tempo que ela achou que ele nem fosse responder. Mas então ele se virou, e os braços dela deslizaram em volta dele antes mesmo que ela pudesse pensar nisso... e, de repente, ele também a estava abraçando, com muita naturalidade, olhando para ela como se estivesse tentando ver quem realmente ela era. Um dos cantos de sua boca se ergueu, tão brevemente que mal poderia ser considerado um sorriso, mas naquele momento foi tudo.

— Veremos — disse ele.

Felix a deixou no Dream, disse-lhe para pedir o jantar para o quarto dele e lhe deu uma chave da suíte. Tinha que voltar ao trabalho, mas prometeu que mais tarde arrumaria um novo quarto para ela — com uma porta intacta, onde Blue não fosse incomodá-la. Até lá, ela poderia ficar na suíte dele.

Agora Mira estava deitada na cama de Felix, folheando uma velha antologia de contos de fadas que encontrara na estante dele e sonhando acordada — recordando os braços dele a envolvendo — enquanto partia o gigantesco cookie de chocolate que surrupiara do bufê.

O livro de contos de fadas estava caindo aos pedaços. A capa meio solta ficava balançando sempre que ela a abria, o sumário estava faltando, páginas de histórias inteiras tinham caído e se perdido. Com uma rápida folheada, porém, Mira viu que continha praticamente todos os contos mais famosos, além de muitos outros que para ela eram novos.

"Cinderela". "Os sapatinhos vermelhos". "A Bela e a Fera". "O junípero".

Mira já tinha visto quase todos os filmes da Disney e se lembrava vagamente de ter tido um ou dois livros ilustrados dos irmãos Grimm quando criança, mas contos de fadas nunca fizeram muita parte de sua infância. Elsa e Bliss a fizeram se interessar por romances clássicos desde bem nova, então ela se sentia naturalmente atraída por esse tipo de literatura, autores como Frances Hodgson Burnett, Louisa May Alcott e Laura Ingalls Wilder. Tinha apenas lembranças difusas de crianças subindo um gigantesco pé de feijão, irmãos encontrando uma casa feita de doces no meio da floresta, sapatinhos de cristal e personagens sofrendo transformações em meio a muito brilho.

Ela pegara aquele livro porque parecia estranho que Felix tivesse uma antologia de contos de fadas em meio a tantos volumes sobre negócios, mas, quanto mais o lia, mais se sentia absorvida pelos contos.

Em "O junípero", um garoto que havia sido decapitado pela madrasta ressurgia dos mortos para assassiná-la. A irmã postiça de Cinderela decepava o próprio dedão em uma desesperada tentativa de fazer com que seu pé coubesse no sapato pequeno demais, para enganar o príncipe. E "A pequena sereia" era um conto pura e simplesmente trágico: todos os passos que a sereia dava na terra eram agonizantes, como se seus pés estivessem sendo cortados por facas; e, no final, a pobre garota não conseguia fazer com que o príncipe a amasse, deparando-se com a escolha entre matá-lo na noite do casamento ou se dissolver nas espumas do oceano, sem alma e morta.

Amor e morte. Morte, amor e transformação. Mira ficou horas lendo o livro, arrebatada.

Passava um minuto da meia-noite quando a porta se abriu sem muito ruído. Mira ouviu alguém se movendo pela antessala da suíte sem a menor discrição e então ouviu, em um murmúrio:

— Idiota. Cadê você?

Então não era nenhuma faxineira. Nem Felix.

Era Blue.

Mira soltou um suspiro e saiu da cama para confrontá-lo.

Eles quase colidiram um contra o outro na entrada do quarto.

— Garota imbecil — disse ele, seu lábio se retorcendo.

— Sentiu minha falta?

Ele nem tentou se afastar. Continuou ali, tão perto dela, que Mira podia sentir o calor irradiando do corpo dele. Blue havia trocado de roupa desde a última vez que ela o vira, aquela manhã; vestia agora uma camiseta roxa com a estampa anatomicamente correta de um coração no peito.

— Pelo menos você não está pelada — disse ele.

— Porque, se eu estivesse, você desmaiaria com o esplendor da minha nudez.

— Não. Não é por isso. Cadê o Felix? Levei uma bronca no telefone por sua causa. Ele deve gostar de você. Por todos os motivos errados.

Mira revirou os olhos.

— *Talvez* ele não aprove o seu mau comportamento. Sabe... invadir o meu quarto, me atacar, me sequestrar... Nem passou pela sua cabeça essa possibilidade?

— Eu conheço meu irmão melhor do que você. Mau comportamento é a especialidade dele.

Mira esperou por um instante, empertigada, encarando Blue enquanto ele a encarava de volta. Por fim ela relaxou, deixando de cerrar os dentes, e disse:

— Bem, Felix não está aqui. Tchau.

Mas Blue não saiu do lugar. Apoiou as mãos uma em cada lado do vão da porta, os músculos de seus braços se tensionando.

— Quer dizer que você caiu igualzinho a todas as garotas? Acha que é especial, aquela que vai conseguir segurá-lo? Que as regras não se aplicam a você?

— Que regras?

— Tudo que *você* precisa saber é que tem de ficar longe dele — disse Blue, inclinando-se para frente com agressividade. — Essa é a sua regra. Fique. Longe. Dele.

Mira recuou de um salto — mas depois ficou irritada por não ter se mantido firme. Blue aproveitou para na mesma hora entrar no quarto, seus olhos se voltando para a cama.

— Lendo contos de fadas, que meigo. O Felix é o seu príncipe encantado? Ele já te deu flores?

— Não interessa. Por que não vai encontrar outra pessoa para perturbar?

— Você não é uma vítima minha, Mira. Se fosse, você saberia.

Ele sentou na cama, descansando uma das pernas, em sua calça jeans surrada, sobre a colcha.

— Cinderela — falou em um murmúrio. — Gostou da parte em que o sapato fica cheio do sangue da irmã postiça dela? O príncipe acha que encontrou a garota misteriosa do baile, mas então um passarinho vem e lhe diz para dar uma olhada na trilha de sangue: ele está carregando uma impostora no cavalo. É bem doentio.

— Igualzinho a você.

— Isso mesmo. — Seus olhos encontraram os dela, e Mira notou algo muito sério nas profundezas daquele olhar. — Igualzinho a mim. Igualzinho ao meu irmão.

A forma como ele disse isso a fez sentir calafrios. De repente ela não se sentia bem em estar sozinha com ele.

— É melhor você ir embora.

— Ah, você acha? Que pena. Preciso conversar com o Felix. E, ao contrário de você, eu moro aqui.

Ele voltou a folhear o livro, ignorando-a. Depois comeu o que tinha sobrado do cookie.

Irritada, Mira se retirou para a antessala e ligou a TV. Teve dois minutos de paz antes de Blue se jogar ao lado dela.

— E então, que tipo de coisa ele diz a você? Estou curioso.

— O Felix não está dando em cima de mim — disse Mira, entre dentes. — Ele está me ajudando a encontrar os meus pais. Mesmo ocupado ele conseguiu um tempo para me ajudar com uma coisa que é importante para mim. Que crime!

— Encontrar seus pais? — Ele assoviou baixinho. — Então você é uma garotinha perdida!

Ela girou o corpo para encará-lo, os punhos cerrados, pronta para dar um soco no coração anatomicamente correto da camiseta dele.

— Você está realmente me irritando. Eu sei que faz parte da sua estratégia, mas vou logo avisando: pare já com isso ou vou perder o controle e acabar machucando você.

Ele abriu um sorriso.

— Viu? É por isso que não entendo você. Tão irritadiça e intocável quando está comigo... por que não consegue ficar assim o tempo todo?

— Isso pode ser divertido para você, mas *eu* não gosto de sentir raiva o tempo todo.

Suas unhas estavam cravadas na palma das mãos com tamanha força que doía.

Ela relaxou as mãos e se levantou do sofá. Precisava ficar longe de Blue antes que quebrasse alguma coisa na cabeça dele, mas o garoto a agarrou pela bainha da camiseta e a puxou de volta para baixo.

— Espere — disse ele.

— *Que foi?* — perguntou ela, irritada, ficando onde estava, já que ele ainda a segurava com firmeza pela camiseta.

Blue sorriu. Ele tinha um daqueles sorrisos tão charmosos e devastadores que chegava a dar raiva. Era como se ele estivesse jogando sujo.

— Não vá embora. Vamos, me diga uma coisa.

— Dizer o quê? — respondeu ela, duramente.

— Diga o que faria se eu fosse legal com você.

— Eu não o mataria. — Ela nem teve que pensar na resposta.

Ele riu.

— Quantas pessoas você já matou?

— Quinhentas. — Ela revirou os olhos. — E quantas pessoas *você* já matou?

Blue a soltou, ergueu-se **e** foi até o canto onde ficava o frigobar. Abriu uma das garrafinhas transparentes e engoliu o líquido antes de responder — em uma voz que soava como se ele estivesse engasgado:

— Uma.

Ele a beijou como um homem possuído.

Era o tipo de beijo em que você se entrega completamente. Tudo desapareceu, menos o som da respiração dela. O cheiro de seu cabelo vermelho: maracujá e framboesas. Ele ergueu as mãos para afastar as mechas do rosto dela; queria olhar para ela.

Era um primeiro beijo. Um beijo perfeito — ela disse isso a ele, e ele ficou enrubescido de prazer. Bêbado de prazer.

Beijou-a mais uma vez. Com mais intensidade. Puxou-a mais para perto de si.

Ele ouviu seus amigos se apresentando na outra sala: Jewel cantando, Freddie afinando a guitarra.

Feliz aniversário. Parabéns pra você.

Parabéns...

E então, o ofegar mais estranho. Olhos se revirando, expondo a parte branca. No coração dele, terror. No dela, silêncio.

... pra você.

⬥

Blue a deixou em paz depois disso. Preparou um drinque para si e não falou com ela, nem mesmo para perturbá-la. Ficou estatelado no sofá vendo filmes da ampla coleção de Felix enquanto ela tomava um banho de banheira, com a porta trancada. Mira tinha achado que se sentiria melhor se Blue não falasse com ela, mas na verdade era ainda mais perturbador: não estava acostumada a vê-lo calado.

Mas ele estava inebriado. O que poderia ser algo muito ruim... ou talvez pudesse fazê-lo baixar a guarda e responder a algumas das perguntas dela.

Mira se sentou na cadeira em frente a ele. Blue tinha deslizado para baixo, estava quase caindo do sofá, segurando um copo alto. Ela nem sabia o que tinha dentro do copo. Gasolina, a julgar pelo cheiro.

— Ei, seu perturbado — chamou ela.

— Oi.

Os olhos dele estavam grudados na tela da TV. Era um filme de guerra antigo; parecia vagamente familiar.

— Então, me diga uma coisa: por que seus amigos são tão esquisitos?

— O Freddie não é esquisito.

— Hum, os passarinhos voam até ele como se ele fosse feito de açúcar.

— Então os pássaros é que são esquisitos.

Ela apertou os lábios, frustrada por um instante.

— É porque eles são amaldiçoados?

— Os pássaros?

Blue tomou um ruidoso gole da bebida em seu copo; pela careta que fez, parecia que na verdade ele *estava* bebendo gasolina.

— Não, os seus amigos — disse ela.

— Provavelmente. Isso cria muito drama. *Sturm und Drang.* Porcarias assim.

— Eu não falo alemão.

— Nem eu. Só uma ou outra expressão. Como *Märchen.*

— O quê?

— *Märchen* — repetiu ele, com uma fala lenta e preguiçosa. — O sabor da cidade, *Fräulein.*

Mira resistiu à intensa vontade de pegar a bebida e jogar nele. Mas voltar a ser uma garota insolente agora não lhe daria as respostas que ela desejava.

— Que tipo de maldição é essa?

— Antiga. Existe outro tipo?

— Bem... existe a maldição que faz com que eu sempre me depare com você. Essa é nova.

— Ha.

Blue sorriu. Ele estava começando a fechar os olhos; se era por sono ou melancolia, ela não saberia dizer. Estava prestes a fazer mais uma tentativa quando ouviu o zumbido de uma trava eletrônica sendo acionada. Não demorou muito e a porta da suíte se abriu com um clique.

— Oi, Mira. — Felix tirou a jaqueta enquanto entrava, e franziu o cenho quando viu o irmão. — Eu esqueci de falar para você chamar os seguranças quando ele aparecesse.

— Só um aviso: ele está bêbado feito um gambá — disse ela.

Felix foi para trás do sofá, tirou o copo alto da mão de Blue e se inclinou sobre o irmão.

— O que você está fazendo aqui? Falei para você ficar longe dela.

— E eu falei para você ir à merda — retrucou Blue.

— Você é bem esperto de não me dizer isso quando está sóbrio. Levanta!

Pegando o sofá por trás, Felix o ergueu para lançar o irmão ao chão. Blue caiu rolando, mas, inabalável, se ajeitou de novo em frente à TV, no chão dessa vez.

— Depois — disse Blue. — Estou vendo *Apocalypse Now*.

Felix ficou lá de pé por um instante, os dedos afundados na parte de trás do sofá.

— Tudo bem. Não estou no clima para entrar nessa com você agora. Mira... podemos conversar um instantinho?

— Claro — murmurou ela, e o acompanhou até o quarto.

Era estranho ver os dois irmãos interagindo, a tensão óbvia entre eles. Será que algum dia eles tinham se gostado?, ela se perguntou. Da TV, atrás dela, vinha o famoso discurso de Marlon Brando sobre "o horror". "Eu vi os horrores... Horrores que você viu..." Depois ela ouviu o ruído do atrito do couro, quando Blue voltou para o sofá — e então Felix fechou a porta.

༄

Felix trazia consigo o cheiro do cassino: o miasma da fumaça de cigarro da área de jogos havia penetrado em suas roupas, além de deixar seus olhos levemente vermelhos. Felix os esfregou, aparentemente irritado, mas tentando se controlar.

— Espero que ele não tenha te incomodado muito. Ele sabe que deve ficar longe de você, mas o Blue não gosta de seguir ordens. E eu não gosto de brigar com ele quando está bêbado.

— Está tudo bem. De verdade. Ele é chato, mas não fez nada.

Ela se sentou na cama. Depois de um instante, ele fez o mesmo. O livro de contos de fadas estava aberto entre os dois.

— Você queria conversar comigo — arriscou Mira. — Descobriu alguma coisa?

Ele balançou a cabeça em negativa.

— Ainda não, mas estava pensando em você hoje à noite e fiquei me perguntando: por que as suas madrinhas nunca lhe disseram onde seus pais foram enterrados? O que elas não queriam que você encontrasse?

Mira ficou calada, sem saber o que responder. A possibilidade de que Bliss e Elsa tivessem ocultado algo dela, algum segredo sobre seus pais, nunca lhe havia passado pela cabeça.

— Não sei. Talvez achassem que não fazia diferença.

— Você não perguntou isso antes de vir para cá?

— Eu não queria que elas soubessem aonde eu estava indo. Elas teriam me impedido. Minhas madrinhas eram violentamente contra a ideia de algum dia eu vir aqui.

— Por quê? O que há de tão perigoso em Beau Rivage?

— "Lembranças" que eu não tenho — foi a resposta dela, com um dar de ombros. — Elas tinham medo de que fosse traumático para mim.

— Isso me cheira a desculpa. E não das boas. — Ele ergueu o olhar, voltando a fitá-la. — Não acredito em coincidências, Mira. Acho que você teve que viajar até aqui sozinha por algum motivo. Alguma coisa que você devesse encontrar.

Talvez fosse você, pensou ela, e então quis desesperadamente desfazer tal pensamento. Não queria ir com sede demais ao pote ou parecer imatura. Não queria gostar dele mais do que ele gostava dela.

— Vamos descobrir o que é. — Ele colocou a mão sobre o livro de contos de fadas, parecendo só então notar que estava ali. — Você estava lendo isso?

Ela assentiu.

— Engraçado encontrar um livro desses na sua estante. Eu não tinha muito costume de ler contos de fadas quando era criança. Achava muito... sei lá, bobos? Mas vi que são diferentes do que eu imaginava. Mais sombrios Acho que "A pequena sereia" é o meu predileto até agora.

— Você gosta de finais tristes? — ele perguntou.

— Talvez.

Mira engoliu em seco. Ela não tinha pensado nisso antes, mas talvez fosse verdade. Não tinha sido o romance o que a cativara na história, e sim o anseio, o desespero, o nobre sacrifício da sereia. Isso era o que alcançara seu coração e a fizera *sentir* de uma forma que os finais felizes não faziam.

Porque se amamos alguém, e continuamos amando mesmo que esse amor não seja retribuído, então só pode ser um amor verdadeiro. Dói demais para ser qualquer outra coisa.

— Finais tristes são tudo que eu conheço — disse ela.

Ele franziu a testa.

— Ainda não acabou Mira. Vamos encontrar seus pais. Mal começamos. — Ele pegou o rosto dela e virou-o em sua direção. As pontas de seus dedos a fizeram sentir um misto de queimação e arrepios pelo corpo, e ela se pegou encarando Felix um pouquinho além da conta. — Você não vai desistir de mim, vai?

Ela balançou a cabeça em negativa, não confiando na própria voz; e, quando seu rosto começou a arder ainda mais sob a mão dele, ela se afastou, antes que pudesse fazer algo embaraçoso como fechar os olhos e *suspirar*, ou se aninhar contra ele como um gato.

— E quanto a você? — ela perguntou, para mudar de assunto. — Qual é o seu conto de fadas predileto?

Fazendo uma careta, Felix se estirou na cama.

— Na verdade, eu não gosto de contos de fadas.

— Mas... mas e esse livro?

Um livro que não combinava com o resto das coisas dele. Por que ele o manteria ali se não era algo de que gostava?

— É um livro que está na família já faz um tempinho — explicou ele. — Meu pai ficaria chateado se eu o jogasse fora. E antigamente eu até que gostava, sim, de contos de fadas. Mas acho que a novidade das histórias já se perdeu. Cansei de ler sobre tortura e desmembramento e... finais felizes que são concedidos de forma aleatória, a pessoas que não merecem.

— Diga a verdade — brincou Mira.

Felix abriu um leve sorriso.

— Não são todos ruins. O da Bela Adormecida é mais ou menos legal. Ela cai em um sono de cem anos e não vai mais trabalhar. Eu ia querer fazer isso. E é acordada com um beijo. É um tipo bom de transformação.

Felix deitou de costas, com os olhos fechados, a boca relaxada. Mira corou com a posição dele, pensando como seria fácil se inclinar sobre ele e beijá-lo. Seria uma indireta? Mas... não, ela não podia fazer aquilo. Morreria de vergonha se o beijasse e ele abrisse os olhos e dissesse "O que você está fazendo?".

— Algumas maldições são feitas para serem quebradas — disse Felix. — E outras simplesmente prosseguem até que sua vida se esgote.

— Maldições?

Mira começou a ficar ofegante. Não existiam coincidências — era o que ele tinha dito. Ele era sua resposta, a verdade que ela tentara arrancar de Blue.

— Maldições & Beijos. Curses & Kisses... É o nome da banda do Blue — disse Felix.

— Ah. — As esperanças dela diminuíram tão rápido quando tinham crescido. — Aquilo era... você estava citando a letra de uma música?

— Só falando. Cansaço, eu acho. Tenho que me levantar e arrumar outro quarto para você.

Felix se ergueu com esforço, e ela disse, sem pensar:

— Ou eu poderia ficar aqui.

O coração dela pareceu martelar vinte vezes — batendo assim: *imbecil imbecil imbecil imbecil* — antes de ele finalmente dizer:

— Você quer ficar aqui?

Ele a olhou de um jeito estranho. Agradavelmente surpreso? Ele queria que ela ficasse? Ela queria que ele quisesse que ela ficasse?

O olhar dele a estava deixando zonza.

— Tudo bem — respondeu Felix enfim, mas sua expressão era indecifrável. — Só preciso chutar meu irmão para fora daqui.

Felix saiu e fechou a porta do quarto. Mira se empoleirou na beirada da cama, as pernas sobre o colchão, se perguntando o que deveria esperar que acontecesse, o que *queria* que acontecesse. Parte dela sabia que estava querendo encrenca se ficasse. O restante desejava saber como era a encrenca.

Alguns minutos se passaram, durante os quais ela ouviu os irmãos discutindo em vozes baixas porém raivosas, mas não conseguiu discernir as palavras. Algo feito de vidro se partiu, estilhaçou-se. Ela ouviu um baque contra a parede e se encolheu. Então a voz de Blue surgiu pela porta, tão perto que era como se tivesse a mão dele em seu ombro.

— Mira, não fique aqui.

Ela não respondeu.

— Mira...

Depois de mais um instante, ela ouviu os xingamentos de Blue. Ouviu a porta do corredor ser batida com força. E então ela e Felix estavam a sós.

৩৶

Felix surgiu do banheiro em meio a uma névoa de vapor. Estava com uma calça de pijama preta, o cabelo molhado, uma toalha jogada sobre os ombros. Era a primeira vez que Mira via o corpo dele, as linhas de músculos definidos que as roupas apenas sugeriam. Ela o contemplava como se ele fosse um quadro, imaginando como seria tocá-lo — e desejando que ela própria estivesse vestindo uma camisola sexy em vez de um pijama que parecia roupa de ginástica.

Felix descobriu a cama, deixando a colcha cair no chão. Mira esperava ao lado dele, sem graça, em seu conjunto de short e camiseta.

— Eu posso dormir no sofá — sugeriu ela. — Se você quiser.

Ele olhou para ela como se não estivesse levando a sério o que acabara de ouvir.

— Você quer mesmo dormir no sofá?

— Não — admitiu Mira.

Ela hesitou... e então subiu na cama.

O problema era que ela não sabia o que queria e continuaria sem saber até que fosse tarde demais. Talvez fosse esse o motivo para que ela tivesse ido sozinha até Beau Rivage. Talvez tivesse que descobrir algo sobre si mesma. Crescer. Acordar.

Quando estava com Felix, Mira não se perdia em devaneios. Desejava que as coisas fossem reais.

A luz foi apagada com um clique. Ela podia sentir o colchão afundando sob o peso dele, os lençóis sendo repuxados conforme ele se aproximava. Quando ergueu a mão para sentir onde ele estava, deparou-se com o peito nu dele. Deslizou os dedos por aqueles músculos, desfrutando a sensação de tocá-los antes que ficasse constrangida e parasse. Ele estava se inclinando sobre ela, o calor de seu corpo aquecendo o ar entre os dois.

— Oi — disse ele, um sorriso se insinuando em sua voz.

A mão dela ficou paralisada sobre o peito dele. Mira nunca se sentira tão tensa antes.

— Não fique nervosa.

— Não estou nervosa — mentiu ela.

Se ao menos ele fizesse um movimento, ela poderia rejeitá-lo ou aceitá-lo — e assim parar de esperar que algo acontecesse e de imaginar o quê. Ele colocou a mão no quadril dela, um gesto íntimo, mas ela se esquivou, nervosa; afinal, o que mais poderia ser natural para ele mas ao mesmo tempo monumental para ela?

— Felix, por que seu irmão te odeia tanto?

Ele pareceu achar graça naquilo.

— O Blue disse isso?

— Não exatamente. Ele só... ele diz um monte de coisas ruins sobre você. Que eu deveria ficar longe de você, por exemplo.

— Mas é claro. Eu faria o mesmo se achasse que você estava interessada nele. Mas você já deve estar acostumada a ter vários caras brigando por você.

— Brigando? — Ela riu. — Hum, não. Isso não costuma acontecer.

A mão dele parecia tão pesada sobre o seu quadril... ela mal conseguia prestar atenção em outra coisa. Ele acariciava sua pele, massageando seu quadril de um jeito quase casual e ainda assim nada casual.

— Eu não sabia que você gostava de mim assim — disse ele, sua voz soando baixa e íntima no escuro. — Estou meio que feliz com isso.

— Mesmo?

Felix riu.

— Por que não estaria?

— Não sei. Ninguém nunca... gostou de mim dessa forma.

— Ou os caras que cresceram com você são cegos — disse ele —, ou suas madrinhas são carcereiras. Tudo bem: vou contar porque gostei de você. — Ele aproximou a cabeça da dela. — Você é corajosa, Mira. É bonita. E esperançosa, coisa que eu não sou. Você me faz sentir que as coisas podem ser diferentes...

A voz dele ficou mais terna e sumiu quando ele começou a beijar o canto da boca de Mira, um beijo cálido e suave; sua mão deslizava pelas costelas dela, lentamente puxando a camiseta para cima. Mira não sabia ao certo se...

A mão dele roçou de leve os seus seios, e a respiração de Mira ficou presa na garganta.

Felix parou. Parecia estar ponderando se o ofegar dela significava *sim* ou *não*. O momento passou; ele alisou a camiseta dela no lugar, cobrindo-a novamente. Mira queria fazer alguma coisa, mostrar a Felix que era capaz de encarar aquilo naturalmente, mas... não conseguia. Seu corpo havia ficado rígido, apreensivo.

— Você quer só dormir? — perguntou ele gentilmente.

Será que ele tinha ficado constrangido por sua causa? Por ela ter achado que conseguiria brincar no mundo dele, mas não conseguira?

Ela assentiu, mas depois se lembrou de que estavam no escuro.

— Tudo bem.

— Venha aqui — disse ele, beijando a ponta de sua orelha.

Ele a puxou de costas para si, de modo que seu peito pressionava as costas dela, seu hálito cálido contra o pescoço de Mira. Ele a abraçou e ficou assim, sem falar nada, sem insistir.

— Boa noite — disse ele.

Mira ficou deitada imóvel, até ouvir a respiração dele cair no ritmo suave e regular do sono. Então tocou sua mão, disse seu nome, mas ele apenas a puxou mais para perto de si, em uma inconsciente possessividade, encaixando-a melhor junto a seu corpo.

Aos poucos o som da respiração de Felix a acalmou. Já que não havia nada pelo que esperar, nada a decidir, sua respiração entrou em sincronia com a dele. Mira se sentia segura então, envolvida pelos braços de Felix. Como se pertencesse a ele — mesmo que isso fosse apenas mais um de seus devaneios. Naquele exato momento, ela sentia como se fosse verdadeiro.

— Boa noite — sussurrou ela.

6

MIRA ACORDOU RELUTANTE, sua mente se desvencilhando de camadas e mais camadas de sono. Tinha uma lembrança distante da cálida pressão de uma mão em suas costas, de dedos subindo e descendo por sua coluna, acariciando-a. De um *bom-dia* sussurrado que parecia um sonho.

Estava deitada de bruços, a camiseta erguida até o meio das costas, os lençóis chutados para o chão. Quando sentiu o frio do ar-condicionado na pele, puxou a camiseta para baixo.

Não estava nua; à mostra, nada que alguém pudesse considerar *obsceno*. Mas era quase pior. Porque não tinha como saber se estava deitada daquele jeito havia muito tempo, e se Felix tinha visto aquela marca feia em suas costas.

Como se ela já não tivesse bastante coisa da qual se envergonhar. Agora, para piorar, ele a veria também como deformada. Uma garota imatura com uma marca esquisita.

Saiu vagando pela suíte vazia, fazendo um enorme esforço para não chorar. A vergonha pela noite anterior lhe voltou como uma enxurrada. Por que aquela pressa para ficar com ele? Estava tudo arruinado agora. As cortinas na antessala estavam abertas ao máximo, deixando ver ao longe o oceano lá embaixo. O brilho da luz do sol fazia os olhos de Mira doerem.

Sobre uma mesa perto do sofá havia um vaso de flores com um cartão branquíssimo, e uma bandeja de prata com uma tampa em forma de domo. Na bandeja ela encontrou o café da manhã: torrada francesa com morangos. E, ao abrir o cartão, encontrou uma mensagem de Felix.

Oi, linda,

Tentei me despedir de você hoje de manhã, mas foi impossível te acordar.

Vou trabalhar muito hoje, mas estarei livre mais tarde. Podemos ir de carro até alguns cemitérios, se quiser... e depois ir jantar, que tal?

Não queria que você se sentisse presa, então deixei aí minha chave mestra. Meu lar é o seu castelo, seja bem-vinda para explorá-lo, e mande a conta do que pedir para o meu quarto. Só peço que fique longe do meu outro quarto (a suíte 3013). Tenho guardadas lá algumas coisas pessoais nas quais não se deve mexer.

Até à noite,

Felix

A chave-mestra estava sobre a mesa. Mira passou os dedos pelo pequeno objeto, sentindo-se elétrica. Ele a veria mais tarde. Os dois continuariam a busca; ele não sentia repulsa por sua marca. E, nesse ínterim, ela estava livre para explorar o lugar, ir fazer compras, o que quisesse. O lar dele era seu castelo.

Aquilo soava muito bem aos seus ouvidos.

❧

Mira passou a manhã explorando o hotel. Ficou vagando pelos compridos corredores de quartos, imaginando os dramas que se passavam por trás daquelas portas fechadas. Chegou a ir ao trigésimo andar, para conferir a vista lá de cima — mas nem chegou perto da suíte 3013.

Depois, desceu para a área do cassino. Ziguezagueou por entre as fileiras de máquinas caça-níqueis, na esperança de se deparar com Felix, em seguida contornou bem rápido as mesas de jogos, procurando avistar uma cabeça de cabelo preto-azulado.

Nenhum sinal dele. Talvez estivesse em uma das salas VIPs, ou em seu escritório.

Ou talvez estivesse na suíte 3013. Mas ela não tinha a menor intenção de invadir o único lugar do qual fora avisada para ficar longe. Talvez fosse um teste; e, se fosse, ela passaria.

O último lugar por ela explorado foi o complexo de lojas. Ficou vendo joias e roupas de grife, lingeries caríssimas e até mesmo suvenires do Dream, como camisetas com glitter e brincos de varinhas mágicas. Embora Felix lhe tivesse permitido colocar na conta dele qualquer coisa de que ela precisasse, Mira não queria abusar da generosidade alheia. No fim das contas, comprou uma camisola vermelha de cetim de uma loja de lingerie chamada Cinderella's Secret, mas pagou com seu próprio dinheiro, não com o cartão do Felix.

Ao sair da Cinderella's Secret, ela parou para se orientar. O complexo de lojas do Dream era temático, assim como o restante do hotel: amplos corredores decorados de forma a parecerem trilhas no meio de uma floresta. As janelas das lojas apareciam por entre árvores, e vinhas e flores cresciam sobre tudo. Parte do cenário era uma trilha no chão ao estilo das "migalhas de pão" da história de João e Maria. Toda a área se chamava Trilha da Floresta, que, além de butiques, tinha também várias cafeterias, algumas das quais com assentos "ao ar livre", "em pleno bosque".

Sentado em uma dessas cafeterias estava Blue.

Estava de costas para Mira, sentado a uma mesinha de metal "ao ar livre", acompanhado de Freddie e uma garota morena com uma mecha cor-de-rosa se destacando no cabelo castanho. Mira não reconheceu a garota, que parecia um tanto feroz, mais ao estilo da personalidade de Blue do que da de Freddie. Ela vestia um short preto, botas pesadas e uma camiseta rasgada sobre uma regata branca.

Blue falava sem parar sobre alguma coisa. A Trilha da Floresta estava bem barulhenta, de modo que Mira não conseguia ouvir o que ele dizia, mas não teria ficado surpresa se estivesse reclamando dela. Escondendo-se, ela ficou espionando-o durante um minuto, e provavelmente teria ficado mais tempo se Freddie não a tivesse avistado e acenado para que sentasse ali com eles.

Dobrando sua sacola da Cinderella's Secret para que não vissem o logotipo, Mira pôs um sorriso no rosto e foi na direção deles.

Blue a olhou com um ar de perplexidade que logo deu lugar a fria indiferença.

— Você está viva — disse ele.

— Geralmente estou.

Freddie se pôs de pé de um modo quase cortês.

— Mira, que maravilha! Adoraríamos que você passasse o dia com a gente. Hum, por vontade própria, dessa vez.

— Uau, obrigada. Posso?

— É, passe o dia com a gente — disse Blue. — Assim é mais um dia de vida garantido.

Freddie franziu a testa.

— Blue, não faça isso.

— Não se preocupe, estou acostumada — disse Mira.

A garota da mecha cor-de-rosa pousou seu copo na mesa para se juntar à conversa, pressionando um guardanapo contra a boca antes de dizer qualquer palavra. Seus olhos ficaram aquosos, e ela começou a tossir, como se estivesse se engasgando.

— Você está bem? Ela está bem? — perguntou Mira, procurando a resposta no rosto deles. — Alguém aqui sabe fazer a manobra de Heimlich...?

A garota ergueu a mão, indicando que não precisava de ajuda, depois respirou e limpou a boca, agarrando o guardanapo com a mão fechada. Uma pétala de lavanda úmida ficou presa ao lábio dela.

— Estou bem.

— Ok — disse Mira, ainda sentindo que deveria fazer alguma coisa. — Se você tem certeza...

— Acho que não nos conhecemos — disse a garota. — Meu nome é Jewel. — A voz dela era rouca, bonita, ao estilo das cantoras de blues.

Seu cabelo escuro estava puxado para trás em um rabo de cavalo, envolvido pela mecha cor-de-rosa torcida como uma fita. Uma tachinha
de diamante reluzia em seu nariz, e em suas orelhas havia uma fileira
de piercings de pedras preciosas: esmeralda, ametista, safira cor-de-rosa, ônix. — Sou a vocalista da Curses.

— Ah, sei. A banda — disse Mira.

— Vamos tocar esse fim de semana — disse Freddie. — Você podia ir.

— Pode ser — disse Mira. — Mas talvez eu tenha planos para o fim
de semana.

— Talvez você não esteja aqui — disse Blue, e depois se voltou para
Freddie, como se Mira já tivesse ido embora. — Por isso não faz sentido convidá-la para show nenhum.

— Vou estar aqui sim — disse Mira.

— Em teoria — retorquiu Blue, não se dando ao trabalho de olhar
para ela.

— Hã... enfim — prosseguiu Freddie, seu olhar contemplativo al-
ternando-se, sem jeito, entre os dois —, adoraríamos que você saísse
com a gente hoje. Ou que fosse ao show. Se tiver tempo.

— Não somos lá essas coisas. Quer dizer, *nós* somos — disse Jewel
—, mas Blue não. Ele meio que acaba com a nossa banda. Sem ele, se-
ríamos ótimos.

— Seria charme demais para uma pessoa só se eu ainda por cima
fosse um bom músico — disse Blue.

Mira bufou.

— Acho que você não precisa se preocupar com *isso*.

— Mas não é esse todo o propósito de ser nosso baterista? — perguntou Freddie. — Ninguém nunca gosta do baterista. Você tem que ser
ruim ainda por cima?

— Infelizmente, sim — foi a resposta de Blue.

Mira ergueu as sobrancelhas.

— Vocês estão me dizendo que têm um baterista que não consegue
acompanhar o ritmo da banda?

Jewel assentiu.

— Sorte do Blue que a gente gosta dele. E que as garotas vão aos shows de qualquer forma, para ficarem babando no Freddie.

— Elas não vão aos shows para ficarem babando em mim — disse Freddie. — Elas vão ao show para ver você cantar.

— Que nada — disse Jewel, e depois se voltou para Mira: — Freddie gosta de bancar o difícil.

— Que mentira! — protestou Freddie.

Jewel descartou a afirmação dele com um movimento de mão.

— Ãrrã, você banca o difícil, sim, senhor. O Freddie só sai com princesas. Ele é um esnobe. E princesas estão sempre em falta, então...

— Você gosta desse tipo de garota que exige atenção, presentes e mimos o tempo todo, Freddie? — quis saber Mira. — Elas não são irritantes?

— Eu não... não, não é assim. — Freddie parecia desconcertado, incapaz de explicar as coisas devidamente. — Não é assim.

— Por isso que ele ainda é virgem — comentou Jewel, com um sorriso maldoso, antes de ser interrompida por mais um acesso de tosse.

Jewel pressionou o guardanapo contra a boca, e, quando o retirou, Mira viu que o tecido estava cheio de flores empapadas: violetas, minúsculas margaridas, delicadas flores cor-de-rosa de corações-sangrentos. Não estavam mortas, apenas salpicadas de sangue.

Mira engoliu em seco e sentiu como se ela mesma tivesse um botão de rosa preso na garganta. Sua mente lutava para entender aquilo, para sentir algo além do horror entorpecente que a dominava.

Ela só podia estar interpretando errado o que via. Jewel não podia estar cuspindo flores.

Freddie continuava incomodado com a última coisa que Mira dissera, e parecia achar que ela estava horrorizada com ele.

— Não é por isso... — ele insistiu, suas faces ficando rapidamente ruborizadas. — E... e isso não é algo ruim.

Blue deu de ombros, sem se deixar abalar.

— Todo mundo aqui é virgem, menos você — disse ele, dirigindo-se a Jewel. — Ah, e a Mira também não. Ela dormiu com o Felix ontem à noite.

— *Dormi* no sentido de *dormir* — disse Mira. — Não que isso seja da sua conta.

— Se está me contando o que aconteceu, então deve ser da minha conta — disse Blue. — E então, o que houve? Ele decidiu brincar um pouco com você primeiro?

— Sabe, você é a pessoa mais... *desprezível* que já conheci na vida. — Seus dedos agora apertavam com mais força a sacola da Cinderella's Secret. — Você nem me conhece, mas insiste em ser um babaca comigo a cada oportunidade que tem.

— Só porque me importo com você — disse Blue, abrindo um largo sorriso.

Ela o teria estapeado se não achasse que ele fosse gostar disso.

— O Felix *não* é alguém com quem se envolver emocionalmente — comentou Jewel. — É melhor você ficar longe dele. Foi bom enquanto durou, mas agora parta para outra.

— Tenho plena certeza de que também não pedi a sua opinião — disse Mira, com raiva.

Ela sabia que tinha sido rude, mas estava se esforçando para não dizer coisa pior. Blue não tinha o direito de envergonhá-la na frente dos amigos dele. E ela não precisava de nenhum sermão.

Jewel deu de ombros.

— O funeral é seu.

Dizendo a eles que os veria mais tarde, Mira foi embora. Não estava no clima para discutir por causa de Felix. Blue diria alguma coisa detestável se ela permanecesse lá. Ela nunca conseguiria fazê-lo desistir, muito menos com Jewel concordando com ele.

Só quando tinha saído do hotel para a intensa e quente luz do dia foi que Mira se lembrou das flores salpicadas de sangue no guardanapo de Jewel, tão pouco naturais e fantásticas quanto o próprio Dream. Mesmo algo tão absurdo quanto aquilo devia ter uma explicação.

Quando as palavras de Felix lhe voltaram à mente, ela sentiu um aperto na garganta.

Eu não acredito em coincidências.

Talvez as maldições em torno das quais giravam as brincadeiras de Blue e seus amigos, e das quais eles não paravam de falar, fossem reais.

☙

Saindo do Dream, Mira foi até o "belo litoral" que dava nome à cidade. Queria caminhar descalça na areia branca e pensar. Não sonhar acordada, mas tentar entender as coisas.

O que exatamente estava acontecendo ali?

E quanto daquilo tinha a ver com ela — se é que havia alguma coisa?

Adoradores do sol e turistas passavam aos montes, carregando toalhas de praia, cestas de piquenique, livros desgastados, baldes de plástico e pazinhas de brinquedo. Um borrão de gente carregada do forte cheiro de protetor solar, mas de vez em quando um indivíduo se destacava do aglomerado.

Era quando a multidão se abria em torno de alguém, e Mira prendia o fôlego. Ela viu um jovem com uma bengala de ponta branca cuja pele em volta dos olhos era marcada por cicatrizes entrecortadas. Houve também uma garota cujos cabelos formavam frisos em volta de sua cabeça como felpas de dente-de-leão; ela parecia muito apressada enquanto avançava como um dardo pela multidão, e trazia uma estranha boneca de madeira agarrada ao peito. Mira sentiu-se tentada a pará-la e perguntar o que era tão urgente, mas seu instinto a aconselhou a não fazer isso. Além do mais, a garota logo sumira de vista, antes mesmo que Mira pudesse tentar falar com ela.

Seriam maldições, aquilo? Era isso o que ela estava vendo? Ou era só paranoia sua?

Mira estava se apoiando na amurada do calçadão, tirando um sapato com o outro, quando Henley e Viv pararam ao seu lado, ambos em roupa de banho. Henley carregava um cooler e uma bandeja de papelão com batatas fritas e donuts quentinhos. Viv segurava as chaves do carro, o quadril inclinado para um dos lados enquanto arrumava o nó de seu sarongue vermelho.

Mira suspirou. Só esperava que aquilo não significasse que Blue estava a caminho.

— Não tem como fugir de vocês, hein?

— Como? — disse Henley, com seu típico cenho franzido e sua expressão desprovida de humor.

— Haha, não, é um mundo pequeno — disse Viv. — Eu também bem que queria me livrar desses malas de vez em quando.

— Se eu não estivesse aqui, você teria que carregar suas próprias tralhas — disse Henley.

Viv esfregou o ombro dele de um jeito brincalhão, com vigor.

— É mesmo! Tenho tanta sorte! — Ela se inclinou e deu um beijo no braço dele, e em vez de se afastar manteve o rosto colado ao bíceps do rapaz, os olhos escuros fixos em Mira. — E então, forasteira, o que me diz de se juntar a nós? Posso prometer a você: nada de Blue, pelo menos por um tempinho. E comida grátis. — Ela pegou uma batata frita e deu uma mordida na ponta. — Vamos?

— Vocês não querem ficar sozinhos?

Mira reparava em como Viv se aconchegava junto a Henley. Estava completamente confusa com o comportamento dos dois hoje em comparação com o que presenciara no dia anterior.

— Hum, não. — Viv riu e começou a descer os degraus até a praia. — Venha — chamou, acenando para um guarda-sol vermelho enfiado na areia. — Aquele é o meu lugar.

Ela foi correndo na frente, pálida como um fantasma — sua pele era quase tão branca quanto seu biquíni —, deixando Mira e Henley para trás. Enganchou os dedos por dentro dos saltos de suas sandálias prateadas e foi carregando-as assim, sentindo os dedos dos pés afundarem na areia quente.

— Então, você é o jardineiro ou o namorado dela? — perguntou Mira a Henley.

Ele a olhou com raiva.

— Você não me perguntou isso.

— Que foi? Eu deveria simplesmente saber a resposta?

— É complicado.

— Complicado como?

Henley soltou um suspiro desconfortável, fazendo com que o gelo e as bebidas se mexessem ruidosamente no cooler enquanto alternava seu peso entre uma perna e outra.

— Você é uma forasteira. Não entenderia. Então não vou nem me dar ao trabalho de explicar.

— Se *você* não me contar — disse ela —, vou perguntar a Viv.

Viv estava de pé sob o guarda-sol, o vento ondulando seu sarongue vermelho no ar enquanto ela o retirava e o jogava de lado, como se fosse um toureiro descuidado provocando um touro. Henley a observava, e seu rosto ficou tenso; havia quase uma dolorosa atração na forma como ele a olhava.

— Sou só o brinquedinho dela — disse ele por fim. — Ela me trata como lixo e depois, quando está entediada, acha que valho a pena. Era isso que você queria ouvir?

— Sinto muito — disse Mira. — Eu só não conseguia entender vocês dois...

Henley largou o cooler ao lado de Viv e se sentou como se o lugar que tivesse escolhido fosse temporário. Como se já esperasse ser mandado embora muito em breve.

Ele tinha dito que Mira não entenderia o que havia entre ele e Viv por ela ser uma forasteira. E de fato ela *não* entendia. Mas isso queria dizer que havia algum tipo de detalhe secreto que dava sentido àquele relacionamento? Algo que um não forasteiro saberia?

Indiretamente, eles tinham sugerido a existência de maldições — e ela queria saber do que se tratava tudo aquilo. Era uma maldição se coisas ruins aconteciam a alguém? Se todos os relacionamentos de alguém fossem desastrosos? Se esse próprio alguém fosse um desastre?

Mira tinha perdido os pais em um incêndio. Nascera com uma marca hedionda nas costas. Sentia-se dominada por uma tristeza que parecia nunca ficar mais leve, e agora vinha a percepção:

Talvez ela fosse amaldiçoada também.

～

O sol ardia no alto do céu, pálido e furioso. Viv estava enrolada em uma toalha debaixo do guarda-sol, seu corpo inteiramente à sombra. Henley, agachado a menos de um metro dela, afastava as aves marinhas que tentavam desesperadamente se aproximar de Viv.

Mira estava deitada logo depois da sombra projetada pelo guarda-sol, rolando uma garrafa de Coca-Cola molhada sobre a barriga para se resfriar. Uma luz rosada atravessava suas pálpebras fechadas. Ela não sabia ao certo quanto tempo desejava ficar ali, mas Viv agora estava quieta, tranquila, e o bater das ondas era uma boa trilha sonora para acompanhar seus pensamentos.

Que tipo de maldição recaía sobre aquelas pessoas? Será que havia algo de errado também com Felix?

Até agora a maldição mais óbvia era a de Jewel: as flores que saíam encharcadas de sua garganta, florescendo em seu lenço como o sangue de um tuberculoso.

Havia também o estranho fascínio que Freddie e Viv exerciam sobre os animais. E Viv tinha dito algo sobre *quebrar* a maldição de Rafe; além de Layla, que tinha ameaçado atirar em Rafe no "dia de sua transformação"...

Blue só era antipático.

Mira não sabia ao certo se aquilo queria dizer alguma coisa.

Mas Viv parecia mais aberta que os outros; talvez pudesse extrair dela as informações que queria.

— Sua casa é linda — começou Mira, puxando conversa.

— Uma linda prisão, isso sim — disse Viv. — Como todo o resto da minha vida.

— Por que uma prisão?

Viv girou o corpo para poder olhar para ela.

— Regina. Minha madrasta. Ela é obcecada pela aparência, tanto a dela quanto a minha. Ela me odeia.

— Duvido que ela realmente *odeie* você.

Viv riu.

— Acredite, ela me odeia sim. Fica dizendo coisas como *Eu costumava ter um corpo assim* ou *Eu costumava ter uma pele assim*. É como viver em uma gaiola, sendo avaliada o tempo todo. Antigamente eu me sentia culpada, como se a infelicidade dela fosse por minha causa. Hoje em dia eu só a odeio. Mas sou obrigada a conviver com ela, morando lá. Meu pai passa o tempo todo no campo de golfe, evitando a nós duas.

Viv olhou de relance para seu brinquedinho amoroso, ainda espantando as aves.

— E tem o Henley. Mas ele é amaldiçoado.

— Amaldiçoado?

Viv suspirou, apoiou a cabeça na mão.

— Todos nós somos amaldiçoados aqui. Péssimo lugar que você escolheu para passar as férias. Você não gosta do Blue, gosta?

— Não — respondeu Mira, pega desprevenida pela súbita mudança de assunto.

— Fiquei com medo de ele estar bancando o "cavaleiro em armadura maculada" com você e conseguindo conquistá-la assim.

— Não, ele é só irritante. Não quero ficar perto dele mais do que o necessário.

— Ah, que bom — disse Viv, voltando a se deitar.

Mira jogou uma espessa mecha de cabelo sobre o rosto, como um escudo para protegê-la do sol. Os fios cheiravam ao xampu de Felix. *Felix.* Ela o veria mais tarde, e Blue seria apenas uma lembrança ruim.

— Que tipo de maldição é essa? — perguntou Mira depois de um instante, na esperança de que Viv não estivesse cansada de suas perguntas. Mas não: Viv estava no embalo.

— Sabe quando você vai a um parque de diversões e resolve ir em um daqueles brinquedos em que você dirige um carro por trilhos de metal, que vão guiando o seu caminho à força? Então. Você tem a impressão de que está dirigindo, mas, se desviar demais em qualquer direção, o trilho simplesmente a traz de volta para o lugar.

— Acho que entendo...

— Nossa vida é assim. Pode até parecer que a gente faz o que quer... mas, se nos aventurarmos em uma nova direção, o destino puxa a gente de volta. Podemos nos rebelar, mas todo mundo sabe que não vai adiantar. O que não nos impede de tentar, eu acho. Que nem o Blue.

— Como é que o Blue...?

— Espere — disse Viv, empertigando-se.

Ela fez sombra na frente dos olhos com a mão e olhou na direção da água, para um grupo de garotas, todas clamando a atenção de alguém. Alguém com o cabelo cor de mel de Freddie.

— Bem que eu senti um rebanho de garotas se aproximando — disse Viv. — O Knight está aqui, e aposto que isso quer dizer que o Blue também está. Parece que o seu refúgio está por um fio.

— Ah, que ótimo — murmurou Mira.

Isso significava que aquele era o momento ideal para ir embora, mas ela não podia sair dali logo agora que estava obtendo avanços em sua conversa com Viv.

Henley voltou para perto delas, já que seu trabalho de guarda tinha acabado. Afinal, as aves marinhas agora disputavam com as garotas a atenção de Freddie. Ele se abaixou sob o guarda-sol, hesitante, como se estivesse esperando permissão, mas ao mesmo tempo prevendo que a permissão lhe seria negada.

Mas Viv estava carinhosa hoje. Ela esticou a perna e tocou o peito dele com os dedos dos pés, acariciando-o de cima a baixo, sensualmente.

— Henley, você faria a gentileza de buscar minha câmera no carro?

Ele assentiu, hipnotizado.

— Obrigada. — Viv abriu um doce sorriso, e ele lentamente se pôs de pé, como se estivesse acordando de um sonho. — É tão difícil fofocar com garotos por perto — disse ela depois que Henley se afastou, cambaleando. — Então, onde estávamos mesmo?

— Você estava falando sobre essa história de ser amaldiçoado. E que é inútil tentar fugir do destino. Mas que isso não tinha impedido o Blue de tentar. O que quis dizer com isso?

— Ah. É só que o Blue ainda insiste em acreditar que tem o próprio destino nas mãos. Mas é só questão de tempo até ele sucumbir.

— Sucumbir a quê?

— Ao instinto — disse Viv, como se fosse uma explicação perfeitamente satisfatória. — Pessoalmente, ainda estou esperando que as coisas acontecam comigo. É embaraçoso; eu me sinto como uma flor que demora a desabrochar. Dois aniversários relevantes já se passaram e ainda... nada. Às vezes fico tão de saco cheio e deprimida em relação a isso que dá vontade de eu mesma me engasgar para fazer as coisas andarem.

— Hã, você... o quê?

Viv deu uma risadinha de constrangimento.

— Ah, acho que estou deixando você confusa...

— Está. Mas... sinta-se à vontade para explicar.

— É que... é difícil de entender se você não é daqui.

De novo. Mira já ia começar a discutir quando gotículas geladas respingaram em sua barriga, fazendo-a se sentar. Não demorou muito para ver de onde tinha vindo a "chuva".

Blue estava de pé junto dela, sacudindo o cabelo molhado como um incômodo cachorro azul. Gotas d'água salpicavam os músculos de seu peito. Ele era esguio, mas forte; não sarado como Henley, mas seu corpo compensava o tamanho com definição. Já a personalidade, nada compensava.

— Pare de me molhar — reclamou Mira, irritada.

Blue passou a mão pelo cabelo, jogando ainda mais água nela.

— Saia daí se não está gostando.

— Se eu sair daqui, vai ser para bater em você. Não quero te humilhar na frente da Viv.

— Quanta consideração.

Ele se sentou, a areia grudando em sua pele como açúcar cristal, e passou o braço por cima de Mira para pegar uma Coca-Cola do cooler — e derrubando água nela de novo. O olhar de ódio que ela lhe lançou o fez abrir um largo sorriso.

— Vou procurar o Henley — anunciou Viv , prendendo o sarongue na cintura e saindo de sob o guarda-sol. — Ou ele está fumando um cigarro ou usando minha câmera para fotografar vadias no calçadão. De uma forma ou de outra, ele vai ver só. Lembre-se do que eu disse, Mira. Sobre... — E fez um movimento desajeitado com a cabeça na direção de Blue.

Mira fez que sim. Blue a olhou desconfiado depois que Viv se afastou.

— O que foi aquilo?

— A Viv me disse que fica feliz por eu não gostar de você. Talvez ela quisesse me lembrar de que as coisas devem continuar assim, mas quanto a isso ela pode ficar tranquila.

— Ótimo.

Ele bebeu metade da garrafa de Coca-Cola, depois a tampou e a devolveu ao gelo semiderretido do cooler. A água espirrou na perna de Mira, que a secou com a mão.

— Belas pernas — comentou Blue.

Mira o olhou desconfiada.

— Isso é um elogio ou um assédio? Porque, vindo de você, duvido que seja a primeira opção.

— Sempre presuma o pior.

— Mal posso esperar pelo dia em que nunca mais tenha de ver você de novo — murmurou ela.

Mira se virou de bruços, pegou um livro barato de dentro da bolsa e deixou o cabelo cair como uma cortina sobre o rosto para poder ler. Quase conseguiu ignorá-lo, mas então sentiu a ponta do dedo dele roçar na parte de trás de sua panturrilha, descendo do vão do seu joelho até o tornozelo. Ela se virou e tacou o livro na cara dele, as páginas abertas estapeando-lhe o rosto.

— *Não* encoste em mim! — gritou ela.

Mira ainda podia sentir o frio na pele ao longo da linha que ele tinha traçado na sua perna, como a costura fora de lugar de uma meia-calça torta.

Blue deu de ombros, sem o menor pudor.

— Eu queria saber se era tão bom quanto parecia.

— Não vai ser nada bom quando eu tiver acabado com você.

Ele pareceu considerar isso. Então perguntou:

— Você dança?

— Sim — respondeu ela, entre os dentes cerrados.

— Imaginei. Você não podia ter um corpo assim tão bonito, não naturalmente. Tinha que ter feito alguma coisa para isso.

Ela estava formulando uma resposta melhor do que uma mera sequência de xingamentos quando notou que Freddie vinha subindo a praia a passos largos. Trazia algo nas mãos em concha, a água escorrendo por entre seus dedos, e volta e meia parava e se virava para trás para responder às suas admiradoras — as garotas o seguiam, em uma procissão de rostos dourados de sol e biquínis minúsculos.

Quando Freddie os alcançou, pôs-se de joelhos na frente dela.

— Mira, você já viu uma estrela-do-mar? Eu trouxe uma para te mostrar.

Ela olhou de relance para a estrela-do-mar púrpura estirada nas mãos de Freddie, depois voltou o olhar para Blue. Ele era como uma farpa sob sua pele, irritando-a constantemente. Ela não poderia ter uma conversa normal e legal com Freddie quando se sentia prestes a explodir.

— Por que você é tão babaca?

— É uma técnica de sobrevivência — respondeu Blue.

— É mesmo? Que espécie de vantagem você pode conseguir sendo um idiota?

— Irritar você.

— É claro — disse ela, de saco cheio daquela conversa.

— Acho que você é obcecada por mim — disse Blue. — Mas tudo bem. Não vou te julgar por isso.

Ele se levantou antes que levasse um soco. Suas pernas e sunga estavam cobertas de areia. O sol tinha secado sua pele; umas poucas gotas pingavam de seu cabelo.

Quando ele se virou, Mira engoliu uma bolha de ar junto com a Coca-Cola e quase engasgou: porque na base das costas dele, bem no centro junto à coluna, havia uma marca de nascença do tamanho de uma laranja, logo acima da cintura da sunga: uma marca cor de vinho como uma queimadura, a pele local lisa e brilhante como uma cicatriz.

Como a dela. Só que a dele tinha o formato de um coração. Um perfeito e escuro coração.

— Que foi? — perguntou Blue, virando-se de frente novamente. — Ficou triste por eu estar indo embora?

— O que... o que é isso?

Mira batia no peito, tossindo como se quase tivesse se afogado.

— O que é isso o quê? — perguntou ele.

— Essa marca. Nas suas costas.

Blue deu de ombros.

— Nada.

Ela não acreditou. Aquela marca *significava* alguma coisa.

— Não se preocupe, não é contagioso — disse ele, e saiu correndo para a água.

O oceano o engoliu em pequenas mordidas: primeiro as pernas, depois a cintura e o peito, até que ele enfim desapareceu sob as ondas. O sol reluzia na água e estava quase cegante, ela não conseguia mais ficar olhando.

— Sinto muito — disse ela a Freddie, que continuava ajoelhado ao lado dela, desanimado mas paciente... ou talvez apenas calado. A estrela-do-mar parecia sem vida em suas mãos em concha.

— Vou devolvê-la ao mar — disse ele —, tudo bem?

Hesitante, Mira tocou a estrela-do-mar, mas logo a afastou. Sentia-se mal por ter ignorado Freddie.

— Obrigada por me mostrar. Eu *realmente* achei legal. Só estava... enfurecida. Não sei por quê, mas parece que é o objetivo do Blue é me deixar assim, enfurecida. Seria melhor se ele escolhesse uma das opções: ser legal comigo ou me deixar em paz.

Freddie assentiu.

— Bem... seria melhor. Mas ele não tem autocontrole suficiente para isso, eu acho. Ele só gosta de você.

Ela ergueu as sobrancelhas.

— Hã... você não vê o que acontece à sua volta, não?

— Eu não disse que ele *gosta* de gostar de você. Só disse que gosta. Talvez porque você age como se não gostasse dele, então isso faz com que ele se sinta um pouco mais seguro.

— Freddie, isso não faz sentido.

Ele deu de ombros.

— O Blue tem, hum, uns problemas estranhos com garotas.

— Porque a mãe dele fugiu?

— Não sei como explicar. Só que, sabe, é óbvio que ele gosta de você, mas não quer gostar, então ele está meio que passando dos limites para manter você acuada. Mas acho que ele não está conseguindo simplesmente ignorar você, porque você realmente não gosta dele. O que acaba atraindo o Blue, por mais estranho que seja.

— Quer dizer que ele odeia garotas grudentas, mas se sente desafiado quando acha que a garota está bancando a difícil?

— Hã... — Freddie parou um momento para pensar no assunto, mas depois acabou dando de ombros de novo. — Não sei, Mira. Não sei como explicar.

— Você poderia dar uma surra nele por mim. Isso resolveria um monte de problemas — disse ela, com um sorriso tímido.

— Ele é meu amigo. Não posso fazer isso — respondeu ele, mas retribuiu o sorriso, nem um pouco ofendido, como se soubesse que ela estava brincando.

Sim, ela estava brincando; *em parte*, sim.

— Vou levar a estrela-do-mar de volta agora, ok?

Ao dizer isso, Freddie ergueu as mãos em concha, e os músculos em seu peito se tensionaram com o movimento. Ela assentiu, e ele desceu a praia em uma lenta corrida, relaxado e casual. Não demorou muito para que as garotas o cercassem de novo, e quando o fizeram ele acelerou o passo; suas pegadas ficaram desajeitadas na areia, como se fosse um urso afastando-se desajeitado de uma colmeia zangada, as patas cheias de mel. Só que Freddie era o mel *e* o urso.

Por via de regra, Mira não corria atrás de garotos, não ficava com olhares ávidos em cima deles, mas dessa vez acompanhou Freddie de longe, o livro pressionado à testa como um visor. E foi então que ela se viu refletida na pele dele. Sua roda, sua marca cor de vinho, estava lá, na base das costas dele. Eles poderiam ser gêmeos.

Gêmeos.

Ela se levantou na mesma hora e foi correndo atrás dele. Avançou em meio ao enxame de admiradoras e, ao alcançá-lo, agarrou-o pelos ombros, virando-o para si. O rosto dele ficou lívido, chocado. O calor da pele dele fez as mãos dela arderem.

— O que está acontecendo? — ela exigiu saber. — Você tem de me contar o que está havendo aqui.

Seus dedos se cravavam nos ombros de Freddie, com muita força. Ele ficou encarando-a, mudo, e ela sentiu como se estivesse encostando em fogo.

Se você me quisesse, se me amasse,
eu poderia destruir você.

7

— VOCÊ ATACOU O FREDDIE. Você assustou o cara — disse Blue.

Eles estavam sentados a uma mesa do lado de fora da Casa de Doces, a cafeteria onde ela havia atirado a faca nele. Apenas eles dois. Blue tinha aparecido todo molhado, pingando, bem no momento em que Mira estava questionando Freddie, exigindo saber o que eram aquelas marcas, e a afastara à força de seu amigo, suas mãos geladas da água do mar. Então lhe dissera que, se ela quisesse conversar sobre isso, que fossem a algum outro lugar. A seriedade no rosto de Blue acabara convencendo-a a concordar.

— Eu não ataquei o Freddie — defendeu-se Mira. — Estava só chamando a atenção dele. Precisava conversar com ele.

O ar ali fora cheirava a fumaça de grelha e salmoura. O som de bandeiras chicoteando e ressoando nos postes mesclava-se aos gritos das gaivotas e ao movimento dos carros. Mira repousava o pé na base da mesa, e então se deu conta de que estava encostando na perna de Blue. Deixou a perna como e onde estava, para ver o que ele faria.

— Ele disse que a sua mão parecia estar em chamas. Por que isso?

— Estava quente hoje — disse ela. — Não sei o que aconteceu. Já falei isso pra você.

Mira ergueu a cabeça para observar os olhos dele, mas Blue não olhava para ela, ao menos não diretamente. Ele batia com o pulso na mesa de modo ritmado, como se estivesse tentando machucá-lo.

— Eu vi a marca nas costas dele — disse Mira. — Vocês dois têm.

— É muita insensibilidade sua ficar insistindo nisso. Talvez ele tenha vergonha dessa tal marca. Esqueça isso.

— Não. Não estou sendo insensível.

A roda girava devagar em sua mente, como um moinho posto em movimento por um vento suave. A marca os conectava de alguma forma. Ela não iria simplesmente esquecer aquilo.

— O Freddie é órfão? — ela quis saber. — Os pais dele morreram?

— A família Knight está perfeitamente intacta — respondeu Blue. — Ele tem dois irmãos mais velhos, Wills e Caspian. Mãe e pai ótimos. Todos moram juntos em uma mansão exuberante. Sempre foi assim.

— Então ele não poderia ser meu irmão?

Ela teve que forçar a pergunta a sair, engolindo em seco depois de pronunciar as palavras. Seu coração martelava em seu peito. Blue ficou encarando-a, boquiaberto, sem entender. Por fim, ele disse:

— Aposto que ele ficaria desapontado se fosse seu irmão. De onde você tirou essa ideia? Vocês nem são parecidos.

— Achei que pudéssemos ter sido separados na infância. Quando meus pais morreram. Talvez levados por guardiões diferentes.

Ela baixou os olhos. Blue finalmente afastou a perna da dela. Ele pigarreou e então perguntou:

— Levados de onde? De Beau Rivage?

— Eu nasci aqui. Mas fiquei pouco tempo na cidade. Uma coisa ruim aconteceu, um incêndio, que levou meus pais. Foram minhas madrinhas que me criaram. Vim aqui encontrar o túmulo dos meus pais. — Ela sentiu a garganta se apertar. — Você saberia disso se não passasse o tempo todo só brigando comigo.

— Desculpe — disse ele. Então, mais baixo: — Isso me soa... familiar, de um jeito perturbador. Como uma história.

— E não é tudo uma história?

— Talvez, mas não foi isso que eu quis dizer. Quero dizer que soa familiar. Como em um conto clássico.

— Eu sou órfã — disse ela, com uma ponta de amargura na voz. — Isso é o que há de mais clássico na minha história, órfã como Oliver

Twist e Sara Crewe. Mas não tem nada de conto de fadas nisso. Não é romântico, não me torna especial. Só quer dizer que nunca tive a oportunidade de conhecer os meus pais e nunca terei.

— Então você esperava que ao menos tivesse o Freddie como irmão?

Pela sua expressão, Blue parecia estar tentando entender.

— Não, eu só... só estou tentando encontrar um sentido para tudo. *Isso*.

Ela se levantou e, com um movimento desajeitado, ergueu um pouco a blusa. Então se virou, de forma que ele pudesse ver a marca. O olhar de Blue era como agulhas em sua pele, observando aquela parte vulnerável de seu corpo que ela sempre tentava esconder.

— Acho que talvez eu... talvez eu também seja amaldiçoada.

Ela estremeceu quando ele a tocou, traçando o contorno da marca na base de sua coluna com a ponta do dedo.

Blue articulou uma palavra que ela lhe havia dirigido em circunstâncias muito diferentes. Pronunciou-a sussurrado, e o toque dele também era como um sussurro. Ela sentia um fogo mais intenso do que o que sentira quando tocara em Freddie. Aquele tinha sido um fogo superficial, pungente e quente. Este era mais profundo, entranhado em seu âmago. Inflamava algo sombrio e secreto dentro dela, e Mira continuou sentindo o fogo arder lentamente até que ele tirou a mão de sua pele.

— Ah — disse ele.

— Não esqueça que eu odeio você. — A voz dela tremeu ao dizer isso.

— Eu sei. Vamos manter as coisas assim.

Ela voltou a se sentar. Os olhos dele ziguezagueavam pelo rosto dela, como um pêndulo.

— Bom. — Ele engoliu em seco. — Você não é irmã dele. Para começo de conversa.

Feliz aniversário. Feliz aniversário, querida. Só se faz dezesseis anos uma vez na vida.

O salão estava repleto de balões das cores de um castelo no fundo do mar: azul, preto, prateado e verde. Eles estavam dançando. Em um pequeno palco, Jewel cantava com suavidade uma balada sentimental e triste sobre infelicidades no amor, sua voz gutural e afável. Pérolas negras escorriam de seus lábios quando ela parava para respirar. Todos batiam palmas, extasiados. Uma explosão de felicidade, como se fossem fogos de artifício queimando.

Ele estava cercado de tudo que amava. Tudo que havia de bom.

Casais sumiam para cantos escuros, sombras refletindo intimidade. O pai dele havia encorajado isso, tratara-os como se fossem adultos. O champanhe espumava, caindo pelas rolhas das garrafas, e, com os papéis de presente sendo rasgados, junto vinha o som de risadinhas.

Ele tentou se manter preso a sua espécie, realmente tentou. Às garotas que sabiam com o que estavam lidando. Mas se deixou levar pelo momento.

Aquela noite, o vestido e os lábios dela eram cor de cereja, tão vermelhos como seu cabelo. E quando ela sorriu para ele, como se fosse a hora de pararem de fingir, de pararem de evitar um ao outro, ele se sentia tão bem que não pôde acreditar na possibilidade de que ela não fosse a garota certa.

Mas ele devia ter imaginado.

Ela o conduziu pela mão até o quarto dos fundos, às escuras. Cambaleava em seus sapatos de salto alto vermelhos, quase tropeçando sobre a bolsa de alguém, e jogou os braços em volta do pescoço dele para que ele a segurasse, não a deixasse cair.

Ficaram paralisados por um instante. Ele sentiu o corpo dela de encontro ao seu, cálido e maravilhoso, e a enlaçou para puxá-la para si. Ela o beijou, e ele a beijou...

E ele continuou beijando-a até não poder mais respirar. Até ela não poder mais respirar.

⁂

— Quantos anos você tem? — perguntou Blue.

Ele pegou a mão de Mira e a virou para cima, abriu o indicador e tocou o dedo com suavidade, examinando-o.

— Quase dezesseis. Faço aniversário daqui a alguns dias.

— Quantos?

— Quatro.

— Ah. — A palavra foi encurtada pela respiração. — Você é proibida de fazer alguma coisa? Tem restrições?

— Como assim?

Era uma dificuldade manter a mão ali parada, não a puxar da dele ou entrelaçar os dedos aos dele e segurá-los. Seus nervos ficavam abalados toda vez que Blue a tocava. Quanto mais suave o toque, melhor era, e pior ficava.

— Coisas que você é proibida de fazer. Coisas das quais tentam afastar você.

— Claro. Um monte. Tudo. Minhas madrinhas são as pessoas mais superprotetoras do planeta. Eu nem deveria estar aqui, por exemplo.

— Mas alguma coisa específica?

— Não posso andar de carro com os meus amigos. Não posso tirar carteira de motorista antes de fazer dezoito anos. Não posso namorar. Não posso ver filmes violentos. Não posso sair depois que escurece. Não posso manusear objetos afiados. E por aí vai...

Blue assentiu com um ar sombrio, como se ela houvesse confirmado algo de que ele desconfiasse.

— Entendi. Bem... vou te contar uma coisa. Mas você pode não gostar.

— Sobre a minha... maldição? — perguntou ela, na esperança de que ele dissesse que não, que ela estava enganada.

Em vez disso, porém, ele assentiu.

— Mira, você tem o que é chamado de marca de *Märchen*. *Märchen* é a palavra em alemão para *conto*. Como em *conto de fadas*.

— O que isso quer dizer?

— É uma marca que identifica você. Que te atribui um papel. Que te diz o que você deve fazer, ou o que vai acontecer com você. É como... o seu destino. Sua maldição.

Blue colocou as mãos na mesa; um leve tremor as percorria.

— Há certos lugares onde nossa espécie se encontra. Beau Rivage é um deles.

— Então os seus amigos... todos eles são... amaldiçoados.

Ele assentiu.

— Sim.

— O que a minha marca significa? Qual é o meu papel?

— A roda que você e o Freddie têm representa a roca de "A Bela Adormecida".

Mira inspirou fundo e prendeu a respiração.

O conto de fadas predileto do Felix.

Destino.

— Você é uma Sonolenta — prosseguiu Blue. — O que significa que
foi amaldiçoada provavelmente quando era bebê, e que um determinado objeto... não necessariamente um fuso, já que os contos evoluem e
isso seria arcaico demais hoje em dia... foi destinado a fazer com que
você entre em um sono encantado se te cortar, furar seu dedo ou algo
do gênero. Um sono que talvez dure muito tempo, dependendo de onde
estiver seu príncipe quando isso acontecer. E se ele souber como encontrar você.

— Meu príncipe? — Mira estava pasma. — Eu tenho um príncipe?

— Hum, é. Que seria o Freddie.

❧

Freddie. Freddie era legal. Freddie era um doce. E um ímã para garotas...
sem contar que era um ímã também para pássaros azuis, borboletas e
esquilos.

Mas Mira não conseguia vê-lo como seu namorado, como o cara
que quebraria sua maldição, não conseguia vê-lo como o amor de sua
vida.

Ela deixou escapar um longo suspiro e mexeu seu milk-shake, já meio
derretido. Até então, contos de fadas e um final ao estilo "felizes-para-
-sempre" não lhe pareciam andar de mãos dadas. E ser uma princesa,
se é que ela era mesmo isso, não representava o sonho que ela havia
imaginado quando tinha cinco anos, dançando em volta da casa com
uma saia de bailarina cor-de-rosa e uma tiara de plástico. Se Bliss e Elsa

sabiam a verdade sobre ela, Mira estava surpresa por não terem caído na gargalhada ao verem a cena: uma verdadeira princesa fingindo ser princesa.

Mira engoliu um pouco do sorvete que escorria. Sua garganta se apertou quando ela juntou os pontos de sua história: Elsa e Bliss.

— Como eu sou idiota.

Blue arqueou as sobrancelhas.

— Ué, o idiota não sou eu?

— Minhas madrinhas. Elas são *fadas* madrinhas?

— É bem provável — disse Blue. — Se seu bem-estar foi confiado a elas... mas é *possível* que elas sejam humanas. Já vi coisas mais estranhas acontecerem.

— Nós, por exemplo.

Ela já não achava mais engraçadinho que a cafeteria se chamasse Casa de Doces, nem que as paredes do lugar fossem decoradas com guloseimas. Não teria ficado surpresa se encontrasse um garoto em uma jaula na cozinha, sendo engordado por uma bruxa, como em "João e Maria".

Uma das garçonetes estava se demorando demais ali perto dos dois, limpando mesas que já estavam limpas. Obviamente estava prestando atenção na conversa deles. *Maldita cidade de contos de fadas.*

— Podemos conversar em outro lugar? — perguntou Mira, apontando para a garçonete enxerida.

— Claro — disse ele, se levantando. — Eu estava mesmo pensando em levar você até a Layla. Ela vai saber explicar essas coisas melhor que eu.

༽❧

Por volta das três, Mira e Blue tinham montado acampamento em poltronas de couro perto da ampla janela de frente da livraria Os Livros Novos do Rei, que vendia livros usados. Estavam esperando que Layla tivesse um intervalo no trabalho.

As estantes acomodavam um sortimento eclético de livros que Mira duvidava de que alguém algum dia compraria: exemplares românticos com cheiro cáustico da década de 1970, revistas de palavras cruzadas com metade das respostas já marcadas a lápis, guias de viagem obsoletos havia décadas. Um engradado de plástico contendo discos de vinil acumulava pó no chão, e logo adiante havia um rack aramado cheio de bem manuseadas *graphic novels*: a única referência ao século atual.

Mira teve a impressão de que a loja era mais um hobby para seu dono que propriamente um negócio. E, a julgar pelo que tinha visto até então, os clientes viam o lugar como uma biblioteca. O único cliente regular, um jovem policial que folheava livros com listas de nomes de bebês como se sua vida dependesse disso, estava levando uma eternidade para ir embora.

Layla separava algumas mercadorias. Estava tão naturalmente linda quanto da última vez que Mira a tinha visto. Blue tomava café gelado, que pegara da sala dos funcionários, enquanto lia, absorto, uma revista em quadrinhos. Mira, no entanto, que normalmente ficaria feliz dentro de uma livraria, estava impaciente demais para conseguir ler qualquer coisa.

— Qual é a marca de *Märchen* da Layla? — perguntou Mira, baixo, inclinando-se na direção de Blue.

Blue abandonou com relutância os quadrinhos que estava lendo: uma versão moderna do conto de Peter Pan, repleto de garotas etéreas e garotos perdidos feéricos.

— A Layla é a Bela, de "A Bela e a Fera". Coitada, tem que aguentar o Rafe. A gente tem pena dela por isso.

— Ah, meu Deus, o Rafe é a Fera!

Ela se sentiu uma idiota; era tão óbvio.

— É. Bestial por dentro, e logo vai ficar bestial também por fora, assim que uma fada ativar a maldição. Teoricamente ele deve se redimir no fim, mas não temos muita fé nisso. Vai ser preciso algum milagre para que a Layla se apaixone pelo Rafe. Só espero que ele ainda consiga tocar baixo mesmo com patas de monstro. Senão vamos ter que achar um novo baixista para a banda.

— Você diz isso como se achasse divertido.

Blue deu de ombros.

— E não é? É o que ele merece. Não que a gente não goste dele, mas às vezes é preciso aprender as coisas do jeito difícil.

Mira olhou de relance para ele.

— E você? Teve que aprender alguma coisa do jeito difícil?

— Boa tentativa — disse ele, mas seu sorriso parecia não alcançar os olhos.

O que Mira *realmente* queria perguntar era o que significava a marca em formato de coração de Blue — e qual era a marca de Felix, se é que ele tinha alguma. Mas Blue parecia estar fazendo de tudo para *não* lhe contar essa parte. E a reticência dele a inquietava. Mira sabia que havia pessoas más em contos de fadas: lobos que engoliam velhinhas inteiras, madrastas que tratavam suas enteadas como escravas, trapaceiros que vinham com acordos impossíveis... e muito, muito mais. Será que Blue era um dos malvados?

Ela não queria brigar com ele. Não quando finalmente estavam começando a se dar bem. Então, em vez de forçar a barra, ela mudou o foco:

— E a Viv? Ela é a Branca de Neve?

— Acertou em cheio. Ela também é uma Sonolenta. Vocês duas têm em comum os comas encantados. O Henley é o infeliz do Caçador. Um dia a madrasta da Viv vai ordenar que ele arranque o coração de sua enteada e o leve até ela, o que sempre garante um toque a mais de hilaridade quando os dois estão juntos.

— Ah, meu Deus. — Mira se encolheu. — Mas ele não vai fazer isso, vai?

— Quem sabe? A Viv é tão dura com ele, e ele é tão obcecado por ela, que é bem capaz. Ele surta sempre que suspeita que algum cara pode ser o príncipe dela. Vai ficar bem aliviado quando descobrir que o amor do Freddie é seu.

— Eu não...

Ela não estava preparada para aceitar aquilo. Era estranho demais.

— O Freddie não é tão ruim assim — disse ele.

— Não é nada contra o Freddie, eu só...

— Você não gosta de se sentir aprisionada, como se seu futuro já estivesse mapeado para você.

— Isso mesmo.

— Vai por mim, ninguém gosta.

Blue pegou novamente sua revista em quadrinhos, como se tivesse decidido que agora seria um bom momento para evitá-la. De cabeça baixa, seu cabelo azul era um redemoinho espetado a encarar Mira, os fios endurecidos por causa da água salgada.

Mira afastou a revista dele com um safanão.

— E você? Qual é a sua armadilha?

— Não quero falar sobre isso. A curiosidade matou o gato.

Como resposta, ela lhe mostrou a língua. Parecia apropriado.

— Que sexy — disse ele, e também mostrou a língua.

Mira o chutou na canela. Blue se curvou para frente e segurou a perna, xingando.

— Ainda acha sexy? Bem, aquilo que você disse sobre aprender as coisas do jeito mais difícil? Talvez seja essa a sua maldição.

Mira resolveu deixar Blue ler em paz, imaginando que talvez devesse dar um tempo a ele. Então ficou olhando pela janela, observando as pessoas passarem e se perguntando quantas delas seriam amaldiçoadas. Aquela velha senhora: será que já fora uma donzela em perigo? Aquele garoto: cresceria e mataria um gigante? E aquela garota, aquela garota bonita de rosto sujo e roupas surradas: estaria indo para casa a fim de fazer a faxina, obrigada que era por sua malvada madrasta e suas duas ambiciosas irmãs postiças?

Era estranho pensar em um outro mundo oculto por trás do mundo "normal". Uma sociedade inteira regida pelo destino.

Um "Arrá!" triunfante soou de entre as pilhas de livros, atraindo o olhar de Mira para aquela direção. O policial dos livros de nomes de bebê rabiscava algo loucamente em um caderno, como se tivesse feito alguma grande descoberta.

— Não use só letras, acrescente alguns números e símbolos — aconselhou Layla quando passou rapidamente pelo policial. — Eles estão mais experientes agora na escolha de nomes impossíveis de adivinhar. Aprenderam isso com as senhas da internet.

— Droga! Isso vai levar uma eternidade! — exclamou o policial, baixinho.

Layla bateu de leve em seu ombro.

— Sinto muito, Leo.

Mira franziu a testa, confusa. Às vezes aquele lugar parecia simplesmente estranho demais.

Depois de um tempo o jovem policial saiu apressado, levando consigo seu caderno de nomes, falando um rápido "Obrigado!" enquanto o sino de som metálico da porta anunciava sua partida. Layla virou a placa de "Fechado" e foi até Blue e Mira. Carregava um grosso livro de encadernação de couro apoiado contra o quadril.

Layla passara o dia todo tirando livros das estantes empoeiradas, mas não se via nela nenhuma mácula de sujeira nem uma gota sequer de suor. Seu reluzente cabelo negro estava tão impecável quanto o de uma boneca Barbie, e seus olhos escuros cintilavam mesmo quando ela não estava sorrindo. Layla era como uma pintura da Renascença, de uma beleza sem falhas e cálida.

— Coitado do Leo — disse Layla, com um suspiro. — Hoje em dia é muito mais difícil decifrar nomes verdadeiros. É quase certeza que o troll vai ficar com o bebê.

— Troll? — perguntou Mira.

— A maldição de Rumpelstiltskin — explicou Blue. — O Leo é o cara encarregado de descobrir o nome verdadeiro do troll, para que a rainha possa salvar seu bebê das garras dele. Terrível. Não queria estar na pele do Leo.

— Hum, talvez alguém devesse dizer a ele que é *Rumpelstiltskin*... — comentou Mira.

Blue deu risada. Layla abriu um sorrisinho para ela.

— Rumpelstiltskin é o nome no conto — ele explicou. — Não é o nome de todos os trolls. Seria fácil demais.

— Ah — disse Mira, desapontada.

— De qualquer forma — disse Layla —, não estamos aqui para falar da maldição do pobre Leo. Estamos aqui para falar das coisas básicas. Preparada, Mira?

— Mais preparada impossível.

Layla colocou na mesa à frente deles o livro com encadernação de couro, que se abriu com um *uomp!* As bordas das páginas eram douradas, o texto impresso em tinta marrom-escura. Parecia uma espécie de enciclopédia. O texto estava disposto em duas colunas, e cada entrada começava com uma rebuscada letra cursiva. Uma obra de arte em si. Algumas das entradas eram acompanhadas de símbolos: uma maçã, uma trança, uma coroa... todos no mesmo tom intenso de marrom. Desenhos, apenas em traços, de cenas de contos de fadas ilustravam o que se lia.

— Peguei isso lá dos fundos — disse Layla, assumindo um ar de travessura por um segundo. — Eu *não* devia nem colocar as mãos neste livro: é uma antiguidade. Mas meu chefe não está aqui hoje, e acho que a Mira merece algo especial para sua introdução neste mundo. Se derrubar café nele — acrescentou ela, olhando incisivamente para Blue —, eu mato você.

— Entendido.

Ele tirou do caminho o copo de café gelado.

— O que é isso, exatamente? — Mira se inclinou para frente para dar uma espiada nas páginas. Layla tinha aberto o livro em um ponto aparentemente aleatório; a primeira entrada dizia o seguinte:

Transformados

Aqueles que são fisicamente transformados por meio de magia, para o bem ou para o mal, transformação esta que com frequência é acompanhada de desconforto, sofrimento ou dor. A maldição pode ser desfeita às vezes por amor verdadeiro, outras vezes por outros métodos (matando o Encantador etc.)

Alguns papéis que pertencem à categoria dos Transformados são a Fera ("A Bela e a Fera"), a Sereia ("A pequena sereia"), as Garotas Boas e Más ("As fadas").

— É uma classificação das maldições — disse Layla. — Explica nossos papéis, nossas marcas, tem uma lista dos contos... e também as categorias em que caímos. Por exemplo, sua *marca* é a roca... — Layla avançou as páginas, indo até a listagem de "A Bela Adormecida", ilustrada com uma roca no mesmo formato daquela que Mira tinha nas costas. — Seu *conto* é "A Bela Adormecida", seu *papel* é o da princesa, e sua *categoria* é Sonolenta.

— É muita coisa para lembrar — disse Mira.

Layla deu de ombros.

— A maior parte disso vira intuitivo, assim que você pega o jeito. A Viv também é uma princesa Sonolenta, mas o conto dela é "Branca de Neve" e a marca dela é uma maçã. Então temos aqui alguns pontos em comum.

Layla folheou o livro, seus dedos virando as páginas quase com amabilidade.

— Originalmente, este livro foi criado para ser usado como ferramenta de referência para fadas jovens, para que elas pudessem aprender sobre as diversas maldições e saber escolher em quem usar cada uma. Mas agora é mais um item de colecionador. Fadas têm maneiras mais fáceis de compartilhar informações.

— Mas a gente não nasce com essas marcas?

Layla balançou a cabeça em negativa.

— Alguém te falou isso? Geralmente somos amaldiçoados quando crianças, ou mesmo mais velhos, assim que nossa personalidade se torna conhecida. Existem, sim, maldições hereditárias, ou seja, que estão no sangue de uma família específica. — Ao dizer isso, Layla olhou de relance para Blue. — E...

Mira se virou para Blue. Pretendia lhe perguntar sobre isso, mas ele apenas mantinha o café erguido e longe do livro, como se essa fosse a questão importante ali.

— Não vou derramar — disse ele. — Não me olhem assim.

— Bom, enfim — prosseguiu Layla, um pouco sem jeito —, você provavelmente foi amaldiçoada quando bebê, Mira. Esse é o caso da maior parte das Sonolentas Belas Adormecidas. Foi o que aconteceu com a Viv também. No meu caso, foi quando eu tinha dez anos, e a Jewel só foi amaldiçoada faz pouco tempo. Então varia. Qualquer um com magia no sangue corre o risco de ser amaldiçoado, mas é preciso que haja uma fada para despertar a maldição.

— Tem magia no meu sangue?

Mira girou o pulso e olhou para o entrelaçado de veias do local, subitamente nervosa com o que poderia haver ali.

— Isso só quer dizer que em algum ponto na história da sua família houve um ancestral que não era completamente humano, talvez uma fada, e assim a magia foi passada pra você — explicou Layla. — De forma muito diluída, é claro.

— Relações entre humanos e seres feéricos não são muito bem-vistas — esclareceu Blue. — E por *relações* eu quero dizer...

Mas Mira o cortou, o rubor se espalhando por suas bochechas:

— Eu entendi.

— Então nossa maldição é uma punição por aqueles namoros proibidos — continuou Layla. — As fadas sentem que têm o direito de nos testar, de fazer com que a gente passe por um suplício. Embora algumas tenham uma fraqueza por nós. Algumas são boas. E, hoje em dia, elas não amaldiçoam todo mundo, muita gente se livra disso. É o que chamamos de maldição latente.

Aquela conversa sobre fadas fez os pensamentos de Mira se voltarem para Elsa e Bliss. Será que *elas duas* eram fadas? Bliss até que podia passar por uma fada madrinha, com aquele monte de vestidos de babados e o andar animado e a loja de produtos esotéricos. Mas Elsa parecia prática demais para um ser mágico. Sem contar que Mira não conseguia imaginar nenhuma das duas *punindo* ninguém.

Bem... exceto, talvez, ela própria. Por desobedecê-las. E mentir.

Seus olhos encheram-se de lágrimas ao pensar em suas madrinhas. Ela poderia ligar para casa, contar que estava em Beau Rivage e que sabia da verdade agora... mas e se as duas estivessem furiosas com ela? E se fizessem um escândalo e resolvessem levá-la embora dali?

Mira não estava pronta para partir. Tampouco estava preparada para abrir mão de sua independência.

Layla ainda prosseguia com sua explicação:

— Não é só uma questão de magia no sangue, tem também uma linha divisória social. A maldição de príncipes e princesas é reservada para as pessoas chamadas de Realeza. Isso porque na família delas, alguma vez na vida, teve alguém que fazia parte da nobreza. Geralmente são pessoas ricas...

— Casar com o camponês que transforma palha em ouro... é sempre um bom passo — disse Blue.

— ... e consideradas a elite dos contos de fadas, embora essas maldições não sejam necessariamente as mais desejáveis. Tenho certeza de que tanto você quanto Viv confirmariam isso. Mas, de qualquer forma, tudo isso é subjetivo. Tradicionalmente, uma maldição ruim é aquela concedida por uma fada má. A maldição de Rafe, por exemplo. Ao passo que a minha, *supostamente*, é uma maldição boa... porque estou destinada a quebrar o encanto da Fera — ela revirou os olhos em desgosto — e porque me foi lançada por uma fada boa.

— Em outras palavras, você pode odiar sua maldição mesmo que uma fada ache que ela é uma recompensa — disse Blue.

— A propósito, boas e más são *nossos* termos para descrever as fadas — disse Layla. — É melhor não chamar uma fada de má na cara dela.

— Vou me lembrar disso — falou Mira, com um sorriso.

Foi quando alguém bateu no vidro, alarmando-os. Era uma velha cujo cabelo pendia em um emaranhado com faixas cor de laranja, pretas e brancas, como pelo de gato irregular. Ela carregava um cesto de vime e parecia ligeiramente ensandecida. Layla apontou para a placa de "Fechado" até que a mulher franziu a testa em desprazer e foi embora.

— Na verdade, nós *temos* um pouco de poder sobre nossa vida — prosseguiu Layla, assumindo um ar pensativo. — Tomamos nossas decisões, mas o destino tem um jeito de torcer nosso esforço para atender às suas próprias expectativas. Então, existiram Cinderelas que fugiram do baile, fugiram de seus príncipes e continuaram correndo até que seus sapatinhos de cristal quebraram. E tivemos Lobos que optaram por não devorar a Chapeuzinho Vermelho ou sua avó e que foram aceitos na família da menina com gratidão, apenas para, semanas depois, se tornarem selvagens novamente e matarem todo mundo: porque, afinal, matar faz parte da natureza de um Lobo.

Blue apertou o braço da cadeira e afundou nela. Mira analisava-o, se perguntando: seria ele um Lobo? Mas não fazia sentido que um Lobo tivesse a marca em formato de coração.

Ele estava com a cabeça baixa, então Mira não podia ver sua expressão. Os nós dos dedos dele estavam brancos.

— Então... vale a pena tentar? — quis saber Mira. — Ter algo que as fadas não querem que você tenha?

Mira tinha esperanças de que Layla respondesse que sim. Layla *tinha* que dizer sim. Porque Mira não conseguia se imaginar desistindo e aceitando que Freddie era seu futuro, príncipe ou não. Ela queria acreditar que poderia se apaixonar e fazer com que fosse importante, e não apenas cair no lugar devido, como uma peça de quebra-cabeça.

Layla abriu um sorriso de comiseração; de certa forma, seu destino era pior. Tudo bem que ela não precisava se preocupar com a possibilidade de mergulhar em um coma de cem anos, mas estava destinada a ficar presa em uma casa com o bestial Rafe, tolerando as babaquices dele até que o "amor" o ensinasse a não ser um babaca.

— É difícil fugir do destino — admitiu Layla. — Mas, no seu caso, sua melhor chance seria descobrir qual é o seu gatilho, qual o objeto que vai te lançar em um sono encantado, e assim você pode evitar tocar nele. É bem provável que não seja um fuso; quase não se encontram fusos hoje em dia, e fadas malignas não correm esse tipo de risco. Suas madrinhas chegaram a mencionar alguma cosia? Um objeto em que você não pudesse tocar?

— Tinha tanta coisa que elas não me deixavam fazer... eu não sei mesmo. Elas baniram por completo objetos afiados. Não me deixavam usar nem mesmo uma tesoura, a menos que fossem aquelas de ponta arredondada que a gente usa no jardim da infância.

— Será que é uma tesoura? — sugeriu Blue.

Layla balançou a cabeça em negativa.

— Não podemos presumir isso. As madrinhas da Mira provavelmente só estavam sendo cautelosas. A única forma de descobrir é encontrando uma fada que se lembre da maldição, para perguntarmos a ela. A gente podia perguntar para Delilah.

— Não. De jeito nenhum — disse Blue, pondo-se de pé. — É perigoso.

— É a única forma de ela se proteger — insistiu Layla. — E se a Mira vai para algum lugar sozinha e lá acaba por furar o dedo em seja lá o que for capaz de ativar o sono encantado, e ninguém a encontrar por cem anos? Eu preferiria perguntar à fada.

— Eu também — disse Mira. — Eu prefiro saber.

Ela sentiu um arrepio, desejando que a luz do sol que entrava pela janela pudesse espantar o frio que havia tomado conta dela. *Dormir por cem anos.* E quando acordasse? Todo mundo que fizera parte de sua vida já teria morrido. O mundo tal qual ela o conhecera não existiria mais. Perder os pais já era bem ruim; ela não podia tolerar a ideia de perder tudo.

— Eu prefiro saber — repetiu. — Para ter a chance de evitar.

— No conto da Bela Adormecida — começou Blue —, a fada má que amaldiçoa a princesa diz que ela vai furar o dedo e *morrer*. Foi só com a intervenção de uma fada boa que a maldição foi amenizada para o sono encantado. *Delilah* é uma fada má. Se vocês a confrontarem, como vamos saber se ela não vai aproveitar a oportunidade para amaldiçoar você com algo pior?

Mira engoliu em seco. Ela não queria nem pensar no que poderia significar *pior*.

— É um risco que estou disposta a correr — disse ela, por fim. — Passei muito tempo sem saber de nada; não quero continuar assim. Quero saber a verdade.

8

— DEIXEM QUE EU FALO — ofereceu-se Layla, cruzando os braços e recostando na áspera parede da casa noturna, com um ar de durona que seu delicado vestido contradizia. — Sou Comprometida pela Honra; ela não pode me lançar uma maldição pior do que o Rafe.

Comprometido(a) pela Honra era uma das categorias em que se classificavam os Marcados, como os Transformados e os Sonolentos. Queria dizer que a pessoa quebrava encantos. Se uma garota caísse em um sono encantado, seu príncipe Comprometido pela Honra haveria de acordá-la com um beijo. Se um garoto se tornasse a Fera, uma garota Comprometida pela Honra poderia ensiná-lo a amar e fazer com que se redimisse. Os Comprometidos pela Honra estavam protegidos de maldições danosas por terem o poder de as desfazerem.

Mira sabia disso porque Layla passara a tarde inteira dando-lhe aulas intensivas sobre destinos em contos de fadas.

Já era começo de noite e Mira estava à espera, junto de Layla e Blue, em frente à Badalo da Meia-Noite, uma casa noturna onde a banda de Blue às vezes tocava. Eles tinham ido até ali porque Layla e Blue conheciam a fada proprietária do local. Ao que tudo indicava, fadas tendiam a ser reclusas. A casa delas ficava escondida e era difícil reconhecê-las porque andavam disfarçadas na maior parte do tempo. Então Delilah, a fada que era a dona daquele lugar — e que era bem conhecida, mesmo que um pouco maléfica —, era a melhor esperança que tinham. A menos que quisessem sair em uma busca de informações, contratar um mediador para rastrear uma fada ou fazer perguntas às madrinhas de Mira, o que ela definitivamente não queria fazer.

Ainda não estou pronta para voltar para casa, dissera Mira a Blue quando ele sugerira essa opção. *Vocês não fazem ideia de como as minhas madrinhas ficariam furiosas. Eu realmente baguncei a cabeça delas. Se eu contar a elas, vai ser o fim de tudo. Elas vão me levar embora daqui.*

E, embora Blue tivesse tentado expulsá-la da cidade desde o instante em que a conhecera, ele aceitara sem discutir. E ela se sentia estranha, lisonjeada, como se talvez agora ele quisesse que ela ficasse.

A porta da casa e um poste de luz na rua estavam cobertos de pôsteres anunciando os próximos shows. Havia inclusive um da Curses & Kisses, com todos os quatro integrantes da banda posando para a câmera. Jewel mordia uma pedra preciosa do tamanho de um limão, a boca retorcida em um rosnado sexy. Rafe fazia o melhor que podia para parecer gostoso, Freddie mostrava um sorriso cálido e Blue estava de pé, em uma posição indolente, seu cabelo espetado como as barbatanas de um tubarão, encarando a câmera como se quisesse criar problemas com o fotógrafo.

Mira deixou seus olhos se fecharem, cansada de tanto que tinham caminhado, do calor e da umidade que nunca se dissipavam. Teriam de esperar ainda algumas horas até que a casa abrisse as portas. O lugar estava mortalmente silencioso, e a quietude só servia para intensificar a escuridão da área ao redor.

Do outro lado da rua havia alguns caras agachados se distraindo com algum jogo com dados, que assoviavam de vez em quando para Layla. Mas ela e Blue os ignoraram, e os caras não se aventuraram a se aproximar. Uma mulher de ombros caídos empurrava um carrinho de compras rua abaixo, até que uma das rodas quebrou e fez o carrinho mudar de direção abruptamente. E uma garota vestindo um enorme casaco de pelos falsos que a fazia parecer minúscula descia ruidosamente a rua em suas botas plataforma, as pernas parecendo palitos de fósforo, os olhos fundos e sombrios.

Mira abraçou o próprio peito, sentindo-se desconfortável. Aquele lugar era um lembrete de que ela havia sido protegida de mais coisas do que maldições.

— Ainda acho que é melhor não falar com ela — insistiu Blue. — A gente devia ir fazer perguntas a uma fada boa.

— Não sabemos onde encontrar uma fada boa assim tão rápido. Não a tempo do aniversário da Mira — retrucou Layla. — Além do mais, Delilah sabe de tudo. Ela vai ter a resposta que estamos buscando. Mas, se vocês quiserem — Layla olhou de relance para seu celular ao dizer isso —, podemos ligar para o Freddie e pedir apoio. Mais um Comprometido pela Honra para manter você a salvo, Mira.

— Hum... — Blue hesitou. — Não sei se é uma boa ideia. Sei lá como Freddie vai reagir quando descobrir a verdade sobre Mira. Ele vem esperando por ela a vida toda.

— Isso é verdade — disse Layla.

Mira nada dizia. Não sabia nem como *ela mesma* reagiria quando Freddie ficasse sabendo. Porque não era que ela não gostasse dele... só não gostava *daquele jeito*.

Ele havia esperado por ela a vida inteira... mas ela passara quase dezesseis anos sem nem saber quem realmente era.

— Podíamos pedir que o Felix viesse — sugeriu ela.

Blue a fuzilou com o olhar ao ouvir isso.

— Não.

— Delilah bem que gosta dele — comentou Layla, com um jeito evasivo, mas parecendo desconfortável com a sugestão.

Enquanto discutiam, um luxuoso sedã preto estacionou em frente à casa noturna. Os caras do jogo de dados dispersaram-se como corvos. Blue empertigou-se, ficando tão rígido como Mira nunca o tinha visto antes, e Layla juntou as mãos em um gesto de súplica. Como se ambos esperassem que algo terrível acontecesse.

As portas do carro se abriram, e um ogro de terno preto saiu pelo lado do motorista. Um ogro mesmo, não havia nenhuma outra palavra a ser usada para o homem de pele cinza extremamente musculoso que estava ali à frente deles. Sua cabeça careca era toda manchada de um cinza mais escuro, e suas orelhas eram deformadas como as de um pugilista. Seus ombros largos forçavam as costuras do terno.

O ogro entrelaçou as mãos carnudas e ficou parado, à espera, enquanto uma mulher esguia e de cabelo escuro como a noite surgia pelo lado do passageiro, estendendo para fora uma perna coberta por meia arrastão de cada vez.

— Ela chegou — sussurrou Layla.

Delilah parecia recém-saída de um funeral ou de um desfile de moda: vestia uma blusa preta com um comprido laço no pescoço, uma saia-lápis também preta na altura do joelho, meias arrastão e botas pretas de salto agulha. Sobre seu cabelo estava colocado um chapéu de veludo negro, de lado, do qual pendia um véu de tule que cobria um lado de seu rosto.

Ao cruzar a rua com passos agitados e rebolativos, ela dirigiu a eles um sorriso curioso. Sua boca era de um tom azul-violeta como um hematoma.

— Está tudo bem, Sam — disse ao ogro, que encarava os três jovens com uma expressão de raiva e suspeita. — Eu conheço essas crianças. — Ela olhou para Blue, que, no entanto, evitava encará-la. — Problemas com o show de sábado? É melhor que não tenha vindo aqui para cancelar o show, Valentine.

— Não, não é nada disso — Layla apressou-se a dizer. — Queríamos fazer algumas perguntas para você antes de a casa abrir. Se tiver um tempinho.

— Mas é claro — murmurou a fada, esperando um pouco mais para trás enquanto o ogro abria a porta.

O ogro farejou o ar na direção de Mira, suas grandes narinas se alargando. Ela recuou alguns passos — talvez ele comesse pessoas. Talvez tivesse sido desalojado de sua mansão no céu por um garoto e por isso devorasse adolescentes como forma de se vingar.

O ogro entrou e acendeu as luzes, revelando o interior lúgubre da casa. A Badalo da Meia-Noite mais parecia um armazém, nem de longe evocando a aura sexy e decadente e interessante que Mira imaginava quando pensava em casas noturnas. Nas paredes, vários pontos estavam afundados por socos de bêbados; no chão, inúmeras manchas de líquidos derrubados; e a atmosfera cheirava a cerveja e fumaça. Logo que entrou, Mira pisou em algo grudento. Suas sapatilhas fizeram ruídos como se estivessem se descolando de algo adesivo no chão.

Delilah ia à frente, guiando-os por um corredor estreito até seu escritório, que não tinha janelas e era inteiramente pintado de preto — paredes, chão, teto, tudo. Era como estar dentro de um caixão. Duas lâmpadas incandescentes irradiavam uma doentia luz verde fosforescente, mas não era o bastante para impedir que a sala desse a sensação de claustrofobia. Mira estava começando a se arrepender de ter ido até ali. Bem que Blue podia ter sido contra aquela ideia com um pouco mais de veemência.

— Então, o que posso fazer por vocês? — começou Delilah, virando-se para eles.

Uma de suas pernas estava atrás da outra, de forma que seu corpo parecia se estreitar dos quadris até o chão, criando um equilíbrio aparentemente precário. Ela lembrava a lâmina de uma faca.

Layla pegou no braço de Mira, como se para tranquilizá-la — e também para guiá-la até a fada.

— Esta é Mira. Ela é uma Sonolenta Bela Adormecida. A princesa.

— Ah! Seja bem-vinda — exclamou Delilah. — E vocês desejam orientação?

— Sim, de certa forma — respondeu Layla. — Ela não conhece o nosso mundo. Achamos que talvez você pudesse nos dizer qual fada a amaldiçoou. Porque precisamos descobrir qual é o gatilho da maldição dela.

— Ninguém nunca contou a ela? — perguntou Delilah, escandalizada. — Onde estão os pais dessa menina?

— Ela foi criada longe deles — explicou Layla.

Mira a apertou de leve no braço, como forma de lhe transmitir que agradecia por ela não ter mencionado a morte de seus pais para a fada. Era algo particular, e ela sentia como se fosse uma pequena fraqueza.

— Verei o que consigo descobrir — disse Delilah, e, fazendo um gesto na direção de Mira, ordenou: — Vire-se, querida. Deixe-me ver sua marca.

— Eu... mas você já sabe...

Mira ainda estava gaguejando uma desculpa quando Layla a girou e ergueu sua camiseta até o meio de suas costas.

— Faça o que ela mandar — sussurrou Layla.

Mira estremeceu quando as longas unhas de Delilah roçaram sua marca. O toque da fada era áspero e frio contra a pele, como metal corroído por ferrugem.

— Qual é o seu nome completo, querida? — perguntou Delilah, suas unhas se cravando de leve na curva da cintura de Mira, como se ela a estivesse avaliando.

— Mira. Mirabelle Lively. — A resposta saiu gaguejada, e depois de um instante de hesitação.

A fada a deixava nervosa. Ela sabia que precisava cooperar se quisesse respostas, mas se viu relutante em dar informações àquela mulher. Conhecimento era poder, e fornecer mais poder a Delilah lhe parecia imprudente.

— Quem são seus pais? Quando é seu aniversário? Está com quantos anos agora?

Mira respondeu a todas as perguntas, estremecendo ante a sensação causada pelos dedos frios da fada em sua pele. Delilah parecia intrigada em saber que o décimo sexto aniversário de Mira estava chegando.

— Queridinha, que momento terrível. Vou fazer disso uma prioridade, descobrir qual é o seu gatilho antes que você complete dezesseis anos. Aqui em Beau Rivage os aniversários costumam ser um tanto quanto terríveis.

— Terríveis? — perguntou Mira.

— Ah, sim — disse Delilah. Sua voz era um ronronar aveludado. — Aniversários são dias de mudança. Sair de um ano para entrar no próximo. É um momento poderoso no tempo, e coisas ruins tendem a acontecer. Não queremos que você esteja despreparada.

Delilah deu a volta para se colocar face a face com Mira. Ela sorria, como se não tivesse acabado de sugerir algo terrível para a garota.

— Você vem ao show este sábado, princesa? Com sorte, saberei a resposta até lá. Aí poderemos conversar sobre isso.

Sábado era a véspera de seu aniversário. Dali a três dias.

Em quatro dias ela faria dezesseis anos. Mas, no dia em que deveria estar celebrando, celebrando a *vida* acima de tudo, Mira corria o risco de se tornar uma donzela em perigo, uma princesa em estase. Logo quando o mundo supostamente deveria se abrir, desabrochar para ela.

E no momento ela não sabia como se salvar.

— Eu... — Sua voz soava frágil em sua garganta. Ela olhou para Layla e para Blue, mas nenhum dos dois lhe deu pista alguma do que dizer. — Sim — decidiu ela. — Estarei aqui.

— Perfeito — disse Delilah. — Algo mais?

— Sim — disse Layla, com um sorriso excessivamente radiante. Ela pegou Mira pelo braço, com firmeza, e foi empurrando-a para fora. — Muito obrigada mesmo.

— Sim, muito obrigada — murmurou Mira enquanto as duas passavam apressadas pelo ogro.

Layla deixou escapar um suspiro quando a porta oscilou e se fechou atrás deles, e praticamente arrastou Mira pelo corredor escuro.

— Desculpe por apressar você — disse Layla. — Eu tinha certeza de que ela pediria algo em troca. E como ela não pediu *nada*, eu quis sair dali antes que ela mudasse de ideia.

— Ela costuma pedir pagamento em troca? — quis saber Mira.

— Sim! É claro! — exclamou Layla, como se fosse óbvio.

Por que ninguém tinha se dado ao trabalho de avisá-la disso *antes*? Mas agora estava acabado, então ela não reclamou. Tinha dado sorte. Inexplicavelmente.

— Ela deve ter gostado de alguma coisa em você — disse Layla. — Talvez tenha se compadecido da sua história. Até mesmo fadas más devem ter coração.

— Ah, é — disse Blue, falando pela primeira vez desde que haviam entrado na casa. — É por isso que elas amaldiçoam bebês, por realmente *sentirem* pena dos pobres coitados.

Layla franziu a testa.

— Como você é cínico.

— E como você é boba. Acorde, senão vai acabar fazendo com que o Rafe se redima mesmo. As fadas escolheram você por um motivo; elas conhecem o seu coração. Você é boa demais.

Layla murmurou algo sobre *não* ser boa demais e cruzou os braços. Mas a centelha se fora de seus olhos. Obviamente ela estava refletindo sobre aquilo; talvez até mesmo se preparando para o inevitável.

O que ela e Viv tinham dito? Que poderíamos tentar lutar contra o nosso destino, mas que ele tinha um jeito de torcer nossos esforços e nos guiar de volta para o nosso lugar.

Mira não queria ser guiada. Não queria ser manipulada, nem sentir como se tudo que fizesse e sentisse fossem irrelevantes. Ela queria ter a possibilidade de *escolha*.

Estavam cruzando a pista de dança vazia, seus sapatos ressoando no cimento, quando Blue esticou a mão e pegou na de Mira. Com aquele gesto ele lhe transmitiu força, segurança, parecendo menos o tagarela encrenqueiro dos últimos dias e mais alguém em quem ela poderia confiar.

— A Delilah talvez peça algo em troca depois — confidenciou-lhe Blue, baixinho. — Quando ela tiver as informações que você quer. Mas se isso acontecer, me diga o que ela vai querer, que farei o que puder para ajudar você.

— Obrigada — disse Mira, surpresa.

Ela podia sentir o apoio dele, sua preocupação, seu toque.

Como resposta, ele apenas apertou sua mão.

❧

Depois de um tempo ele soltou sua mão — seria estranho se ele não a soltasse, embora ela sentisse falta —, mas ele repetiu o gesto quando as ruas ficaram mais cheias de gente, muitas pessoas saindo pelas portas e formando uma multidão sinuosa que permitia a passagem apenas a pé. As lojas para turistas tinham fechado, os bares e os restaurantes tinham aberto, e uma feira se formara: quiosques e carrinhos de comida enchiam as ruas.

O ar estava repleto dos cheiros de açúcar e da fumaça liberada pelas castanhas torradas e pelas máquinas de algodão-doce, além dos cheiros de salmoura e camarão, suor e perfume.

— Vamos por aqui — disse Blue, puxando-a e avançando pela rua cheia de gente.

— Pela feira? — disse Layla, segurando-se à camiseta de Mira para evitar se separar dos dois. — Por quê?

— Quero mostrar para a Mira.

— Mostrar o quê? — quis saber Mira.

— Coisas que você não via antes. Olhe bem.

Ela analisou a multidão à sua frente, sem saber ao certo o que estava buscando. Uma banda tocava em uma ponta da rua, e criancinhas dançavam ao som da música, acenando no ar com seus balões em forma de animais e suas espadas de brinquedo. Havia casais em encontros, com mãos subindo sorrateiramente por dentro das costas da camiseta um do outro para acariciar a pele amada. Vendedores apregoavam a venda de asas de fadas de náilon, bolos de funil, limonada, arte. Homens e mulheres moviam-se lentamente na entrada de bares, chamando os amigos, aninhando-se com estranhos.

Parecia um lugar como outro qualquer.

Mas então duas garotas de vinte e poucos anos lhe chamaram a atenção. Irmãs, talvez? Elas caminhavam da mesma forma desajeitada, mancavam em um andar meio pavoneado, e tinham o mesmo nariz atrevido e os mesmos cachos negros caindo em cascatas. Usavam sandálias de dedo, suas unhas impecavelmente bem-cuidadas arruinadas apenas por bandagens brancas.

Uma das garotas tinha o calcanhar envolvido em atadura — e o formato era estranho, como se faltasse uma parte. A outra usava um curativo espesso no lugar em que deveria estar o dedão.

Só podiam ser as irmãs postiças de Cinderela, e estavam no período imediatamente seguinte à conclusão de sua maldição. No conto, cada uma delas cortava parte do próprio pé na esperança de fazê-lo caber no sapatinho minúsculo de Cinderela. Mira pensara que ninguém fosse realmente fazer uma coisa daquelas — mas as irmãs pareciam ter orgulho dos pés feridos.

As garotas sentiram que Mira as estava encarando e olharam para ela de relance, estreitando os olhos, as duas ao mesmo tempo. Blue acenou um "olá", mas, em vez de darem algum sinal de que o reconheciam, elas viraram o rosto e saíram mancando.

— Ainda são tão esnobes! — exclamou Layla. — Pensei que a amputação daria uma abaixada na crista daquelas duas.

— Elas se acham especiais porque conseguiram evitar ter os olhos arrancados — disse Blue. — Mas na verdade foi só porque a irmã postiça delas foi legal. Deixou que elas usassem óculos protetores para ir ao casamento. Não que os pássaros não tenham tentado...

— É claro que não — bufou Layla. — Pássaros são diligentes.

— Vocês conhecem aquelas garotas?

— Não exatamente — disse Blue. — Ouvimos falar delas.

Blue parou em um canto onde a multidão havia se dissipado um pouco, em frente a um restaurante mexicano que propagandeava um happy hour encerrado fazia tempo. Um calço mantinha a porta aberta, deixando o zumbido das conversas chegar até lá fora, assim como o tilintar de talheres contra os pratos.

— Tem muitas pessoas amaldiçoadas aqui de quem não somos amigos — prosseguiu Blue, ainda espiando a sua frente, buscando rostos familiares na multidão. — Mas geralmente reconhecemos alguém do círculo quando vemos um. Algumas coisas fazem com que a gente se destaque, coisas desprezadas pelas pessoas normais, porque elas acreditam no que querem acreditar. A diferença é que acreditamos em tudo. Às vezes temos surpresas — ele continuou. — Pessoas que foram criadas fora daqui e aparecem sem a que a gente esperasse. Você, por exemplo. E também o príncipe da Viv, provavelmente, já que não temos nenhum príncipe de Branca de Neve da nossa geração aqui.

— Falando no diabo... — murmurou Layla.

Mira sentiu o corpo enrijecer e olhou apreensiva ao redor. O que seria agora?

Captando o olhar dela, Blue fez um movimento com a cabeça na direção de uma família de quatro pessoas caminhando vagarosamente pela feira. À primeira vista, eram todos bonitos: olhos brilhantes como uma risada, roupas de verão em tons pastel. O garotinho e a garotinha iam à frente dos pais, saltitando, depois voltavam, para não se perderem deles. O pai, um belo homem, era a própria imagem do contentamento. Ele mantinha um dos braços amorosamente em torno da cintura da esposa. Ajudando-a a se equilibrar, Mira se deu conta. Porque a mulher estava inclinada, quase caindo. Mal conseguia ficar de pé.

A mulher seguia arrastando os pés como uma sonâmbula. Suas pálpebras estavam caídas; sua boca cor de rubi, aberta. Sua pele era da cor do gengibre e tinha gotas de suor. Ela ainda era bonita — mas de uma beleza fria, doentia.

— Quem é aquela mulher? — perguntou Mira. — O que há de errado com ela?

— Aquela é a Gwen — respondeu Blue. — Uma outra Sonolenta Branca de Neve.

Layla lhe confidenciou os detalhes no ouvido:

— O Príncipe Encantado, aquele ali, se apaixonou por ela assim que viu a Gwen no caixão, mas, depois que ele a acordou e eles se casaram, as coisas não foram mais as mesmas. Ela não era a garota por quem ele tinha se apaixonado.

— É, porque ela estava viva — debochou Blue.

A princípio, Mira achou que fosse só uma brincadeira de mau gosto dele, mas a expressão de Blue continuou grave, e ela não teve mais tanta certeza disso.

— Diga que você está brincando.

— Mira, no fim das contas, foi um acidente que a faz acordar. — Blue ficou encarando Gwen, franzindo as sobrancelhas azul-escuras. — O príncipe achou que ela era bonita daquele jeito, em sua pose, congelada no caixão de cristal, e decidiu levá-la para casa... para mantê-la assim, tal como estava. Mas então um ajudante dele tropeçou enquanto carregavam o caixão e o solavanco fez a maçã envenenada que estava presa na garganta dela ser expelida... o que quebrou o encanto. Foi assim que ela despertou.

— Dizem — acrescentou Layla — que, assim que a Gwen recuperou a consciência, o príncipe achou a efervescência dela insuportável. E ela não conseguia suportar a ideia de perder o seu príncipe; já estava apaixonada, por ter sido salva por ele. Sua vida em casa era bem ruim, como a da maioria das Brancas de Neve; ela não tinha mais ninguém. Então ela deixou que ele a drogasse, para conquistar novamente o interesse dele. Porque ele a prefere quase inconsciente.

— Ah, meu Deus! — disse Mira, tão pasma que se sentia nauseada. — Isso não é vida!

— É essa a intenção — disse Blue, parecendo igualmente desconfortável com aquilo.

Incapaz de desviar o olhar, Mira ficou vendo aquela família desaparecer na multidão. Durante aqueles últimos segundos, antes de Gwen sumir de vista, Mira sentia como se estivesse assistindo à procissão de um funeral: uma mulher levando seu corpo para seu túmulo, com os curtos e arrastados passos de uma noiva.

— Preciso sentar — disse Mira.

Blue limpou um lugar na calçada para Mira e ela se sentou no concreto, inspirando fundo e com dificuldade o ar quente e úmido. Blue agachou-se na frente dela, com uma expressão penitente no rosto.

— Eu não devia ter mostrado aquilo para você? — perguntou ele.

— Não sei. Talvez eu não estivesse pronta para saber que as coisas podem ficar tão ruins assim. Tipo, eu estava achando que só precisava me preocupar com a minha maldição. Furar o dedo, cair no sono.

— Não precisava pensar em como a sua maldição pode ser algo terrível.

Mira assentiu. Ela sentia os pulmões recheados de medo em vez de ar.

— Não vai ser assim com você — disse Blue. — Não se preocupe. Vamos encontrar o seu gatilho. Você nem vai cair no sono.

— E você conhece o Freddie — acrescentou Layla, em tom confortador. — Ele não é nem de longe um cara mau.

— E se eu cair no sono em algum outro lugar? Algum outro príncipe poderia me acordar. Décadas depois, até. Certo?

Nem Blue nem Layla responderam a princípio. Então os dois, relutantes, assentiram e falaram, suas vozes se sobrepondo:

— Isso mesmo — disse Layla.

— Certo — disse Blue.

— E eu estaria adormecida. Amor à primeira vista... por uma garota quase morta. A Delilah mencionou o meu aniversário. Está *tão perto*! E se algo horrível...

Blue pegou o rosto dela em suas mãos em concha. Quente como estava, a pele dele a tirou de seu estado de histeria.

— Ei. *Ei!* — disse ele, até Mira erguer o olhar. Seus olhos se encontraram, Blue a fitava como se tentasse alcançá-la, arrancá-la e trazê-la de volta do sonho sombrio em que havia caído. — Isso não vai acontecer.

— Promete? — perguntou ela em um sussurro, nem mesmo sabendo ao certo por que estava dizendo isso; só sabia que se sentia vulnerável e que precisava de alguém para confortá-la.

Blue deu uma risada afável, surpreso.

— De que adianta eu prometer alguma coisa? — Então ele pareceu se dar conta de que ela estava falando sério. — Tudo bem. Prometo. — Ele olhou de relance para Layla. — Layla... qual é a punição por se quebrar uma promessa? Existe alguma?

— Não para esse tipo de promessa — respondeu Layla com um sorriso, como se achasse aquilo muito fofo da parte dele.

Mira então se pôs de pé, envergonhada por ter desmoronado. Sentia-se muito mais infantil que todo mundo ali, tão ingênua! Ver uma princesa sedada não era novidade para Blue e Layla. Eles enfrentavam aquela porcaria de mundo todos os dias.

O mundo normal havia ressurgido em volta, indo ao encontro deles. Uma mãe tentava prender alguns balões ao pulso do filho. Uma garota lambia um pontinho de mostarda da bochecha do namorado e ria, como se tivesse surpreendido a si mesma.

Havia referências à tradição de contos de fadas da cidade: uma barraquinha vendia maçãs caramelizadas com uma calda vermelha reluzente de um lado e chocolate branco do outro, imitando a maçã metade vermelha e metade branca do conto da Branca de Neve; um artista vendia rouxinóis de miçangas em gaiolas de arame, bailarinas de papel e soldadinhos de lata. Mas não havia mais pessoas belas e com ferimentos à vista, exibindo suas dores para todos verem.

Blue pegou a mão de Mira de novo; sem apertar muito, de modo que ela pudesse se soltar se assim quisesse, mas ela continuou segurando a mão dele como se fosse sua âncora em um mundo que parecia girar assustadoramente rápido, prestes a sair de seu controle. Agarrava-se a ele, o úmido e quente suor selando suas mãos juntas, infinitamente grata por não estar sozinha...

ᘓᘏ

Só depois de deixarem Layla em casa, a última luz do crepúsculo já desfeita, é que Mira se deu conta de como estava tarde. Ela e Felix tinham combinado de continuar a busca por seus pais aquela noite, e, sem querer, ela lhe dera um bolo. A que horas ele teria desistido de esperar por ela? Será que havia arrumado outra pessoa para ocupar sua noite?

Por alguma razão, estar perto de Felix a fazia se sentir mais feliz, mais viva. Tanta coisa havia mudado em sua vida e se tornado incerta hoje... ela queria conversar com ele. Sentir-se bem daquele jeito de novo. Sentia falta dele; e, embora ele tivesse todo o direito de ficar chateado com ela, Mira esperava que ele entendesse. Aquela descoberta era algo maior que seus pais, mais importante que romance. Algo que afastara tudo o mais de sua mente.

Mira caminhava quase ombro a ombro com Blue. Ele também estava calado — como se tivesse tido, aquela noite, a revelação que estilhaçara sua vida. As luzes do Dream brilhavam ao longe, e os dois as seguiam como exploradores deixando-se conduzir pela Estrela do Norte.

A cada vez que um carro passava em alta velocidade, o ar se movia ao redor deles, quente, úmido e poluído. Do outro lado da rodovia de quatro pistas, o cassino Palace piscava um ataque néon incessante de placas que prometiam entretenimento, dinheiro e comida barata. A berrante fachada cor-de-rosa tinha janelas em forma de coração e pequenas torres, o que a fazia parecer mais um motel japonês que um cassino. Mira lembrou-se da ameaça inicial de Blue de largá-la ali. Ele não a estava ameaçando agora.

— Você não está sendo um imbecil — disse ela. — E já faz um tempinho.

Os passos de Blue ecoavam ocos e pesados ao lado dos dela. Ele mantinha as mãos nos bolsos, a cabeça baixa.

— Acho que perdi o ânimo para isso.

— Deixou de ser divertido?

Ela o cutucou com o ombro. Não estava acostumada a que ele se comportasse assim tão sério.

— Deixou de ser útil. Sei lá. — Ele suspirou. — Acho que estou confuso. Não sei o que fazer com você agora. Como te tratar. Você não é o que achei que fosse.

As sapatilhas de Mira esmagaram uma embalagem de fast-food. *Também não sou o que eu achava que era.*

— O que eu era antes?

— Uma garota normal. Que estava indo embora. E eu queria garantir que você fosse embora mesmo. Que tivesse a chance de fazer isso. Mas agora, quem sabe? Talvez você fique por aqui. Você quer saber as coisas. E eu não quero que você saiba o que eu sou.

— Pode me contar — disse ela. — Pode confiar em mim. Ou, se for difícil demais para você, eu posso perguntar para o Felix.

Ela disse isso como uma forma de tornar as coisas mais fáceis para Blue, mas ele fez uma careta ante a menção do irmão.

— Felix não vai te contar.

— Vai sim. Assim que ele souber a verdade sobre mim.

Blue só balançou a cabeça em negativa.

— Você não conhece meu irmão.

Ela pensou em lembrar Blue de que *ele* não conhecia Felix, de que os dois mal se toleravam, mas parecia inútil. Se ela tentasse falar com Blue sobre o irmão dele, seria tão fútil quanto todo o resto.

Quando, por fim, eles chegaram ao Dream, nenhum dos dois se dirigiu às portas. Ficaram parados em frente à fonte de mármore. Três estátuas de cupidos disparavam flechas d'água dentro da piscina lá embaixo, que estava iluminada por luzes cor-de-rosa e vermelhas. A água respingava com força, como se fosse música, e uma suave melodia vinha dos alto-falantes ocultos nos leitos de flores.

— Eu costumava compor músicas aqui — disse Blue.

— Você compõe? — perguntou Mira. — Mas você nem sabe tocar nada.

— É claro que sei tocar. Só sou péssimo na bateria.

— Você é...

Ela balançou a cabeça. Ele tinha acabado de... deixá-la confusa.

— Que foi?

— Eu ia dizer *um idiota*, mas seria uma grosseria.

Blue sorriu.

— Acho que sou mesmo. Quer dizer, às vezes.

— Por que tocar um instrumento... em *público*, em uma *banda*... se você toca tão mal? Não sente como se estivesse enganando as pessoas?

— Na verdade, não. Sinto como se estivesse fazendo um favor pra elas. O Freddie tem o jeito dele de lidar com as fãs, que é basicamente ser educado e ficar aterrorizado, e eu tenho o meu.

— Você se preocupa tanto assim com fãs? Tem medo de que um monte de garotas fiquem obcecadas por você? Sem querer ofender, mas...

Blue se fez de chocado.

— É isso mesmo que eu ouvi? Você disse *sem querer ofender*?

Ela deu um tapa no braço dele.

— Ei, me deixe terminar. *Sem querer ofender*, mas isso não é um pouco arrogante?

— Meu medo não é as garotas gostarem de mim. Meu medo é eu também gostar de alguma delas.

Dois namorados pararam diante da fonte. Era fácil identificá-los como um casal por estarem muito perto um do outro e por trocarem leves toques afetuosos enquanto conversavam. Mira os observava, distraída agora que ela e Blue não estavam mais sozinhos, e, enquanto ela olhava para o casal, eles se envolveram em um abraço e deram um lento e hipnotizante beijo.

Ela ficou olhando, surpresa com a demonstração de afeto do casal, que então, ignorando todos ao redor, menos um ao outro, entrelaçaram as mãos e seguiram seu caminho até a rua.

Mira se deu conta de que Blue também tinha se calado. Ambos haviam parado para observar o casal. E então lhe ocorreu qual poderia ser o significado da marca dele.

— A sua marca é um coração — disse ela, tendo mais certeza à medida que falava. — E o coração é o símbolo do amor. Você é uma espécie de herói... Comprometido pela Honra ou algo do gênero. Você se apaixona.

— Mira... — Blue se virou para ela, uma expressão tensa no rosto que ela não conseguia entender. — Eu pareço um herói?

— Não exatamente, mas...

— Eu me apaixono — disse ele. — Mas não tente adivinhar mais nada além disso. Não pense que é algo bom.

E saiu andando, deixando-a ali de pé junto à fonte. Abriu as portas de vidro do cassino e entrou. Em um instante os dois estavam separados, distantes novamente, e era difícil lembrar como era ser amiga dele, sentir-se próxima daquele jeito, com a sensação de que confiavam um no outro.

Mira se sentou na beirada da fonte. O peitoril de mármore estava úmido, e a névoa d'água pulverizava sua pele. Moedas reluziam sob a água como escamas de peixes. Ela as contava, cada uma um desejo, e se perguntava como o amor poderia ser alguma outra coisa que não algo de bom.

O amor destrói.

9

AO CHEGAR À SUÍTE de Felix, Mira encontrou as luzes acesas, mas os aposentos vazios. Eram dez horas da noite. Provavelmente tarde demais para ficar perambulando em volta de túmulos.

Seus olhos ardiam ao pensar em como fora indolente. Sentira falta dele. Perdera sua oportunidade. E tinha apenas três dias para encontrar o túmulo dos pais antes de fazer aniversário; senão, não poderia passar esse dia com eles. Talvez até não pudesse passar mais *dia nenhum* com ninguém se sucumbisse à sua maldição. Ela tinha que encontrar logo os pais... enquanto seus desejos ainda faziam diferença.

Talvez pudesse ir sozinha.

Felix tinha feito uma lista com nomes e endereços de todos os cemitérios da cidade. Ela enfiou a lista na bolsa, apanhou uma lanterna e desceu apressada até o posto do manobrista na frente do hotel. Procurou por Felix enquanto cortava caminho pela área do cassino, mas não havia sinal dele.

Lá fora, na frente do edifício, o manobrista conduzia alguém para dentro de um táxi. Mira captou o reluzir de um vestido de gala prateado antes de a porta se fechar, e o manobrista se virou para ver do que ela precisava. Ele vestia um casaco azul que lembrava o uniforme de meia-gala de um soldado, e ficou em posição de sentido, as costas eretas, parecendo entediado, com calor e um pouco desencantado.

— Gostaria de ir a algum lugar? — perguntou-lhe, enfim, o manobrista.

— Eu... Oi. Sou a convidada do Felix Valentine. Eu estava pensando... será que poderia usar o carro de cortesia?

Ela engoliu em seco. Se aquilo não desse certo, sua única opção seria chamar um táxi. Mas Mira não sabia se confiava em táxis.

O manobrista a olhou de cima a baixo, devagar, depois abriu um sorriso como se a tivesse reconhecido.

— É claro. Só um instante.

Ele chamou um dos carros de cortesia do Dream e perguntou a Mira aonde ela iria.

Desdobrando o papel que continha a lista, Mira apontou para o cemitério que escolhera.

— Aqui — disse ela.

O manobrista ergueu as sobrancelhas, mas não fez nenhum comentário. Era o trabalho dele atender a solicitações estranhas, imaginava ela. Ele se inclinou para informar ao motorista aonde Mira queria ir, depois abriu a porta para ela entrar.

— Espero que encontre o que está procurando — disse ele.

Mira agradeceu e entrou no carro. O manobrista bateu a porta, e então lá se foi ela velozmente pela noite, o reluzir das luzes do hotel se afastando cada vez mais às suas costas. Cinderela em sua moderna carruagem, a caminho de sua dança com os mortos.

ॐ

O cemitério que Mira tinha escolhido se chamava Descanso Encantado. Ela estava se acostumando com os nomes de contos de fadas dos lugares que Blue e seus amigos frequentavam, então, quando notou esse nome na lista, parecia o local óbvio a ir. Se seus pais, pais de contos de fadas, estavam enterrados em algum lugar, por que não ali?

No entanto, quando o motorista parou o carro, ela ficou consternada ao ver que o cemitério não era o campo encantado que o nome sugeria. O terreno malcuidado era delimitado por uma cerca de ferro com pontas de lança no alto, e o perímetro estava cercado por grama na altura dos joelhos. Ninguém tinha se dado ao trabalho de trancar — nem mesmo de fechar — o portão, que, quando Mira empurrou para entrar, gemeu em suas dobradiças como uma alma atormentada.

Ela sentiu um estremecimento de expectativa: o nervosismo de uma má ideia mesclado com a esperança de que por fim fosse encontrar seus pais. Acendeu a lanterna e usou o facho de luz para iluminar cada lápide, lendo os nomes em silêncio, na esperança de que seus lábios se deparassem com *Piers e Adora Lively.*

A princípio ela ainda escutava o zunido baixo do rádio do motorista, mas, conforme avançava, os sons da civilização foram desaparecendo, e tudo que ela ouvia agora era o ruído do vento soprando pelas folhagens das árvores, o som dos próprios passos e os zumbidos dos insetos. Além da própria respiração, rápida demais.

Ela se forçou a seguir em frente. Não se permitiria pensar em fantasmas vingativos nem em andarilhos loucos. Apenas no final feliz que a esperava além de uma daquelas lápides.

Perdida em pensamentos, Mira acabou esbarrando em uma teia de aranha que, esticada entre duas árvores, grudou em seu corpo. Ela gritou, em pânico com a sensação dos fios colados em sua boca. Desesperadamente, começou a soltar a teia dos ombros e do rosto quando um bater de asas a assustou. Ela se virou, mas não sabia de onde viera aquele som. Então ouviu o canto fúnebre do portão se abrindo, rangendo e se fechando com força, e começou a tremer apesar do calor.

É só o vento. Continue andando. Você está quase lá...

Quando chegou perto do último túmulo, ela se virou para olhar todo o chão que havia percorrido; não queria acreditar que tinha vasculhado o cemitério inteiro e não os encontrado. Tinha vontade de chorar. Estava tão certa de que eles estariam ali.

Será que não os tinha visto? Passado direto pelo túmulo deles?

Ela jogou o corpo de encontro à cerca de ferro e voltou o olhar para a densa floresta além da cerca, tão negra e impenetrável quanto a noite. Descansando a mão na barra superior da cerca, ela fitou o escuro, imaginando se haveria mais túmulos ali escondidos: ocultos por arbustos de rosas ou espessas guirlandas de musgo. Mas ali, e esperando por ela.

Pensou no conto de fadas da Cinderela que tinha lido na outra noite. A automutilação lhe chamara a atenção, mas outra parte do conto também lhe despertara uma resposta emocional. Após a morte da mãe, Cinderela plantava um pequeno galho de nogueira perto do túmulo dela e o regava com suas lágrimas até o galho crescer e se transformar em uma bela árvore. Cinderela então ia até a árvore buscar conforto, porque estava imbuída do espírito da mãe. Quando precisava de roupas para o baile, ia até a árvore e pedia, e um pássaro que estava na árvore lhe jogava um belo vestido e delicados sapatos.

Mas não foram o vestido e os sapatos que chamaram a atenção de Mira: foi a forma como a mãe falecida cuidava de Cinderela. Como a protegia, permanecia junto dela... E se os contos de fadas eram realidade, se havia coisas como maldições e destino, então talvez Mira pudesse plantar um galho de nogueira perto do túmulo dos pais, e assim, de certa forma, eles estariam com ela. Talvez ela pudesse pedir à árvore que acabasse com aquela saudade que ela sentia.

Entre a consciência e a inconsciência, fantasiando sobre sua própria nogueira, Mira curvou os dedos em torno da cerca... e cortou a mão em uma das pontas.

A dor a varreu como um incêndio florestal. Ela tremeu ao ver o corte no dedo, o sangue escorrendo em abundância. Mira não gostava de sangue — nem de ver, nem de ter em sua pele aquela sensação escorregadia. Seus joelhos bambearam, e ela teve medo de estar prestes a desmoronar, a desmaiar em um sono que lhe roubaria a vida. Perdida nos fundos de um cemitério, presa para lobos, homens, tudo que se pudesse imaginar e mais alguma coisa por cem anos.

Se gritasse antes de cair no sono, será que o motorista a ouviria? Será que ele saberia o que fazer? *Será que a enterrariam?*

— Mira!

O chamado viera de algum lugar atrás dela, e ela *realmente* gritou. Seu coração batia rapidamente em seu peito. Então duas mãos a agarraram pelos ombros, e sua mente ficou embotada de medo.

— Mira, sou eu.

— Felix. — Na hora em que reconheceu o toque dele, a voz dele, Mira mal conseguia se ouvir de tanto que seu coração retumbava. — Você me assustou.

Ele a puxou para seus braços.

— Você se cortou.

Seus joelhos pararam de tremer e ela relaxou de encontro a ele. Não desmoronou, não desmaiou. A dor em sua mão ainda estava lá, mas a cerca não era seu gatilho. Era um ferimento como qualquer outro.

Ela apertou com força o braço que a enlaçava, incapaz de se conter, e nisso manchou a manga da camisa dele com sangue.

— Felix — repetiu ela. — Como você...?

— O manobrista me falou aonde você tinha ido. — Ele balançou a cabeça e murmurou: — Eu devia despedi-lo por deixar você vir até aqui. Cemitérios não são lugares seguros à noite. Você devia ter me ligado.

— Estava tarde quando voltei. Não queria incomodar você.

Ela não queria admitir que tivera medo de ele estar ocupado, ou em um encontro com alguém experiente e sexy, e que não queria ter de ouvir a voz da garota ao fundo enquanto era rejeitada.

— Você nunca me incomoda. — Ele olhou para além de Mira, para o meio das árvores. Seus olhos estavam apertados, como se ele estivesse procurando alguma coisa. — O que você estava procurando no escuro quando eu cheguei? Havia alguém ali?

— Não — admitiu ela. — Eu só... eu tenho essa mania de ficar olhando fixo para o nada, e acabo deixando de ver o que está na minha frente. Eu me perco na minha mente. Sempre faço isso.

Mira analisava as sombras da noite que encobriam o rosto de Felix quando se lembrou do coração nas costas de Blue.

— Felix, aconteceu uma coisa hoje. Eu... — Ela parou; inspirou fundo, mal capaz de dizê-lo, de fazer com que soasse real. — Você lembra que achou que eu tinha vindo a Beau Rivage por um motivo? Que havia alguma coisa que eu deveria encontrar aqui? Acho que descobri o que é.

— O que você descobriu?

O tom da voz dele era baixo, apropriado para um cemitério à noite, como se ele não quisesse que ninguém escutasse sua conversa, nem mesmo os fantasmas. Ele a puxou mais para perto de si, segurando-a pela base das suas costas, e deixou que ela passasse os braços em volta dele, como se eles pertencessem àquele lugar.

— Eu sou como vocês — sussurrou ela. — Sou amaldiçoada.

Ela era a primeira garota pela qual ele se apaixonara, e ele a tratava bem, a fazia rir e consertava a corrente de sua bicicleta quando quebrava, e flertava com ela, e fingia colar dela nas provas de história quando na verdade era só uma desculpa para ficar olhando para ela, para seu cabelo vermelho caindo sobre seus ombros e sobre a carteira, para vê-la afastar os fios do rosto, como se fosse uma arma com a qual estava perdendo a paciência. Ele sempre tirava notas baixas mesmo. Ser um fracasso acadêmico não era um problema para alguém rico como ele.

Ele não esperava que acontecesse nada entre eles dois, porque não podia acontecer — mas não estava imune a desejar que sim. Seu coração se agitava todas as vezes que ela lhe dirigia um sorriso. Cheio de esperança de que daquela vez fosse diferente. Mas ele tomava cuidado. Da única vez que ela o convidou para ir a um baile da escola, ele mentiu, alegando que não podia, que seu pai o estava obrigando a comparecer a uma conferência de negócios. Ela deve ter notado a mentira, pois nunca mais o convidou de novo.

Até que, no aniversário dele...

Ele a beijou. Cometeu a estupidez de beijá-la. E foi melhor do que ele jamais podia ter imaginado. E acabou. Realmente, irreversivelmente, acabou.

Ele lhe dedicaria um pedaço de seu coração. Nunca a esqueceria. Mas essa era toda a recompensa que ele poderia oferecer. Não tinha como trazê-la de volta.

Ela nunca lhe parecera mais bonita, mais perfeita, do que agora que estava morta.

Mira lhe contou tudo.

Sobre sua maldição. Sobre a conversa com a fada. Até sobre a certeza de que encontraria seus pais ali no cemitério Descanso Encantado e sobre a decepção que sentira quando isso não aconteceu. Felix ficou ouvindo enquanto ela abria o coração, contava como estava confusa, e ele só começou a lhe fazer perguntas quando ela esgotou tudo o que tinha a dizer. Isso tudo aconteceu quando eles estavam sentados a uma mesinha redonda na Twelve, a casa noturna do Dream que só tocava jazz e recebera esse nome em homenagem ao castelo do mundo escondido em que doze princesas iam dançar, noite após noite, até gastarem as solas dos sapatos.

A versão do Dream da Twelve era uma sala abobadada e secreta: mesinhas redondas arranjadas em um semicírculo em frente ao palco, sombras em meio às quais halos de luz de velas abriam caminho. Cortinas transparentes davam cobertura a cada uma das mesinhas, e poderiam ser fechadas, para criar o ar de uma tenda de sultão. Ramos de ameixeira prateados eram os enfeites da mesa — cópias dos ramos prateados do conto de fadas das Doze Princesas Dançantes, ramos que o herói soldado coletara no mundo escondido para provar aonde as princesas iam para dançar.

Mira estava recostada contra Felix, tão exausta como se ela mesma tivesse dançado a noite toda. Ele passou o braço pelos seus ombros para puxá-la para si.

— Como está a sua mão? — perguntou, virando o pulso dela para dar uma olhada.

— Bem — respondeu Mira. — Não foi um corte fundo. Eu só não gosto de sangue. E fiquei com medo de... você sabe. Entrei em pânico.

— Imagino — disse ele, acariciando os dedos dela, o que a fez se lembrar da forma como Blue tinha segurado sua mão quando ficara sabendo de sua marca: examinando seus dedos, como se imaginando a ferida que um dia a condenaria ao sono.

— Você não está mais sozinha — disse Felix. — Você tem um lugar aqui. Em Beau Rivage... comigo. Não precisa ter medo disso. De ser amaldiçoada.

Ela se aconchegou à lateral do corpo dele, buscando conforto em sua proximidade. Na ideia de pertencer a algum lugar, a alguém.

— Ainda tem muita coisa que eu não sei — disse ela. — Por exemplo...

Felix passou o outro braço em volta dela até enganchar os pulsos, mantendo-a junto a si de um jeito casual, porém protetor. Ela queria permanecer ali para sempre.

— Por exemplo... eu não sei a verdade sobre você — continuou Mira. — Nem sobre o Blue. Quais são as maldições de vocês. Todo o resto do pessoal parece saber, mas ninguém quer me contar.

Ela ergueu a cabeça para olhar para ele.

— O Blue falou que você também não vai me contar. É verdade?

Felix ficou fitando o palco, com o olhar firme. Ela não conseguia ver os olhos dele, mas sua garganta não se mexeu, ele não engoliu em seco nem a apertou com mais força. Não apresentou sinais de ter ficado tenso.

— Não posso contar. Faz parte da maldição: não posso revelar qual é.

— Você não pode me falar nada? Mas eu sei qual é a sua marca... Qual é a do Blue, pelo menos. Você pode me dizer o que significa o coração?

Felix tomou um gole de sua bebida. Uma canção terminava, e o público aplaudia enquanto os músicos faziam uma introdução para a canção seguinte. Aos poucos, o líquido âmbar no copo de Felix acabou.

— Somos chamados de Românticos — disse ele, por fim. — Isso é o máximo que posso dizer. Mais nada.

Mira tentou conter o restante de suas perguntas — se ele não podia responder, então não podia e pronto. Mas ela queria saber tudo sobre ele. Se ele tinha um segredo sombrio, ela também queria saber qual era.

Românticos. O que era um Romântico?

Uma imensa parte da vida de Felix era fechada para ela. Ela nunca o via quando ele estava trabalhando. Quando estavam juntos, era sempre ela o foco principal de atenção, não ele. E a suíte dele era quase tão anônima quanto todos os outros quartos do hotel. Além de suas roupas e de sua coleção de filmes, que era muito variada para realmente dizer algo sobre ele, os bens pessoais de Felix consistiam em uma antologia de contos de fadas e alguns livros de negócios.

Talvez ele guardasse seus objetos pessoais no outro quarto.

A suíte 3013: o quarto proibido para ela.

Mas o que será que ele fazia lá? Por que precisava de outro quarto quando mal fazia uso do primeiro?

— Felix, me diga uma coisa.

— O quê? — ele murmurou, aproximando mais a cabeça da dela.

O hálito dele era quente, e pairava no ar o aroma de seu perfume.

— O que tem na suíte 3013? — perguntou ela, tomando o cuidado de manter o tom de voz casual. — É o seu escritório?

— Não é nada que possa te interessar, Mira. Pergunte outra coisa.

Pelo jeito como falou, ele fez parecer que não era lá grande coisa. Ao mesmo tempo, porém, estava erguendo um muro. Talvez realmente *não fosse* importante. E de fato *havia* outras coisas que ela queria saber...

— Tudo bem. Você disse que meu lugar é aqui. Que tenho um lugar aqui.

— Sim...

— E quanto a você? Quem são seus amigos? Quais são as maldições deles?

O restante da pergunta ficou preso sob sua língua, não dito: *Quem é você... quando não está comigo?*

— Meus amigos... não tenho muitos. Só umas pessoas com quem eu saía quando estava na escola. Não me apego às pessoas com muita facilidade.

— Por que não?

Ele deu de ombros.

— Falta de tempo, para começar. Meu pai vem me treinando para esse trabalho desde que eu estava no colégio. Fiz vinte e um anos há poucos meses. Sabe como passei meu aniversário? Em uma sala de conferências com meu pai, avaliando assuntos de trabalho, para que ele pudesse jogar suas responsabilidades em cima de mim e ele próprio ter um tempinho livre. Agora ele está viajando pelo mundo, e eu tenho que gerenciar um cassino. O que não me deixa com muito tempo para fazer amigos. Faculdade? Pode esquecer. Nem imagino como seria: passar quatro anos descobrindo o que eu quero ser... quando minha vida já foi mapeada para mim há muito tempo.

O peito dele ficou imóvel por um instante.

— Então eu não consigo me relacionar com a maior parte das pessoas da minha idade, que provavelmente diriam que sou sério demais. E talvez eu seja mesmo. Mas também já perdi coisas, e a maior parte das pessoas... elas não fazem a mínima ideia do que seja perder alguma coisa. Não entendem quanto isso muda alguém.

— Eu sei como é isso.

— Eu sei que você sabe — disse Felix, com a boca encostada em seu cabelo. — Você é séria demais, isso não faz bem. Você devia ficar longe de mim; sou má influência.

— Você não me torna mais séria — disse ela. — Muito pelo contrário. Para começo de conversa, eu era mórbida.

Ele riu.

— Era? Então eu só posso melhorar as coisas.

— Exatamente — disse ela, satisfeita.

Mira ficou mexendo distraidamente na abotoadura de punho dele, torcendo-a entre os dedos, contemplando uma confissão: *Você já melhorou as coisas para mim. E eu não fico obcecada pela morte dos meus pais quando estou com você. Não penso no que está me faltando. Penso no que está aqui.*

Penso em você.

Mas não teve coragem. Uma confissão como essa mudaria — talvez destruísse — o que havia entre eles. Era mais do que um simples *Eu desejo você*. Estava mais para um *Eu preciso de você*. E isso era perigoso.

Em vez de fazer sua confissão, ela perguntou:

— O que você perdeu?

Felix ficou rígido. Dessa vez deu para sentir a tensão no corpo dele: o ar que ele inspirava não era liberado de imediato.

— Não quero falar sobre isso — respondeu ele.

— Pode confiar em mim.

Ele balançou a cabeça.

— Já é bem ruim pensar nisso o tempo todo. Não quero também ter que trazer à tona em palavras. Prefiro me concentrar em coisas boas. Como estar aqui com você.

Mira fechou os olhos. Ela havia afundado um pouco na cadeira, sua cabeça agora apoiada no peito de Felix. Podia ouvir as batidas do coração dele, e enquanto estava ali, ouvindo, a marca de Blue — um coração vermelho-sangue e liso como uma cicatriz — apareceu em sua mente. Era cercado por escuridão. Um lembrete. Um aviso.

A maldição de Felix o tinha ferido, só podia ser isso o que ele queria dizer. Ele havia perdido alguém por causa daquilo, e essa perda ainda o assombrava. Mas quem?

Ela queria que ele lhe contasse.

Queria ser a pessoa a quem ele contasse *tudo*.

— Pensando nos seus pais de novo? — ele murmurou.

— Eu... — Ele já tinha pedido que ela não o pressionasse. — Um pouco — mentiu.

— Vamos encontrá-los — disse ele. — Prometo. E sabe do que mais? Quando os encontrarmos — ele a soltou e se levantou —, vamos levar um presente para eles.

— Um presente? Além de mim, você quer dizer?

— Venha! — disse ele, sorrindo. — Acho que você vai gostar disso.

❧

Quando Felix abriu a porta e a fez entrar na floricultura, um doce e selvagem perfume a envolveu, tão intenso que ela podia sentir o gosto de um jardim inteiro quando inspirava o ar. Mira se viu cercada por caixas de flores de todos os formatos e cores. Todas esperando para ser escolhidas.

— Dizem que as Belas Adormecidas têm afeição por flores — disse Felix. — Isso é verdade?

— Você quer dizer... por causa da parede de rosas que cresce em torno do castelo quando elas... quando nós... estamos dormindo? — Ela ergueu uma rosa branca junto ao rosto. — Eu gosto mesmo de flores. Gosto mais quando estão na natureza, mas assim também é legal.

— Pensei em montar um buquê para os seus pais — explicou ele.

— Para colocar no túmulo deles quando o encontrarmos.

— Seria ótimo — disse ela, sorrindo. — Obrigada.

Mira tentou visualizar sua mãe e seu pai naquela loja. De que flores eles gostariam?

Ficou vagando pelas prateleiras, escolhendo flores conforme elas lhe atraíam: rosas vermelhas exuberantes, íris púrpura, lilases cor-de-rosa que se curvavam como estrelas-do-mar. Quando tinha reunido todas que queria e formado um grosso buquê, entregou-o a Felix, que atou os caules e colocou-o em um vaso.

Mira ficou observando-o, ainda segurando a rosa branca. Mordendo o lábio, ela perguntou:

— Por que você é tão legal comigo?

Felix inclinou a cabeça de lado.

— Por que eu não seria legal com você?

— Não é só isso. Você está tendo um trabalhão para me ajudar, e eu... eu não acho que tenha feito alguma coisa para merecer isso.

— Você perdeu muita coisa. Quero te dar tudo que puder para compensar essas perdas.

Ela ficou ruborizada, arrependendo-se de seu arroubo anterior.

— Você já me dá muita coisa. Você mal tem tempo livre, e eu ainda tomo o pouco que te resta.

— Isso porque eu *escolho* passar esse tempo com você.

— Mas e quanto a...? — Ela inspirou fundo; não queria perguntar, mas era preciso. — E quanto à garota que estava com você na noite em que nos conhecemos? Cora. Eu não deixo tempo algum para vocês se verem.

— A Cora e eu não estamos... Não estamos juntos. E, de qualquer forma... eu prefiro passar meu tempo com você.

Ele pegou sua mão e a levou ao rosto, os olhos cerrados, como se estivesse saboreando a sensação do contato da pele dela. Seu maxilar estava áspero; a sombra azul do princípio de barba arranhou de leve quando ele virou a boca para beijar-lhe a mão — e ela também saboreava cada segundo.

Os lábios de Felix roçaram na palma de sua mão, e então ele repetiu o beijo, dessa vez com mais vigor, marcando-a com a umidade de sua saliva. Mira estremeceu, sentindo-se zonza. Seus pensamentos pareciam dissolver-se, como se o mundo estivesse desaparecendo.

Ela esqueceu o que estava perguntando. Só queria sentir os lábios dele em sua pele.

— Mira, você está bem? — murmurou ele.

Ela piscou e o viu ali de pé parado à sua frente, segurando-a pelo pulso e analisando-a, com uma vitalidade sombria nos olhos.

— Sim — respondeu ela, sem fôlego. — Eu só me senti perdida. Quando você beijou minha mão... Acho que gosto demais de você.

Devia estar óbvio que ela gostava demais dele, mas admitir isso a fazia se sentir estranhamente vulnerável. Ainda mais depois da noite anterior.

Será que ele a achava nova demais? Ou algo patético, como *uma gracinha*?

Felix avançou um passo até seu corpo estar junto ao dela, e Mira se sentiu sem fôlego. Viu-se olhando fixo para o peito dele, o coração batendo tão forte que doía, e não sabia o que fazer; com gentileza, ele inclinou a cabeça dela para trás, fazendo-a olhar para ele. Os olhos de Felix estavam do mais profundo azul-madrugada.

— Não está com medo, está? — perguntou ele.

— Não — ela sussurrou. — Não dessa vez.

Uma respiração passou entre os dois. E ele a beijou.

Os lábios dele afastaram o mundo, obliterando tudo; um lento êxtase permeou-a gradualmente, inundando suas veias. Quando seu nervosismo diminuiu, ela o beijou de volta. Hesitante no início, depois com mais confiança conforme o corpo dele respondia ao dela, e ele abria os lábios e a puxava mais para junto de si. Quando ele descolou a boca da dela, as pernas de Mira tremiam, como se sua força tivesse fugido junto com o beijo dele. Como se tivesse esquecido como ficar em pé.

Felix não parecia alarmado pela súbita fraqueza de Mira. Ergueu-a como se ela não pesasse quase nada e a colocou sentada no balcão de vidro. Ao seu lado estava o buquê que ela havia montado, um rolo de fita vermelha, uma tesoura e raminhos de gipsófilas esparramados. Ele estava de pé na frente dela, de forma que os dois olhavam um nos olhos do outro.

— Sinto como se estivesse derretendo — disse ela. — Como se tudo que é sólido e substancial em mim tivesse derretido e se desfeito.

As emoções faziam sua pele formigar como eletricidade estática, como se o toque de Felix as tivesse puxado para a superfície.

— Em casa — começou ela a dizer, hesitante —, quando minhas madrinhas saíam, eu costumava fingir que meus pais estavam lá. Eu os imaginava fazendo coisas normais, como cozinhar ou assistir a filmes antigos comigo, ou imaginava que estavam me perguntando como tinha sido meu dia na escola. Acho que era porque... assim eu me sentia menos sozinha. Podia fingir que não tinha um buraco dentro de mim. Mas, quando estou com você, não preciso deles. Quero o que é real.

Ela tremia. Era difícil ser sincera assim, se abrir e revelar algo que parecia loucura. Porque, uma vez que contamos a verdade a alguém, aquela pessoa detém um pedaço nosso, e pode vir a menosprezar o que tem em mãos, a destruí-lo; pode transformar nossas confissões em uma ferida que nunca se cura.

Mas Felix não fez isso. Nunca o faria.

Ele entendeu.

— Você não é a única... que não consegue esquecer — disse ele.

De repente ele parecia perdido em reminiscências. Ela não queria vê-lo triste, não queria que pensasse no passado enquanto ela estava ali no presente, disposta a fazer tudo certo.

Ela jogou os braços em volta do pescoço de Felix, foi arrastando os quadris na direção dele e o beijou com violência, com possessividade. *Volte*, pensava ela. *Fique comigo.*

— Eu comprei... uma camisola sexy — disse ela. — Quer ver?

Com as mãos em torno da cintura dela, Felix a apertou, prendendo os dedos em sua blusa.

— Quero. Mas não acho que seja uma boa ideia. Eu acho... — Ele baixou a voz para um sussurro em seu ouvido. — Acho que... se você não tem certeza disso... é melhor me dizer. Agora mesmo.

— Quem está com medo agora? — sussurrou ela em resposta. — Eu não sin...

Ele cobriu as palavras de sua boca com um beijo, engoliu as frágeis tentativas de sedução dela, até que ela se deu conta de que não precisava convencê-lo. Ele estava de volta ali, com ela, no presente... e também a queria.

Seus lábios sugavam os dela, e Mira colava o corpo ao dele, deslizando as mãos pela jaqueta de Felix com a avidez de quem tenta segurar água, como se ele nunca estivesse perto o suficiente. A cada vez que se separavam, a respiração ofegante dos dois cortava o ar como gêmeas; e então seus lábios se encontravam novamente, em desespero, como se beijar fosse mais importante que respirar.

Mira começou a se sentir zonza, como se o mundo estivesse girando. Inclinou a cabeça para trás, entregando-se ao momento, e Felix seguiu uma trilha de beijos por seu pescoço, seus lábios úmidos contra a pele dela... até que ela ficou quase insensível ao toque dele. O mundo a seu redor se tingiu de cinza, e a sensação em seu corpo se esvaiu, como uma luz moribunda.

Ela estremeceu quando ele a soltou, repentinamente fria, como se o calor de seu corpo lhe tivesse sido roubado. Sua força tinha se esvaído; seus braços e pernas ficaram pesados, e o balcão de vidro apoiando o seu corpo. Ao cair, ela derrubou o buquê e tudo o mais no chão, e depois ficou fitando perplexa a bagunça de água e flores derrubadas. O estrondo chegara abafado a seus ouvidos.

Acho que vou vomitar..., ela tentou dizer a Felix, mas sua boca não formava as palavras.

Do outro lado da sala, Felix foi deslizando pela parede até o chão. Tinha se afastado dela, colocado aquela distância entre eles como se fosse algo que precisava ser feito, e agora falava baixinho consigo mesmo. Seus olhos pareciam arder, ele parecia dotado de uma beleza febril —

parecia assombrado. Então ele se recompôs. Pôs-se de pé, hesitante, como se temesse chegar perto dela novamente.

Felix, ela tentava dizer. *Tem alguma coisa errada comigo...* Deitada com a lateral do rosto pressionada contra o vidro, Mira sentia como se a consciência fosse um fluxo frágil dentro de si, se esvaindo lentamente como sangue.

Enfim Felix a ergueu do balcão e a tomou nos braços. Ajeitou sua cabeça, pois todo o seu corpo pendia desfalecido, e a carregou até o elevador. Ele não falava nada... estaria com medo? E também não... mas então ela parou de se fazer perguntas, pois estava exausta demais. Em vez disso, ficou fitando os reflexos dos dois nos espelhos do elevador. Seus músculos estavam moles, seus olhos embotados.

As portas do elevador se abriram com um soar de campainha, e Felix a carregou por um corredor silencioso que parecia exatamente igual a todos os outros corredores do hotel: o mesmo carpete, as mesmas pinturas, a mesma fileira de portas brancas. Ela fechou os olhos quando ele abriu uma das portas e entrou sorrateiramente. Mira sentiu quando Felix a deitou em uma cama desarrumada, os lençóis torcidos como ondas sob seu corpo. E então ele foi embora.

Está indo buscar ajuda...

Ela adormeceu.

10

MIRA ACORDOU COM O som de vozes masculinas abafadas vindo de um quarto adjacente. Forçou-se a ficar de pé e afastou o cabelo do rosto.

Estava sentada em uma cama king size bagunçada, em um quarto praticamente escuro, ainda vestindo as mesmas roupas que usara para sair, mas sem os sapatos. A luz do dia se infiltrava pela porta entreaberta, e ela conseguia discernir vagamente alguns pôsteres nas paredes: caveiras, logotipos de bandas, uma modelo posando com uma lingerie sensual. Havia uma guitarra apoiada em um dos cantos, e, em um suporte ali perto, um violão. Roupas amarrotadas cobriam o chão, e um travesseiro e um cobertor estavam estirados no piso ao lado da cama, como se alguém tivesse passado a noite ali.

— Ela estava *apagada* quando cheguei aqui — disse a primeira voz. — Achei que estivesse morta, até que encontrei a pulsação.

— Minha vontade é matar aquele cara — disse a outra voz, em um tom polido.

— Não. — Um suspiro. — Nada de matar. Você não é disso. E não é assim que resolvemos esse tipo de problema.

Mira desceu lentamente da cama, suas pernas tremendo como gelatina, e agarrou-se ao batente da porta para se apoiar. Espiando para fora, viu Freddie e Blue na antessala da suíte. Freddie andava de um lado para o outro na frente da TV, as mangas de sua camisa social dobradas até os cotovelos. Blue estava empoleirado no braço do sofá, vestindo uma camiseta preta do Joy Division e uma calça jeans surrada, e parecia agitado.

Aquele era o quarto de Blue?

— Olá? — chamou ela, hesitante.

Blue ergueu-se de um pulo.

— Ei, como está se sentindo? — Ela podia ver os movimentos da garganta dele, que engolia em seco. — Você ficou fora do ar por um tempinho.

Blue a conduziu até o sofá, e ela aceitou, grata, o braço que ele lhe oferecia. Sentia-se incapaz de caminhar direito. Seus joelhos insistiam em se dobrar involuntariamente, até que Blue resolveu pegá-la no colo e a carregou até o sofá. Mira estava tão envergonhada que nem conseguiu agradecer pelo gesto.

Enquanto ele a colocava com cuidado no sofá, ela notou que Freddie a observava. Os olhos dele brilhavam, seu corpo se inclinava na direção dela como se ele estivesse sob efeito de algum encanto. Teve certeza de que Blue tinha contado a ele sobre sua marca.

— Então — começou Blue, desconfortável —, que parte da nossa conversa você ouviu?

— Só a parte em que o Freddie se ofereceu para matar alguém.

— Isso... — Freddie coçou a nuca, incomodado. — Isso foi... foi só jeito de dizer.

— Sério, o que está acontecendo?

Blue deu de ombros.

— Nada. O Freddie só estava falando. Ele faz esse tipo de coisa.

— E, se eu tivesse que ameaçar alguém... eu só faria isso para proteger você — acrescentou Freddie. — É para isso que estou aqui.

— Eu não preciso ser protegida.

— Na verdade, precisa sim — disse Blue.

Ele não estava sendo antipático; estava sério, o que era pior. Mexia em alguma coisa, revirando um cartão de chave-mestra.

— Essa é a minha chave-mestra? — perguntou ela.

— *Era* a sua chave-mestra — disse Blue. — Se precisar abrir alguma porta, pode pedir para mim.

— O Felix me *deu* a chave-mestra — disse ela, cheia de raiva.

— Eu sei. — Ele envolveu o cartão com os dedos. — E agora estou pegando de volta.

— Você não pode simplesmente roubar o que é meu.

— Quero ver você me impedir. Não consegue nem andar.

— Eu não sou nenhuma *forasteira* — disse Mira, irritada. — Aqui é o meu lugar. Sou uma de vocês. Vocês não podem continuar escondendo as coisas de mim.

— Esconder coisas — disse Blue, em um tom calmo — é a minha especialidade. Tente outro argumento.

— Mira, ele só está tentando ajudar — disse Freddie.

— Existem coisas sobre o Felix que é melhor você não saber.

— Meu Deus! Estou *tão* cansada disso! Já entendi que você não gosta dele. — E, dirigindo-se a Freddie: — E já entendi que você gosta de mim, que teoricamente sou sua princesa, mas não dá para simplesmente...

Ela se pôs rapidamente de pé, os punhos cerrados, mas logo desistiu e se jogou de volta no sofá.

Patético.

Freddie foi correndo até o frigobar pegar suco de laranja para ela.

— Você precisa recuperar suas forças — disse ele.

— Estou me sentindo um lixo — desabafou Mira.

— Não diga! — debochou Blue.

Não diga!, ela o imitou mentalmente. *Imbecil.*

Pelo menos ele voltara a agir como o Blue que ela conhecia.

Mira tomou alguns goles do suco e então perguntou onde Felix estava.

— No inferno, espero — murmurou Freddie.

Ela o olhou com ódio.

— Uma resposta de verdade, por favor?

— Trabalhando — disse Blue. — Você vai ter que se contentar com a gente. Acha que consegue comer alguma coisa?

Ela deu de ombros, o que ele deve ter interpretado como um "sim", pois chamou o serviço de quarto. Enquanto esperavam chegar a comida, ele conseguiu encontrar o filme *A Bela Adormecida* no canal de filmes do Dream, o que ela achou especialmente sádico da parte dele. Freddie cantarolava as músicas do filme e acompanhava os diálogos mexendo a boca sem fazer som, fascinado como uma criancinha.

Mira comeu com dificuldade, e pouco a pouco sua força voltou, embora continuasse muito, mas muito cansada. Queria deitar na cama em posição fetal, fechar os olhos e dormir.

No entanto, *dormir* parecia uma punição funesta naquele momento. Se sua maldição seguisse de acordo com o que se esperava, logo ela teria sono além da conta. Sendo assim, ela lutou contra o peso das pálpebras e ficou vendo Aurora, também conhecida como Rosa Silvestre, e também como Bela Adormecida, retornar a seu lar ancestral depois de dezesseis anos vivendo tranquilamente na floresta, apenas para ser atraída até o alto de uma torre por uma sinistra luz verde e encontrar a última roca no reino, aquela que desencadearia sua maldição. E, no brilho verde que lhe conferia a palidez de um cadáver, a princesa cortava o dedo e caía em um sono encantado.

— Podemos ir agora? — perguntou Mira, engolindo à força o último pedaço de torrada.

— Ainda não vimos o príncipe salvando a Bela Adormecida — disse Freddie.

Blue desligou a TV.

— Você já sabe o final, Knight. Vamos fazer alguma outra coisa.

Os três acabaram indo parar na casa de Rafe: uma enorme mansão cor de pombo onde ele morava sozinho, sem ninguém para vigiá-lo além das viaturas policiais que passavam por ali todo dia para atender a reclamações de barulho. Rafe dormia em algum lugar da mansão, roncando que nem um porco, e só deveria acordar no final da tarde, mas todos os membros da banda tinham as chaves da casa dele.

A Curses & Kisses ensaiava no palaciano vestíbulo, sob um candelabro espalhafatoso do qual pendiam gotas de cristal e calcinhas. A bateria de Blue tinha residência permanente ali, já que ele nunca ensaiava na própria casa.

Mira se acomodou em um sofá antigo todo rasgado e ficou assistindo a Jewel e Freddie executarem uma versão acústica do set da banda. O sofá combinava perfeitamente com a deteriorada decoração barroca da mansão: um pedaço de fita isolante mantinha o estofamento de veludo no lugar, e o cheiro era como se o sofá tivesse sido marinado em cerveja.

Blue estava reclinado na outra ponta do sofá, entretido com um joguinho de corrida em seu celular. No decorrer de quatro músicas, duas sobre o amor, duas sobre corações partidos, ele não disse nenhuma palavra. Mira tinha a sensação de que ele a estava ignorando deliberadamente.

— Eu sou assim tão chata? — perguntou ela por fim.

— Estou tentando não gostar de você.

— Mas não pode nem conversar comigo?

— Sou um cara cuidadoso — disse ele, ainda concentrado no jogo. — Se eu conversar mais com você, posso acabar gostando demais de você. Se eu gostar de você, posso acabar sendo legal. E, se eu for legal, você vai começar a retribuir meus sentimentos.

Ela riu.

— Não, não vou.

— Você tem tanta certeza disso...

— Tenho — disse ela. — Não gosto de idiotas. E, no caso de ex-idiotas, eles não são perdoados tão rápido assim. Então você pode parar de me evitar. — Ela cutucou o celular dele, fazendo o carrinho de corrida sair da pista. — E o que tem de tão ruim em gostar de você? Você tem amigos. — Ela apontou para Freddie e Jewel. — O problema está só nos novos amigos?

— O Freddie e a Jewel cresceram aqui. Eles sabem muito mais que você.

Mira revirou os olhos.

— Então me conte o que eu preciso saber. Estou ficando de saco cheio de...

Blue balançou a cabeça em negativa, com os dentes cerrados.

— Não. Tenho. Permissão. Para. Contar. Faz parte da maldição.

— Mas o Freddie sabe. A Jewel sabe. Vocês ficam o tempo todo se referindo com um ar enigmático a como o Felix é "perigoso". Como eles sabem?

— Eles sabem porque conhecem os sinais. E porque já o viram em ação.

— *Eles* podem me contar?

— Não. Você tem que descobrir sozinha. E espero que nunca descubra. Que nunca queira saber.

— Você se dá conta de que isso é enlouquecedor? Vocês vivem me dizendo que existe um monte de coisas ruins e que eu preciso me preocupar... mas *ninguém* quer me dizer do que se trata. Ninguém quer que eu *saiba* de coisa alguma. Qual o sentido disso?

— Não sei. Alertar você, eu acho. Mas não posso te contar toda a verdade. — Ele inspirou fundo e soltou o ar, agitado. — Mira. Se você fosse... horrível por natureza, se tivesse feito algo imperdoável, se nunca pudesse vir a se redimir pelo que fez nem se desculpar... você ia querer que as pessoas soubessem?

— O que você fez de tão horrível?

Blue cerrou os olhos, como se não conseguisse mais aguentar olhar para ela. Então se levantou abruptamente e saiu do quarto.

Ela foi atrás.

Até a cabeça dela pender para trás como a de uma boneca quebrada, ele achou que ela estivesse enlevada. Extasiada. Como ele estava por dentro.

O cabelo dela pendia em ardentes anéis vermelhos, sedosos ao toque. Suas pálpebras pálidas estavam fechadas; sua pele, fria. Seus braços pendiam inertes, e bateram com um som oco quando ele a abaixou, quando a deitou no chão; ele sentia o próprio coração batendo com tudo, em pânico.

Pressionou o ouvido no peito dela; tateou, desajeitado, o pulso, buscando sentir o ritmo.

Em algum lugar — na luz — a festa corria a todo vapor. Seus amigos riam, se divertindo. Jewel entoava as últimas notas de uma música, e então a guitarra de Freddie foi desligada, e o aparelho de som voltou a tocar.

Ele pressionou os lábios contra o pescoço dela, buscando a sensação vital e vibrante que tivera enquanto a beijava. A sensação de estar realmente vivo.

Mas ela não tinha mais vida a ser tomada. Então ele não sentiu nada.

— Eu não quis chatear você — disse Mira quando conseguiu alcançá-lo.

Blue estava agachado no meio de uma sala mal-iluminada; os móveis, cobertos com lençóis, o rodeavam como fantasmas, o ar denso de poeira e do cheiro asfixiante de janelas que nunca eram abertas. Ele segurava a cabeça nas mãos como se sentisse dor.

— Seja uma boa garota e vá embora — disse ele.

Ela se agachou ao lado dele.

— Blue... não fique assim. Converse comigo. Seja honesto. Pelo menos tente...

Ela mordeu o lábio, sem saber se aquele era o melhor rumo a tomar. Talvez, se parecesse calma, Blue ficasse calmo também.

— Quer que eu seja honesto? — Ele ergueu a cabeça, descruzou os braços e lhe tocou a face. Seu toque era tão delicado que a deixou chocada: como água gelada jogada no rosto. — Da primeira vez que vi você, Mira, achei você linda. Parecia que precisava de alguém, e eu queria ser essa pessoa. Mas eu sabia que... que se me sentisse daquele jeito... o Felix sentiria o mesmo. Então tentei me livrar de você.

— Porque você não gosta de brigar com ele.

Ela sentia como se sua respiração estivesse presa no peito.

Blue acariciou-lhe a face, subindo para seu cabelo.

— Porque eu não quero o meu irmão perto de você. Não quero nenhum de nós dois perto de você. Mas você me pediu para ser honesto. Então...

— Você foi mau comigo porque gostava de mim — disse ela. — Não entendo isso. Faz sentido se você tem cinco anos de idade, mas...

— Shhh.

Ele pressionou a testa contra a dela. O calor da pele dele se infiltrava na dela, penetrando seu corpo. Mira fechou os olhos. De súbito, queria ficar calada mais do que tudo. Estava esperando as palavras que ele ainda não tinha dito.

— Eu não quis te dar uma chance. Eu não queria que você *me* desse uma chance. Já foi bem ruim tentar arrumar um lugar para você ficar, te ajudar, independentemente das minhas idiotas necessidades de sempre. Eu devia ter agido de forma muito pior. Porque... Está vendo? Você ainda está aqui. Ainda está conversando comigo. Ainda me permite dizer isso.... Está tudo errado... — finalizou ele, em um sussurro.

Ela sentia a respiração dele contra o rosto. Seu toque era suave e cálido, e parecia um pouco um relâmpago, acendendo uma centelha de alguma coisa dentro dela. Algo que não ardia, como acontecera quando ele tocara sua marca. Era diferente. Mais íntimo e mais exigente.

— Blue, isso é... — *Estranho*, ela queria dizer. Mas *estranho* seria uma mentira.

— Eu tenho vontade de te dizer como você é linda. De dançar com você — disse ele. — De saber por que você lê peças e quais são as suas preferidas. Quero abraçar você na praia à noite, quero fazer você sorrir. Quero que goste de mim: essa é a minha natureza. Mas eu tenho que resistir a isso. É muito mais seguro quando você me odeia, Mira. Porque, se você me quisesse, se me amasse, eu poderia destruir você. Mesmo sem ter a intenção.

— O que... o que você quer dizer com *me destruir*?

— Quero dizer que não te restaria nada. — A voz dele soava ferida, oca. — Mas você não gosta de mim. Isso é bom. É seguro. Só que agora o Felix finalmente beijou você.

— O que isso tem a ver?

A centelha que ela sentira se esfriou, como se alguém lhe tivesse jogado água ao torná-la súbita e desconfortavelmente ciente de que estava ali, deixando que Blue a tocasse e confessasse coisas que ela não deveria ouvir, quando ela passara a noite anterior beijando o irmão dele.

— Ele beijou você, e... e você deve gostar dele de verdade. Deve estar apaixonada por ele, sei lá. — Ele balançou a cabeça, seu maxilar tenso. — Porque ele é perfeito, não é? Bom demais para ser verdade.

— Ainda não vejo por que você está falando sobre isso — disse Mira, agora rígida, afastando-se.

As palavras de Blue pareciam uma acusação: como se estar apaixonada fosse um erro que ela tivesse cometido. Mas ele não *sabia* que ela sentia algo tão forte por Felix; não tinha nenhum motivo para lhe dizer aquilo — a menos que estivesse mais uma vez tentando bagunçar com sua cabeça.

Ela estava cansada daquilo. Cansada de confiar nele e depois se arrepender.

Ela recuou mais alguns passos. Ele foi até a janela, o pó que se erguia a seu redor o fez tossir. Mira seguiu para a porta, mas ele a chamou.

— Espere. Seja lá o que for fazer, não vá até a caverna. Não é higiênico.

Idiota, ela pensou. Voltando a ser o babaca de sempre.

— Achei que que a gente estava tendo uma conversa séria — disse ela, irritada. — Obrigada por deixar claro que tudo isso não passa de uma grande piada para você.

— Desculpe. Só queria saber se você daria ouvidos. Se alguém te dissesse para não fazer determinada coisa...

Ele falava como se estivesse sem energia, derrotado. Por gostar dela enquanto ela gostava do irmão dele? Mira não sabia. E não queria mais pensar nisso — não quando podia ser um grande jogo psicológico. Com Blue, nunca se sabia.

— Eu vim até *esta cidade* — disse ela. — Vim a Beau Rivage mesmo proibida pelas minhas madrinhas. Então, não, nem sempre faço o que me mandam. Não me diga o que devo fazer e não vai se desapontar.

Blue fez uma careta. Tossiu mais uma vez, cobrindo a boca com a mão fechada, e sua tosse soou como se seus pulmões estivessem se rasgando. Seus olhos ficaram úmidos.

— Faça pelo menos uma coisa que vou te dizer. Só uma — murmurou ele. — Eu e o Felix somos os chamados Românticos. Procure a Layla. Peça a ela que lhe conte o que isso significa. Você precisa saber.

༶

Mira foi na direção da luz como uma sonâmbula, deixando Blue para trás em meio ao pó do quarto não usado; deixando-o no passado.

Ela pensou nos lendários cem anos em que garotas amaldiçoadas como ela tinham dormido, e em como depois de tanto tempo tudo poderia estar coberto por uma espessa camada de poeira, incluindo a própria princesa. O príncipe intrépido certamente teria de acreditar que algo belo estaria oculto ali. Quando a beijasse, a primeira cor a ser revelada seria o rosado seco e rachado dos seus lábios.

Freddie tocava sua guitarra, iluminado pelo sol. Ela não conseguia visualizá-lo beijando uma garota coberta de poeira. Ele estava vivo demais para fazer tal coisa.

Ele exalava vida. E ela... estava coberta pela morte, cheia de aflição e pesar pela morte dos pais. Ela havia tentado substituí-los por sonhos, e assim vagava pela vida em atordoamento, enquanto seus olhos buscavam fantasmas em vez do mundo a seu redor.

Mira já estava dormindo.

E fazia um bom tempo.

Freddie e Jewel terminaram a música e olharam para cima, rindo de algum erro que tinham cometido. Ele colocou sua guitarra de lado, e Jewel fez uma pausa para tossir em seu lenço, cuspindo botões de flores de laranjeira e pérolas.

— Mira.

Freddie havia notado sua presença ali. Havia tanta calidez em sua voz, tanto afeto... ele disse seu nome como se quisesse dizer *Eu te amo*. Ela não sabia como lidar com aquilo.

— Como você consegue cantar? — perguntou ela a Jewel, para fugir de Freddie, e apontou para as pérolas cuspidas.

— Ah! Isso... — Jewel limpou a boca e apertou o lenço dentro da mão. — Eu seguro até o final da música, aí então tiro um instante para fazer sair tudo de uma vez e recuperar o fôlego. Antes era pior. Eu mal conseguia entoar duas palavras...

— Dói?

Ela fez que sim.

— Mas a gente se acostuma. Supostamente, é um dom. Com a minha irmã, Aimee, é pior. Ela irritou a fada errada, e agora expele sapos, cobras e folhas mortas quando fala.

Mira se sentiu nauseada.

— Cobras vivas?

Jewel arqueou uma sobrancelha.

— Seria melhor se estivessem mortas?

— Que nojo! — exclamou Freddie, torcendo seu nariz perfeito.

— Nossa casa agora vive cheia de lagartos — prosseguiu Jewel. — E fede como uma lagoa parada. Tem folhas se decompondo nos cantos, no carpete. Eu saí de lá, é óbvio. — Jewel cuspiu um punhado de diamantes na palma da mão. Parecia um boxeador cuspindo dentes quebrados. Ergueu a mão à luz. — Comprei um apartamento com os frutos da minha maldição. Sou a Garota Bondosa no meu conto, então vocês devem achar que eu deixaria a minha mãe e minha irmã irem morar lá comigo... mas não aguento o cheiro. Nem as atitudes da Aimee. Uma vez ela arrancou com os dentes o rabo de um lagarto enquanto ele rastejava para fora de sua boca... só para provocar.

Jewel estremeceu; Freddie também. Ele não tinha muito estômago para coisas ruins.

— E não existe ninguém que possa quebrar a maldição? — quis saber Mira.. — Nenhum Comprometido pela Honra?

— Minha irmã pode quebrar a própria maldição, se parar de ser nojenta o tempo todo, mas é muito difícil ser uma pessoa legal quando se está vomitando répteis a cada duas palavras. E visto que a minha maldição não é uma punição... é permanente.

Jewel deu de ombros e enfiou o lenço no bolso.

— Poderia ser pior. Eu poderia ser como a Layla e ficar encarregada de humanizar o Rafe depois da transformação dele. Ultimamente ele anda tão desagradável que não deve demorar muito até insultar uma fada má e ser transformado em Fera. Então a Layla vai ser Comprometida pela Honra a resgatar o cara. Ela diz que não vai nem se dar ao trabalho, mas eu conheço a Layla; sua consciência não vai permitir que ela o abandone. Eu consigo...

Jewel parou para puxar um fio de corações-sangrentos da boca, e conseguiu dar um sorriso torto.

— Eu consigo aguentar *isso*.

— Falando em Layla — disse Mira —, será que tem como ela vir até aqui?

— Ela não vai vir à casa do Rafe — disse Jewel. — Não até o momento em que tiver que fazer isso.

— Ah. — Mira soltou um suspiro. — Porque eu meio que preciso falar com ela. Então... Mais tarde faço isso.

Ela estava prestes a sentar no sofá detonado quando Freddie se pôs de pé.

— Como você sabe... estou sempre a seu dispor. Posso levar você de carro até a casa da Layla.

— Ah, não, não quero interromper o ensaio de vocês...

Jewel fez um aceno com a mão para o vestíbulo quase vazio.

— Que ensaio? O Rafe vai dormir até as três, depois vai passar mais uma hora se arrumando. O Blue *não* vai tocar melhor... já sabemos disso a essa altura. Então... vá. Divirtam-se um pouco.

Os olhos dela reluziam sugestivamente.

Freddie ficou ruborizado. Seus ombros normalmente imponentes estavam caídos de embaraço, e Mira se deu conta do que Jewel queria dizer com *divirtam-se um pouco*. Ela estava provocando, mas...

Mira não tinha ficado sozinha com Freddie desde aquele estranho momento na praia, quando suas mãos tinham ardido ao tocarem nele. Não passara momento algum sozinha com ele desde que Blue contara ao amigo que eles dois tinham um destino em comum, o que dava um novo sentido às palavras *sem jeito*.

Mas ela realmente queria falar com Layla...

— Não vai ser mesmo um incômodo? — ela perguntou a Freddie.

— Você ouviu o garoto — disse Jewel. — A carruagem dele está à sua espera.

11

O CARRO DE FREDDIE era de um prateado brilhante por fora e, por dentro, cheirava a couro e a carro novo. Perfeito, como era de se esperar, mas a surpresa era ser repleto de um sem-número de revistas de guitarra, embalagens de chocolates e... o que pareciam ser catálogos de espadas.

Mira pegou um dos catálogos e ficou folheando-o. Era de um ferreiro que trabalhava por encomenda, vendendo armas e armaduras medievais: espadas de lâminas largas, cotas de malha, abridores de cartas decorativos. Freddie tinha circulado os produtos que queria, como uma criança marcando um brinquedo desejado em uma revista para fazer sua lista de presentes de Natal.

— Você gosta bastante dessas coisas, hein? — comentou ela.

— É, eu me interesso bastante pelo tema. Eu... — Ele se virou para ela, franzindo a testa, apreensivo, enquanto eles saíam de ré da entrada para carros da casa de Rafe. — Você acha estranho.

— Não, não, é só diferente. Eu não sabia que ainda se produzia esse tipo de coisa. — Ela continuou folheando, fascinada. — Quantas dessas você tem?

— Espadas? Só uma. Está no porta-malas.

— No *porta-malas*?

— A gente nunca sabe quando vai passar por uma casa coberta de roseiras selvagens. Onde uma princesa dorme. É bom ter algo para cortar as plantas e abrir passagem. Para poder salvar a princesa.

— Um facão não funcionaria melhor?

— Uma espada é mais heroico — murmurou Freddie.

Eles passaram por mansões muito distantes umas das outras como se fossem castelos, instaladas em meio às árvores — lares de alguns membros da Realeza, segundo Freddie —, e seguiram em direção a vizinhanças menos pomposas e mais aconchegantes, onde as maldições se misturavam à boa e à má sorte. Árvores se debruçavam sobre a estrada, maculando-a com sombras; e, quando cediam espaço, revelavam pátios banhados pelo sol, onde crianças em roupas de banho corriam em meio a regadores automáticos de jardim. Senhoras idosas fofocavam em balanços de alpendres, e damas de chapéu se concentravam em batalhas em seus jardins, arrancando ervas-daninhas pelas raízes.

Um vira-latas apaixonado correu atrás do carro de Freddie por alguns quarteirões, balançando a língua e o rabo, até que o garoto parou para brincar com ele. Seu medo era de que, se ignorasse o pobre cão, algum carro o atropelasse.

Quando retomaram o percurso, Mira estava calada. Podia sentir que Freddie queria conversar, mas manteve os olhos no catálogo de espadas, lendo por alto as descrições dos produtos mesmo quando o balanço do automóvel começou a lhe dar enjoo. Qualquer coisa para evitar conversar sobre o destino que os unia. Ela começou a ter a mesma sensação de um péssimo primeiro encontro. Mal podia esperar para sair do carro, e deve ter deixado transparecer isso.

— Eu acho que... você não gosta de mim — disse Freddie.

Mira hesitou.

— É lógico que eu gosto de você.

— Você está com raiva por causa do que eu disse sobre o Felix.

É claro que o assunto Felix seria retomado.

— Se isso for verdade, então estou com raiva de todo mundo.

— Mas, Mira... — Ele suspirou. — Se não fosse verdade, não teria tanta gente insistindo nisso.

E assim sua paciência acabou. Ela estava cansada dos segredos deles, cansada de ouvir que deveria fazer o que eles diziam, porque *eles* sabiam o que era melhor — como se todo mundo tivesse uma capacidade superior à dela para julgar sua situação.

— Ninguém me diz *nada* além de "fique longe dele"— retrucou Mira. — Você tem algum bom motivo para isso?

— Mira, você desmaiou. Blue a encontrou inconsciente. E você só foi acordar depois de oito horas.

— Isso se chama dormir.

— *Não*, não se chama não. Felix machucou você. Você não poderia... seu corpo não poderia...

— Quer saber de uma coisa? Talvez você tenha razão. Talvez eu *não* goste de você.

Ela mudou de posição no banco de modo a ficar com o rosto voltado para a janela, e fez o melhor que podia para ignorá-lo, mas era impossível não se incomodar com os suspiros de frustação de Freddie ou dos tapas que ele dava no volante.

— Nunca imaginei que você seria tão difícil — murmurou ele.

— Talvez seja por isso que você só deve vir ao meu encontro quando eu estiver inconsciente. Para que eu não destrua as suas ilusões logo de cara.

— Não seja cruel, Mira. Eu não fui mau com você.

Ela podia sentir a mágoa na voz dele, e se contorceu, sentindo-se culpada. Freddie tinha razão. E, de fato, sua intenção era ajudá-la — mesmo que estivesse enganado quanto a Felix.

— Sinto muito. É só que... eu não gosto de ser pressionada, que me obriguem a me sentir de determinada maneira. Ou que me digam que o cara de quem gosto é ruim para mim, quando na verdade não é. Eu só queria que vocês confiassem em mim, que vissem que não sou nenhuma idiota. Se fossem meus amigos, vocês confiariam. Desejariam a minha felicidade.

— Ninguém aqui acha que você é idiota. E realmente queremos a sua felicidade.

— Então me deixem ser feliz.

— Mas isso não é felicidade! Não se pode viver feliz para sempre quando não existe nenhum futuro!

— Freddie! — exclamou ela, irritada. — O "felizes para sempre" não existe! Nem tudo é um conto de fadas!

Sua voz parecia repentinamente alta, e ela se deu conta de que Freddie tinha desligado o motor. Eles estavam estacionados na entrada para carros da casa de Layla — uma casa branca ornamentada com vasos de flores e repleta de madressilvas.

Mira abriu a porta e saiu a toda do carro antes que ele pudesse dizer mais alguma coisa. Entre todos eles, Freddie era quem mais vivia em um conto de fadas. Com as réplicas de espadas, seu magnetismo com os animais, suas esperanças irreais, seu sonho de "Era uma vez"...

Não era culpa sua se não atendia às expectativas de Freddie. A vida dela não era parte do sonho dele.

Os pássaros que comiam no alimentador já haviam detectado a presença de Freddie e agora alçavam voo. Como mísseis em busca do príncipe, alcançaram seu carro em um piscar de olhos, pousando no capô e começando então uma serenata. Freddie permaneceu enfurnado dentro do carro, indiferente à devoção das aves.

Mira tocou a campainha de Layla, tremendo.

Ela queria ser um deles, *deveria* fazer parte daquele grupo... mas ainda se sentia como uma intrusa. Como se todos estivessem conspirando contra ela. Todos aqueles segredos a faziam se sentir idiota, ingênua. E ela estava cansada disso.

Estava com saudade de Elsa e Bliss. E com saudade também da sensação de segurança. Por um instante considerou a ideia de ligar para casa e abrir o jogo, contar o que tinha feito. Elas eram fadas; conheciam aquele mundo bem melhor do que Mira. Talvez pudessem ajudá-la...

Não. Elas não lhe dariam respostas. Decidiriam por ela, como sempre tinham feito, e julgariam que o melhor seria ela não saber de nada. Então a levariam embora dali. Ela não podia deixar que isso acontecesse.

Layla escancarou a porta de repente, despertando-a de seus devaneios.

— Ah! Mira. Imaginei que fosse alguém em dificuldades!

Mira levou um susto quando Layla pegou seu dedo e o tirou da campainha da porta. Tinha perdido a noção do que estava fazendo, mal reparando na campainha que tocava sem parar.

— Desculpe. Eu estava... distraída.

— Tudo bem. O que houve? O que posso fazer por...? — Ela deu uma espiada ao redor. — Freddie não vai entrar?

— Hum... nós brigamos — respondeu Mira. — Mas não é nada grave. Escute, posso conversar com você? É importante.

— Claro que sim — disse Layla, dando um passo para o lado. — Entre.

৵৶

A casa era aconchegante e rústica, cheia de móveis que não combinavam uns com os outros, com colchas artesanais esticadas sobre os sofás, quadros da deusa da Nova Era lado a lado com gravuras de contos de fadas e fotos de família emolduradas. Lembrava a Mira sua própria casa; era o mesmo estilo "desordenado" e "com um pouco de tudo" que suas madrinhas tanto adoravam. A sala cheirava a madressilva e café. Havia livros empilhados sobre uma mesa baixa: textos acadêmicos sobre contos de fadas, clássicos obscuros e o libreto de *Tosca*, de Puccini, aberto e jogado de cabeça para baixo para marcar a página.

Layla sentou-se em uma poltrona confortável, puxou as pernas para cima e pegou sua caneca de café. Então parou, perguntando:

— Ops, me desculpe. Quer beber alguma coisa?

— Não, obrigada. Só quero conversar.

— Ok. Vou logo avisando que sou uma péssima anfitriã. Ninguém nunca vem aqui, então estou sem prática. A maioria dos meus amigos fica desconfortável quando não está em uma mansão. Além do mais, meu pai é meio esquisito. Deve ser mais por isso, na verdade.

— Esquisito como?

Layla soltou um suspiro.

— Talvez eu precise de uma bebida de verdade se for explicar *isso*. Brincadeira. — Mas ela não parecia estar brincando. — Meu pai é um jogador. Você já notou quantos cassinos existem aqui em Beau Rivage? Pois é, isso é um problema. Ele não é um bom jogador. E não sabe quando parar. Assim, nas raras ocasiões em que as pessoas aparecem, ele geralmente tenta vender algum objeto da casa para a visita, para ajudar a pagar as dívidas. Ele sabe que quase todos os meus amigos são ricos. O que para ele quer dizer, imagino eu, que são alvos legítimos e que eu não deveria me importar.

— Sua mãe não consegue fazer com que ele pare com isso? — perguntou Mira.

Todas as fotos de família exibiam uma mulher muito jovem com a ainda bebê Layla e seu pai — isso quando ela aparecia nas fotos.

—- Minha mãe morreu. Assim como a maior parte das mães daqui. — Mais um suspiro. — Bom, mas tenho certeza de que você não veio até aqui para me ouvir falar do meu pai. O que aconteceu?

Mira ficou hesitante. Estava prestes a saber de algo sobre os irmãos Valentine que ninguém queria lhe contar. Tinha certo medo de descobrir o que era, porque sem dúvida *Romântico* não era sinônimo de *mandar flores ou levar chocolares*. Embora, se fosse esse o caso, Felix até que faria isso.

— O Blue me falou para perguntar a você sobre os Românticos.

Layla colocou sua xícara na mesa, ruidosamente e sem jeito.

— É mesmo? Eu... eu não estava esperando por isso. Geralmente ele é tão cheio de segredos. Tudo bem.

Ela então se levantou para procurar um livro, passando os dedos pelas lombadas.

— Você pode me contar? — quis saber Mira. — Não faz parte da maldição você não poder me contar?

— Eu posso te dizer o que é um Romântico — disse Layla, voltando com um livro pesado de encadernação de couro, similar ao que ela havia lhe mostrado na livraria, porém mais moderno. — Não posso falar sobre a maldição específica do Blue. Não posso revelar nenhum segredo que deva permanecer secreto. A magia em nosso sangue age como uma rédea, ou uma focinheira, nesse caso. O que nos impede de quebrar tabus.

Mira assentiu, desapontada.

— Ok. Bom, então, eu acho que... quero que me conte o que puder.

Layla foi até a letra R no livro e o puxou mais para perto de si. Mira inspirou...

Românticos

Encantadores naturais que se alimentam de amor, extraindo-o do corpo de sua amada por meio de beijos e carícias que com frequência lhe drenam a força vital até que não lhe reste nada. Quanto mais forte for o amor, mais fácil é roubar a vida.

Não, pensou ela, mãos e pernas tremendo ao se lembrar da fraqueza que tinha sentido na noite anterior. O entorpecimento. A forma como o mundo havia ficado cinza ao seu redor.

— É isso que... é isso que o Blue é?

E o Felix. E o Felix... Ah, meu Deus...

— Sim — confirmou Layla.

— Ele não consegue evitar isso?

— Infelizmente, não. Faz parte da maldição. O Blue deve estar preocupado com você, se ele quis que eu te contasse isso. Por motivos óbvios, não é algo que ele gosta que as pessoas saibam.

— É, é compreensível... — *Até que não lhe reste nada.* — Dá para entender por quê.

Era isso o que Freddie queria dizer com *sem futuro*. Nada de felizes-para-sempre. Porque a pessoa que ela amava poderia matá-la.

— Que conto é esse? — quis saber Mira, vasculhando sua memória. — Eu não me lembro de nenhum conto de fadas em que... em que alguém sugue o amor do corpo de uma outra pessoa. E...

— Não é assim tão específico no conto — disse Layla, em um tom cauteloso. — Você precisa ter em mente que, na maior parte dos casos, as pessoas que transcreviam os contos não eram as mesmas que os viviam. As histórias chegavam a essas pessoas na forma de rumores, fragmentadas. Muitos dos elementos são capturados, mas algumas coisas ficam ocultas. Algumas maldições também são segredos. Segredos que não se deve tentar revelar... nunca.

Layla parecia dividida, como se quisesse dizer mais alguma coisa, mas não pudesse. Seus olhos brilhavam como se ela estivesse preocupada.

— Você está ouvindo?

Mira ficou fitando a entrada até que as palavras viraram um borrão só, um emaranhado de marrom enferrujado... cor de sangue seco.

— Como é quando alguém drena o amor de você? — perguntou.

— Não sei direito — respondeu Layla. — Nunca aconteceu comigo. Nem com ninguém... que conhecemos. — Ela pareceu tropeçar na última parte de sua fala, e Mira olhou para ela, buscando uma resposta... mas Layla apenas balançou a cabeça em negativa. — Sinto muito. Isso é tudo que posso te dizer.

— Ok. Bom, obrigada...

Ela se dirigiu até a porta, consciente da sensação do chão sob seus pés. A sensação dos seus músculos se mexendo enquanto cruzava a sala. A textura suave da maçaneta da porta contra sua mão. Todas as coisas que não sentira na noite anterior, quando seu corpo ficara entorpecido depois de Felix a ter beijado e beijado e beijado... e depois a abandonado.

Porque ele estava com medo. Tinha medo de drenar tanto dela que não lhe sobrasse nada. Porque ela gostava demais dele. Ou ele gostava demais dela. Ou ambos.

Mira parou à porta; não estava pronta para encarar Freddie. Na verdade, não estava preparada para encarar ninguém.

— Layla, é possível driblar o destino? Se você está fadada a ficar com alguém, mas sente que vocês dois não funcionam juntos, sabe?

Pelo vidro da porta ela podia ver Freddie ainda dentro do carro, a cabeça apoiada no volante.

— Não sei — disse Layla. Sua voz soava frágil; aquele assunto também era um ponto sensível para ela. — Mas tenho esperanças de que seja possível. Que o que desejamos, aquilo pelo que estamos dispostos a lutar, importe tanto quanto ou até mais que a nossa maldição.

Mira assentiu, engoliu em seco para fazer descer o nó que se formara em sua garganta e saiu para o calor. A porta de tela bateu atrás dela, e antes que dela alcançasse o carro, um Camaro corroído pela ferrugem estacionou atrás de Freddie, limitando suas manobras. Um homem magro e mais velho, com cabelo escuro como o de Layla, foi até o carro de Freddie e bateu na janela.

— Frederick! Freddie Knight! — chamava o homem. — Ei, camarada... tenho algo aqui para você, abra aí.

Freddie parecia desorientado; arrastou-se para fora do carro, fazendo um grande esforço para pôr um sorriso polido no rosto.

— Sr. Phan — disse ele. — Desculpe, não me dei conta da sua... Estou no seu caminho?

— De jeito nenhum, de jeito nenhum! Dê uma olhada nisso. — O sr. Phan pegou o pôster de um filme, estilo vintage, com bordas irregulares, e o mostrou a Freddie. — Quanto acha que isso valeria? Normalmente, se fosse comprar de um negociante de antiguidades e não de um amigo? Vamos, me dê uma estimativa.

— Hã... — A voz de Freddie falhava.

Mira ouviu a porta da casa se abrindo de novo, com um estrondo. Seguiu-se o som dos sapatos de Layla batendo ruidosamente no chão enquanto ela descia rapidamente até a entrada para carros. Quando alcançou Mira, em vez de continuar seguindo em direção ao pai, enganchou o braço no dela e deitou a cabeça em seu ombro, como se quisesse se esconder ali.

— Ah, meu Deus — murmurou ela. — Você está prestes a ver o vendedor em ação.

— Quanto você acha...? Cem, duzentos dólares? Qualquer valor desses seria bom. Seria até mesmo uma bagatela. — O sr. Phan se inclinou para a frente, com uma confortável segurança em seus movimentos. — Mas para você eu faço por oitenta dólares. É praticamente de graça!

— Hum, veja, eu não... eu não tenho exatamente muito dinheiro vivo aqui comigo — disse Freddie, mexendo na carteira, voltando os olhos rapidamente para Layla como se implorasse "Me salve!"... — Então, embora essa seja uma oferta generosa...

— Quer saber? — O sr. Phan deu uns tapinhas no ombro de Freddie. Seu rosto se abriu em um charmoso sorriso. — Eu confio em você. Se alguém merece o pôster, esse alguém é você. Pode me pagar o restante depois. Quanto você tem aí agora? Cinquenta? Não me diga que Philip Knight deixa seus meninos andarem por aí sem nem um centavo! Isso seria terrível!

— Não, eu tenho dinheiro, quero dizer... — gaguejava Freddie.

Ele já estava tirando a carteira do bolso, embora ainda parecesse que queria ser salvo por alguém.

— Você não vai intervir? — sussurrou Mira.

— Eu faria isso — respondeu Layla em um sussurro —, mas *realmente* precisamos do dinheiro. Então vou só deixar a minha dignidade aqui na rua, depois vou lá me esconder debaixo da cama e tentar fingir que isso nunca aconteceu.

Freddie estava retirando e contando as notas de sua carteira agora. Ele acabou dando cinquenta dólares ao pai de Layla em troca do antigo pôster.

— Aqui está — disse o sr. Phan. — Aproveite. Nem acredito que te ofereci tamanha barganha. Tenho um fraco por você, só pode. Você me lembra um pouco a mim mesmo.

— Ah, hum, obrigado — disse Freddie, guardando a carteira vazia de volta no bolso. Ele jogou o pôster do filme dentro do carro sem nem olhar, como se não quisesse ser lembrado que tinha dado cinquenta dólares naquilo (e ainda devia mais trinta). — Foi bom ver o senhor, sr. Phan.

Os olhos do sr. Phan encontraram Layla, e ele abriu um largo sorriso.

— Ei, querida! Adivinhe o que eu trouxe para você? Não acha que eu voltaria para casa sem um presente para a minha garota, acha?

Layla se encolheu.

— Papai, já falei para você parar de me trazer coisas toda vez que for a algum lugar. Não temos dinheiro para isso.

— E o que é isso, hã? — O sr. Phan abriu as notas em leque na mão. — Para mim, parece dinheiro. Deixe que seu pai se preocupe com as contas. Ele tem tudo sob controle. Agora feche os olhos.

Com um suspiro, Layla obedeceu, mas Mira podia ver a tensão estampada em seu rosto.

— Papai... É sério. Você tem que parar com isso.

O sr. Phan foi caminhando até ela com um andar gingado, sua animação equiparável ao desânimo dela. Pegou uma fina caixa de joias do bolso e a abriu, mostrando à filha um colar com um pingente de pérola. Depois abriu o fecho do colar e o colocou no pescoço de Layla, que estremeceu quando a pérola tocou sua clavícula.

— Joia não... — protestou ela.

— Pare de se preocupar tanto — repreendeu-a o sr. Phan. — Hoje vai ser a minha noite de sorte nas mesas. Você vai ver. Foi bom fazer negócios com você, Frederick! — falou ele por cima do ombro. — Traga aqueles trinta restantes quando puder!

Assim que o pai de Layla tinha sumido dentro da casa, ela soltou um suspiro e puxou o colar do pescoço.

— Tome, Freddie — disse ela, colocando o colar à força na mão dele. — Penhore ou faça algo do tipo. Você deve conseguir uns oitenta dólares por isso.

— Não, Layla, é sério — disse ele, empurrando o colar de volta para ela. — Está tudo bem. Eu queria o pôster. É... eu fiz um bom negócio com o seu pai.

— Você só está tentando ser legal — murmurou ela, desabando contra o carro dele.

— Então me deixe ser legal. — Ele pôs a mão de leve no braço dela. — Não é nada de mais.

Layla cobriu o rosto com as mãos.

— Não tenha pena de mim. Por favor. Isso só piora as coisas.

— Se eu tivesse pena de você, não acha que eu mataria o Rafe e faria dele um tapete para a sua casa?

Layla deu uma risada entre um fungar e outro: estava chorando. Ela escondia bem, seus olhos não estavam vermelhos nem inchados. Estava tão linda como sempre... apenas com duas lágrimas perfeitas escorrendo por suas faces. Limpando-as, ela disse:

— Tudo bem... talvez você devesse ter um pouco de pena de mim. Freddie sorriu.

— Assim é melhor.

— Obrigada pela ajuda, Layla — disse Mira, dando a volta para abraçá-la.

Layla retribuiu o abraço.

— De nada. Não suma, viu? É muito solitário aqui nessa casa de loucos.

— Um dia desses eu volto.

— Isso é uma promessa? — quis saber Freddie.

— Hã... acho que sim. — Mira o olhou desconfiada. — Por quê?

— Bom, se for... então você deve ficar longe do Felix. Ou poderá quebrar sua promessa. Sem querer.

Ela o olhou com ódio, até que ele desviou o olhar. Freddie então deu de ombros, como se ela não o pudesse culpar por dizer isso. E o mais triste era que não podia mesmo; as palavras dele lhe provocaram um arrepio. Porque ele tinha razão. Ela *realmente* tinha que tomar cuidado agora. E estava com medo.

෫෮

Rafe estava acordado quando voltaram à mansão dos Wilder. O ensaio começou com um ardor violento e cheio de cacofonia, e, depois de uma hora bancando a plateia, Mira foi se sentar no roseiral lá fora. A Curses & Kisses era metade boa (Jewel e Freddie), um quarto razoável, mas muito cheio de investidas pélvicas para ser considerado agradável (Rafe), e um quarto intencionalmente fora de ritmo e horrível (Blue).

No jardim, a atmosfera estava diferente: serena e romântica. Era o lugar perfeito para se perder ou ter um encontro secreto. Rosas floresciam por toda parte, em quase todas as cores: vermelho para o amor, cor-de-rosa para o romance, lavanda para o encanto.

Se os contos diziam a verdade, um dia uma única rosa roubada selaria o destino de Layla. Nobre demais, a garota trocaria sua liberdade pela do pai e concordaria em ir viver com a terrível Fera. E, se a maldição de Mira se concretizasse, um dia um local recoberto por rosas formaria sua prisão, um caixão de espinhos em vez de vidro. E, ainda assim, as associações não a amedrontavam. Mira sentia paz sentada na trilha de pedra que serpeava pelo jardim, inalando a mistura intoxicante de perfumes.

Ao pôr do sol, ela estava recostada na base de uma estátua de uma deusa grega, bem no meio no jardim. Lendo um de seus livros finos que sempre levava na bolsa, mal se dava conta de que a luz se esvaía. Foi quando Blue deixou cair um rubi em seu colo.

Mira fechou o livro, assustada.

Vê-lo — seu cabelo azul, os acessórios rudes, a expressão feroz — foi mais chocante do que costumava ser. Porque agora, quando Mira o olhava, podia ver dentro dele também. Lá no fundo dos segredos que ele não queria que ninguém soubesse.

Durante as últimas horas, Mira tinha se esforçado ao máximo para tirar a palavra *Romântico* da cabeça. Mas não conseguia ignorá-la quando do Blue estava bem à sua frente.

— Tecnicamente isso é seu. Saiu da boca da Jewel quando ela estava falando sobre você. É meio que uma regra nossa.

Blue se sentou em frente a ela. Ergueu o livro para poder ver a capa.

Mira tentou entrar no jogo.

— O que ela estava falando sobre mim?

— Nada que seja da sua conta, abelhuda. Quer dizer, na verdade ela estava aconselhando o Freddie.

Mira soltou um suspiro.

— Ah... ele me levou até a casa da Layla e nós dois... não nos demos bem do jeito que ele esperava.

— É, eu estava presente nessa parte do aconselhamento.

Ficaram em silêncio. Era inútil fingir que podiam jogar conversa fora enquanto o peso da confissão de Blue pairava entre eles. Um silêncio recaiu sobre o jardim. Até mesmo os pássaros tinham parado de entoar suas canções noturnas. Da rua não vinha som algum; da casa nenhuma voz se elevava. Era como se o mundo inteiro estivesse esperando que ele falasse.

Blue ergueu os joelhos. Esticou a mão para trás para mexer no cabelo espetado.

— Então... você conversou com a Layla?

Mira assentiu, com o coração na boca.

— Ela me falou sobre os Românticos. E por que você acha que eu estou apaixonada pelo Felix...

— É porque você não teria ficado fraca daquele jeito se não estivesse apaixonada por ele. Os Românticos só podem... — Blue mantinha o olhar fixo no caminho de pedra, passando um dos dedos pelas ranhuras. — Só podemos tomar o amor que nos é dado espontaneamente. Que é nosso. É por isso que...

— É por isso que você faz questão de que ninguém chegue perto de você — concluiu ela. *É por isso que consegue ser tão frio, tão rude, tão perturbador...* — Você tem medo.

— Às vezes, a gente não sabe. É possível subestimar os sentimentos de alguém. Ou podemos ficar presos na sensação tão boa que é estar perto da pessoa. Quando acontece pela primeira vez... a gente não sabe quanto do sentimento é natural... quer dizer, quanto é felicidade... e quanto é a euforia que sentimos quando roubamos amor. Só sabemos que queremos que nunca acabe... e quando estamos imersos nisso, existe o perigo de tomarmos demais, rápido demais. E é perigoso. Então eu tento evitar. Para prevenir, para nunca chegar àquele sentimento.

Ele cutucava as ranhuras da calçada com uma pedrinha. Concentrando-se nisso, em vez de olhar para Mira. Como se talvez fosse mais fácil ser honesto fingindo que a outra pessoa não estava ali.

— Eu matei uma garota — confessou ele. — No meu aniversário de dezesseis anos.

Mira parou de respirar. Ficou esperando, seu peito se apertando... mas não se mexeu. Não se atreveu a fazê-lo.

— Eu estava apaixonado por ela. Bom, era o tipo de amor que a gente sente quando se apaixona pela primeira vez. Passei anos admirando a garota, mas... eu sabia o que eu era... *sempre* soube. Então nem tentei conquistá-la. Até que simplesmente... aconteceu. Ela gostava de mim de qualquer forma. Muito. E eu fui idiota, cedi, mas... eu não esperava que acontecesse tão rápido. Que ela... que acabasse... tão rápido — disse ele, baixinho. — Não fui forte o bastante. Não agi como fiz com você logo que nos conhecemos. Achei que se não a chamasse para sair, se recusasse qualquer programa que ela sugerisse... achei que seria suficiente. Mas era difícil esconder dela os meus sentimentos. É tão... é natural para nós... para os Românticos. Nós nos apaixonamos, e queremos tanto fazer a pessoa feliz, dar a ela o que ela mais quer, precisa, deseja... é como uma abnegação que é o supremo egoísmo. Porque fazemos tudo isso só para ter a pessoa. Precisamos desse... amor. E, assim que o conquistamos, temos que perdê-lo. E não gostamos de abrir mão das coisas.

Seu coração doía por ele. Aquilo não podia ser verdade. Ela não queria acreditar que ele estava condenado, assim como quem o amasse. Blue não merecia isso. Ninguém merecia.

E... se os Românticos eram condenados, qual o significado disso para ela e Felix?

— Não existe uma forma de contornar isso?

— É nossa *maldição* — respondeu ele amargamente.

— Mas... tem que haver uma maneira. Não se pode viver sem amor. — Soava como um clichê, mas era sincero. Uma vida sem amor destruiria uma pessoa. Ela vinha desejando, ansiando por coisas que jamais teria tempo o bastante de conhecer. — Não é saudável trancafiar suas emoções por dentro e afastar todo mundo de você.

— Isso é verdade — disse ele. — Eu não posso viver sem amor, sem o roubar. Sem me alimentar disso. Sabia que é compulsivo? Que é como respirar? Estou prendendo minha respiração faz um bom tempo. Tem mais de um ano que...

Ela assentiu, para que ele não precisasse dizer. Sabia que as palavras o machucavam.

— Mas, quanto a não ser saudável... para mim também não é saudável matar alguém que eu amo.

— Mas e se você tomar cuidado — insistiu ela —, se parar a tempo, como o Felix fez comigo? Não poderia...?

— Não poderia o quê? Não poderia ser como o Felix? Eu não quero ser como o Felix. Nunca quero ser como ele.

Os olhos dele estavam sombrios, como um rio à noite. À luz pungente do pôr do sol, sua pupila e sua íris eram uma só, endurecendo seu olhar.

— Relaxe — murmurou ela.

— Eu *não consigo*.

— O que vai acontecer se você... se ninguém nunca mais te amar de novo? Se você não *respirar* daquele jeito de novo?

De algum lugar não muito longe dali ela ouviu uma porta bater. O zumbido de insetos agitados. Um ressoar da risada de Jewel no ar cálido que cheirava a rosa.

— Vou morrer — disse ele. — Finalmente serei punido. E já vai ser tarde.

Era uma vez uma época em que ele acreditava que poderia ser a exceção.

Ele não era um herói; sabia disso. Anos antes, porém, ele e Freddie tinham salvado uma vida.

Tinham quase treze anos — impacientes demais para conseguir ficar quietos no carro enquanto o sr. Knight resolvia alguns assuntos no banco — e estavam atacando um ao outro com espadas de brinquedo, usando o encosto dos bancos da frente como escudos.

Mas então Freddie arrancou sem querer um botão do painel do carro. Estava tentando arrumá-lo enquanto Blue ficava de vigia, e foi então que ele a avistou.

Naquela época, quase nenhum dos amigos deles era marcado. Renee ainda se tornaria Jewel; o maior sinal de bestialidade em Rafe era uma obsessão pelas alças dos sutiãs das meninas. Mas eles sabiam o bastante para reconhecer uma maldição quando viam uma.

Beau Rivage estava sob uma forte frente fria, e, naquele começo de noite, o vento soprava com amargor, mas a adolescente que ele viu não vestia nada além de um short e uma fina camiseta. Estava em uma viela entre dois pré-

dios, agachada em meio às sombras. De vez em quando se via um tremeluzir de luz à frente dos olhos dela: uma minúscula luz que brilhava e depois sumia, fazendo a escuridão da noite parecer ainda mais escura.

Ela estava congelando, provavelmente morrendo de fome... e acendia um fósforo atrás do outro, hipnotizada pela beleza da chama.

— Freddie! — chamou ele, o coração espancando-lhe o peito de tanta animação. — Veja! Uma Riscadora!

Freddie parou de mexer com o botão para espiar pelo para-brisa, no momento exato em que outro fósforo foi aceso.

— Ahhhhh! — exclamou ele. — Vamos ajudar a garota!

Eles saíram correndo do carro e pararam à entrada da viela. Assim, tão de perto, a adolescente não era uma Donzela óbvia: não tinha os traços delicados de uma Cinderela, cuja régia estrutura óssea seria evidente mesmo sob uma camada de fuligem. A Riscadora estava suja e desesperada, seu cabelo em um emaranhado seboso, um odor azedo emanando de suas roupas.

Ela estava marcada para sofrer, para então ser extinta sem alarde.

Mas Blue não iria permitir que aquele fosse seu destino.

Foi se aproximando sorrateiramente, até estar a apenas um palmo dela. Então lhe tomou a caixa de fósforos. A princípio ela ficou apenas olhando boquiaberta para ele, perplexa, mas Blue sabia que se não fizesse isso, ela continuaria acendendo os fósforos e só pararia depois de morrer. Estava tão absorta na chama dançante que deixava de fazer qualquer outra coisa.

Ajudaram-na a ficar de pé; levaram-na para o carro, servindo-lhe de apoio. Então Blue foi correndo em meio ao trânsito até um restaurante de fast-food do outro lado da rua, onde comprou o jantar e um chocolate quente para ela; e assim eles começaram a jornada de reabilitação da garota.

A Riscadora se tornou o projetinho deles, que importunaram o sr. Knight até ele concordar em levá-la para sua casa, onde a mãe de Freddie deu um banho nela e lhe arranjou roupas limpas, reclamando apenas uma vez, em sua voz exageradamente dramática, que se a garota tivesse levado piolhos para dentro de sua casa, ela (a sensível sra. Knight) estaria "acabada, simplesmente acabada".

A Riscadora ficou de hóspede dos Knight por algumas semanas (o legado heroico da família os impedia de dizer não), Blue e Freddie cuidando dela da única maneira que conheciam: sendo dois pestinhas. Tiraram-na de sua casca com jogos de tabuleiro, ensaiadas lutas de espadas e shows de rock mal improvisados até vê-la mais saudável, e sorrindo, e não mais atraída pela autodestruição como uma mariposa pela chama.

O dia em que lhe disseram adeus foi um momento de triunfo para os três. Eles haviam lutado por ela, haviam salvado a garota condenada por sua maldição. Depois disso, Blue tinha se agarrado àquela lembrança por anos, tomando-a como prova de que o destino pode ser vencido.

Ele achou que também tivesse uma chance. Que, se fosse diligente e determinado, poderia lutar contra o próprio destino. Acreditou, com o coração puro de um idealista, de uma criança que nunca tinha sido posta à prova.

Agora ele conhecia a verdade.

Ele não era um herói; muito longe disso. Cada pedacinho seu era tão perigoso quanto sua maldição determinava que ele fosse.

Ele não poderia ter esperanças de ser bom. Só poderia esperar ter forças para resistir à tentação, até que sua vida se apagasse como a chama de um último fósforo.

12

O COMEÇO DA NOITE aos poucos deu lugar à noite em si. As estrelas brilhavam lá no alto enquanto Mira vagava pela espuma na orla da praia, deixando pegadas na areia molhada. Jewel, Viv, Rafe e Blue estavam sentados mais adiante, conversando, mas ela não os ouvia. O som do oceano era tudo que a alcançava.

Mira havia passado o dia todo com Blue e seus amigos, longe de Felix, deixando de lado a busca pelo túmulo dos pais. Segredos iam e vinham até ela, como a maré. Ela sentia que tinha aprendido muita coisa... e ainda assim havia muito mais que precisava saber.

Onde seus pais tinham sido enterrados? Qual era o seu gatilho? Quem era Felix — de verdade? E o que seria dela agora que o amava?

Talvez nunca chegasse a encontrar o túmulo dos pais. Talvez suas únicas possíveis esperanças fossem de encontrar, em Beau Rivage ou em qualquer lugar, a si mesma. Porém, a única coisa que ela não imaginava encontrar era um beijo capaz de destruí-la. Um beijo que, se não tivesse sido interrompido a tempo, poderia ter sido seu último.

Seu corpo todo estremeceu ante a lembrança. O medo era tão intenso quanto o desejo de que acontecesse de novo.

Mira também não tinha esperado se sentir tão conectada a Blue. Ele tinha matado uma garota que se encontrava na mesma posição que ela: jovem e apaixonada pela primeira vez na vida. Ela não se deixava enganar pela similaridade das situações. Mas Mira não tinha medo de Blue; sentia-se mal por ele. Sabia o que era perder alguém.

Pisando com cautela sobre ripas de madeira trazidas pelo mar e conchas quebradas, ela seguiu até onde Freddie estava agachado, com seus dois irmãos mais velhos, junto à água.

A semelhança entre os irmãos Knight era impressionante, exceto pela cor do cabelo e o semblante de cada um. Os três estavam com a calça enrolada até os joelhos. Um deles, cujo rosto conseguia ser mais ingênuo e confiante que o de Freddie, foi entrando lentamente no mar, cantarolando baixinho.

Mira sentou-se no pedaço de madeira que eles estavam usando como banco, e Freddie lhe apresentou seus irmãos. O mais velho, que tinha cabelo castanho-escuro e um ar presunçoso, se chamava Wills; o garoto que já estava com água até a cintura, meio que se debatendo em meio às ondas, se chamava Caspian. Seu cabelo era negro como a água à noite.

— O que ele está fazendo? — perguntou ela, referindo-se a Caspian.

— Ah. — Freddie soltou um suspiro. — Provocando o destino. Ele não sabe nadar muito bem.

Wills sorriu. Estava agachado na areia, observando as ondas.

— Faz pouco tempo que ele sofreu um acidente de barco. Caiu no mar durante um cruzeiro ao luar na noite da formatura, bateu a cabeça e afundou. Acordou na orla da praia, com uma bela garota cantando para ele e...

— Deixe-me adivinhar. Uma sereia? — perguntou Mira.

Wills assentiu.

— Ele acha que sim, e quer ver a garota de novo, mas não sabe como encontrá-la. Então...

Ele apontou com a cabeça para Caspian, agora jogando água para todo lado, imerso até o peito.

— Não se pode confiar em sereias — resmungou Freddie. — Elas afogam as pessoas assim que as salvam. Só depende do temperamento delas. Quase todas têm aversão a humanos.

— Desde quando você é o porta-voz dos romances fatídicos? — perguntou Wills, com uma sobrancelha arqueada. Ele olhou de relance para Mira. — Alguma coisa azedou entre vocês?

Freddie baixou a cabeça, ficou concentrado em arrastar um graveto pela areia.

— Não. É só que... você sabe. Sereias.

— Ãrrã — disse Wills, erguendo ligeiramente o canto da boca.

Mira se sentiu sem jeito e estranhamente exposta. Era esquisito como todos eles pareciam saber o que estava acontecendo. Todo mundo ali era muito bem versado em maldições — e no drama que as acompanhava.

— Então vocês são todos Comprometidos pela Honra? — quis saber Mira.

— Quase todos somos — respondeu Wills —, embora a única maldição que eu deva quebrar seja a da pobreza e da servidão. Cinderela — explicou ele. — Ainda esperando pela garota "especial", que ela apareça em alguma das festividades da minha família em um vestido de segunda mão, depois de ter passado o dia limpando chaminés. Será uma garota linda e doce... só espero que saiba ler.

— Não seja insensível — Freddie o repreendeu. — Talvez ter trabalhado tanto não tenha permitido que ela aprendesse a ler. Mas você pode ensinar isso pra ela, ora.

Wills estirou-se na areia.

— Sou muito preguiçoso para isso. Ela vai ter que desenhar. Quando for fazer a lista de compras do mercado, pelo menos.

Freddie suspirou e Wills soltou uma risada, depois apoiou a cabeça nos braços cruzados.

— Você está tenso demais, Freddie. Aqui está a sua garota; você não precisa nem pegar a estrada e sair em busca de uma roseira que cresceu demais. É hora de relaxar.

— Eu *estou* relaxado — protestou Freddie. — Geralmente...

— Eu não sou a garota "dele" — rebateu Mira.

Wills ergueu a cabeça, uma expressão de surpresa no rosto.

— Não?

— Minha marca não é uma algema que me torna posse do Freddie; só determina que ele deve cumprir um propósito na minha vida.

— Você é uma *feminista* — disse Wills, como se isso explicasse tudo.

— Sou uma *pessoa* — retrucou ela.

Wills deu de ombros.

— Chame como quiser.

Freddie se levantou, desabotoou a camisa, jogou-a na areia e seguiu caminhando diligentemente até a água, onde agarrou Caspian com um abraço de urso pelas costas e o arrastou de volta à praia.

— Chega por hoje — disse ele ao irmão, trêmulo.

Caspian piscou seus grandes e límpidos olhos. A água escorria de suas roupas encharcadas até a areia.

— Ela não veio. Será que foi tudo fruto da minha imaginação?

— Ela vai aparecer de novo em algum momento — disse Freddie. — Mas não acho que se afogar seja um bom plano. Vamos secar você.

Ele colocou o braço em volta de Caspian e o conduziu na direção de Blue e dos outros. E, visto que poderia ou seguir os dois ou ficar para trás com Wills, Mira foi junto.

— Alguém tem uma toalha? — perguntou Freddie.

Rafe, Blue, Viv e Jewel estavam sentados em volta de um cooler aberto e havia garrafas de cerveja enfiadas na areia na frente deles. Jewel tinha colocado sua blusa de mangas compridas dentro de uma bolsa e a usava para armazenar pedras preciosas.

— Tenho um cobertor na traseira da minha van — disse Rafe. — E um colchão, caso alguém precise de um.

— É mesmo? — disse Blue. — Eu estava justamente querendo fazer sexo dentro de uma van.

— Ah... sinto muito, camarada. — Rafe deu uns tapinhas no ombro dele, encolhendo-se um pouco ao fazê-lo. — A oferta foi para todo mundo, menos para você. Não é legal deixar cadáveres lá atrás. Você me entende.

— Eu estava sendo sarcástico, mas obrigado.

Blue se levantou. Com os punhos cerrados nas laterais do corpo, agitado, foi em direção ao estacionamento.

Jewel pegou uma pedra do colo e a atirou na larga testa de Rafe.

— Meu Deus, Wilder, será que você consegue ser um pouquinho mais idiota?

Rafe esfregou a pele dolorida.

— Como é que eu vou saber quando ele está brincando?

— Como se ele fosse falar *sério* sobre isso! — disse Viv.

Rafe deu de ombros, fazendo pouco caso, e jogou as chaves para Caspian.

— Vá se secar, homem; um cobertor é melhor do que nada.

— Está... contaminado? — perguntou Freddie.

Rafe o olhou feio . Viv revirou os olhos e comentou:

— Desde quando o Rafe chega à van a tempo?

— A cerveja aqui é minha — Rafe fez questão de lembrá-los. — Vejam lá o que falam, ou vão cair fora daqui, vadias.

Só por isso Mira pegou uma cerveja de dentro do cooler, mesmo nem querendo beber, e acompanhou Freddie e Caspian até o estacionamento. Blue estava lá quando eles ultrapassaram a última duna de areia.

Caspian abriu a traseira da van, apreensivo, como se esperasse encontrar uma garota algemada ali dentro. Quando viu que estava vazia, relaxou e puxou o cobertor para fora para se cobrir. Ele tremia.

Freddie foi até o amigo. Os dois ficaram conversando baixo, palavras que o vento não carregava até Mira. Ela sentou no capô do carro de Viv, um esportivo vermelho cor de maçã do amor, e se ocupou de tentar abrir a garrafa de cerveja enquanto observava os dois. As reentrâncias do metal cravavam-se na palma de sua mão. Blue balançava a cabeça repetidamente; Freddie insistia em alguma coisa, o corpo inclinado para a frente, uma expressão séria e intensa no rosto; e, finalmente, a tampa da garrafa saiu voando pelos ares e a cerveja subiu, espumando, até inundar seu colo. Ela soltou um gritinho e jogou a garrafa para longe, sacudindo a espuma da mão.

— Problemas com o álcool, Mira? — perguntou Blue.

— Voou por toda parte, levei um susto! Agora estou cheirando a cerveja.

— Poderia ser pior — disse Blue. — Você poderia estar com o cheiro da vida sexual do Rafe, como é o caso do Caspian.

O pobre Caspian estava enrolado no cobertor, agachado, o olhar perdido no oceano, alheio à conversa deles.

— Isso foi baixo — disse Freddie, disfarçando um sorrisinho.

Blue deu de ombros.

— E aí, por que veio atrás da gente, Mira? É a nossa terceira mosqueteira, agora? Ou está com segundas intenções para cima do Freddie?

Ela olhava para Blue, observando a própria reação enquanto isso. Agora que sabia a verdade sobre ele — o que era capaz de fazer, o que já tinha feito —, ela sentia como se devesse tomar cuidado. Mas não; em vez disso, estava baixando a guarda.

Ela podia ver o exterior irritadiço de Blue, mas agora reconhecia o coração ferido que ele carregava. E se viu confiando nele, se preocupando com ele. Olhando para ele como um amigo. Um amigo que talvez precisasse dela...

— Você ficou chateado — respondeu ela. — Achei que talvez eu pudesse ajudar. Sei lá. Não é isso que as pessoas fazem quando não são babacas?

— Como vou saber? — retrucou Blue, mas ele sorria agora.

— Venha aqui para eu poder me limpar na sua camiseta — disse ela, erguendo as mãos pegajosas de cerveja.

Com as sobrancelhas erguidas e um ar de divertimento, Blue obedeceu. Ficou entre as pernas dela, na frente do carro, os joelhos apoiados no para-choque.

— Vá em frente — disse ele.

Os dedos molhados de Mira roçaram o músculo do abdome de Blue enquanto ela secava as mãos na camiseta dele. Blue inspirou com dificuldade quando as mãos dela roçaram sua pele, e Mira sentiu algo elétrico percorrendo seu corpo. O rubor queimava suas faces. Ela se forçou a concentrar-se na estampa da camiseta dele.

— Agora a gosma está em você, que é o lugar dela — disse ela.

— Você é uma princesa muito indecente.

— Está dando em cima de mim?

Ele deu de ombros.

— Provavelmente. Está funcionando?

— Não mesmo. Ser chamada de indecente não me conquista.

— Eu sabia que havia um motivo para eu gostar de você. — Ele pegou-a pelas mãos pegajosas e a puxou, fazendo-a descer do capô. — Não é melhor irmos embora daqui antes que Viv apareça e queira saber quem derramou cerveja no carro dela?

Mira assentiu.

— Certo. Aonde vamos?

— Casa del Knight — respondeu Blue.

— Temos uma piscina — disse Freddie, como se isso explicasse tudo.

— Uma piscina em que Rafe nunca fez sexo — acrescentou Blue.

— Essa é a diferença entre a nossa piscina e a do Rafe — explicou Freddie.

Mira fez uma careta.

— Um dia vocês vão ter que me contar *por que* afinal são amigos do Rafe, mas não hoje. Vou dar um tempo para que vocês refletirem sobre isso primeiro.

— Obrigado — disse Blue. — Muito bacana da sua parte.

— Caspian, vamos! — chamou Freddie, acenando para o irmão. — E não traga esse cobertor.

༄

— É fácil... Assim, olhe.

Deitada de costas na piscina dos Knight, a água segurando seu corpo na superfície, Mira mostrava a Caspian como flutuar. Estava tentando ensiná-lo a nadar. Para um garoto determinado a encontrar uma sereia, isso poderia ser de grande ajuda, imaginou ela.

Caspian agarrou-se à beirada da piscina.

— Sei não... Acho que meu corpo não foi feito para isso.

— Todo mundo é capaz de flutuar — insistiu ela, puxando-o pelo braço. — Você quer encontrar a sua sereia ou não?

— Tudo bem — disse ele, com um suspiro.

Caspian engoliu em seco ruidosamente; então soltou da beirada e na mesma hora começou a afundar.

— É só relaxar — disse Mira. — Deite de costas e...

Ajudaria se ela o pegasse e segurasse seu corpo por baixo, se o virasse de costas, como os professores de natação fazem com as criancinhas, mas tocar um cara seminu e molhado lhe parecia algo íntimo demais se seu objetivo não era seduzi-lo — se não quisesse que ele retribuísse o toque.

— Hum, ou podemos tentar boiar na vertical — sugeriu ela, e fez uma demonstração, pedalando com as pernas e movendo um pouco os braços.

Os grandes olhos cinzentos de Caspian piscavam nervosamente enquanto seus braços e pernas se movimentavam debaixo d'água. Ele era um fofo, que nem Freddie, mas era mais que isso, estava mais para meigo. Não era difícil imaginá-lo caindo de um barco, ainda por cima de smoking.

— Seu cabelo flutua como o de uma sereia — disse Caspian.

Mira olhou de relance para o lado, observou as ondas dourado-escuras de seu cabelo flutuando na água.

— É, acho que sim.

— Só que é mais claro — disse Caspian. — As sereias têm cabelo escuro. Bem, a única que eu vi tinha. Se é que ela era mesmo uma sereia. De repente era só uma garota que fica andando perto do oceano esperando acontecer algum naufrágio.

— Acho que é bem mais provável ela ser uma sereia — disse Mira.

Caspian sorriu, e seu rosto inteiro se iluminou. Seus braços se deslocavam mais facilmente pela água agora.

— É por isso que eu acho que só pode ser verdade. Que uma sereia me salvou. A voz dela era tão bonita...

A expressão no rosto dele era claramente de *amor*. Em um instante ele tinha passado de triste a encantado.

Era estranho ver todos aqueles românticos em suas diferentes encarnações. Havia românticos normais, como Freddie e Caspian: garotos que

se perdiam em devaneios, assim como ela. E havia os Românticos amaldiçoados, pelos quais era fácil se apaixonar, que amavam e roubavam
amor. Que precisavam de amor para sobreviver.

A porta dos fundos da casa dos Knight foi aberta e dali de dentro
saiu uma procissão de gente: Viv, em seu minúsculo biquíni branco, mais
Blue, Freddie e Wills, todos de sunga. Os garotos pularam na água. Viv
se instalou cautelosamente em um colchão inflável de piscina, se contorcendo quando a água subia pelas laterais.

— Não está nem fria — disse Wills, e deu um tapa na água bem ao
lado de Viv, fazendo uma minúscula onda espirrar água no branquíssimo abdome dela. — A não ser que você tenha medo de ficar desbotada
por causa do cloro. Opa, tarde demais.

Viv cerrou os dentes.

— E vocês ainda perguntam por que eu odeio todo mundo.

— Estou nadando! — anunciou Caspian. — Quase nadando, acho.
Será que isso não vai interferir na minha busca pela sereia? Se eu cair
no mar e não estiver me afogando, será que ela vai se dar ao trabalho
de me salvar?

— Acho que a sua sereia provavelmente também tem uma vida —
disse Wills, que tinha parado de atormentar Viv e agora boiava no lado
fundo da piscina, se segurando em um macarrão de espuma. — Você
não pode contar que ela vai estar esperando por você todo santo dia. O
que só faz de você um imbecil por tentar se afogar de propósito.

— Sim, por favor, fique longe do oceano, Caspian — concordou Freddie. — Espere até que ela faça um pacto com uma bruxa do mar e venha
até você.

— Mas e se ela não fizer isso?

Ninguém tinha uma boa resposta para a pergunta de Caspian.

Depois de alguns instantes, Henley surgiu na lateral da casa. Estava
arrumado — para os padrões dele —, com uma bela bermuda e uma
camisa de botões jogada sobre uma regata. Ele se sentou em uma das
espreguiçadeiras na lateral da piscina e ficou olhando para Viv como se
ela fosse um filme mudo. Era um olhar apaixonado, mas cruel também,

como se seus olhos pudessem de alguma forma puni-la por não ligar a mínima para o fato de ele estar ali.

Viv estava deitada em sua boia, imóvel como uma pedra, fitando as estrelas. Freddie estava demonstrando quantas cambalhotas seguidas ele conseguia fazer debaixo d'água. Quando ele subiu para respirar, Caspian disse:

— Você é um peixe nato!

Mira foi nadando como uma rã até Blue, que descansava na extremidade da piscina, semioculto sob o baixo trampolim, os dedos agarrados à prancha. Gotas d'água deslizavam lentamente pelo seu rosto e pescoço.

— Você está tão calado — disse ela.

— Não sei imitar golfinho.

— Sinto muito. Deve ser difícil para você.

Ele assentiu, e um sorriso torto foi se formando em seu rosto.

— É sim.

Ela ergueu o braço e agarrou-se ao trampolim, para não ter que se manter à tona boiando. O movimento a levou para a frente, e suas pernas roçaram as dele. A sensação foi inesperadamente deliciosa, e como ela não se apressou em se afastar, Blue enganchou as pernas nas dela. Por um tempinho, nenhum dos dois disse nada.

Ela ficou observando-o, aquele seu rosto calmo e impassível, e se perguntou por que aquilo era tão fácil para ele. Como ele podia gostar dela e fazer com que ela o odiasse; e depois fazer com que quisesse ficar perto dele. Como ele podia tocá-la e fazer com que ela não fosse embora. A definição de *Romântico* se acendeu em sua mente.

Supostamente, Blue e Felix eram encantadores naturais. Será que *encantador* significava mentiroso?

— Felix mente para as pessoas? — perguntou ela.

— Ah, lá vem esse papo de novo.

Ela deu de ombros, o movimento de seus braços erguendo seu peito para fora da água.

— Felix mente para as pessoas o tempo todo. Enganar é crucial no nosso ramo de negócio: atrair para o cassino pessoas cheias de esperanças e sonhos impossíveis e mandá-las de volta para casa com menos dinheiro do que quando chegaram. Ele não usa uma placa na testa dizendo *A casa sempre vence*. Então, sim, ele mente.

— Você entendeu o que eu quis dizer.

Blue ergueu as sobrancelhas. Claro que tinha entendido.

— Você quer saber se ele mente para as garotas? Para fazer com que se apaixonem por ele?

Ela assentiu; ficou esperando a resposta.

— É você quem fica se enfiando no quarto dele. Você devia saber.

Ele roçava a perna na dela, muito de leve, quase como se fosse acidental, mas não era. Era um movimento regular demais para não ser deliberado.

— Por que está fazendo isso? — perguntou ela, baixinho.

Felizmente a escuridão e a água ocultavam o que quer que eles estivessem fazendo, sem contar as risadas e os borrifos d'água — e, sim, até mesmo as imitações de golfinho —, pois tudo permitia que os outros os ignorassem.

— Não sei. Por que você está me deixando fazer isso?

— Não sei.

Antes, ela o teria estapeado por tocá-la. Teria jogado uma faca nele, um livro. Então, o que estava acontecendo?

— Eu nunca menti para ninguém. Para fazer com que... — Ele hesitou, até que ela assentiu, indicando que tinha entendido. — Mas omiti coisas. Tenho certeza de que ele também faz isso. E ele talvez minta, mas talvez nem precise. Por quê? Está com medo de ter se apaixonado por uma mentira?

— Não...

— Então não importa o que eu disser, importa?

— É só que... — Mira mordeu o lábio, sentiu o gosto de cloro. — Ele nunca me contou aquilo que você me falou. É só isso o que me preocupa. Por que não me contar que é perigoso, droga? Que pode me machucar sem querer?

— Porque ele não quer que você saiba. Ah, Mira, não deixe que o amor faça de você uma idiota.

— Você contou para aquela garota que você... que você... Você não contou, não foi?

Blue ficou encarando-a por um bom tempo.

— Você acha que teria acontecido aquilo se ela soubesse?

— Então eu deveria perguntar a ele sobre isso. Fazer com que ele saiba que eu quero saber.

Blue deu de ombros.

— Se quiser. Só fique longe do quarto dele.

Mira ficou com a respiração presa.

— Do quarto dele ou da suíte 3013?

Algo estranho tremeluziu nos olhos de Blue, mas tudo que ele disse foi:

— Dos dois.

— Pois saiba você — sua respiração saía entrecortada, difícil — que não é só em quartos que as pessoas se beijam. Ele me beijou na floricultura. Depois de horas. Na noite em que eu...

— Na noite em que ele quase matou você.

— Na noite em que eu desmaiei — corrigiu ela.

— Se é assim que você prefere se referir àquela noite... Mas acho que uma parte sua sabe da verdade. E é por isso que você está aqui comigo, em vez de estar no Dream com ele.

— Estou aqui porque estou tentando ser legal. Estou tentando ser sua amiga.

Talvez aquilo fosse demais para ele — com suas pernas se tocando, os dois encenando casualidade. Talvez *amiga* fosse próximo demais de *eu gosto de você*, e isso seria muito próximo de confiança, atração e afeto; mais do que seria confortável para Blue. Porque uma mudança se operou nele, e sua expressão se tornou arrogante, tola.

Ele estava prestes a quebrar o encanto. Ela se preparou, sabendo que as coisas estavam voltando a ser como antes: brincadeiras; discussões fúteis. Era quase um insulto vê-lo se transformar assim. Porque ele sabia que Mira confiava nele; mas ele se recusava a retribuir essa confiança.

— É isso o que somos? — perguntou ele. — Ser *amigo* me qualifica para o quê? Podemos ter uma amizade colorida?

O que ela mais queria naquele momento era afundar a cabeça dele na água e segurar até quando ele conseguisse se soltar, subisse à superfície cuspindo e tossindo e prometendo nunca mais ser um imbecil. Mira tinha certeza de que a irritação que sentia estava evidente em seu rosto, assim como tinha plena certeza de que ele estava satisfeito com isso.

— Sabe, é difícil chutar o saco de um babaca debaixo d'água — avisou ela. — Mas não impossível.

Os olhos dele reluziam. Ele voltara a ser aquele Blue com quem ela estava familiarizada: brincalhão, ofensivo, protegido.

— Ei, enquanto eu te causar repulsa, não posso machucar você... não vai ter amor a ser roubado. Então, um lance de amizade colorida poderia funcionar.

Ela sabia que ele estava brincando. Ela sabia, mas não era engraçado.

— *Não* — disse ela, ameaçando-o com um chute fingido que era patético de tão lento.

— Tem razão. Eu provavelmente decepcionaria você. Não tive muita prática, por motivos óbvios. Como é o Felix? Incrível?

— Felix... teve muita prática — disse ela, devagar, não gostando da direção que a conversa estava tomando. — É isso que você está tentando dizer?

Blue deu de ombros.

— Não é como se eu lesse o diário dele. A gente deduz, só isso.

— Talvez eu não queira pensar nisso.

— Pois talvez devesse pensar.

Mira fechou os olhos; deixou que o embalo da água a levasse.

— Cale a boca, Blue.

A água estava quase tão quente quanto o corpo dela. Se não fosse pela perna de Blue encostando na sua, seria como estar boiando em uma câmara de privação sensorial. Só que ao contrário: era hipersensorial. Toda vez que ele encostava em sua pele, algo novo se abria dentro dela.

— Cale a boca ou eu vou embora.

— Tudo bem — disse ele, baixinho. — Mas só porque eu não quero que você vá embora.

13

DEPOIS DE NADAREM, TODOS entraram sorrateiramente na casa dos Knight, com as sungas e biquínis pingando água no chão, os pés deixando grama nos tapetes persas. A decoração em todos os cômodos era hiperbólica. Anos de riqueza e influência se acumulavam ali como poeira.

Freddie os obrigou a parar de rir. Estava tarde, reclamou ele, e sua mãe era hipersensível, podia acordar ao mais leve som.

Os meninos desceram até o porão, sem se incomodar com os calções de banho gelados grudando em suas pernas. O cabelo de Mira estava encharcado, e ela abraçava a toalha junto ao corpo, sentindo falta do calor da piscina. Viv a levou ao quarto de Freddie para que se trocasse.

O luar se infiltrava pelas janelas, lançando um brilho azulado em troféus antigos da Liga Infantil de Beisebol, nas guitarras e no amplificador de Freddie, e em uma bagunçada cama de solteiro em que só sobrara o lençol feito sob medida — o restante das cobertas estava caído de modo negligente no chão, como se tivessem sido chutados durante um sono espasmódico.

Mira vestiu as roupas com as quais chegara. Viv se prostrou na cama, ainda de biquíni molhado, e ficou encarando o teto, os braços frouxos ao longo do corpo, como uma atriz fazendo um teste para o papel de cadáver.

— Será que eu vou ficar bonita quando estiver morta?

Mira abriu a boca, mas não conseguiu responder.

— É disso que eu tenho medo — continuou Viv, arranhando com os dentes os lábios cor de rubi. — Quer dizer, tenho e não tenho.

O silêncio era tamanho que Mira podia ouvir o tiquetaquear de um minúsculo relógio, o sangue se movendo pela sua cabeça. Mal sabia o que dizer.

— O que passa pela sua cabeça, Viv?

— Não exatamente morta. Em um coma encantado. Você não se preocupa com isso? — Ela suspirou. — Não, claro que não. Quem tem medo do Freddie?

— Eu me preocupo — admitiu Mira. — Não quero não estar no controle. Não quero estar à mercê de alguém.

Mira foi se sentar na ponta da cama, ao lado dos pés de Viv, que eram delicadamente pontiagudos, como os de uma bailarina.

— Sinto o mesmo — disse Viv. — Mas a minha vida toda daqui pra frente vai ser desse jeito. Eu teria que manter um equilíbrio perfeito para evitar isso. Bela o suficiente para que Henley, o Caçador, queira me salvar... mas não bela demais, porque ser bela demais é o que faz com que minha madrasta entre em ação. E ela me quer morta... há anos que me quer morta.

Viv se revirou, inquieta.

— Eu não sei o que ela está esperando. Fazer com que ele me odeie, talvez. Eu que ele se torne leal a ela, para que arranque fora meu coração quando ela pedir... E então, se Henley *não* me matar, tem a questão de ser bela o suficiente para conseguir atrair algum playboy necrófilo. Algum dia, meu príncipe vai chegar e vai se apaixonar por meu corpo sem vida. Para você ainda há um pouco de felizes-para-sempre.

A imagem de Gwen arrastando os pés pela feira de rua surgiu na mente de Mira, que imaginou o momento em que o príncipe a teria encontrado, morta para o mundo, entorpecida. Ele estava tão enamorado por seu perfeito rosto de bonequinha que se sentiu compelido a levar o caixão consigo, de forma que pudesse sempre olhar para ela. Como se ela fosse um suvenir, e não uma pessoa.

Até que ela acordou e arruinou a fantasia dele.

— Blue e Layla me contaram a história da Gwen — disse Mira, sem saber ao certo como oferecer conforto quando tudo que tinha ouvido sobre o conto de Viv era perturbador e sombrio. — A outra Branca de Neve. Mas eu não... eu não acho que sempre tem que ser daquele jeito. Seu príncipe poderia... ter pena de você, talvez. Se sentir mal por sua vida ter sido interrompida. E não ia querer deixar seu caixão na floresta, ou fosse lá onde o encontrasse. Ele não vai necessariamente ser uma má pessoa.

— Não — disse Viv, balançando a cabeça, mechas de cabelo molhadas se retorcendo no colchão. — A única pessoa que vai ter pena de mim é o Henley. Essa é a única forma de ele não me matar. Se decidir não fazer isso, quer dizer.

— Não acho que seria pena, Viv — disse Mira, mas Viv não estava lhe dando ouvidos.

— Regina mandou fazer um caixão de vidro quando completei treze anos. Ela o colocou no solário e cuida dele como se fosse seu bebê; lustra aquilo todo dia. Parece um expositor, e é isso que é. Um expositor para o meu cadáver, porque aí ela vai poder usar minha suposta beleza a seu favor, ostentar minha palidez de morta-viva para os possíveis cortejadores, como quem diz: aqui, *leve-a, por favor*. Ela quer se livrar de mim... ela me quer na casa de um outro alguém, que eu seja o problema de outra pessoa.

Viv soava angustiada e não blasé, como provavelmente queria parecer. Mira pôs a mão no tornozelo dela, só para lembrá-la de que estava ali. De que ela não estava sozinha naquele momento. Não estava morta, nem em perigo. Mira sabia que ela própria também precisava que a lembrassem disso.

— E se você dissesse ao seu pai que isso te incomoda? Ter o caixão na sua casa?

— Eu tentei... mas ele não quer nem falar sobre isso. É um mal-acostumado, porque a maldição dele é latente, então nunca teve de passar por nada disso quando era mais jovem. Seu único papel é o de pai idiota e inútil... e nisso ele é perfeito. Quando reclamo, ele diz que Regina e eu precisamos aprender a conviver uma com a outra; ele tem lá seus problemas, não está interessado em resolver o nosso. E aí vem a Regina me dizer que eu tenho sorte por meu pai ser tão desinteressado pela minha vida. Que eu poderia ter uma maldição de Pele de Asno, e que *isso* sim seria embaraçoso.

— Pele de Asno? — Mira não conhecia esse conto. — É aquele... em que uma princesa é transformada em um asno?

Viv riu.

— Ah, Mira. Que fofo. Não... ser transformada em um asno seria divertido, em comparação com essa nojeira.

Ela se sentou, ficando diretamente sob um facho de luar. Sua pele reluzia como a de um fantasma.

— No conto "Pele de Asno", a mãe da princesa morre jovem... como as mães de quase todos nós...

Mira sentiu que sua mão, pousada no tornozelo de Viv, estremeceu, e a levou de volta ao colo antes que Viv notasse. Aquele fora o destino de sua mãe. De sua mãe e de seu pai, aliás.

— ... mas antes ela diz ao rei que ele só poderia se casar com alguém que tivesse a beleza superior à dela. Anos se passam e, naturalmente, nenhuma outra beleza se compara à da rainha falecida... até que um dia o velho lascivo se dá conta de que sua própria filha é a coisa mais gostosa sobre duas pernas.

Viv ergueu as sobrancelhas, desafiando-a a fazer a ligação.

Um gosto amargo foi subindo à garganta de Mira. Ela não tinha conhecido o pai, mas, em sua mente, pais eram heróis, protetores.

— Você não está dizendo que...?

— É, o rei decide se casar com a filha. Ele persegue a moça, não importando que tipo de barreiras ela invente para se livrar, e aí ela se vê obrigada a vestir a pele de um asno e a se passar por pobre e imunda para fugir. Depois ela passa a trabalhar como criada em um outro reino, até que finalmente tem seu final de Cinderela: o príncipe local nota que a criada horrorosa fica linda em ocasiões especiais. Mas quem sabe o que aconteceu naquela casa antes de ela fugir?

Aqueles contos de fadas estavam ficando cada vez piores. Mira apertava as mãos com força nas laterais do corpo, cravando as unhas na pele. Uma maldição dessas implicaria que uma fada tinha *escolhido* fazer uma garota passar por isso; tinha lançado a maldição a uma garota não mais velha do que a própria Mira, sabendo o que aconteceria com ela.

Seus pensamentos voltaram-se para Delilah, para o quão cruel tinha que ser uma fada para infligir isso a alguém. Ela se perguntava de quanta maldade Delilah seria capaz. E o que teria guardado para ela.

— Como todas as maldições — continuou Viv —, a intensidade varia, mas pode acreditar quando digo que eu preferiria ter meu coração cortado pelo meu namorado a ter que aguentar meu pai tentando dormir comigo.

— Henley não... — Mira não conseguia considerar a outra metade da declaração de Viv.

Viv se jogou de volta na cama, na mesma pose em que ficaria em seu caixão de vidro. Ela tremia, e a vibração de seu corpo fazia sua voz estremecer junto.

— Como posso saber o que ele vai fazer? Ele é louco. E eu nem mesmo me importo.

Então se ouviu uma batida à porta. Leve, educada, com a intenção de não perturbar ninguém.

— Está aberta — disse Mira, aliviada pela interrupção.

Ela tinha medo de que, se continuassem conversando, Viv afundasse tanto em suas trevas que ela não seria capaz de trazê-la de volta.

A porta se abriu e Freddie entrou de mansinho, cabeça baixa, como se pedisse desculpas por interromper.

— Ei, gatinho — disse Viv, com a fala arrastada.

Freddie baixou a cabeça de novo, envergonhado dessa vez.

— Viv. Não diga isso. Henley está aqui em casa, você sabe disso. — Ele pigarreou. — Como vão vocês, moças? Fui enviado como emissário para ver se está tudo bem.

— A gente já ia descer — disse Viv, forçando-se a sair da cama. — Preciso mesmo beber alguma coisa. O bar está aberto?

— Wills está fazendo as bebidas — disse Freddie. — Mas, Viv, acho que você não deveria...

Ela dispensou o conselho com um aceno de mão, como se a preocupação de Freddie estivesse zumbindo ao redor dela como um mosquito irritante.

— Curtam a escuridão, crianças. Vou deixar vocês sozinhos.

E então seu corpo pálido se foi, descendo o corredor sem fazer barulho.

∽๏

Freddie sentou-se no chão, ao lado de um grande cesto transbordando de cuecas e camisetas. Mira pretendia ir atrás de Viv, mas a forma como ele havia se instalado ali no quarto a fez achar que ele queria conversar com ela... mesmo ele não tendo dito uma palavra que evidenciasse essa intenção.

O silêncio recaiu sobre os dois, de forma que cada som vindo lá de fora parecia mais alto. Mira identificava vagamente o som tremulado e agudíssimo de agitação feminina: uma donzela em moderados apuros.

— *Isso não é engraçado, Philip! Vou ficar com um machucado na coluna!*

— Essa é...? — perguntou ela.

— Minha mãe — disse Freddie, pegando do chão uma palheta de guitarra. — Ela deve estar achando que tem uma ervilha debaixo do colchão. Ela é hipersensível, o que a deixou hipocondríaca. Embora possa realmente haver uma ervilha lá. Meu pai prega peças nela às vezes.

— Então seus pais também são amaldiçoados?

Freddie fez que sim com a cabeça, reclinou o corpo sobre os braços, e então ergueu um dos joelhos, inquieto.

— Os dois lados da minha família têm um longo histórico de maldições ativas. É uma honra ser marcado, ainda mais como herói. É sinal de boa-fé por parte da fada, que te acha merecedor disso.

Mira se perguntava se seus pais tinham sido amaldiçoados. Se haviam tido de lutar para ficar juntos... só para perderem tudo no dia do batizado dela.

Perdida em pensamentos, ela ficou surpresa quando Freddie lhe fez uma pergunta:

— Você está com medo, Mira?

— Medo?

— Seu aniversário de dezesseis anos está chegando. E as coisas costumam mudar em dias assim. Eu estava me perguntando se... quer dizer, você parece distraída. Achei que talvez...

— Ah!

A sensação das unhas frias de Delilah em sua pele lhe voltou à memória. Contornando o desenho de sua marca, analisando-a. Ela quase podia ouvir a voz da fada, doce como caramelo e pungente como aço.

Queridinha, que momento terrível.

— Você não precisa ter medo — disse Freddie. — Se acontecer alguma coisa, eu acordo você. E se eu não souber onde você está quando acontecer... eu procuro por você.

E ele faria isso, ela sabia que sim, mas...

— Eu não quero ficar devendo nada para você — admitiu Mira.

Freddie pareceu magoado em ouvir isso.

— Você não estaria me devendo nada. Não estou interessado em ganhar alguma coisa por acordar você.

Ela lamentava ter ferido os sentimentos dele — mais uma vez —, mas isso não tornava suas preocupações menos válidas. Ele *achava* que ela não lhe deveria nada. Ele acreditava nisso *agora*. Mas como as coisas poderiam mudar se ele a trouxesse de volta à vida? Como ele se sentiria uma vez que a tivesse salvado e ela fosse tão não amigável com ele quanto era agora?

Mira não queria um resgate pairando sobre sua cabeça, pressionando-a a fazer o que era esperado dela, como uma boa princesa, e a mostrar sua gratidão fazendo... fazendo o que se esperava que ela fizesse depois de ser acordada.

Casamento. Namoro. Sexo. Ela não sabia direito como funcionavam as coisas por ali, o quanto a dependência da comunidade na tradição dos contos de fadas os tinha impedido de se envolver com o resto do mundo, mas estava claro que haveria pressão para que ela agisse de acordo com as normas, fossem sociais ou mágicas, ou Viv não estaria tão assustada. Não apenas com seu encantamento, mas também com o que viria depois.

Mira não queria se resignar a seu destino. Não queria ficar como Viv, imersa em desesperança, como se afundando em areia movediça: uma armadilha que ficava mais apertada quanto mais se tentava escapar.

— Posso perguntar o que eu estou fazendo de errado? — disse Freddie por fim.

As reclamações da mãe dele tinham cessado, dando lugar ao peso dos suspiros, aos movimentos rápidos da unha de Freddie na palheta de guitarra, ao ruído das pernas de Mira se mexendo na cama.

— Nada — respondeu ela. — Eu não tenho uma lista de coisas que me agradam e que você não esteja fazendo. É só que... meu coração está em outro lugar.

Ela se sentiu cruel em dizer isso, mas era verdade.

A rejeição brusca parecia ter tornado Freddie audaz.

— Eu vou esperar, sabe? — disse ele, com uma determinação que ela nunca vira nele antes. — Sei que você não gosta de mim agora, mas acho que um dia pode vir a gostar. E eu seria bom para você. Nunca a machucaria... que é o que Felix vai fazer.

Mira fechou os olhos. Aquilo de novo não. Era aquilo a todo momento. Seu peito se comprimiu, expulsando o ar dos pulmões. Freddie não entendia. Ele não podia ver a forma como o Felix a tratava. Só via a maldição, a condenação em preto e branco advinda disso, o fato de Felix não ser um herói, não ser um príncipe. Havia uma linha delicada entre amor e morte para os Românticos, mas ela tinha certeza de que Felix caminharia nessa linha com o máximo de cuidado. Ele já não tinha feito isso?

— Pessoas que se importam com você não vão te machucar, Mira. Mesmo que não possam evitar. Isso pode não fazer diferença para você agora, mas um dia vai.

— Você não sabe nada sobre as pessoas que se importam comigo — disse ela, irritada e na defensiva. Ele estava insultando alguém que ela amava, o que trazia à tona o seu pior. — Só sabe como *você* se importa comigo. E você nem me conhece; ia gostar de qualquer princesa que fizesse parte do seu destino por causa da maldição. Então não venha com esse discurso para cima de mim de que o seu amor é muito mais verdadeiro que o de qualquer outra pessoa.

Emudecido, Freddie só ficou encarando-a. Sua expressão habitual, de sinceridade e esperança e bondade, fora estilhaçada, e ele parecia estar se segurando para não chorar.

Mira se sentia terrível. Ela não pretendia soltar os cachorros para cima dele. Só queria que ele, que todo mundo, parasse de atacá-la, parasse de difamar Felix, de fazê-la se sentir uma idiota.

— Saia da minha cama — disse ele.

Sem uma palavra, ela obedeceu. Ele então arrastou-se para a cama, como um sonâmbulo, onde desmoronou no colchão, o rosto esmagado contra o travesseiro, de modo que não precisasse olhar para ela.

— Freddie, eu...

— Não estou me sentindo bem. Por favor, vá embora.

A voz dele saía abafada, mas o significado estava claro. Ele queria que ela fosse embora antes que alguma coisa pudesse mudar. Antes que ele desmoronasse, ou dissesse algo detestável, se é que ele era capaz de fazer tal coisa. Antes que ela pudesse ser mais cruel com ele.

Mira foi até a porta na ponta dos pés, com suprema repulsa por si mesma. Antes de sair, parou à entrada e disse algumas palavras:

— Eu sinto muito . Não queria ser tão grossa com você. Eu realmente agradeço pelo que você disse. É só que... é difícil para mim. Por favor, acredite.

Ela esperou alguns segundos por uma resposta, por alguma indicação de que ele poderia perdoá-la. Mas não obteve nenhuma.

༄

Mira precisava de Freddie. Não queria, mas precisava; e sabia que era disso que se originava sua frustração. Ficava irritada porque seus destinos estavam interligados.

Quando entrou no porão, andando com dificuldade, Wills estava no bar, chacoalhando uma coqueteleira. Viv estava empoleirada em um banco alto, colocando açúcar na borda de um copo. Ela usava um chapéu flexível e com penas e botas de montaria na altura dos joelhos, como uma mosqueteira stripper. Sua minúscula marca de maçã, não vermelho-sangue, mas rosa-cereja, aparecia acima do cós da calcinha de seu biquíni.

Blue, Caspian e Henley estavam reunidos em volta de uma mesa baixa, sob a sombra de um urso empalhado. Blue distribuía cartas para um jogo de pôquer.

— Se arrume que coloco você no jogo — disse Blue, apontando com a cabeça na direção de um velho baú cheio de cachecóis de seda, casacos de veludo e chapéus estranhos, como aquela coisa esquisita que Viv estava usando.

— Me arrumar? — perguntou ela.

— Vamos jogar strip pôquer.

Quando Caspian começou a explicar como era, Mira se deu conta de que era a versão mais enfadonha de strip pôquer imaginável: a ideia era vestir um monte de roupas do baú de fantasias, de forma que não se corria o risco de acabar nu a menos que se quisesse. Mira se pôs a criar um traje bem exuberante, na esperança de conseguir enterrar sua culpa naquelas roupas ridículas e assim parar de pensar em como tinha sido uma escrota com Freddie.

Blue estava colando no rosto um bigodinho repugnante — era bem fino, retorcido e preto — quando Viv se juntou a eles, gingando os quadris estreitos, o drinque cor-de-rosa na mão.

— Isso não conta como peça de roupa — disse ela.

— Se dá para tirar, então conta — argumentou Blue.

— Então brincos também contam.

Wills desceu do bar e sentou-se entre eles.

— Quando chegar aos brincos, você vai estar tão bêbada que vai simplesmente tirar a blusa.

Viv lhe deu um soco nas costelas, mas ele a agarrou pelo pulso e os dois começaram a se engalfinhar no chão, ela dando gritinhos agudos, rindo e estapeando inutilmente o garoto. As veias no pescoço de Henley estavam começando a ficar saltadas. Ele esmagava as cartas do baralho como se fossem o próprio Wills.

Blue apontou para a marca na base das costas de Wills: um sapato de salto alto vermelho-sangue.

— Não é o príncipe dela, Silva. Relaxe.

— Trapaceiros — acusou Viv assim que recuperou o fôlego.

Suas faces estavam ruborizadas, da mesma cor de romã que seus lábios, e ela colocava o cabelo atrás das orelhas várias vezes seguidas, como se de repente tivesse ficado tímida. Wills a puxou para seu colo, onde ela se empoleirou sem reclamar.

Mas nem todo mundo estava tão contente.

— Esse jogo vai ser um tédio — disse Henley. — Um monte de caras e uma garota.

— Duas garotas — corrigiu Caspian, apontando para elas. — Está vendo?

Henley pegou suas cartas da mesa, em uma tentativa de mostrar indiferença.

— É, mas Viv eu já vi pelada. Então é como eu disse: entediante.

As faces de Viv ficaram ainda mais vermelhas, ardentes, febris. Sua mão hesitou na frente do copo, como se quisesse quebrá-lo ou jogá-lo em Henley.

— Você tem que aprender a fechar as cortinas, Viv — disse Wills, com compostura. E olhou para Henley enquanto mordia a pontinha da orelha dela. — Não pode confiar que o jardineiro não vai espionar você.

— Então... *pôquer*? — disse Mira, um pouco alto demais.

Ela bateu com as palmas das mãos na mesa, olhou para os meninos com seu melhor olhar de ódio que dizia "Podemos terminar logo essa droga de competição"?, e Caspian abriu um lampejo de sorriso de alívio para ela... então talvez tenha funcionado.

Pelo menos eles calaram a boca e foram jogar.

Uma hora depois, Viv e os irmãos Knight subiram as escadas cambaleando para atacar a geladeira, e Henley saiu de fininho pelos fundos, acendendo um cigarro e murmurando coisas vis sobre Wills. Mira e Blue se viram sozinhos no porão, cercados de grupos de caçadas retratados em pinturas a óleo, cabeças com olhos vítreos de animais mortos havia eras e móveis que cheiravam a charutos.

Ainda com o fino bigode falso, Blue brincava de torcê-lo de um jeito vilanesco. Ele vestia uma calça larga de pijama, meio encharcada por causa da sunga por baixo, e um chapéu de bobo da corte, além de chinelos de rena que só cobriam metade de seus pés. Uma gravata preta de seda estava pendurada em seu pescoço, e ele se livrara da camisa fazia um bom tempo.

— Não posso acreditar que deixaram você aqui sozinha com esse canalha sexy — disse ele.

Mira levou a mão ao coração, fingindo aflição.

— Nem eu. Sua maldição é que as garotas se apaixonam por você... logo antes de você amarrá-las aos trilhos de um trem, certo?

— Mua-ha-ha... exatamente.

Ele torceu mais uma vez o bigode falso — acabando por fazê-lo descolar e cair.

Acima deles, alguém batia os pés ou caía com força no chão. Teve início um surto de risadas, e provavelmente não demoraria mais que alguns minutos até que a sra. Knight chegasse ali para dar uma reprimenda nos farristas.

Mira pensou em Freddie, lá em cima em seu quarto, provavelmente se retorcendo com aquele barulho todo, mais do que ciente de que estavam perturbando sua mãe... e aquele tempo todo esquecido, entristecido, sozinho com seu coração partido. E pensou em Henley lá fora, fazendo sabe-se lá Deus o quê — com sorte, descontando sua raiva em um hidrante em vez de fazer isso em Wills ou Viv.

Ela odiava a facilidade com que eles magoavam uns aos outros, odiava que o *papel* de Henley como Caçador fosse ferir alguém que lhe era importante, e que esse alguém o magoasse regularmente. Não seria bem tentador quando Regina lhe desse a ordem? Poderia mesmo o amor impulsionar alguém ao assassinato?

— Que relação mais perturbada — murmurou ela.

— De quem, do Blue e da Mira? Acho que eles só precisam dar uns amassos.

Ela jogou nele o chapéu que pegara do baú de fantasias.

— É sério. Estou falando de Viv e Henley. Fico apavorada em pensar que eles estão meio que envolvidos e que ainda assim um dia a madrasta dela vai pedir que Henley a mate.

— Nem me fale! — exclamou Blue, imitando uma voz de mulher exageradamente malévola. — *A propósito, jardineiro, quando terminar de aparar a cerca viva, será que pode cortar fora o coração da minha filha e trazê-lo até mim para que eu possa comê-lo?* Isso não se pede a alguém que recebe um salário mínimo.

— É pior por eles terem consciência disso... de que são amaldiçoados e que devem esperar pelo pior. — Mira abraçou os joelhos junto ao peito. — Não sei como vocês conseguem viver assim.

— Simplesmente vivemos. Não temos opção.

Mira fechou os olhos, os braços segurando firme os joelhos, como se assim pudesse afastar o mundo, mas sua mente estava sendo inundada de imagens sombrias. Ela costumava imaginar os pais e finais felizes que nunca teria. Agora, visualizava tormentos que eram reais demais.

Imaginou uma das irmãs da Cinderela colocando o pé em uma tábua de cortar e mordendo o lábio com força enquanto o cutelo talhava o osso de seu dedão.

Imaginou uma princesa acostumada com a segurança, com uma vida luxuosa, jogando a grosseira pele de asno sobre os ombros, e o rosto sem ossos da pele de asno solto na frente de sua testa, como um véu hediondo.

E imaginou seu próprio futuro, deitada de costas na cama, os braços e pernas tão pesados como se tivessem sido acorrentados. Camundongos correndo por seu corpo, deixando pegadas em seu vestido. Aranhas tecendo um enxoval completo de seda e a envolvendo nele, fazendo parecer que ela trajava um vestido da mais fina renda, adornado com pétalas de rosas e borboletas aprisionadas. Escaravelhos fazendo ninhos entre seus dedos como se fossem anéis com joias, belos de longe, mas horríveis bem de perto.

Ninguém iria em sua busca; ninguém a acordaria. Ela estaria repulsiva, nem um pouco sedutora, e tinha afastado a única pessoa que poderia salvá-la...

Quando ela abriu os olhos, Blue a estava encarando, seu olhar passeando por sua expressão facial. Talvez intrigado com o que via e não entendia plenamente.

— Estou me sentindo meio nauseada — disse ela, torcendo com os dedos distraidamente uma mecha de cabelo molhado. — Vamos falar sobre alguma outra coisa.

— Como o quê? Felix? Aí *eu* é que ficaria com náuseas.

Ela não estava no clima para provocações.

— Muito engraçado. Por que você se importa tanto com isso?

— Por que eu me importo? Tenho plena certeza de que já te expliquei por quê.

Ele foi engatinhando na direção dela, se livrando do chapéu de bobo da corte e dos chinelos de rena enquanto isso, até estar tão perto que ela percebeu que também seus cílios eram azuis.

— Porque eu gosto de você. Porque não quero que ele te machuque.

— Ele também não quer me machucar.

— Se ele acabar matando você, acha que faz diferença ele querer ou não? Eu não acho.

— Eu sei que não foi de propósito que você... — Desconcertada, Mira baixou a cabeça. — O que aconteceu com aquela garota. Sei que não foi sua intenção. Isso *faz sim* diferença.

Blue ficou parado por um instante, como se sua respiração estivesse congelada no peito. Todas as menções à garota que ele tinha amado pareciam reabrir a ferida. Só depois de um instante é que ele falou:

— Não para ela. Nem para as pessoas que faziam parte da vida dela. Ela se foi.

— Foi um acidente. Você não pode continuar se culpando.

— Quem eu devo culpar, Mira? A fada má que me amaldiçoou? Jane, por me a... — Ele tropeçou na palavra. — Por... me... amar?

— O nome dela era Jane? — perguntou Mira, baixinho.

Ele fez que sim.

— Ela era perfeita. Muito divertida, muito inteligente... Seu único defeito era não conseguir enxergar através das minhas idiotices. *Eu* não conseguia perceber na época. Ainda achava que o amor superava tudo. Mas tudo que o amor me fez foi levar embora a garota de quem eu gostava.

Mira baixou a cabeça. Pensou em todo o tempo que tinha passado sentindo pesar, se culpando pela morte dos pais, desejando nunca ter nascido... para que *eles* pudessem estar vivos ainda. Acreditava que assim, se dispondo a sofrer, de alguma forma aliviaria o peso. Não podia deixar que Blue caísse também naquela falácia.

— Não adianta se punir, isso não vai trazer Jane de volta.

— Não, não vai. Mas é uma dívida que eu tenho que pagar. Pelo que fiz a ela. — Ele pressionava os lábios com força, sua expressão severa e implacável. Seu olhar estava voltado para dentro de si, para o passado, seus olhos tão vítreos quanto os dos cervos na parede.

— Também tenho que perder algo.

— Mas... — Mira pegou na mão dele e a segurou apertado. — Você não vê que isso já aconteceu? Que você já perdeu uma coisa?

— Não se compara ao que aconteceu com ela, Mira. Não chega nem perto. Olhe para a minha vida: eu *roubei* a dela, mas ainda tenho tudo. Por que eu mereço isso?

Ela queria confortá-lo, encontrar as palavras perfeitas para convencê-lo de que ele merecia clemência. Que poderia ser uma pessoa boa. Que poderia se redimir, porque tinha um bom coração... Por que ele se torturaria se *não tivesse* um bom coração? Mas sua mente continuava voltando para Felix. Felix era mais velho, mais sofisticado, *tinha mais experiência*, o que levava à pergunta...

Felix já tinha matado uma garota? Roubado tudo dela?

Ele tinha dito que o amor o havia destruído. Mas nunca explicara o que queria dizer com isso.

Ele também carregava em si uma ferida como aquela? Um desespero secreto?

Ou...

A alternativa de que Felix podia ser um predador, seduzindo com ternura as garotas e depois lhes roubando a vida, era terrível demais para ser considerada.

Uma coisa era amar uma pessoa e abandoná-la. Trair sua confiança. Quando se abria o coração, havia todos os tipos de riscos a serem corridos. Todo mundo tinha segredos.

Mas a verdade era que Felix a tinha salvo. Ele a tinha beijado, e beijado, e quando ela ficara fraca demais, ele se afastara. Ele a levara para um lugar seguro.

O que quer que ele tivesse feito no passado... estava tentando compensar agora. Ela não podia culpá-lo por uma maldição sobre a qual ele não tinha controle. Não podia e *não o faria*. Da mesma forma como não culparia Blue.

— Está pensando nele?

Mira assentiu, envergonhada. Blue devia achar que ela estava obcecada. E talvez estivesse, mas era assim que ela ficava quando se apaixonava. Passara anos focada apenas nos pais, na vida imaginária deles. Nada em sua vida real conseguira arrancá-la daquilo. Nada até Felix chegar. Até que ela se apaixonou por algo real.

— Isso é tão desanimador — murmurou Blue.

— Você não pode simplesmente ficar feliz por mim?

Ela se sentiu uma idiota assim que as palavras saíram de sua boca.

Blue deu uma gargalhada.

— Não. Não, sua imbecil! Eu não poderia estar mais *infeliz*. Sabe, geralmente eu não conheço as garotas com quem ele se envolve. Não assim. Desvio o olhar na maior parte do tempo, mas fui eu que encontrei você. Eu conheci você primeiro. Eu quis você primeiro.

— Você tem... uma maneira estranha de demonstrar isso. — O constrangimento dificultava-lhe a fala.

— Eu sei. Eu sei, e ainda estou... — Ele passou a mão pelo rosto. — Não sei por que estou te dizendo isso. Porque não quero que você goste de mim... eu odiaria se você gostasse de mim. Mas ao mesmo tempo também odeio que não goste.

Ela ficou em silêncio. Não tinha mais certeza se aquilo era verdade, se realmente não gostava dele. Quanto mais ele se abria, removendo sua armadura e revelando quem era de verdade, mais ela se sentia ligada a ele.

Ela nunca se sentia nervosa perto de Blue. Conseguia se controlar quando estava em sua presença, rir dele e, se necessário, estapeá-lo. Havia algo reconfortante nisso.

E ela se deu conta de que... ele lhe dizia a verdade. Mesmo quando a verdade podia fazer com que ela o olhasse diferente ou o temesse. Ele assumia o risco. E isso era corajoso.

Mira queria saber como lhe dizer isso, mas receava o que poderia significar. Receava que fosse deixá-lo com medo, assim como deixava *a ela* com medo.

— Tudo bem — disse Blue, baixinho, resignado.

Ele passou os braços em volta dela e deitou a cabeça em seu ombro, como alguém que precisasse de um abraço e não que estivesse abraçando alguém. Ela acariciou de leve as costas nuas dele, e seus dedos eram atraídos para a marca macia de coração na base de sua coluna. Era mais do que o sinal da maldição. Seu coração partido estava marcado na pele.

Ela não sabia o que fazer.

14

ERAM TRÊS DA MANHÃ quando Blue levou Mira de volta ao Dream. Acompanhou-a até a suíte de Felix, respeitando sua vontade, mas, ao chegarem lá, recostou-se na porta, como se pudesse bloquear a passagem e fazer com que ela não entrasse ali nunca mais.

Eles tinham vivido um dia cheio de segredos e risadas. Confissões em um roseiral, flerte em uma piscina ao luar.

E agora tinha acabado.

— Você não precisa voltar para cá — disse ele. — Não precisa ficar com ele.

Ela estava prestes a bater na porta quando Blue se colocou na sua frente. Agora ele estava tão perto que ela poderia tocá-lo com o mais leve movimento dos dedos. Mais um passo e poderia encostar seu corpo ao dele, apoiar a cabeça em seu ombro. Esquecer, por mais alguns instantes, que quase tinha morrido na noite anterior.

— Eu sei — disse ela. — Não estou aqui porque acho que preciso. Eu...

Ela semicerrou os olhos, para evitar a intensa luz e para não ver a preocupação estampada no rosto dele.

Tinha passado o dia inteiro longe de Felix. Tivera vinte e quatro horas para se recuperar, tanto física quanto emocionalmente. E estava dilacerada. Pensar nele, em sua boca, suave e insistente junto à dela, ainda acelerava seu coração, ainda a deixava tão zonza quanto falta de sono ou excesso de cafeína ou amor não correspondido.

Pensar no que acontecera ao final — quando ele a soltara, se afastando e depois a deixando na cama de Blue sem uma palavra de conforto — esmagava o ar de seu peito.

Blue esperava uma resposta, e ela não sabia como explicar. Tinha medo de ver Felix novamente, mas tinha mais medo ainda de *não* o ver. Ela não queria fugir.

— Você pode ficar no meu quarto — disse ele.

Essa é a última coisa que eu posso fazer. Ela balançou a cabeça. Não poderia passar a noite com Blue. Estava envolvida com o irmão dele, e as coisas já estavam complicadas demais.

— Pode ficar onde quiser. É só me dizer onde que te levo até lá. Meu Deus... qualquer lugar, menos aqui, Mira.

De olhos fechados, ela conseguia fingir que aquilo não doía nele. Não o assustava. Não precisava ver a expressão cheia de angústia no rosto dele. Ouvia a preocupação em sua voz, mas podia ignorar, fingir que era só culpa do cansaço.

— Ainda não sei onde vou ficar — disse ela. — Mas preciso ver o Felix.

Blue deu um soco na parede.

— Mas que grande estupidez — murmurou ele.

Ele pegou a chave-mestra da carteira. Quando ela esticou a mão para pegá-la, ele disse:

— Já falei que isso é meu agora — e a enfiou na ranhura.

A luz verde indicativa de *aberto* piscou.

Mira empurrou a maçaneta para baixo.

— Boa noite — disse ela, hesitando em entrar. — Obrigada por...

Mas ele lhe virou as costas antes que ela pudesse terminar, seguindo em direção aos elevadores, e desapareceu ao virar para o outro corredor sem nem se despedir.

Doía vê-lo ir embora daquele jeito.

Mas ela devia merecer aquilo. Eles nunca entrariam em um consenso naquele assunto.

Mira deu um tempinho para engolir a emoção que se erguia em sua garganta. E então entrou hesitante na suíte.

Felix estava acordado, sentado no sofá no escuro, a feição iluminada pelo brilho da TV. As luzes coloridas brincavam com suas têmporas, revelavam a raiva exposta em seu maxilar, antes de cobri-lo com uma máscara de sombras. Felix discutia com alguém ao telefone. Com as pernas descansando em cima da mesa, ele parecia estar tentando relaxar, mas em vão. Um antigo filme noir passava na tela.

Mira fechou a porta. Ele não ergueu o olhar.

— Se você não acha que consigo resolver isso, então por que não está aqui fazendo o que precisa? — dizia ele ao telefone. — Já falei que vou fazer. Andei ocupado... Não, não esse tipo de ocupação. Nada da sua conta. Não... não me importa o que o Villers te disse. Ãrrã. Certo. O quê? — Ele deu uma bufada. — Contrate um guia de turismo; eu não sei. Leve-a para ver a Torre Eiffel. Não estou nem aí, pai. Impressionar a sua namorada é problema seu. Ah, e são três da manhã aqui. Então, se você não tem mais nada pra falar... É. Tudo bem. Eu sei. Eu sei. A gente conversa mais tarde.

Ele jogou o telefone na mesa e só então olhou, de relance, na direção dela. Soltou um suspiro de raiva.

— Era seu pai? — perguntou ela.

Ele assentiu.

— Querendo saber como eu estava. Ele não consegue relaxar se não questionar minha capacidade de tomar decisões todo santo dia.

Ele se inclinou para frente para dar uma pausa no filme que estava vendo. A tela se encheu com imagens de um comercial intensamente brilhante, em cores primárias, de algum restaurante local, e os dois ficaram encarando a TV por um momento, sem olhar um para o outro.

Mira não sabia o que dizer. Era como se estivessem em um lugar quando tinham ido até a floricultura, e agora... agora que ela sabia o que ele podia fazer com ela... estavam em outro, e não havia uma ponte fácil que os conectasse.

— Você ficou fora até tarde — disse ele por fim.

— Sinto muito. — Ela não queria se explicar.

Seus braços e as curvas de seu ombro ainda guardavam a lembrança do abraço de Blue. Ela se sentia culpada. Não sabia ao certo *quão* culpada deveria se sentir, mas não conseguia não pensar no que tinha acontecido entre eles dois.

— Tudo bem — disse Felix. — Só estou feliz que você esteja aqui agora. Achei que... talvez não fosse voltar.

— Ah, é?

Ela colocou a bolsa na mesa. Então ele sabia que havia algo errado; eles dois tinham consciência de que algo estranho tinha acontecido na noite anterior, mas Felix não sabia que Mira estava ciente do segredo dele, e ela não tinha ideia ao certo de como se comportar. Devia fingir que estava tudo bem? Devia confrontá-lo?

Que outros segredos ele guardava?

Antes que Mira pudesse tomar alguma decisão, Felix foi até ela e pegou suas mãos nas dele. Havia gentileza e familiaridade em seu toque, e isso a fez se sentir segura, apesar do que ele lhe fizera. Essas eram as mãos que a tinham abraçado apertado, deslizado por sua pele e lhe tirado o fôlego. Mãos que tinham puxado grama alta de túmulos malcuidados para verificar os nomes, ver se eram os pais dela.

— Está a fim de sair? — perguntou ele.

— Agora?

Ela inclinou a cabeça para trás, para que seus olhos se encontrassem com os dele. Felix estava luminoso, resplandecente com o amor roubado, e tão espantosamente belo que ela não quis desviar o olhar.

Era sua quase morte que ela estava vendo, *seu amor* que ardia nas veias dele. Isso deveria deixá-la assustada, mas... ela estava hipnotizada. O brilho escuro nos olhos dele e a curva cálida de seus lábios a puxavam na sua direção; e sua boca se abria para um beijo.

Ele não a beijou. Apenas apertou mais suas mãos.

— Tem uma coisa que eu quero te mostrar — disse ele. — Você vai querer ver. Confie em mim.

Vou?, ela se perguntou. *Será que devo?*

Ela nunca havia duvidado dele antes, mas ele tinha escondido a verdade dela, não a avisara do perigo. Ele poderia tê-la *matado*, e deveria deixar que ela decidisse se aquele era um risco que estava disposta a correr.

— Eu...

— Mira? — Ele franziu o cenho, preocupado. — Você está bem?

Mas... mas como ele poderia saber que ela já o amava? Que motivo teria para suspeitar de que ela lhe entregaria seu coração tão rápido? E ela fazia ideia de como poderia ser extremamente enervante e desolador dizer, no exato momento em que você está beijando alguém de quem gosta: *Eu posso matar você sem querer. Se eu beijar você, posso acabar te matando.* A pessoa poderia perder tudo antes de começar. Talvez ele houvesse tido medo disso.

Mira podia entender o medo. Felix a tinha desejado, gostava dela, e fora levado pelos sentimentos. Blue dissera que um Romântico poderia drenar todo o amor do outro muito rápido caso se permitisse se levar pela emoção. Talvez tivesse acontecido isso com Felix.

Mas ele a tinha protegido no final. Tinha parado. Mira exalou o ar, tremendo, e forçou um sorriso.

— Aonde vamos?

Os olhos dele brilhavam.

— Você vai ver quando chegarmos.

⁂

Mira não tinha conseguido discernir muita coisa pelas janelas escurecidas do carro, e quando Felix abriu a porta para que ela saísse, insistiu em que fechasse os olhos. Fazendo das mãos uma venda, ele a guiou em frente, seu corpo logo atrás do dela.

— Em frente — disse ele. — Com cuidado; tem um degrau.

Os sapatos dela faziam *clique-clique* no pavimento. Não era o barulho de grama que ela esperava, nem parecia ser cascalho. Não era nenhum dos cemitérios aonde eles tinham ido antes.

— Por que eu não posso olhar?

— Já falei. Quero que seja surpresa.

Por fim ele parou e a soltou, mas não disse que ela podia ver, então Mira continuou de olhos fechados, tateando e arrastando os pés no pavimento, mas, quando ouviu o tilintar de uma chave e o ranger pesado das dobradiças, suas pálpebras se abriram com tudo. Aonde ele a tinha levado? A um mausoléu?

Estavam em frente a uma pesada porta de madeira toda cheia de desenhos entalhados. O desenho dominante, o único que ela conseguia discernir, era de uma velha e encarquilhada bruxa com uma maçã nas mãos, como que a oferecendo, e tinha sido um pouco desfeito pelo tempo. Havia uma expressão terrível no único olho intacto da bruxa.

Ela ficou ali parada.

— Felix, não sei se eu quero...

— Espere.

Ele abriu a porta e a conduziu à frente, fazendo-a entrar no quarto escuro, que cheirava a água de chuva e mofo. Ao avançar, ela viu um pedaço de céu escuro, cheio de estrelas, através de um buraco irregular no teto. O movimento de algo passando a toda velocidade por meio dos destroços a assustou, quase a fazendo perder o equilíbrio. Ela começou a ficar ofegante, e o forte odor de deterioração encheu seus pulmões. Sentia o coração batendo com violência nos ouvidos.

— Você queria me trazer... aqui?

Ela se afastou um pouco dele, tomando cuidado para não tropeçar em nada. Cair era garantia de desastre em qualquer filme de terror — era isso que a situação estava se tornando, aliás? Felix a tinha levado até ali para que pudesse drenar-lhe a vida e depois abandoná-la onde ninguém a encontraria?

Aquele não era um lugar onde ela queria estar. Não era romântico; não era um lugar aonde se levava alguém para uma surpresa. Talvez Blue tivesse razão.

Mira, não deixe que o amor faça de você uma idiota.

Tinha que haver algum outro jeito de sair dali. Algum lugar...

Ela olhou em volta, tentando não parecer desesperada. Apenas calma e... afastando-se aos poucos...

— Olhe para cima — disse Felix.

Quando ele apontou a lanterna para o teto, ela instintivamente seguiu o facho com o olhar, piscando enquanto esperava que seus olhos se ajustassem à pouca luz. O suor escorria pelas laterais de seu corpo, mas de repente ela se viu morrendo de frio: era o medo de que algo estivesse vindo em sua direção, caindo sobre ela, medo de ter tomado a exata decisão errada, apenas o seguindo às cegas, até que...

Lá em cima ela conseguiu discernir um mural semiapagado. Como o da Capela Sistina, só que as imagens ali eram cenas de contos de fadas. Uma menina de capa vermelha caminhava com um lobo, descendo por uma trilha em uma floresta densa. Doze princesas cheias de joias se acabavam de dançar. Um homem roubava uma rosa enquanto uma fera o seguia enraivecida. E muitas outras mais, conto após conto, uma imagem se unindo à outra, suas bordas já indistintas. Um mundo de contos de fadas. Uma cidade cheia de maldições.

Era o teto da história de suas madrinhas.

Aquele era o salão de festas em que fora realizada sua festa de batismo, tantos anos antes.

Mira observava boquiaberta, virando-se lentamente em um círculo completo para ver tudo.

— Ah, meu Deus — ela exclamou. — Como você encontrou este lugar?

Felix deu de ombros, contendo um sorriso orgulhoso.

— Pela sua descrição. Fiquei pensando se ainda estaria aqui, então dei alguns telefonemas e...

Mira estava maravilhada. Ela havia sonhado com aquele lugar, o último lugar em que estivera junto com seus pais. Só de vê-lo, de estar ali... seus olhos ficaram marejados, tanto de felicidade quanto de tristeza.

— ... e descobri — prosseguiu ele — que nunca houve um incêndio.

— Nunca houve...? — Ela o olhava sem compreender. — Mas isso está... — Fez um gesto, apontando para o teto quebrado, arruinado.

— Isso foi durante uma tempestade. Muitas construções foram danificadas na época.

— Nunca houve incêndio algum — ela repetiu. Sentia-se entorpecida. — Eu não estou entendendo. O que aconteceu? Eles foram assassinados? Era isso que as minhas madrinhas não queriam me contar?

— Mira. — Felix foi até ela e a envolveu nos braços. — Não é isso que estou tentando te dizer.

O facho da lanterna se inclinava em direção a uma parede arruinada pelo tempo. Lascadas cabeças de leões de gesso pendiam teimosamente na moldura, e ela as contava, com medo de respirar, temendo até mesmo pensar no que poderia ter acontecido aquele dia.

Felix acariciou-lhe as costas e então lhe contou a última coisa que ela esperava ouvir:

— Seus pais estão vivos.

༄

Ela se sentiu totalmente entorpecida. Nem tremia, tamanho o choque da descoberta.

Vivos era sinônimo de reais. Significava que ela poderia encontrá-los.

Significava também que eles a tinham abandonado. Tinham *escolhido* deixá-la.

— Isso é impossível!

Sua voz parecia vir de outra pessoa. Seus lábios e sua língua estavam paralisados demais para se moverem.

— Faz sentido, se parar para pensar. Eles queriam protegê-la da sua maldição, então a mandaram para longe de Beau Rivage. Fizeram com que acreditasse que haviam morrido para que você não ficasse tentada a voltar. Todo mundo quer lutar contra o destino — disse ele, baixinho. — E aposto — continuou — que pretendiam procurar você assim que sentissem que era seguro. Talvez no seu aniversário.

Ela piscou com dificuldade e as lágrimas escorreram rapidamente pela sua face. Felix as secou com o polegar.

— Eu não queria fazer você chorar. Não era isso que você queria?

— Eu queria vê-los, mas... nunca imaginei que eles tivessem *escolhido* me abandonar. Isso... isso muda tudo.

Ela respirava com força, as lágrimas presas na garganta. O ar estava úmido ali no salão de festa em ruínas. Fétido, cheirando a podridão e mofo.

Ela sempre pensara nos pais como seres perfeitos, tudo de que precisava mas que não poderia ter, e ninguém tinha conseguido substituí-los. Bliss e Elsa eram maravilhosas, mas eram reais; elas a regulavam, tentavam protegê-la do mundo. Ao passo que seus pais... seus pais eram seu próprio coração, versões melhores dela mesma: mais fortes, mais compreensivos e mais nobres... tinham morrido por serem *bons demais*. Nunca tinha imaginado os dois a repreendendo nem ficando desapontados com ela... ou abandonando-a.

Mas agora eles eram reais. E a *tinham* abandonado.

Talvez tivessem sido forçados a isso, por alguma maldição. Talvez houvessem sofrido todos os dias desde então. Ou talvez estivessem felizes por se verem livres dela.

Era impossível saber.

Fazia tanto tempo que ela ansiava por encontrá-los... que estava com medo. E se não quisessem vê-la de novo? E se quisessem que Bliss e Elsa cuidassem dela para sempre? Contos de fadas estavam repletos de histórias de abandono. Os pais de João e Maria abandonaram os próprios filhos na floresta. Os pais de Rapunzel entregaram-na a uma bruxa de cujo jardim haviam roubado ervas. Às vezes os pais não queriam seus filhos. Às vezes nunca voltavam para casa.

— E onde eles estão? — perguntou Mira, ofegante. — Em Beau Rivage?

— Não sei — admitiu Felix. — Foi só hoje que descobri que este lugar ainda estava de pé, mas estou procurando pelos seus pais. Tenho perguntado por aí. Estou tentando.

Felix estava ocupado confortando-a, sem nem desconfiar de que Mira sabia de seu segredo sombrio e que estava chateada com isso também. Ele achava que poderia fazer tudo ficar melhor; era isso que os Românticos faziam, o que eles queriam... não era?

Ela ficou olhando para as esculturas de cabeças de leão na parede, suas mandíbulas abertas e seus dentes.

— Não se preocupe — disse ele. — Vai ficar tudo bem. Eu prometi que ajudaria você a encontrá-los. E é o que vou fazer.

Eu a perdi. Eu a destruí.
Mas nunca a esqueci. Nunca desisti dela.

15

A BUSCA DE MIRA pelo túmulo dos pais chegara ao fim dois dias antes de seu aniversário, que era seu prazo autoimposto. Ela fora a Beau Rivage em busca de um encerramento emocional, na esperança de encontrar um pouco de paz de espírito, mas, agora que sabia que seus pais estavam vivos, sentia-se tudo, menos calma.

Estava aterrorizada com a possibilidade de tê-los desapontado, ou de que não a quisessem, e, mais que tudo, temia que sua maldição entrasse em ação antes que tivesse a chance de descobrir. Temor e expectativa contorciam-se dentro dela como uma mola pressionada ao máximo. Um tique-taque, uma espécie de contagem regressiva soava em seu coração, como se ela esperasse um monstro saltar da escuridão.

Mira acordou por volta do meio-dia, depois de passar a noite sozinha. Felix tinha dito que seria melhor se ela tivesse seu próprio quarto de novo, e ela não discutira. Considerando o que o toque dele podia lhe causar, provavelmente a cama dele não seria o local mais seguro para ela ficar.

Ela vestiu-se e desceu para matar o tempo na Trilha da Floresta — não queria deixar o hotel, para o caso de Felix aparecer com novidades. Ficou observando a multidão de compradores nas lojas ao redor, perguntando-se se seus pais teriam algum dia passado por aqueles corredores, se poderiam estar ali *agora*. E nisso começou a procurar por eles de longe, buscando alguém que fosse belo demais ou debilitado demais para ser normal. E, enquanto procurava, pensava em Blue.

Na noite anterior, ele tinha buscado seu apoio, e ela o abraçara por um bom tempo, como se estivesse mantendo no lugar os cacos de um Blue estilhaçado. Sentira as batidas do coração dele, o calor da pele dele contra a sua. Sentira que ele precisava dela, como se ele estivesse finalmente admitindo isso.

E então, ao ouvirem Viv e os irmãos Knight descendo desabalados a escada, os dois rapidamente se afastaram um do outro. Seria melhor se não fizessem perguntas. A própria Mira não sabia o que estava acontecendo. Eles eram amigos? Ninguém confessa seus segredos mais sombrios a alguém em quem não confia. Ele gostava dela? E, se gostasse, depois de tudo o que ele lhe contara sobre os Românticos... o que aquilo queria dizer?

A todo instante lhe voltava a imagem de Blue no momento em que ele a deixara na porta da suíte de Felix, com os olhos sombrios e tristes. Aquele balançar resignado de cabeça, como se dissesse: *Ok. Faça como quiser... É o que você vai fazer de qualquer forma.*

Talvez ela devesse dar uma passada no quarto dele. Só para avisar que estava bem.

As coisas eram mais fáceis quando ela só queria evitá-lo...

～⌘～

Mira pegou o elevador até o andar do quarto dele. Não fazia ideia do que lhe dizer. *Oi, passei aqui porque... porque fiquei pensando em ontem à noite... seja lá o que tenha sido aquilo que aconteceu... e me perguntando: o que fazemos agora? Agora que eu sei que você gosta de mim, e você sabe que eu gosto do seu irmão, e eu não sei se gosto de você, mas nós dois sabemos que é melhor se eu não...*

Ela bateu à porta e esperou. Tentou de novo com mais força... e ficou ali plantada por uns trinta segundos, para o caso de ele estar com fones de ouvido, ou com preguiça de atender. Já estava prestes a ir embora, certa de que ele não estava lá, quando Blue abriu a porta. Trazia um caderno de espiral dobrado em uma das mãos, aberto em uma folha coberta com uma caligrafia horrível.

Ele pareceu surpreso em vê-la. Ficou olhando de um lado para o outro do corredor.

— Você... você veio até aqui por livre e espontânea vontade?

— Posso entrar ou não?

Ele manteve a porta aberta e lhe deu passagem.

— Entre.

A suíte dele continuava bagunçada. Roupas espalhadas por toda parte, como se ele nunca se despisse no mesmo lugar. Havia uma montanha de cadernos empilhada em cima da mesa. E as portas de carvalho do rack, agora fechadas, tinham sido desfiguradas por alguém com caneta pilot, como se um vândalo tivesse se cansado de escrever mensagens obscenas no banheiro público masculino e decidido usar o quarto de Blue para dar uma variada.

Sem dúvida que esse vândalo era o próprio Blue.

Mira sentou-se no sofá, que parecia ser onde ele havia se instalado para passar o dia, a julgar pelas embalagens de comida chinesa espalhadas em volta e pela guitarra apoiada atrás. O forte cheiro agridoce pairava no ar, assim como o cheiro que era nitidamente de Blue: metal e pomada de modelar cabelo extraforte.

— E aí, o que está fazendo?

Constrangida, Mira se concentrava em ajeitar sua saia longa, que tinha se torcido sob seu corpo quando ela se sentara no sofá. Já estava arrependida de ter ido até ali. Ela nunca ia atrás dele deliberadamente. Óbvio que ele acharia estranho...

Blue abanou o caderno no ar.

— Escrevendo. Extravasando a minha dor.

— Escrevendo letras de músicas?

Ele se jogou ao lado dela no sofá.

— Tentando. Está saindo tudo uma porcaria.

— Posso ver?

— Não.

Ela ficou em silêncio por um instante, tentando pensar na coisa certa a falar. Estava com medo de que, se desse um passo em falso, ele trouxesse o assunto Felix à tona e reassumisse sua persona agressiva e cortante, o que estouraria o que quer que estivesse flutuando no ar entre eles. Aquele princípio de amizade, de confiança — e ela não queria perder isso.

— Sobre o que você escreve? — perguntou ela.

— Sobre qualquer coisa que eu esteja precisando tirar da cabeça. Geralmente algo sombrio. Com sorte, Jewel gosta do resultado e a gente consegue aproveitar na banda. Transformar em alguma música para ela cantar.

Ele bateu com a caneta no caderno e recostou-se, procurando uma posição mais confortável.

— Então, né... aqui está você. E bem. Posso concluir que aceitou meu conselho e largou Felix, e que eu não tenho mais que me preocupar com você?

Seus lábios formaram um esboço de sorriso provocador, mas em seus olhos reluzia o nervosismo. Ele queria ouvir um sim.

— Felix não é isso que você pensa dele. — Mira olhava para as mãos. Por que tinham que voltar àquele assunto? — Ontem à noite ele me levou até... o lugar onde fiquei órfã. O salão de festas onde foi comemorado o meu batismo. Achei que o lugar tivesse vindo abaixo com o incêndio, mas Felix descobriu que nunca aconteceu incêndio algum ali. Ele acha que meus pais ainda estão vivos. Que me mandaram para longe para me proteger da minha maldição... e acha que podemos encontrá-los.

— Felix, sempre bancando o detetive — disse Blue, sem emoção na voz.

Mira franziu a testa.

— Não seja implicante. Eu achava que meus pais estivessem mortos, mas não estão. A questão aqui não é o Felix.

Blue descansou a cabeça na mão, o braço apoiado no topo do encosto do sofá.

— Eu sei, me desculpe. Por que você não me contou isso antes? Quer dizer, é importante. Achou que eu não fosse me importar?

— Não sei. Acho que... estou com medo deles. De conhecer meus pais *verdadeiros*, não os da minha imaginação. Isso é horrível, eu sei.

— Mas é claro que você está com medo. Você não os conhece. Só tem na sua cabeça a imaginação de como eles devem ser. — Ele levantou a perna e a puxou para o sofá, começando então a mexer nas partes desfiadas da calça jeans. — Eu tenho uma imagem da minha mãe que nem deve ser verdadeira... e olhe que eu até *meio que* me lembro dela. Você partiu do zero, das lembranças de outras pessoas, não foi? Então criou algo seguro, perfeito, que agora vai ser posto à prova.

Ela assentiu. Era assim mesmo que se sentia.

— Mas, mesmo que você não goste dos seus pais como eles são — continuou Blue —, vai dar tudo certo. Se os conhecer e os odiar, ou se eles forem maus com você ou se só não forem perfeitos, e você se sentir culpada por ficar decepcionada, pode vir conversar comigo. Chorar no meu ombro. Ou me dar uma joelhada nas costelas. O que te fizer sentir melhor.

— Escolho a joelhada nas costelas — disse ela, um sorrisinho cruzando-lhe o rosto.

— É, eu meio que imaginei que ia me arrepender de fazer essa sugestão.

Mira abriu um sorriso maior ainda, mas o conteve para que Blue não visse, e seu olhar foi parar nas pernas da calça dele. Havia três palavras rabiscadas ali em tinta preta, a caligrafia ainda mais desajeitada do que a que ela vira de relance no caderno. Frases soltas e experimentos líricos. Como se ele precisasse de um lugar para colocar seus pensamentos quando não tinha um caderno à mão. De forma que nada se perdesse.

— Quantos anos você tinha quando sua mãe foi embora? — perguntou ela.

— Hum... Quatro, quatro e meio. Eu lembro que ela cheirava a... não sei o nome, mas ela usava sempre o mesmo perfume, e eu tinha me esquecido daquele cheiro até que meu pai comprou um frasco para uma das namoradas dele. Ela usou para ir jantar com a gente, e foi aí que a lembrança da minha mãe voltou com tudo. Só uma rápida imagem dela me abraçando, mas, por uma fração de segundo, eu me vi bem ali com ela. Foi estranho.

Ele balançou a cabeça, um ar pensativo, como se ainda estivesse tentando entender o que se passara.

— Mas lembranças de verdade, não tenho muitas. Eu me lembro dela sempre sendo legal comigo, mas ela deve ter ficado irritada às vezes. Sei lá. Sei que ela não amava meu pai; o que eles tinham era mais, tipo, um acordo de negócios. E espero que ela esteja feliz, seja lá onde estiver. Mas acho que eu ficaria nervoso se a visse hoje. Ou seja, não é só você. Não é porque está com medo que quer dizer que não esteja feliz por eles estarem vivos.

Mira concordou.

— Acho que o meu medo era eu estar sendo mal-agradecida ou sei lá o quê.

— Que nada. Você não pode querer mandar nos seus sentimentos. Tem que aceitar o que você sente, e pronto.

— Você faz isso?

Seu coração batia mais rápido agora. Ela prendeu a respiração se perguntando se ele tinha se dado conta do que acabara de dizer.

Vamos lá. É só acreditar nisso pelo menos uma vez... que você não pode se forçar a nunca se apaixonar.

— Tudo bem, corrigindo. — Ele pigarreou. — *Eu* posso me forçar a não sentir coisas que não deveria sentir... porque tenho que fazer isso. Você sabe que o meu caso é diferente.

— Não, não pode... — insistiu ela. — Não pode se impor uma coisa dessas. Você pode dar um jeito, talvez tomar um pouco mais de cuidado...

— Um pouco? — Ele riu.

— Tudo bem, muito mais — corrigiu ela. — Mas é diferente de se abster disso completamente, de negar essa parte sua para sempre.

— Ok. Se você tem tanta certeza disso, então me diga: hipoteticamente, se eu começasse a me apaixonar por você... o que eu deveria fazer? Vamos, me aconselhe.

— Hipoteticamente?

— Nada além de hipoteticamente.

Ela soltou um suspiro. Como tinha entrado nessa?

— Hipoteticamente, você não deveria fazer nada. Porque... porque eu estou envolvida com outra pessoa. E é isso aí.

— Então eu deveria agir exatamente como estou agindo agora. E ignorar o seu conselho de aceitar o que eu sinto. Perfeito, obrigado. — Ele recostou o corpo e apoiou o caderno nos joelhos. — O que rima com "dá conselhos ruins e é uma hipócrita"?

Ela bateu na rótula dele com um hashi que ele tinha deixado na mesa.

— Não escreva uma música sobre mim! Muito menos uma música idiota.

— Agora as minhas músicas são idiotas? Como você é cruel. Seus pais sabem que você é assim tão má? Não é de se admirar que você tenha medo de conhecer os dois.

— Eu vou machucar você — avisou ela, desenroscando das pernas sua longa e contorcida saia e ajoelhando-se no sofá, de forma que ele soubesse que ela realmente pretendia estrangulá-lo.

— Por favor, faça isso.

Ela foi bater na cabeça dele com o hashi, mas então reconsiderou e o prendeu no cabelo dele. O palitinho ficou lá, equilibrado entre duas mechas de cabelo espetado, e ele a olhou fingindo ódio.

— Você não acabou de prender um hashi no meu cabelo!

— Eu acho... hum. — Ela apoiou o queixo no punho cerrado, fingindo pensar no assunto. — Não, tenho plena certeza de que fiz isso sim.

— É proibido enfiar um hashi no meu cabelo. *Verboten*. É uma *declaração de guerra*.

— Mas ficou bonito — disse ela, fazendo um grande esforço para manter a expressão séria.

Ela soltou um gritinho quando ele a agarrou e a jogou no sofá, e risadinhas mescladas com gritos surgiram como uma explosão em sua garganta. Ela não conseguia parar de rir; mal conseguia respirar. Lágrimas brotavam em seus olhos enquanto ele a atacava com cócegas e ameaças ridículas, até que por fim ela não aguentou mais e se rendeu. Em vez de um tratado de paz, ele desenhou com caneta uma nova marca no braço dela: uma nota musical envolvida por uma espécie de ameba, que Mira tinha plena certeza de que teria sido um círculo se ela não estivesse se contorcendo tanto.

— Isso não é uma marca *Märchen* — esclareceu Blue. — É uma marca de idiota imbecil. Quer dizer que você concorda que é idiota e que seu lugar é nas minhas músicas idiotas.

— Se é uma marca de idiota, você não devia ter uma também? — perguntou ela, fingindo inocência. — Ou é por isso que você tem um parafuso na sobrancelha? É como se fosse uma marca permanente de idiotice?

Ele suspirou.

— Sabe, eu realmente achei que você ia permitir que eu te poupasse... mas estou vendo que não vai sossegar até ser destruída.

E a guerra recomeçou. Eles lutaram e se debateram no chão, gritaram e chutaram embalagens pela metade de comida chinesa, até que se viram no chão, exaustos e arfando, um sorriso incontrolável no rosto.

Blue a tinha imobilizado e agora estava por cima dela, prendendo-lhe os pulsos.

— Admita que perdeu — disse ele, arfando. — Admita que usa a marca da idiotice com orgulho.

— Não. Eu aceitei a marca mediante intimidação. Eu a recuso.

— Então vai pagar o preço...

A última palavra saiu em um sussurro ameaçador e trouxe consigo um sorriso, sua expressão tornando-se branda e ao mesmo tempo confusa. Sua boca se abriu, mas não para falar; Mira sentiu a atração no ar entre eles dois, sentiu-se desejando-o mais perto de si, como se houvesse algo no olhar de Blue que dissesse *tudo bem*, que dissesse *me beije*, e quando ela viu, estava fazendo justamente isso. Parecia simplesmente *certo*.

Mas... era errado. E os dois sabiam disso. Ele se afastou abruptamente, levantou-se de um salto e murmurou:

— Desculpe, Mira. Eu não sei o que deu em mim...

— É, eu também não sei — disse ela, piscando para afastar de seus olhos aquela expressão que pedia um beijo.

— Que bom que você ainda me odeia — disse ele, com uma risada débil. — Não odeia?

Seguiu-se uma pausa, enquanto ele esperava uma resposta.

— Definitivamente. Ainda tem... sim. Aquele ódio. É... cada vez mais forte.

— Ótimo.

Então eles simplesmente ficaram se encarando. Mira foi quem quebrou o silêncio:

— Bom... eu vim só dar uma passadinha rápida. Então acho que é melhor eu...

— É, é melhor eu voltar a... — Ele ergueu seu caderno. — Você vai ao show amanhã à noite?

— Com certeza, se vocês me quiserem por lá. E tenho que falar com Delilah.

— Legal.

Eles sorriram e assentiram um para o outro como dois bonecos de cabeça de mola, até chegar ao ponto em que a situação ficou ridícula. Pelo menos era constrangedor para os dois, imaginou ela.

No elevador, Mira respirou fundo, tentando aliviar o aperto que sentia no peito. Tinha a sensação de que não havia respirado desde o momento em que ele quase a beijara.

Talvez não tivesse sido tão ruim, pensou ela, se tivesse acontecido...

Uma parte sua sentia como se ainda estivesse esperando isso.

Mas então ela se recompôs.

Sim, seria errado! Você está apaixonada pelo irmão dele.

A menos que aquela tal marca da idiotice tivesse um fundo de verdade.

Ela virou o braço para examinar a marca que Blue havia feito nela — a nota musical, agora borrada, dentro da bolha circular duvidosa. Lambeu o polegar e começou a esfregar o local para apagar aquilo, manchando a tinta até o desenho ficar quase imperceptível.

Com ambos os irmãos lhe dedicando tanta atenção, Mira se sentia como uma criança em uma loja de doces. Era como João e Maria, que passavam pela casa da bruxa e a desejavam, e como eram jovens e idiotas, devoravam a casa de doces sem pensar duas vezes. Mira nunca se sentira tão desejada e tão atraente como se sentia agora; e o prazer intoxicante disso a tornava incauta.

Inúmeros contos de fadas tratavam da quebra de tabus e da punição por cruzar limites que não deveriam ser cruzados. Tocar uma roca proibida. Convidar uma bruxa para entrar em sua cabana e aceitar as maçãs brilhantes que ela trazia — mesmo sabendo que não deveria —, porque as *queria*.

E, embora a maior parte dos heróis e heroínas conseguisse, com muita dificuldade ou com alguma maquinação, sair da situação de perigo, era mais fácil simplesmente evitar cometer aquele ato estúpido. Mais inteligente, melhor e com infinitamente menos riscos de causar remorsos.

Quando o elevador se abriu para o esplendor do térreo, Mira foi até o banheiro e lavou os últimos traços da marca que Blue fizera em seu braço. Não havia lugar em seu coração para mais de uma pessoa. Não poderia haver.

❧

Por volta da meia-noite, ela estava mais inquieta do que nunca.

Ficar sozinha a deixava sem distrações, sem nada a fazer a não ser se voltar para seus medos. A tensão do iminente reencontro com os pais se somava às suas preocupações em relação a sua maldição, deixando-a nauseada. Não conseguia se concentrar em nada, nem ler ou ver TV. Precisava estar cercada de pessoas.

Mas Felix estava ocupado. Blue... ela havia decidido que ele estava fora de cogitação. E a ideia de ligar para qualquer outra pessoa implorando que viesse aliviar sua ansiedade era embaraçosa demais.

A noite avançava lentamente, muito lentamente, rumo à uma hora. Mira não aguentava mais: vestiu sua camisola nova, de cetim vermelho — que passava perfeitamente por vestido —, e passou um gloss que era praticamente uma lava, brilhante e como que derretendo em sua boca. Então desceu até o cassino, onde acontecia a festa. Onde havia vida.

Sentia-se sexy, perigosa, livre. Aquela noite ela parecia não precisar de permissão alguma — para nada —, e ninguém a questionava. Interagiu com desconhecidos: comemorou seus ganhos, compadeceu-se de suas perdas. Mergulhou naquela energia frenética, permitindo que aquela barulheira toda a tirasse de sua própria cabeça, afastando seu olhar da lista mental que vinha elaborando: "Todas as formas como tudo poderia dar errado". E, quando se cansou de tudo aquilo, foi se afastando da multidão, indo parar em um corredor estreito que terminava em portas duplas.

Ela nunca tinha passado por ali antes. Não era uma área a que os hóspedes tinham acesso. Era simples e não convidativo, e dava para algum local exclusivo para funcionários.

O corredor estava vazio, mas, enquanto ela estava ali observando em volta, as portas duplas se abriram e quatro homens e uma mulher saíram.

Um dos homens era Felix.

Mira espremeu o corpo entre uma pilastra e a parede, escondendo-se do grupo.

Dali ela observava em silêncio, e viu que dois homens grandes seguravam um terceiro, um sujeito magro que estava se encolhendo de medo, a cabeça caída para a frente como se estivesse sendo arrastado para a forca, a camisa para fora da calça e pendendo amarrotada. Seu rosto estava coberto por uma camada de suor.

Os dois homens o flanqueavam, suas mãos pesadas como grilhões nos braços do sujeito magro. Um deles — um segurança do Dream, a julgar pelo porte — tinha o rosto esguio, vagamente lupino, e um queixo fraco que parecia destoar de seus braços musculosos e seu peito também musculoso. O outro tinha bochechas salientes e rosadas e uma camada de gordura a lhe cobrir os músculos, de forma que ele parecia uma mistura entre um garotinho e um lutador de luta livre. Sua boca era de um vermelho cor de bala, e agora mesmo ele estava quebrando entre os dentes uma pastilha de hortelã. A cada movimento, seu maxilar produzia um sonoro *nhac.*

Felix estava não muito longe dos três homens, a mulher à sua frente — uma morena cheia de curvas e bem-vestida —, de modo que formavam um triângulo no corredor. O terninho preto sob medida da mulher sugeria que ela ocupava um alto cargo no Dream. Qual cargo, Mira não saberia dizer, mas a mulher irradiava autoridade, e seus olhos escuros e dissimulados tinham uma avidez que deixava Mira inquieta.

Felix estava concentrado em seu BlackBerry, de cabeça baixa, como se os outros não fossem problema seu. Vestia um terno cinza-chumbo e uma camisa roxa, cor de ameixa. Longos segundos se passaram até que ele falasse alguma coisa, e, quando o fez, seu tom era frio como gelo.

— Contagem de cartas. No meu cassino. Corajoso. Agora não parece mais uma boa ideia, hã?

— Eu não... não volto mais! — disse o homem cativo, ofegante. — Você nunca mais vai me ver de novo. Eu juro!

— Tem razão. — Felix ergueu a cabeça. — Ninguém rouba de mim duas vezes.

Voltando sua atenção para a mulher, Felix disse:

— Maria, você pode assumir a partir de agora?

A mulher assentiu. Seus lábios se curvaram em um faminto sorriso.

— Levem-no lá para baixo até a Box, rapazes. Tenho alguns brinquedinhos bem interessantes.

Concordando com um grunhido, o guarda de rosto magro e o comedor de bala arrastaram o sujeito por uma porta sem placa de identificação. O contador de cartas gemeu e conseguiu soltar algumas palavras de súplica antes que a porta fosse batida com frieza atrás dele.

Sozinho no corredor, Felix suspirou e passou as mãos pelo cabelo, o rosto constrito de frustração. Então passou, e seu rosto assumiu novamente a expressão calma e serena que ele apresentava com tanta frequência. Felix foi caminhando com calma pelo corredor em direção à área central do cassino e não olhou para trás.

⟨⟨∾⟩⟩

Mira nunca o tinha visto em momentos assim, sem que ele soubesse que ela o estava observando. Nunca tinha visto aquele lado dele. E a facilidade com a qual ele tinha lidado com o contador de cartas — que certamente não tinha sido simplesmente acompanhado até a saída e liberado — fez com que ela sentisse um arrepio, repugnância, desalento. Ela ainda estava sofrendo com a náusea daquela lembrança quando ouviu uma batida à sua porta.

O relógio marcava 3h57.

Ela considerou fingir que estava dormindo. Era tarde; ela tinha passado a tranca; não precisava abrir.

Mas abriu.

Felix entrou de mansinho e fechou a porta. Uma única lâmpada iluminava o quarto, mas era o suficiente para que ela visse que ele estava satisfeito com alguma coisa. Uma nítida energia o percorria, quando ele deveria ter sofrido com o peso do que acontecera antes, por haver sentenciado o contador de cartas a... fosse lá qual tivesse sido o destino do homem.

Talvez ele estivesse acostumado a lidar com as pessoas daquele jeito, mas a incomodava o fato de nunca ter visto antes nele uma ponta daquela frieza, daquela falta de compaixão. Ele parecia... uma boa pessoa. Mas isso não o definia por completo, ele não poderia ser apenas isso.

Mira estava ainda com a camisola de cetim vermelho. Ela havia se enrolado com os lençóis, que cobriam seu corpo como se fossem um manto. Um escudo para mantê-lo acuado.

Felix pareceu não notar que ela estava distante. Riu baixinho e passou os dedos nas pontas dos lençóis.

— Acordei você?

Então ele a puxou para si e a abraçou com força, como se tivesse ansiado por aquele momento o dia todo.

— Você podia ter ficado na cama — murmurou ele. — Mas fico feliz que não tenha feito isso.

Foi preciso toda a sua força de vontade para ela não mergulhar ainda mais fundo no abraço dele. Ter o corpo de Felix tão perto do seu era como uma droga que fazia a razão fugir dela, e Mira tinha que parar e se lembrar de que não estava tudo bem.

— Eu estava acordada — disse ela, soltando-se, e não com muita graça.

Sua voz saiu mais fria do que ela pretendia. E quando ela se instalou em um canto do sofá e enfiou as pernas sob o casulo dos lençóis, Felix franziu o cenho.

— Eu fiz algo errado?

— Eu... eu não sei. Talvez. — Ela inspirou fundo para se acalmar. — Eu vi você hoje à noite. No meio do seu trabalho.

— Você devia ter ido falar comigo.

Ele sorriu. Seu rosto estava cálido, cheio de afeto, mas, como ela não sorriu de volta, rugas de preocupação substituíram seu sorriso. Ele sentou ao lado dela, mas não a tocou.

— Mira, o que foi? Está com raiva de mim porque eu fiquei fora o dia todo?

Ela puxou os lençóis, apertando-os mais em torno de si.

— Não...

Quando ela não entrou em detalhes, Felix esfregou os olhos, parecendo cansado e irritado.

— O que foi, então?

Ela abriu a boca mas não disse nada. *Quem é você?*, pensou, mas isso não era algo que pudesse dizer. Ele era Felix. É claro que ela o conhecia, estava apaixonada por ele. Era um cara carinhoso e competente, generoso com o tempo dele e tudo o mais. Era também perigoso, ela era prova disso, mas fazia o melhor que podia para conter o perigo que oferecia.

Ou pelo menos era isso que ela achava. Até aquela noite, quando ele tinha sentenciado o contador de cartas com poucas e duras palavras.

Ela ficou o observando, tentando entendê-lo. Tentando ver algo novo.

Normalmente havia algo exótico no cabelo escuro dele, em seus olhos também escuros: conferiam-lhe um ar de mistério, dando-lhe uma beleza um tanto estranha, como seria uma rosa negra ou um diamante amarelo. Aquela noite, porém, ele parecia uma tormenta, um relâmpago pulsando em um céu negro e agitado.

Ele estava sentado com o braço jogado no encosto do sofá, não calmo e controlado, mas inquieto, frustrado, olhando-a como se assim pudesse arrancar uma resposta dela. Mira supôs que ele não tivesse paciência para dramas, ou fosse lá o que ele achasse que era aquilo. Se fosse para ela ficar daquele jeito, era melhor ele ir dormir.

Depois de alguns minutos de silêncio, Felix pegou um papel quadrado do bolso do casaco, uma folha fina cor de marfim, dobrada ao meio. Jogou-a sobre a mesa na frente dela.

— Aqui está. Foi por isso que eu vim até aqui.

Soltando um pouco as cobertas o suficiente para estender o braço, Mira inclinou-se para a frente. Desdobrou o papel e se deparou com um número de telefone.

— O que é isso?

— É o número do telefone dos seus pais. Eu os encontrei. Achei que você fosse querer saber.

Mira ficou paralisada, encarando os números como se fossem desaparecer. A novidade parecia incrível demais para ser verdade. *Ah, meu Deus...*

— Ainda está com raiva de mim? — quis saber ele.

Uma risada saiu borbulhando dela. Ou talvez um soluço; ela não sabia, não se importava em saber. Dez números e poderia falar com eles. Ouvir a voz deles. Finalmente ela os ouviria dizer seu nome, dizer *Eu te amo.*

Mira jogou os braços em volta de Felix e enterrou o rosto no pescoço dele. Precisava tocá-lo para ter certeza de que aquilo estava mesmo acontecendo. Ele tinha parecido tão frio apenas um segundo antes, mas agora seu corpo lhe parecia forte e seguro. Mira sentia o coração bater alucinadamente e se deparou beijando-o no rosto, suas lágrimas molhando as sobrancelhas dele enquanto ria. *Era real.* Eles estavam *vivos.*

Eles estavam vivos, e de repente não importava se gostavam dela, se ela era a maior decepção na vida deles ou tudo que eles tinham esperado que ela fosse. Eles estavam *vivos* e não tinham, em momento algum, sido carbonizados nem asfixiados em um salão cheio de fogo, e aquilo era a realização de seu sonho, não importando o que viria depois.

— Você realmente os encontrou? Eu não imaginava que isso seria possível.

Felix riu.

— Ligue para esse número. Você pode conversar com eles agora mesmo.

Mira assentiu. A possibilidade estava ali em suas mãos, na forma de um pedaço de papel. Ela queria se agarrar àquela possibilidade por um pouco mais de tempo, se preparar. Aquilo era muito importante, e ela queria que a primeira conversa deles fosse simplesmente perfeita.

— Vou fazer isso — disse ela. — Só não estou preparada ainda.

— Se quiser que eu fique ao seu lado quando você for ligar, é só me avisar.

Ele apertou de leve sua mão.

Seguiu-se uma sensação louca e palpitante no sangue dela... como se seu coração estivesse prestes a arrebentar.

— Será que eles vão querer me ver? Será que vão gostar de mim?

Felix alisou os cabelos de Mira e pousou a mão em concha na nuca da garota.

— Eles vão amar você. Não se preocupe. Vai dar tudo certo.

O rosto dele tinha perdido a impaciência, estava relaxado, sua expressão um tanto quanto mais terna.

— Vou deixar você dormir. Talvez amanhã me diga o que há de errado.

— Espere! — Ela agarrou o braço dele, detendo-o. — Vamos conversar agora.

Questionar quem Felix era parecia bobagem, agora que ele tinha lhe dado a única coisa pela qual ela havia ansiado a vida toda. Que porcentagem do dia ele passava punindo as pessoas que tentavam trapacear e ludibriar os negócios da família dele? Dois por cento?

Ele tinha passado muito mais tempo do que isso se preocupando com ela, tentando fazê-la feliz. Ela poderia realmente culpá-lo por fazer seu trabalho?

Felix voltou a se sentar; estavam tão próximos um do outro que seus corpos se tocavam. Os lençóis tinham caído longe quando ela jogara os braços em volta dele, formando um rolo amarrotado em volta da cintura dela. A camisola vermelha de cetim brilhava à luz do abajur, e ela sentia o olhar dele passeando por seu corpo, pelo brilho do cetim e pelas curvas que o tecido ocultava. A expressão no rosto dele a deixava sem fôlego.

— Eu vi você mais cedo — começou ela —, com dois dos seus... acho que eram seguranças, e uma mulher. E havia também um homem que vocês tinham flagrado contando cartas. Vocês o estavam ameaçando.

— Ah, aquilo — disse Felix, baixinho. — Aquilo te assustou?

— Um pouco. Você parecia... uma pessoa diferente. Quase cruel.

— Algumas pessoas merecem isso — disse ele.

Ele levou a mão ao ombro dela e lhe acariciou a pele nua. Como se tocá-la o acalmasse, e como se ao mesmo tempo o inquietasse.

— Você é um doce, Mira. Espero que sempre seja assim... E eu nunca ia querer machucar você. Mas algumas pessoas... — A mão dele parou, e seus olhos encontraram os dela. — Ninguém rouba de mim... do cassino. Não permito isso.

— Então... o que aconteceu com ele?

Não pare, pensou ela, inclinando-se na direção dele como que pedindo seu toque.

— Demos um tapinha nele e o mandamos embora. Isso vai ajudar você a dormir? Não pense mais nisso. Sério... ele não vale o seu tempo.

Mira assentiu. Ele havia se esquivado da pergunta, mas, de certa forma, era isso que ela queria. Não queria ouvir os detalhes sórdidos, assim como ele não queria relatá-los. Além do mais, Mira tinha outras questões em mente naquele momento. Felix havia insinuado o polegar sob a alça de cetim da camisola, e agora ele o deslizava pela curva do ombro dela, o cetim sussurrando de encontro ao braço dela enquanto caía, e o corpete da camisola apertando-lhe os seios.

A camisola estava apertada; ela precisara se contorcer para vesti-la, e teria de fazer o mesmo esforço para tirá-la, mas as mãos dele não pareciam exatamente desencorajadas. Ele abaixou a cabeça para beijar o pescoço de Mira, seus lábios demarcando de um jeito excitante uma trilha de beijos na pele dela. Todos os nervos de seu corpo despertavam de súbito.

Sua respiração lhe parecia selvagem.

Na noite anterior, ele a levara ao salão de festas em ruínas sob as estrelas para depois deixá-la em seu novo quarto no hotel, intacta. Como se estivesse ciente da força que roubara dela.

Força esta que agora Mira tinha em abundância.

Dois dias haviam se passado desde que ele a beijara na floricultura, e agora ele a beijava como se tivesse sido mais tempo do que ele podia suportar. Ela segurou com força o cabelo dele, enquanto a boca de Felix descia de seu pescoço até a clavícula e descia ainda mais, sua língua provocando calafrios por todo o corpo dela. Seu sangue estava fervendo; seu vestido, desaparecendo... Sua cabeça era uma pena, leve e aérea. Ela queria se render àquela sensação... mas tinha medo. Sua vida era preciosa; ela não queria perdê-la.

— Quem... quem eram aquelas pessoas que estavam com você? — perguntou ela.

Felix ergueu a cabeça. Ela recuou o corpo, evitando que ele a beijasse novamente. A boca dele reluzia sob a luz. As sobrancelhas azul-escuras eram dois arcos perplexos.

— O quê?

Ela ajeitou a camisola.

— Os seguranças e aquela mulher, Maria. Ela é a Maria do conto de fadas?

Felix assentiu.

— Aquela era Maria e o irmão dela, João, e Louis é... o Lobo de "Chapeuzinho Vermelho".

— Amigos seus?

Ele a analisava; parecia estar se perguntando o que ela pretendia com aquilo, mas então deve ter percebido, deve ter lido isso no ruborizar das faces dela e nos movimentos rápidos dos seus olhos.

— Sim, pode-se dizer que sim. Eles foram banidos da comunidade dos Marcados. Então arrumei um lugar para eles no Dream.

Ela só pretendia interromper, retardar a resposta dele até conseguir se fazer pensar direito, mas agora estava curiosa. Mira sabia que havia heróis e vilões na comunidade dos contos de fadas. Não tinha considerado a possibilidade de existirem párias.

— Por que eles foram excluídos? Achei que João e Maria tivessem sido capturados por uma bruxa. Por que isso seria culpa deles?

— O problema não foi terem sido capturados. Maria tinha onze anos quando matou a bruxa... de uma forma extremamente brutal. Foi para se defender, mas ela empurrou a bruxa para dentro de um forno e ficou olhando enquanto a mulher queimava. Ela não sente remorso. Ela é forte; tinha que ser, para se salvar. E as pessoas não gostam disso; é algo que apavora.

— Ela gosta de causar dor às pessoas — concluiu Mira quando a compreensão irrompeu em sua mente. — É esse o trabalho dela, não é?

— Vamos dizer apenas que ela é especialista em punições.

— E o Lobo? As pessoas não gostam dele porque ele tentou matar uma velhinha também, certo? A avó da Chapeuzinho Vermelho?

Felix fez uma careta, seu olhar fitando um ponto além de Mira, como se estivesse revisitando uma lembrança vívida demais.

— Ele de fato devorou a avó dela... embora nunca tenha devorado a menina. Um caçador chegou e atirou nele, depois o abriu para salvar a velhinha e por fim encheu o estômago dele de pedras e o costurou.

— Isso é tortura! — exclamou Mira, cheia de repulsa. — Por que torturá-lo assim?

Felix deu de ombros.

— Contos de fadas não são coisas bonitas, Mira. Você sabe disso. Tenho certeza de que a Chapeuzinho Vermelho achava que o caçador era um herói. De qualquer forma — continuou ele —, Louis teria morrido... mas Maria e eu o encontramos e o levamos até Delilah, que tirou as pedras da barriga dele e o salvou. Isso faz alguns anos.

— Delilah — murmurou Mira. — Você não tinha... você não tem... medo dela?

— Por que eu teria medo dela?

— Blue tem medo dela.

— Não... — Os olhos dele ficaram distantes de novo. — Delilah tem seu preço... para tudo... Isso é verdade, mas Blue não tem medo dela. Ele tem medo de si mesmo.

Não havia descanso para os perversos.

Depois da festa, quando tudo que ele queria era dormir ou arrancar uma página do diário de Viv e se afogar no poço dos Deneuve, seu pai insistiu em um jantar.

Ele estava em choque, mal conseguia falar, e sentia falta dela — já sentia falta daquela calidez terna em seus braços, do brilho do sorriso dela. Queria estar ao lado dela. Queria morrer.

Em vez disso, ele ficou sentado, rígido, quase catatônico, à mesa para quatro em uma das salas privadas de banquete do Rampion, o melhor restaurante do Dream, esperando que a convidada chegasse: uma fada.

Seu pai atendia a VIPs todos os dias, mas fadas eram uma classe especial.

Fadas eram veneradas pela comunidade dos Marcados. Algumas pessoas as cortejavam, implorando por uma maldição, como a falecida mãe de Viv, que tinha furado o dedo quando estava grávida e pedia por uma menina branca como papel, preta como tinta e vermelha como sangue, pois queria que a vida de sua filha fosse "dramática". Mas também havia famílias como os Knight, que convidavam fadas para batizados a fim de que elas concedessem virtudes a seus futuros heróis ou heroínas.

No fim das contas, porém, as fadas tinham o poder de encantar as pessoas, de destruí-las. Era assim desde que o sangue dos humanos se misturara ao das fadas.

Houve um tempo em que fadas eram fadas e humanos eram humanos, e eles eram tão distintos quanto fogo e água. De vez em quando uma fada encantava um humano valoroso, mas, na maior parte do tempo, elas os viam como criaturas tediosas, tão tolas quanto borboletas ou abelhas.

Isso foi antes da chegada do amor, que mudou tudo.

Fadas eram fêmeas e solitárias. E, embora vivessem muito, não viviam para sempre. Vez ou outra uma delas procurava um macho encantado — o Vento Norte, talvez, ou Aurora, Dia ou Noite, que arrastava as horas em cavalos vermelhos, brancos e negros —, e eles se acasalavam para perpetuar a espécie. Não se apaixonavam. A soberba e o orgulho com que tratavam um ao outro os impediam de ser presas de tal vulnerabilidade. Mas mesmo assim o chamado do amor os alcançou — vindo de um lugar muito diferente.

As fadas e seus machos descobriram o amor por meio de observação, analisando os humanos. Desciam de seus picos de isolamento, de seus palácios e nuvens, não para interferir ou encantar, mas para se apaixonar; e se deitavam com homens e mulheres humanos por prazer. Tais uniões eram proibidas, mas eram mantidas em segredo.

Até nascerem as crianças meio-sangue.

Seu surgimento foi um escândalo.

As fadas de coração duro acreditavam que as crias impuras tinham de ser punidas. Já as de bom coração se apaixonaram rapidamente pelas crianças, optando por protegê-las, por oferecer-lhes dons e ajudá-las. Rapidamente elas se dividiram em facções, a favor e contra.

E então as maldições tiveram início. Os testes. Ritos de passagem. Punições. Recompensas.

Finais felizes-para-sempre, e a mais completa ruína.

Com o passar dos anos, conforme a população de crianças meio mágicas e meio humanas crescia, as fadas relaxaram sua vigilância, optando por amaldiçoar alguns dos descendentes de sangue misto, e outros não. Elas os preparavam para que fossem vilões ou heróis, de acordo com o que ditava o próprio coração. E, como o coração delas estava envolvido, até mesmo as fadas mais perversas podiam ficar ligadas à vítima. Viam, nos vilões que marcavam, versões em miniatura de si mesmas.

Delilah tinha esse tipo de afeição pelo pai de Blue, porque ele fora bem-sucedido na vida; era esperto, carismático, destemido. Ela mesma não tinha marcado nenhum dos Valentine, mas, sabendo que a maldição de Blue tinha sido desperta, convidou-se para um jantar em comemoração a isso.

O que o pai de Blue considerou uma grande honra.

Delilah chegou vinte minutos atrasada. Encontrou o pai de Blue tomando champanhe e questionando Felix sobre algo relacionado a trabalho. Ela carregava um pacote fino envolto em papel negro-prateado; entregou-o a Felix.

— É um livro de histórias de William Faulkner — anunciou ela antes que ele pudesse abrir o embrulho. Quando ela sorria, seus olhos ficavam oblíquos como os de um gato, assim como fazia a mãe de Blue. — Acho que você vai gostar das histórias.

— Obrigado — murmurou Felix, educado demais para demonstrar que estava perplexo, se é que estava.

— É aniversário do Blue — lembrou o pai dele, em uma reprimenda em tom de brincadeira. — Trouxe um presente para ele também?

— Acho que Blue não vai desejar tão cedo outro presente da minha espécie — respondeu ela, em uma voz sedosa. — Parece que ele precisa de um tempo para se recuperar do último.

Ela abriu um sorriso forçado, que o atingiu no âmago de seu ser; porque ela sabia o que ele tinha feito, e isso a divertia. Jane, embora fosse incrível para ele, era meramente uma humana. Insignificante aos olhos da fada.

Delilah voltou-se para o pai dele e os dois discutiram negócios, fofocaram sobre outros Amaldiçoados, sobre outras fadas. Felix inseria comentários quando conveniente, só o suficiente para mostrar que estava acompanhando a conversa. Na maior parte do tempo, ficou em silêncio, desfazendo sua pose atenta e educada apenas para desembrulhar o livro debaixo da mesa e então o folhear, por puro tédio.

Quando Delilah passou a mão na nuca de Felix, subindo suas garras negras de pássaro pelo cabelo do garoto — anos e anos mais novo que ela —, Felix mal se encolheu de medo.

— Como vai Louis? — perguntou ela incisivamente.

— Está se recuperando — respondeu Felix, o olhar fixo no livro. — Obrigado.

O pai deles riu, já um pouco bêbado de champanhe. Como se Felix fosse um colegial inocente que Delilah estivesse tentando seduzir. Ou que já o tivesse feito.

Blue os observava em meio a brumas de desespero. Sentia-se emocionalmente destruído, e se prendia a essa destruição para se lembrar do que havia feito. Porque em termos físicos... ele nunca estivera melhor. Uma energia deliciosa o percorria, junto com uma fome que ele nunca conhecera — porque, afinal, nunca antes soubera como era ceder à sua verdadeira natureza.

A partir de agora ele veria uma garota — uma garota sorridente, cercada de amigos, ou uma garota misteriosa marcada por lágrimas — e seu coração bateria mais rápido, em desespero por conhecê-la. Seus lábios arderiam em necessidade de beijá-la, de sentir a pulsação vibrante sob os lábios dela. Pulsando e pulsando e tamborilando de excitação... que depois se esmaeceria.

Precisava tanto de amor que sentia como se fosse morrer se não o tivesse.

E era o que esperava que acontecesse.

16

AO SURGIR DA AURORA, Mira estava deitada no sofá com Felix, as costas contra o encosto do sofá, as pernas enroscadas nas dele. Sua pele ardia quando ele a beijava, para depois esfriar à medida que o amor gelava suas veias. A noite logo dera lugar à manhã, e a cabeça de Mira estava zonza de exaustão, tão difusa quanto a luz lá fora. Carrinhos rangendo e pegadas no corredor anunciavam o novo dia.

— Tenho que ir embora — sussurrou Felix, a boca de encontro à orelha dela.

— Eu sei.

Mira estendeu a mão para se equilibrar, totalmente desorientada; ele então a ergueu nos braços e a levou até a cama. Ela afundou no colchão, os olhos já se fechando enquanto ele a ajudava a se acomodar entre os lençóis.

— Vai ficar comigo? — murmurou ela.

Ela estava pesada... tudo estava...

Deixou os olhos se fecharem. *Assim.*

— Vou embora. Mas não porque eu queira.

Os dedos dele roçaram a face dela, que murmurou um sonolento *humm.*

E depois disso ela não se lembrava de mais nada.

Foi só à tarde que voltou a abrir os olhos. Tinha uma vaga lembrança de tentar se levantar, mas não ter forças. E lembrava-se de, antes disso,

Felix a colocando para deitar, cobrindo-a com os lençóis... mas sua mente estava nebulosa, confusa.

Mira olhou o quarto a seu redor, pensando: *É assim que vai ser quando eu acordar, com a diferença de que terei passado anos dormindo.*

Na noite anterior, ela havia esquecido sua maldição. Ocupada demais em desfrutar o momento presente para se preocupar com o futuro.

Mas sua maldição era real. Tão real quanto a de Felix, que a tinha deixado fraca e delirante, seu amor tendo sido absorvido e inalado como ar.

Um dia ela poderia acordar e ver um estranho ao lado dela, um garoto de cujo beijo sua vida dependia. Não seria necessariamente Freddie. Ela poderia não conhecer ou não gostar de seu salvador, mas teria de ser grata a ele mesmo assim. Todo mundo que ela conhecia poderia estar morto, e ela teria de confiar em um estranho, para quem não passaria de um destino, de um rosto bonito...

Era um pensamento mórbido demais, então ela rapidamente o afastou. Não. Aquela noite, graças a Delilah, Mira descobriria qual era seu gatilho, e assim poderia fugir de seu destino.

Teria um feliz aniversário. Um feliz aniversário de dezesseis anos — o feliz. E para isso precisava manter seus medos sob controle, para que não perdurassem e não estragassem tudo no dia seguinte.

Ao sair para a antessala da suíte, a porta bateu em algo. Ouviu-se o suave farfalhar de uma sala cheia de bexigas. Era um bom começo.

Bexigas de todas as cores flutuavam acima de sua cabeça, as compridas fitas que pendiam da ponta de cada uma delas fazendo cócegas em seus braços enquanto ela avançava. Uma floresta de cor-de-rosa, verde, amarelo... todas em tons pastel, claros, bem cheias — como bolhas.

No centro da antessala havia uma pilha de presentes embrulhados em papel com estampa de rosas. Em cima da pilha, um cartão.

— Meu aniversário é só amanhã — murmurou Mira enquanto abria o envelope, mas mesmo assim estava feliz.

Ela gostava de aniversários, gostava de celebrar uma existência que suas madrinhas tinham ensinado a valorizar ao máximo. E acordar com aquela surpresa, saber que alguém tinha passado um bom tempo pensando nela, planejando aquilo, deixava-a mais animada do que os presentes em si jamais poderiam fazer.

O cartão era em um papel reluzente em que se lia *Feliz Aniversário* em letras douradas.

Dentro, Felix havia escrito:

Mira,

Eu queria ser a primeira pessoa a lhe desejar feliz aniversário.

Considere isto um prelúdio, e venha me encontrar depois do show hoje à noite. Terei outra surpresa para você.

Do seu,

Felix

Que tipo de surpresa?, ela se perguntou. A ideia a fez se sentir vulnerável, ansiosa e animada. Ela colocou o cartão de lado e passou para os pacotes.

Começou pela caixa maior. Sob o papel de seda, encontrou um vestido leve de chiffon, branco com estampa de rosas vermelhas, sem manga, justo na cintura, com um corpete ajustado ao corpo e uma saia ondulante na altura dos joelhos. Romântico e sexy ao mesmo tempo. Ergueu-o junto ao, como se fosse um parceiro de dança, e girou na frente do espelho; depois voltou correndo para abrir os outros presentes.

A caixa de tamanho médio continha um par de sapatos de salto alto vermelhos com rosas no bico.

E, dentro da menor das caixas, um vidro de perfume em formato de lágrima. Ela tirou a tampa e o aroma de rosas flutuou pelo ar.

Quando terminou de experimentar os sapatos e o vestido e de dançar pela suíte, estava na hora de se arrumar. Aquela noite ela entenderia quem realmente era. Coberta de rosas, descobriria qual era seu gatilho, sua fraqueza secreta, e veria como Blue e ela *se comportariam*. E, no dia seguinte... no dia seguinte seria uma nova pessoa. Vestiu-se para o show da Curses & Kisses como se estivesse indo a um importante baile.

Colocou o vestido novo, passou uma pequena quantidade do perfume de rosas nos pulsos e calçou os sapatos de salto vermelhos. Deixou o cabelo solto, caindo em longas ondas pelas costas.

Quando chegou, a casa noturna já estava lotada. A banda de abertura se apresentava no palco, o estardalhaço dos instrumentos doendo em seus ouvidos. Caminhando em meio à multidão, ela se sentia ridiculamente extravagante: a maior parte do público estava de calça jeans, minissaia e camiseta. Ela estava vestida para uma festa requintada, não para uma noitada de agitação em uma boate suja. Alguns caras com ar ameaçador a olhavam lascivamente e passavam roçando em seu corpo, como se estivesse claro que ela era uma forasteira ali.

Sentindo-se suja por causa dos olhares fixos e das ocasionais mãos anônimas, Mira foi abrindo caminho até o camarim, onde estava Blue e os outros da banda, esperando a hora de entrar. O camarim tinha o estilo de uma garagem: hiperaquecido, o chão de concreto e cheiro de pipoca e vinho velhos. Ficava ainda menos charmoso quando se avistava Rafe jogando jujubas no decote de uma loira enquanto outras duas garotas davam risadinhas, apreciando os esforços dele.

Blue estava jogado em um sofá verde, os braços estirados no topo do encosto. Segurava uma baqueta em cada mão e batucava distraidamente.

Mira estava nervosa demais para falar com ele de imediato. Queria tratá-lo como tinha tratado Freddie, não como alguém que ela quase tinha beijado, que ela torcia para que gostasse de seu vestido e a achasse bonita. E ela não se sentia bem para fazer isso.

Então foi até Henley, que gostava tanto dela quanto a maior parte das pessoas gosta de morrer queimada, e com quem poderia contar para derrubá-la daquela nuvem de fantasia xaroposa e trazê-la ao mundo real.

Ele estava sentado em uma cadeira de madeira desgastada, virado de costas, erguendo-a nas duas pernas de trás. Observava Viv, que dividia um par de fones de ouvido com Jewel e mexia a cabeça para cima e para baixo, marcando o ritmo. Viv usava botas pretas, uma minissaia jeans e uma regata branca com uma mancha vermelha na altura do coração, imitando uma mancha de sangue.

— Qual o seu papel hoje? — perguntou Mira a Henley. — Motorista, acompanhante, ex-namorado?

— Acompanhante — respondeu ele. — A madrasta de Viv me pediu para tomar conta dela. Viv tem mania de curtir as festas além da conta. E sabe beber tão bem quanto uma criança de nove anos.

— Ela pesa mais ou menos a mesma coisa que uma criança de nove anos.

— Exatamente. — Henley apertou os olhos, erguendo a cabeça para ela. — E você?

Mira olhou ao redor, ruborizada, o cabelo indo para a frente e para trás pesadamente com o movimento.

— E eu o quê?

Henley soltou um suspiro e deixou que a cadeira batesse no chão com um baque.

— Qual o *seu* papel hoje? A namorada menor de idade do Felix, a obsessão do Blue ou a princesa do Freddie?

— Isso foi... grosseiro.

— Também foi grosseiro quando você me perguntou a mesma coisa. — Ele tossiu e ficou procurando o maço de cigarros no bolso. — Fica a dica. Feliz aniversário.

— Ah, obrigada — disse ela, entendendo por isso que a conversa estava encerrada.

Bem... parecia que sua bolha de aniversário repleta de felicidade ingênua havia sido oficialmente estourada. Talvez agora não houvesse nenhum problema em falar com Blue. Pelo menos lhe desejar sorte na performance. Ou que quebrasse ambas as pernas.

Ele já a estava observando. Definitivamente havia notado o vestido.

— Você se arrumou toda que nem uma deusa só para me machucar — disse ele conforme Mira se aproximava, e fingiu que enfiava uma das baquetas no coração, como uma estaca.

— Que nada — disse ela, vermelha de vergonha. — Hã, então, tenho novidades.

Blue ergueu uma sobrancelha.

— Ah, é? Boas ou ruins?

— Meus p... — A importância do anúncio fez com que ela engolisse em seco, respirasse e tentasse novamente: — Meus pais... O Felix os encontrou. Tenho o número do telefone deles e tudo.

— Ah, o Felix. — Blue jogou para cima uma das baquetas e a pegou de volta no ar. — O bom e velho Felix. Ele é o máximo.

— Não seja malvado.

Blue pegou a mão dela, como se pedisse desculpas.

— Que legal que você encontrou os seus pais. Já falou com eles?

— Ainda não. Estou pensando no que dizer. E não quero apressar as coisas. Vai que não é aquilo que eu imaginava, sabe? Quero manter essa sensação mais um tempinho.

— Quer uma ajuda na sua preparação psicológica? Posso te dizer como você é maravilhosa para que acredite nisso quando for telefonar para eles.

Ele apertou os dedos dela. Mira abriu um sorriso.

— Vai dar tudo certo. Só estou dando um tempo para absorver a ideia. Ainda é meio que surreal.

— Bem, se as coisas ficarem esquisitas e você quiser usar a carta da empatia, é só dizer aos seus pais que tipo de amigos fez na ausência deles. Eles vão ficar horrorizados e passar o resto da vida tentando se redimir. Vai por mim.

— Obrigada. Vou me lembrar disso.

Estavam discutindo se Blue tinha ou não medo de palco quando apareceu um Freddie seminu. Estava só de calça jeans, desvirando do avesso uma camiseta preta. Seu cabelo castanho cor de mel normalmente perfeito estava meticulosamente bagunçado, como se alguém tivesse lhe dito como deveria ser um astro do rock e ele tivesse tentado ao máximo chegar a um visual que fosse mais ou menos isso.

— Oi, Mira — disse ele, calidamente. — Que bom que pôde vir.

Não havia nada de forçado no sorriso dele, nada de falso na bondade em seus olhos.

Ela estava chocada.

Era como se os dois nunca tivessem discutido. Mira tinha ficado nervosa, achando que ele a odiava agora... mas talvez, depois que tivera um tempo para refletir, ele tivesse percebido que não fora sua intenção magoá-lo. Que a relação deles era tão frustrante e confusa para ela como para ele. Por qualquer motivo que fosse, Freddie estava lhe dando uma segunda chance. E ela estava grata. Retribuiu o sorriso dele.

— Knight, pare de ficar exibindo o corpo — disse Blue. — Mira vai começar a pensar em você como um pedaço de carne.

— A Mira pode pensar o que quiser de mim — disse Freddie, vestindo a camiseta. — Só de ela pensar em mim já é uma honra.

Blue riu.

— Que baba-ovo.

— Não sou nada baba-ovo — reclamou Freddie, em um tom magoado.

— O Freddie só está sendo legal como nenhum ser humano normal é — disse Jewel, surgindo por trás deles e colocando a mão no ombro do garoto. — Como sempre é. Oi, Mira. Me perdoem pela interrupção, mas preciso que o Blue troque de roupa. Vamos entrar em dez minutos.

— Tudo bem — disse Blue, suspirando como se aquela fosse a interrupção mais absurda do mundo. Jewel bateu de leve no cabelo espetado dele.

— Obrigada, seu chato.

— Mira, estou prestes a ficar pelado — disse ele, puxando o cinto e o jogando no chão. — Então, cuidado. Só de cueca agora.

— Já vi você de sunga — disse ela. — É a mesma coisa.

— Não é a mesma coisa. Quando acompanhado de música pornô dos anos 70, é um show de striptease proibido para menores. — Ele arrancou a camisa. — Freddie, você está meio lento para entender. Um pouco de música pornô, por favor.

Freddie franziu a testa de desgosto.

— Não quero ligar a minha guitarra só para tocar um acompanhamento de *bow-chicka-wow-wow* para o seu show de striptease!

Mira riu.

— Bow-chicka-o quê, Freddie?

— Bow-chicka... — Mas ele ficou vermelho quando se deu conta de que ela o estava provocando.

Blue tirou a surrada calça jeans, chutando-a para longe, e começou a vestir as roupas mais novas, mais arrumadinhas, mais no estilo de roupas de astro do rock que Jewel tinha levado para ele: uma calça jeans surrada pelo fabricante e não pelo uso, e uma camiseta preta com uma estampa de um coração prateado envolvido em arame farpado.

Mira tentava se convencer de que ver Blue só de cueca *era* exatamente como vê-lo de sunga. Mas... era diferente, mais íntimo. Ela havia lutado no chão com ele; sabia como era o corpo dele, conhecera a sensação rígida dos seus músculos enquanto brincavam de luta, quando ele ria... quando ele quase a beijara. Era impossível olhar para Blue e não ver nada disso. Impossível olhar para ele e não sentir como se ele fosse seu.

Mas ele não é meu. E não pode ser.

Ela engoliu em seco, com vergonha de si mesma, e desviou o olhar. Ficou observando distraidamente a sua volta, como se o harém de jujubas de Rafe fosse realmente algo fascinante.

Freddie veio em seu socorro.

— Você vai ficar aqui depois do show, Mira? A gente se vê mais tarde?

— Acho que sim — disse ela. — A menos que a agonia de ouvir vocês me faça ir embora correndo. — Ele fez cara de cachorrinho triste, ao que ela abriu um largo sorriso e lhe deu um tapinha no braço. — Brincadeirinha. É claro que eu vou ficar. Preciso que alguém me leve de volta para o Dream.

— Esse alguém seria eu — disse Blue. — É só vir aqui atrás no camarim depois do show. Ou esperar na porta se tiverem chutado você para fora por arrumar briga.

— É bem provável que isso aconteça — disse ela.

— Imaginei — disse Blue. — Só não fuja, ok? — Ele estava fechando o cinto, mas ergueu o olhar para ela com um ar sério. — Fique à vista.

— Pode deixar. Agora vão se aprontar. Vejo vocês mais tarde. Não façam besteira!

E com isso ela saiu correndo do camarim para se juntar à plateia, sentindo-se leve como não se sentia fazia dias.

‿◡

A casa estava escura como um poço, um abismo com um único refletor de luz. Os holofotes do palco iluminavam a banda, mas apenas sutilmente. O destaque mesmo era sobre Jewel, que reluzia de suor, brilhando como as gemas que cuspia: pungente, bruta e maravilhosa.

A música era violenta, explosiva, como se quisesse que as pessoas sangrassem, ou como se as inspirasse a quebrar coisas. A multidão contorcia-se com a linha de baixo circunspecta de Rafe, uns batendo nos outros, todos gritando junto com a música. E, quando a canção acabou e Jewel se prostrou de joelhos, cuspindo uma torrente de pérolas no palco, o público soltou gritos agudos de prazer, abanando as mãos para receber um punhado das pérolas que tinham tocado os lábios dela.

Estavam ali pela magia.

Mira se sentia zonza; o barulho a deixava confusa, a multidão a atordoava. Ela não queria se cortar com alguma joia de arestas afiadas ou algum alfinete de segurança, temendo a estranha possibilidade de que a fizesse cair no sono encantado. Precisava encontrar Delilah e descobrir mais sobre sua maldição. Não era bom não saber.

Protegendo-se com os cotovelos, Mira foi empurrando as pessoas para conseguir passar: em meio a garotas com capas vermelhas, garotas que cheiravam a oceano; passou também por garotos com tatuagens de vinhas e princesas sujas de cinzas de lareira. Empurrava um corpo, abrindo passagem, apenas para ser confrontada por outro. Praticamente tinha de nadar em meio àquela gente para sair dali.

Assim que se libertou, ela esfregou os braços nus. Ainda perfeitamente intactos.

Na lateral do salão, Wills e Caspian Knight estavam recostados na parede, com um ar de universitários que voltaram à cidade natal para um reencontro do pessoal do colégio. Viv estava com eles, com estrelas de strass reluzindo no cabelo negro. Os três fizeram sinal, chamando

Mira, mas ela não se deixaria persuadir a abandonar sua missão. Seu destino no momento era mais sombrio.

Mira tinha segredos a descobrir.

O corredor que dava para os fundos da casa estava repleto de garotas com acessórios em excesso, e caras com isqueiros acesos no escuro. Ela virou em uma bifurcação no caminho e seguiu por um corredor não iluminado — nenhum dos jovens se atrevia a se aventurar por ali — até chegar ao escritório de Delilah. Sob a porta via-se uma faixa de luz verde.

Bateu à porta. Seus ouvidos zumbiam por causa da música, sua respiração vinha com esforço e seu corpo tremia. Em um instante ela saberia do que deveria ter medo. Saberia o que era capaz de causar o maior perigo em sua vida.

O ogro foi quem abriu a porta, o rosto cinza contorcido diante do súbito barulho. Ele pegou Mira pelo ombro e a arrastou para dentro. Os poros dele exalavam o cheiro de alho e de carne cozida. Mira prendeu a respiração e se soltou com um puxão de corpo, mas ao se afastar ainda podia sentir a pressão da mão dele, como se estivesse agarrada à sua pele.

Com a porta fechada, o escritório estava surpreendentemente silencioso. O baixo soava pesado, apesar de o cômodo ter isolamento acústico, mas bem longe, a ponto de ela conseguir ouvir a respiração do ogro e as compridas unhas de Delilah raspando nos papéis quando ela os pegava de sua mesa.

A fada ergueu o rosto, seus olhos reluzindo, olhos de um dourado claro como cerveja.

— Mirabelle Lively — disse ela. — Você veio em busca de seu gatilho. E eu o tenho, conforme prometido. — Com um sorriso, a fada retirou de uma gaveta um embrulho de gaze longo e fino, quase do tamanho de uma pequena crisálida, pendendo de uma corrente de prata. — Chegue mais perto.

— Não precisa ficar assustada. Não vai acontecer nenhum acidente aqui.

Hesitante e com os ouvidos ainda zumbindo, Mira se aproximou. Delilah segurava pela corrente o pingente embrulhado, e seus longos dedos desenrolaram o embrulho de gaze até que uma lâmina de barbeador surgiu reluzindo sob a luz esverdeada. Havia um buraco na lâmina pelo qual passava a corrente, transformando-a em um colar.

Mira deixou escapar uma arfada. Aquela coisa minúscula. Aquele objeto tão banal. E bastaria que ela pressionasse a ponta do dedo contra a beirada afiada da lâmina.

Uma gota de sangue. Uma picada de dor.

E pronto.

— Suas predecessoras são muitas — ponderou Delilah, deixando a lâmina de barbear oscilando na corrente. — Talia, que foi vítima de uma lasca de linhaça e dormiu, mesmo quando um rei a reivindicou, e só acordou quando seus filhos já eram nascidos. *La belle au bois dormant*, a Bela Adormecida no bosque, que furou o dedo em um fuso e dormiu por cem anos, até que seu príncipe chegou para acordá-la. Brunilda, a Valquíria, que foi colocada em torpor com a picada de um espinho do sono, e foi cercada por um anel de fogo até ser libertada por um mortal destemido. Rosa Silvestre, que mergulhou em um sono encantado por causa do fuso, mas foi acordada por um beijo de amor verdadeiro. E agora você, Mirabelle. Apenas um corte de uma lâmina de barbear — continuou a fada —, e você sucumbirá a um sono encantado pelo tempo que seu príncipe levar para encontrá-la. Presumindo que ele ainda queira encontrá-la — acrescentou a fada, com um sorriso. — Homens são inconstantes. Nunca tema, as maldições sempre continuarão a fazer com que surjam príncipes. Tenho certeza de que nos próximos cem anos um deles vai libertar você. Mas é melhor se prevenir, não acha?

Mira assentiu. Então evitaria lâminas de barbear. Ela já vinha fazendo isso de qualquer forma, pois era um item que estava na lista de suas madrinhas, de coisas em que ela não deveria encostar, junto com quase tudo de normal que as pessoas usavam: tesouras, brincos, fósforos.

Suas madrinhas não deram chance ao azar. Haviam proibido tantas coisas que nunca lhe ocorrera questionar alguma das proibições. Nenhuma atividade proibida lhe parecera tão tentadora a ponto de deixá-la louca caso não a experimentasse ao menos uma vez.

Elsa e Bliss tinham subestimado apenas um dos desejos dela: o de ver os pais. Era a única regra que ela desejara quebrar desesperadamente — ou talvez estivesse destinada a fazê-lo.

Delilah embrulhou novamente a lâmina de barbear, embotando a lâmina afiada com camadas de gaze até que ficasse tão inofensiva quanto o algodão que a cobria. Então a passou pela pele do próprio pulso, para demonstrar.

— Aqui está. Perfeitamente segura. É sua, faça com ela o que quiser.

— Eu não quero isso — disse Mira, desconcertada.

Delilah manteve o olhar fixo na menina. Seus olhos de um dourado pálido tremeluziam como chamas de velas.

— Mas pertence a você. Como pode recusá-lo?

Sem pedir permissão, a fada colocou a corrente em volta do pescoço de Mira.

A lâmina envolta em gaze se instalou confortavelmente contra seu peito. A presença daquele cordão fazia o coração dela bater mais rápido, como se de alguma forma a lâmina fosse se soltar daquelas ataduras e selar seu destino.

— Agora que você sabe qual é o gatilho, pode se proteger — disse Delilah. — São os segredos o que nos fere mais.

Ela sentia o metal gelado contra o peito, embora tivesse consciência de que estava inventando aquilo. Não havia sensação alguma. Apenas a inócua maciez da gaze. Era sua imaginação, seu antigo talento de sonhar acordada, que operava contra ela agora.

— Nunca se sabe o que as pessoas estão escondendo, esse é o problema. Quando descobrimos, aí podemos encontrar uma forma de lidar com seja o que for, mas, se somos mantidos na ignorância, não há saída. Pobrezinha. — Ela estalou a língua. — Esse vem sendo seu fardo desde que chegou aqui, não é? Todo mundo mencionando segredos, cochichando entre si... deve ser terrível. Você é muito forte por ter tolerado tudo isso. Mas imagino que tenha prática, acostumada a esconderem a verdade de você. Nem deve incomodá-la mais, aposto. — Ela sorriu com os lábios contraídos, azeda como limão. — Pobrezinha.

Mira sentia a nuca ser tomada por um calor que subia devagar por seu rosto como uma mancha crescendo. Ela não gostava do jeito como Delilah a olhava, cheia de pena, como se ela fosse uma criança contente em seguir em frente sem saber de nada.

— Para sua informação, isso me incomoda sim.

— Bobagem — disse Delilah. — Se realmente a incomodasse, você teria feito alguma coisa. Todas as respostas estão ao seu alcance. Você só precisa procurar. Não conhece a maior lição de moral dos contos de fadas, Mirabelle? *Ninguém* — a fada se inclinou para a frente; seu hálito cheirava a maçã verde — vai lhe dar as respostas de bandeja. Uma maldição tanto exige coragem quanto permite o crescimento, que são uma coisa só.

— Eu procurei as respostas. Perguntei ao Blue sobre as nossas marcas. Fiz perguntas à Layla sobre os nossos papéis; ela me mostrou o livro que explica tudo, mas certas coisas ninguém tem permissão de me contar, porque faz parte da maldição, coisa que *você* deve saber...

Delilah ergueu a mão para silenciá-la.

— Você já tem a chave para responder a todas as suas perguntas sobre os Valentine. E não estou sendo misteriosa quando digo isso. Você tem a chave física mesmo, Mirabelle. Se deseja respostas, basta abrir a porta.

౼౽

Mira sabia que Felix tinha segredos. Um passado doloroso demais que ele não queria abordar, imperfeições que não queria revelar. E ela havia aceitado isso. Não a agradava; Mira queria conhecê-lo por dentro e por fora, mas tinha recuado, porque era o que ele queria. Porque estava feliz e queria que ele ficasse feliz também.

Mas até quando aquela relação poderia durar se ela não o conhecesse de verdade?

Talvez ele tivesse medo de que ela mudasse de ideia se conhecesse os segredos dele, e era verdade que Mira queria que Felix fosse perfeito.

Não queria acreditar que ele era perigoso. Fosse o que fosse que Blue e seus amigos dissessem sobre Felix, não era verdade quando ele estava com *ela*.

Mas...

Felix nunca lhe contara a verdade. Em momento algum ele a avisara do que um Romântico poderia fazer, embora ele pudesse tê-lo feito. E ela precisava admitir que... que sua disposição de ignorar o perigo não o eliminava.

Mira tinha passado a vida toda sonhando em estar e existir em um mundo de fantasia, como uma fuga de uma realidade que achava dolorosa, mas havia um mundo real do qual queria fazer parte agora. E, se algum dia fosse de fato fazer parte desse mundo, ela precisava ver todos os seus lados. Os bons e os ruins.

As partes seguras... e as perigosas.

Na arena principal da casa noturna, a Curses & Kisses tocava com mais intensidade do que nunca. O palco estava repleto de gemas. A voz doce e enérgica de Jewel quase tinha ficado rouca. Blue golpeava a bateria como se quisesse quebrá-la.

Impaciente demais para ser controlada pelo fluxo da multidão, Mira empurrava as pessoas para conseguir passagem, até que enfim chegou ao camarim vazio. As roupas de Blue estavam jogadas de forma caótica no chão. Ela revirou os bolsos dele até encontrar sua carteira e a chave-mestra que ele tinha roubado dela. Pegou-a de volta, apertando o cartão de plástico como se fosse uma boia salva-vidas.

Felix tinha escrito um bilhete para ela:

Só peço que fique longe do meu outro quarto (a suíte 3013). Tenho guardadas lá algumas coisas pessoais nas quais não se deve mexer.

E Mira assim o fizera. Ela era uma boa garota, acostumada com pessoas lhe dizendo *não faça isso, não encoste naquilo*.

Porém, seguir as regras, varrer as perguntas para debaixo do tapete e fingir que estava tudo bem não a levava a lugar algum. Era preciso ser audaz. *Audaz, mas não audaz demais*, pensou ela. Havia um equilíbrio.

Havia uma única coisa que Felix lhe tinha proibido. Uma proibição que ele estabelecera, o que era algo para se fixar na memória e questionar.

O que havia de tão secreto na suíte 3013?

Ele dissera que eram coisas pessoais. Nas quais não se devia mexer.

E, se ele mencionara a suíte... tinha um motivo para isso.

Talvez, assim como a lâmina de barbear, a proibição fosse para o próprio bem dela.

Ou, assim como a proibição por parte de suas madrinhas de que ela visitasse Beau Rivage, talvez a estivesse impedindo de saber de algo que ela precisava desesperadamente saber.

Ela não deveria se esconder das coisas ruins e fingir que não existiam. Agir assim era viver em um mundo de sonhos, e tais mundos em algum momento vêm abaixo. Era necessário encarar a verdade. E então decidir o que queria.

Perfume e roupas belas eram coisas maravilhosas, mas Mira precisava de mais do que isso.

Quebrar essa última regra, decidiu ela... seria seu presente de aniversário para si mesma.

17

MIRA SAIU DA BADALO depois da meia-noite, enquanto a Curses & Kisses ainda tocava. Garotos com jaquetas de pelos de lobo conversavam lá fora, a ponta de seus cigarros brilhando como se fossem vaga-lumes. Trilhas de fumaça a faziam tossir e, com a umidade, sua pele parecia aquosa. Ela corria, seus sapatos de salto ressoando pelas ruas, veloz e ansiosa demais para se importar com o que a espreitava nas sombras ao redor. Nada poderia ser pior que a incerteza, que as sombras à espreita em seu coração.

❧

Quando chegou ao Dream, estava banhada em suor. Seus pés latejavam por ter corrido com sapatos que não eram de dança. Não eram próprios para ação; eram para garotas que fossem ficar paradas, imóveis, posando de belas. Garotas que caíssem no sono e sonhassem.

Mas Mira se recusava a ficar presa em um sonho acordado. Estava na hora de encarar as coisas como de fato eram. Não sua fantasia de Felix, as melhores partes dele, as que ela queria ver, mas ele por inteiro.

Felix não precisava ser perfeito. Para ser maravilhosa, a vida não precisava ser perfeita.

Bastava ser real.

❧

O Dream efervescia, cheio de vida: máquinas caça-níqueis e seus ruídos, gritos animados nas mesas de jogos de dados, distribuidores de cartas batendo-as na mesa com velocidade praticada, garçonetes com bandejas de drinques abrindo caminho pela multidão. Era uma festa, uma festa reluzente a noite toda.

Felix estaria nos bastidores, supervisionando tudo, ou conferindo o funcionamento do lugar, ou bajulando os clientes VIPs. As noites não eram feitas para trabalho silencioso, ou o que quer que acontecesse na suíte 3013. Ela poderia entrar e sair em dez minutos, ver o que havia lá para ser visto e, se não gostasse — se Felix fosse tão mau e perigoso quanto todo mundo achava —, poderia sumir dali e nunca mais voltar. E, se tudo corresse bem, sairia de lá sorrateiramente, e Felix nunca saberia de sua visita.

Seu coração espancava dolorosamente o peito. Ela foi até os elevadores que levavam às suítes e apertou o botão, olhando para o próprio reflexo nas portas de metal polido até que elas se abriram e levaram consigo sua imagem.

Mira estava sozinha no elevador. O ar-condicionado do cassino secara o suor de sua pele, mas não de seu vestido, e o chiffon úmido estava escorregadio e sujo. Uma música suave tocava enquanto ela subia até o trigésimo andar, onde saiu em um corredor que era uma cópia exata de todos os outros corredores do hotel — exceto pelo fato de que aquele estava vazio. Completamente silencioso e deserto, bem poderia ser uma cidade-fantasma.

Seguindo as placas, Mira apressou o passo até chegar no final do corredor, onde se deparou com a suíte 3013. A porta era lisa, marcada somente por uma tabuleta dourada com o número do quarto gravado. Ficava perto da saída de incêndio, no lugar mais desagradável de todo o corredor.

Depois de uma última olhada ao redor, Mira inseriu a chave-mestra na fechadura, esperou que a luz verde acendesse dizendo *aberto*, depois girou a maçaneta e entrou no quarto proibido.

No escuro, o cheiro que pairava na suíte 3013 era o do perfume de Felix. Um cheiro glacial, como ar gelado.

E o aroma de rosas.

Foram as rosas que lhe deram coragem de acender a luz, porque aquele era o tema que ele escolhera para o aniversário dela: rosas para a Bela Adormecida. Talvez ele a tivesse mantido longe daquele quarto porque estava planejando uma surpresa ali, apenas para os dois.

Quando a luz foi acesa e a antessala surgiu diante de seus olhos, ela viu que a suíte era diferente dos outros quartos do hotel. A decoração azul-piscina tinha dado lugar ao branco. Sofá branco. Carpete branco. Papel de parede branco ligeiramente cintilante, gravado com espirais marfim. Havia roseiras vermelhas em vasos nas mesinhas laterais e um vaso de rosas vermelhas na escrivaninha, junto com uma lista dos presentes de aniversário que Felix pretendia dar a ela — todos entregues e riscados, exceto pelo *jantar no Rampion* e a palavra *dança*.

Mira abriu um sorriso. Então era esse o segredo dele. A suíte era o lugar onde ele planejava o romance.

Obras de arte cobriam as paredes, como em uma galeria. Não as paisagens marinhas em série encontradas no restante dos quartos: aquelas eram originais, algumas brutas e estranhas demais para não serem. A maior das pinturas era de uma paisagem de primavera brumosa com um castelo ao longe, toda em tons de púrpura e verde. Havia também pinturas menores, menos exímias, ao lado de desenhos a lápis que pareciam ter sido arrancados de cadernos; havia até mesmo um desenho de um garoto olhando para baixo, virando uma ficha de pôquer entre os dedos... um garoto que parecia Felix.

Ela procurou alguma assinatura nos desenhos, mas não havia.

Passando para a escrivaninha, Mira abriu todas as gavetas, deu uma olhada em páginas em branco de papel de carta decorado com o monograma de Felix, cartões-postais do mundo todo (todos assinados pelo pai dele), bugigangas espalhadas e uma velha chave manchada. No fundo de uma das gavetas, encontrou uma fotografia com a imagem voltada para baixo. Alguém tinha escrito no verso, com caneta azul: *Felix 6, Blue 2*.

Ela pegou a foto com cuidado, esperando ver um retrato dos dois irmãos, mas os meninos não estavam sozinhos na foto. Havia uma jovem mulher com eles.

Os três posavam em um banco, na frente de alguns arbustos e de uma jaula de elefante — um zoológico? Felix estava com um sorriso ingênuo e confiante no rosto, pendurado na mulher como se fosse um macaco, abraçando o pescoço dela. Um bochechudo Blue estava sentado no colo da mulher, com uma carinha de emburrado e confuso, segurando com força um algodão doce. Ela estava com um braço em volta de cada um dos meninos, e havia bastante semelhança entre os três, de forma que Mira teve certeza de que se tratava da mãe dos dois.

Ela era bonita, esguia, um pouco desengonçada e um pouco chique. Parte de cabelo negro e liso estava preso em um coque bagunçado, o restante dos fios caindo, soltos. Seu sorriso, divertido e exasperado, chegava até seus olhos.

Ela parecia amá-los. Mas também parecia pálida e cansada. Como se tivesse acabado de se recuperar de uma doença. Mas não devia ser isso...

Mira se lembrava de como costumava se jogar em cima de Elsa e Bliss quando era pequena, de como era grudenta e carinhosa. E imaginou, no caso de um Romântico, o alto preço de tal afeto sobre alguém que o amava mais que tudo no mundo.

Felix e Blue não teriam controle naquela época. Provavelmente nem mesmo sabiam o que eram. Só a amavam. E eram perigosos.

Por isso é que a mãe deles tinha ido embora. Não por medo de uma ligação profunda demais, como Felix dissera. Não exatamente.

Mira engoliu em seco. Guardou a foto de volta dentro da gaveta. Ela sentia que tinha perturbado algo precioso, que tinha retirado a poeira de um segredo que não era para ela ver. Uma perda que Felix queria esconder até mesmo de si.

Não havia nada que acendesse um sinal vermelho ali, nenhuma caixa cheia de recordações de ex-namoradas, nada. Felix era apenas reservado. Passava tanto tempo disponível para o público, lidando com os hóspedes do Dream, que queria um local só para si mesmo. Um lugar que ele não tivesse que ver todos os dias.

Ela sentiu um pouco de culpa em perturbar aquela privacidade, mas, ao ter o vislumbre daqueles pedaços da vida dele e das pequenas coisas que ele valorizava a ponto de salvar, ela só o amava mais. Então sentiu como se tivesse valido a pena. Mesmo se ele acabasse ficando enfurecido com ela.

Sua última parada foi o quarto. A porta estava escancarada, dando para ver pela abertura a escuridão que reinava lá dentro, e o aroma de rosas frescas parecia mais forte ali. Ela empurrou a porta com um dedo, o coração espancando seu peito, e se perguntava se o quarto teria alguma decoração especial, talvez até mesmo pétalas de rosas espalhadas pela cama. Porque ele bem que dissera que tinha uma outra surpresa para ela. E ela não sabia se estava preparada...

Um triângulo de luz se insinuou para dentro do quarto quando a porta se abriu. Apenas o bastante para que ela discernisse uma silhueta no escuro.

O som das batidas de seu coração enchiam seus ouvidos, a pulsação martelando sua cabeça como socos em sequência.

— Felix? Você está aí? Você sabia que eu viria...?

Mas não houve resposta. Nenhum movimento. Quem quer que se encontrasse ali, estava imóvel como uma estátua.

— Felix?

Ela empurrou mais a porta, até sentir uma obstrução. A luz inundou o restante do quarto. E ela viu...

Era uma garota.

Uma garota de olhos vítreos, completamente imóvel.

E não apenas uma.

࿔

Cora, a jovem que Mira vira com Felix naquela primeira noite, estava jogada em uma cadeira, os olhos arregalados fixos na porta, fitando quem quer que ousasse entrar ali. Seu cabelo castanho estava bagunçado, e ela trajava o mesmo vestido verde de quando Mira a conhecera. Um de seus braços pendia frouxo sobre o braço da cadeira. Sua cabeça estava apoiada no espaldar. Nas bordas de sua boca havia resquícios de batom vermelho.

Não fazia nem uma semana que Cora, passeando pelo saguão do cassino, tinha visto Mira no jardim artificial. Sua expressão então era de autoconfiança, pungente, mas amável. E agora ela estava inexpressiva. Encarando um ponto adiante sem se cansar, mas não havia nada em seu rosto. Sem vida. Os olhos vazios como bolinhas de gude.

— Cora? — Mira estava com a garganta constrita; piscou para afastar as lágrimas, ainda com a mão na maçaneta, tremendo. — Sou eu... Mira... Por favor, diga alguma coisa...

Mas, mesmo enquanto falava isso, Mira sabia que ela não responderia. Porque Cora não era a única garota repousando friamente no quarto. Fazia parte de uma coleção completa de jovens inertes.

Uma loira de camisola justa e provocante estava encolhida no chão ao lado da cama. Uma outra de cabelo escuro, usando calças e uma fina camiseta, estava deitada com a cabeça para trás, como se estivesse esperando ser ressuscitada ou beijada. Havia hematomas nos pulsos dela.

Garotas deitadas em sofás. No chão. Algumas dispostas com elegância, com os membros posando de maneira atraente; outras enfiadas onde coubessem, como se o quarto fosse uma mala pequena demais que alguém se cansara de arrumar. Trajavam vestido de noite, camiseta e calças jeans, pijama, blusas abertas com um rasgão.

E no centro do quarto a cama, arrumadinha, com uma espessa colcha branca. Vasos de roseiras se postavam como sentinelas, um em cada criado-mudo, exalando uma mórbida e forte fragrância. Páginas soltas de um velho livro estavam espalhadas pela cama, amareladas, curvando-se nos cantos. E haviam sido ali deixadas deliberadamente, como migalhas de pão: peças de um segredo que enfim poderia ser revelado.

Tremendo, Mira reuniu as páginas. Era o conto dele. A maldição que tinham ocultado dela.

Na primeira página, uma ilustração: um homem bem-vestido em uma mansão mobiliada com esplendor, apresentando um molho de chaves a uma ansiosa jovem. Mira ficou sem fôlego ao ver o cabelo azul do homem, sua barba azul bem pontuda. Parecia um demônio e um rei ao mesmo tempo.

Na página seguinte, o título do conto:

O Barba Azul

Mira não conhecia esse conto.

Passou os olhos com pressa pela página, descendo, não prestando atenção em linhas inteiras, como se o frenético bater de seu coração as tivesse engolido, e teve de voltar na leitura. Com a respiração difícil no peito, pôs-se a ler o conto.

Na história, um homem com uma barba azul procurava uma esposa. As mulheres achavam a cor da barba e do cabelo dele repulsiva, mas ele era rico e, em determinado momento, conseguiu conquistar a garota que estava cortejando com presentes e atenção. Ela então aceitou casar-se com ele.

Passado cerca de um mês do casamento, Barba Azul fora chamado para viajar a negócios. Antes de partir, ele deixou com a jovem esposa um molho de chaves que lhe dava acesso a tudo em sua mansão. A todas as portas, todos os baús de joias. Eram as chaves da riqueza dele, e ainda mais.

Porém havia uma porta que ela estava proibida de abrir: um pequeno quarto no final da grande galeria.

"Abra tudo e entre em todos os aposentos, mas não abra aquele pequeno quarto que a proíbi. E a proíbo de fazê-lo de tal forma que, se acabar abrindo-o, não haverá nada que você possa esperar além de minha raiva e ressentimento."

A esposa prometeu nunca entrar no aposento proibido, e ele a abraçou e se despediu.

No entanto, tão logo ele partiu, a jovem foi correndo até o aposento proibido, com tamanha rapidez que quase tropeçou e quebrou o pescoço.

Ela girou a chave na porta, entrou e encontrou ali, na câmara proibida, o corpo de todas as ex-esposas do Barba Azul, o chão coberto de sangue coagulado. A jovem saiu correndo, aterrorizada, mas não antes de deixar cair a pequena chave no chão, que ficou manchada de sangue Como que por magia, não havia limpeza ou polimento que removesse a mancha.

O restante do conto se desdobrava como em todos os contos de fadas: Barba Azul voltou para casa mais cedo e descobriu a transgressão cometida pela esposa. Jurando puni-la, ele sacou sua espada para lhe cortar a cabeça. Não haveria misericórdia.

"Você estava determinada a entrar no quarto, não? Muito bem, senhora; você vai entrar lá e assumir seu lugar entre as mulheres que viu."

No final, a jovem foi salva pelos irmãos, que chegaram bem a tempo de impedir o assassinato e mataram Barba Azul.

Ainda assim, havia um quarto cheio de mulheres que não tiveram ninguém para salvá-las. Que tinham ouvido as palavras "Você vai entrar lá e assumir seu lugar em meio a elas" da boca do Barba Azul e sido mortas com crueldade por punição à sua descoberta.

Mira não queria acreditar naquilo.

Não havia sangue no chão... não havia sangue em lugar nenhum. Ela foi se aproximando de Cora e a tocou no ombro, encolhendo-se de medo e pavor ao fazê-lo. Talvez fosse um encanto. *Por favor, que seja um encanto...*

A pele da garota estava fria.

Mira exerceu certa pressão com a mão, como se para forçá-la a acordar, e acabou derrubando Cora da cadeira. Soltou um grito e recuou aos tropeços, para impedir que a garota caísse em cima dela.

Chegando mais perto de Cora, ela se ajoelhou e tocou seu pescoço, buscando pulsação.

Nada. Nada. Nada.

Nenhuma das garotas estava dormindo, drogada, fingindo, esperando.

Estavam mortas.

Elas tinham sido amadas ali. Assassinadas ali.

E algumas... algumas haviam tentado fugir. As roupas rasgadas e os ferimentos eram prova disso.

— Mas era tarde demais — sussurrou Mira.

O quarto proibido era uma armadilha.

Como ele tinha feito aquilo? Não com uma espada, era nesse ponto que o conto divergia da realidade. Felix era um Romântico; tinha outra arma à sua disposição.

Teria ele beijado aquelas garotas, lenta e suavemente? Teria a boca dele roçado o pescoço de cada uma delas, como mordidas de um vampiro, a cada toque extraindo-lhes mais vida? Teria ele... teria ele...?

Mira não podia permitir que sua mente fosse mais longe que isso. Doía-lhe ver as provas, os anos de seduções. Ela chorava e se engasgava com o choro, limpando os olhos sempre que as lágrimas a cegavam, recusando-se a permitir que qualquer coisa lhe ocultasse a verdade dali em diante. Queria ficar horrorizada. Parecia doentio sentir ciúmes também, mas ela *sentia*. Doía saber que ele havia amado tantas outras garotas; que ela não era especial, que não era única.

Felix não a tinha pressionado quando passaram a noite juntos. Ela o julgara então um cavalheiro, mas é claro que não a tinha forçado: ele não precisava insistir. Sabia que esse momento chegaria. Quando ela precisaria conhecê-lo, conhecê-lo por completo.

Uma noite em que ele a tomaria inteiramente para si.

Não. Não hoje. Não ela.

Ela se virou de costas para não precisar ver o interior do quarto. Tinha o coração na garganta, a respiração dificultada pelo amor e a tristeza. Ela o amava. Realmente o amava, mesmo diante disso, e queria, de alguma forma, negar a verdade, criar desculpas para ele. Estava cheia de emoções, e a dor em seu coração parecia capaz de matá-la.

Decidiu ir embora. Deixar para trás seus livros, suas roupas, seus amigos, suas lembranças.

Mas não sua vida.

～

Com a mão já na maçaneta, Mira ouviu o zumbido da porta sendo destrancada pelo lado de fora. Tateou para achar a trava interna, entrando ainda mais em pânico quando viu quantas eram: ferrolhos e correntes e... mas a porta veio em sua direção e a afastou do caminho, nocauteando-a. Ela cambaleou para trás, as rosas vermelhas como que florescendo na ponta de seus sapatos belos e inúteis, e o encarou, na aurora de seu décimo sexto aniversário. Felix parecia triste, feroz, amoroso de um jeito perverso e furioso.

Mas nem um pouco surpreso.

— Eu não pretendia... Felix... você não está entendendo... — gaguejou ela, fazendo um grande esforço para se explicar, se salvar. Sua mente era um branco completo.

— Ah, Mira. — Ele balançou a cabeça, e seus olhos ardiam de emoção; passou a mão, trêmula, pelo cabelo. — Você tinha que vir aqui.

A boca dele formava algo entre uma careta e uma linha apertada de dor.

— Acabei de entrar — jurou ela, com tamanha veemência que quase acreditou no que dizia. — Não vi nada. Não toquei em nada. Eu só... vamos jantar. Por favor. Se quiser que eu vá embora para sempre, eu posso ir...

— Eu sei exatamente quando chegou e exatamente o que fez — disse Felix, irritado. — Não preciso de uma chave manchada de sangue para ficar sabendo de nada disso. Isto aqui é um cassino; não confiamos em ninguém. Temos um sistema de segurança, como você deve imaginar.

Os olhos de Mira se encheram de lágrimas. Admissão de culpa. *Droga!* Ela queria permanecer serena, calma, queria mentir, mas não conseguia. *Não conseguia.* O quarto estava repleto de garotas mortas por ele, e ela seria a próxima.

Algo pareceu se partir nele quando a viu chorando, mas não a coisa certa. Ele sentia muito, principalmente por si mesmo, mas Mira não viu nem uma gota de misericórdia no rosto de Felix.

Ela se aproximou, na esperança de que pudesse argumentar, convencê-lo a fazer a coisa certa; agarrou a lapela do casaco dele.

— Felix... você tem de me deixar ir embora.

Ele respondeu com um ar exausto:

— Não posso, Mira. Não posso permitir que deixe este quarto. Você não entende?

Ela não entendia; *recusava-se* a entender.

Felix estava bem em frente à porta. Se ela conseguisse passar por ele, abri-la com tudo e correr...

Ela se lançou para cima da porta, mas ele a pegou com facilidade; empurrou-a com força e fez com que caísse no chão. Sua pele ardia, vermelha no local em que tinha arranhado no carpete; seu cotovelo latejava por ter batido na escrivaninha. Ele nunca tinha sido contundente com ela antes, e a violência era um choque, mesmo agora.

Mira se pôs de pé cambaleando e sua esperança foi morrendo quando ele lhe deu as costas e começou a fechar as travas na porta. Era como se algo tivesse sido ativado dentro dele: Felix parecia ficar mais calmo enquanto fazia aqueles movimentos. A cada trava fechada, suas mãos tremiam menos.

— Eu nunca quis que você visse essa parte minha — disse Felix. — Eu *tentei* ser melhor para você, mas isso é o que eu sou. Quando chega a esse ponto... isso é tudo que eu sou.

— Não — insistiu ela. — Não é. Não pode ser. *Eu amo você.*

Uma estranha expressão tomou conta do rosto dele: pesarosa, amorosa, resignada.

— Eu sei — disse ele. — Todas elas me amavam.

Então ele a puxou para seu braços, segurando-a com tamanha determinação que ela mal começara a se debater e sua resistência já tivera fim. Alguns dias antes, na floricultura, ela tinha ficado tão fraca com os beijos dele que mal conseguia andar; agora, a força que havia recuperado murchava sob a intensidade da dele. E, como um herói conquistador, um noivo ou um amante assassino, ele levou o relutante corpo dela para a cama.

Ele a jogou sobre a colcha branca e não perdeu tempo, colocando-se sobre ela e imobilizando-a para que não fugisse. As garotas mortas os cercavam, imóveis em suas posições; uma plateia apática, sem vida.

Mira correu o olhar pelo quarto, absorvendo cada detalhe macabro. Era como se estivesse observando um naufrágio; não conseguia não olhar — até que Felix cobriu seus olhos com a mão.

— Não olhe — sussurrou ele, seu hálito quente no ouvido dela. — Você não precisa ver isso.

Ele havia soltado um dos pulsos dela para cobrir-lhe os olhos, e agora ela ergueu a mão, o tocou, tremendo ao sentir suas feições. Ele gostava dela... ela sabia que sim. Se apenas conseguisse fazê-lo entender...

— Você não quer fazer isso — disse ela. — Eu sei que não quer.

Felix pegou sua mão e a afastou de si, segurando seu braço contra a cama. Os olhos dele avançavam sobre ela, com uma expressão apologética porém dura.

— Se o que eu quisesse importasse — disse ele —, esta sala não existiria. Esta *maldição* não existiria. Eu quero ser feliz... ter uma chance real de ser feliz, como qualquer pessoa. E eu poderia, se apenas alguém *me desse ouvidos*. Mira — sussurrou ele —, por que nunca ninguém me ouve?

— Eu não sei! — gritou ela. E então lembrou que não era sua culpa; ela poderia explicar. Nem queria ir até ali. — A fada! Delilah. Ela disse que eu deveria...

— Isso não importa. — A voz dele era gentil, com um quê de dor, com o lamento que se infiltrava às vezes quando ele estava com ela. — Há uma pessoa inocente neste quarto. E não sou eu nem você.

A primeira garota, pensou ela. A garota cuja morte tinha sido acidental, antes da existência de um quarto proibido a ser invadido, de um segredo a ser descoberto.

Antes de a maldição de Felix tê-lo feito em pedaços.

O amor destrói, dissera ele uma vez, e era a isso que se referia. Ela não imaginara que a destruiria também.

Você vai entrar lá e assumir seu lugar entre as mulheres que viu...

— Você não pode me manter aqui — disse ela, bem imóvel, como se um animal fosse atacá-la caso se mexesse.

— Você está enganada. Eu tenho que manter você aqui. — As mãos dele se apertaram em torno dos pulsos dela, segurando-a com tanta força que parecia que ele poderia esmagá-la caso assim o quisesse. Ele era muito mais forte que ela. Tinha, além da própria força, toda aquela que havia roubado. — Não resista. Não dificulte as coisas.

— Você espera que eu simplesmente... fique deitada aqui e *morra*?

Ela tentou se soltar, lutou para se libertar, para lançá-lo longe. Ele lhe torcia os pulsos, machucando sua pele com mãos que a prendiam como grilhões. Ela sacudia os ombros, lutava com as pernas contra o peso dele, mas ele a mantinha imobilizada, como se não fosse esforço algum. O corpo que antes ela amava ter por perto era agora uma prisão da qual jamais conseguiria escapar. Até que por fim ela desistiu, ficando ali deitada imóvel, arfando, a pele escorregadia de suor, os pulsos doendo.

Felix nem parecia estar com raiva de ela ter tentado se libertar. Ele sabia que de nada adiantaria.

E agora ela também sabia.

Mira desviou o rosto para não ver a indecisão nos olhos dele. Tinha que haver uma parte de Felix que a amasse o suficiente para lhe dar ouvidos.

— Se você gosta de mim — disse ela —, é só me deixar ir embora que eu nunca vou contar a ninguém, eu juro por Deus que nunca...

Ele estendeu os braços de Mira acima da cabeça dela e encostou o rosto ao dela, seu corpo a cobrindo como uma mortalha. Ela não conseguia ver nem sentir nada além dele.

— Eu teria feito qualquer coisa por você — disse ele. — Qualquer coisa que tivesse me pedido, mas isso... Mira, parar com isso, te poupar... é a única coisa que não posso fazer. Sinto muito...

Ele realmente iria...

Ela soltou um grito — de ajuda, misericórdia, qualquer coisa —, e ele a beijou, a boca pressionando a dela até o som daquele clamor morrer em sua garganta.

O mundo ficou cinza por um instante, adejado de estrelas, como estática. Felix continuou beijando-a, intenso a princípio, depois com mais suavidade, até que ela parou de resistir; os lábios dele tinham a gentileza da água, cativantes e românticos, como se aquela fosse uma noite especial. Um beijo mais precioso que o primeiro, por ser o último.

Ele deslizou as mãos pelo corpo dela, e havia algo estonteante no toque dele, algo que tornava fácil para ela ceder — e difícil de respirar. A morte mais suave imaginável. Ela arqueou as costas, e ele beijou-lhe o pescoço; e era maravilhoso, como sempre tinha sido... quem dera nunca tivesse fim. Mas o horrível é que *teria* um fim, assim como seu mundo teria um fim com aquele beijo. Ela não queria perdê-lo; não queria perder tudo.

Mira se odiou por ele ainda provocar essas emoções nela, mesmo quando estava lhe fazendo mal. *Matando-a.* Odiou seu coração, por saber que a deixaria na mão, mas não a ele.

Quando Felix se ergueu, apoiado nos cotovelos, para olhar para ela, seu rosto pairava como uma miragem. Ela queria que ele parasse. Queria que ele a tocasse novamente, com toda aquela suavidade, mas para dizer que era tudo mentira. Que ele poderia perdoá-la pela intromissão, por descobrir seu segredo. Que sentia muito por todas as coisas horríveis que tinha feito e que nunca mais faria nada daquilo de novo. Ele iria mudar, por ela.

Ele limpou as lágrimas do rosto dela, e a ternura de seu toque era como um idioma que ela não entendia.

— Foi tão difícil... — ele confessou. — Tão difícil me afastar assim que eu soube que você me amava. O sentimento era tão belo, tão viciante... Mas eu me contive. Eu queria algo real com você, mas você não deixou que isso acontecesse. Você tinha que ser como todo o resto. E arruinar tudo...

Ela estava tão certa de que Felix não iria longe demais... mesmo depois de saber que isso já acontecera. Ela havia perdoado as transgressões dele sem nenhum pedido de desculpas, sem que ele nem reconhecesse ter feito algo errado.

Mas ele se recusava a perdoar a transgressão dela.

Dessa vez, ele não iria se conter. Ele a tomaria por completo.

Felix fez uma trilha de beijos de despedida ao logo do corpo de Mira. Cada toque seu lhe roubava um pouco mais de calor, enfraquecia o fio que a atava à vida, que a tornava ciente da cama sob seu corpo, do peso dele sobre o seu, do cheiro do perfume dele, da respiração rascada dele enquanto ele absorvia ainda mais um filete de vida do corpo dela. O cabelo dele caía sobre o rosto, desordenado, selvagem... tão diferente de antes.

— Pelo menos você terá seu final feliz — murmurou ele. — Isso eu posso te dar. Não vai doer. Vai ser... simplesmente como das outras vezes. E eu sempre vou te amar. Nunca te esquecerei...

— Não... — disse ela, fraca. — Isso não é ser feliz, Felix... Por favor, não faça isso...

— Você será mais feliz do que eu quando isso tiver acabado. Pelo menos você pode conhecer o amor sem ter de destruí-lo. Eu preciso seguir em frente. Continuar com esse jogo até que alguém me ouça. E nós dois sabemos... que ninguém nunca vai me ouvir. Ninguém nunca ouve. Esse tem que ser o seu final feliz, Mira. Porque é o único final que você tem.

༄

Vida e amor foram arrancados dela como uma onda recuando no mar. Tudo que Mira podia fazer era tentar se agarrar ao estado de consciência.

A princípio, ela havia lutado, mas desistira fazia tempo. Um beijo e sua resistência começara a ser drenada; dois, e a fraqueza, a estranha euforia, se estabelecera. Três beijos e o pânico e a resignação se digladiavam em sua mente, a única parte dela que parecia ainda funcionar.

Mira sentia o mesmo que sentira na piscina superaquecida dos Knight: o corpo flutuando, a gravidade desaparecendo, apenas o roçar da mão de Felix lembrando-a de que ela tinha um corpo.

Mas uma coisa ela não poderia esquecer. Uma coisa que entorpecimento algum seria capaz de roubar.

O pingente envolto em gaze e repousando em seu peito como uma crisálida, uma borboleta de lâmina de barbear esperando ser libertada. Ela ainda o sentia, mesmo seus sentidos a tendo abandonado. O perigo que aquilo representava tinha um imenso peso em seu coração.

E, enquanto sua mente lutava para encontrar uma saída, um final que não fosse a morte... a lâmina começou a lhe parecer uma segunda chance.

Amor era algo que tinha que ser feito. Sentido. Era ativo, e não passivo.

Seria possível uma pessoa adormecida amar?

E se ela não o amasse ativamente, se estivesse tão desligada de suas emoções quanto estivera do resto do mundo, será que ele ainda poderia arrancar aquele amor dela, roubar sua vida, beijo após beijo?

Ela levou a mão ao peito, devagar, e começou a soltar a gaze.

Seus dedos estavam tão dormentes quanto ficavam no inverno. Ela não podia nem mesmo ter certeza de que estava soltando a gaze do jeito certo, mas, pelo medo primal que a fazia estremecer a cada vez que tocava o cordão, devia estar funcionando. A lâmina de barbear era seu gatilho. Seu corpo não a queria perto daquele objeto. Seu corpo lhe dizia, em termos incertos, por instinto: *NÃO!*

Felix não parecia notar o que ela tentava fazer; estava preocupado demais em matá-la. Ela havia parado de resistir e, entorpecida, deixava-o se alimentar. Mesmo enquanto ele lhe roubava a vida, enquanto tomava dela tudo que lhe importava, ele não rasgou seu vestido, nem fez nada que os dois já não tivessem feito antes. Era irônico; Felix tratava seu corpo com uma espécie de consideração polida, mas para matá-la, não tinha escrúpulos. Será que ela deveria ser grata por ele não a ter tomado com violência? Ela não precisava desse trauma, já bastava todo o resto.

O chumaço de gaze palpitava na palma de sua mão.

Ela não conseguia mais ver Felix; mal podia senti-lo. Seu polegar tocou o metal da lâmina, que foi de encontro a ela com um impulso de reconhecimento: *Você me conhece. Vou ferir você. Bem-vinda ao lar.*

Morte ou sono. Um ou outro recairia sobre ela agora.

Nem teve tempo de lamentar seu destino. A lâmina cortou seu dedo, tirando sangue.

E o mundo desapareceu.

18

DEPOIS DO SHOW, METADE do público que estava na Badalo da Meia-Noite saiu com Rafe para uma prometida festa na praia. Blue tentava não pensar em Mira, não se perguntar por que ela fora embora mais cedo, o que Felix tinha dito para fazê-la ir até ele. Passava da meia-noite, quase duas da manhã, então era oficialmente o aniversário dela... Ele queria lhe dar parabéns, mas não queria ficar irritado nem deprimido naquele momento — e era assim que se sentiria se a visse com seu irmão e ela lhe dissesse: *Eu estou feliz. Por que você não me deixa ser feliz?*

Ainda bem que ele tinha algo com que se distrair. Jogou-se de cabeça na festa: bebendo, tirando onda com gente mais bêbada que ele.

As garotas iam atrás de Freddie como gaivotas seguindo um barco de pesca... e pareciam achar fofo quando ele fugia, aterrorizado. Jewel saiu de fininho com uma loira chamada Luxe, uma dos malcomportados Kinders, que tinha reivindicado a infâmia dos contos de fadas ainda pré-adolescente, depois de roubar uma casa habitada por ursos e deixá-los todos enfezados. As duas só pararam para respirar depois de vários minutos se beijando, para que Jewel pudesse cuspir as pedras e enfiá-las nos bolsos de Luxe. Rafe batia latas de cerveja vazias com força na testa, até que estava com uma coroa de machucados.

E Blue sentia falta de Mira. Queria que ela estivesse ali para lhe perguntar *por que* ele era amigo de Rafe. Ou para que ele pudesse lhe contar a história de Luxe roubando os três ursos, e fazê-la rir. Ou ficar na área da arrebentação com os braços em volta dela, enquanto ela fingia não gostar.

Wills sacudia Viv como se ela fosse uma boneca de pano, as mãos no abdome nu dela; soltou-a apenas quando Henley veio tirar satisfações e levou um soco na cara. Com isso, os três irmãos Knight se uniram para atacar Henley, bêbados e estupidificados pelo gene do herói, concedendo olhos roxos como se concedessem desejos.

A briga cresceu e acabou envolvendo a todos na praia, com os Amaldiçoados não nobres indo ajudar o Caçador. Uns tipos espertos de Lobos Maus e arrogantes Joões-Matadores-de-Gigantes. Blue não gostava de brigar, mas olhos roxos e machucados encaixavam-se em seus planos anti-Românticos, então ele se jogou em meio à briga, para arranjar algumas lembrancinhas. A briga só acabou com a chegada de alguns policiais. Blue e Freddie saíram correndo e se esconderam até o caos se acalmar, sentindo-se temerários e vivos.

A aurora surgiu sobre a praia, expulsando-os dali de volta para casa.

∾

Blue e Freddie estavam em frente ao Dream, boquiabertos ante a visão que tinham diante de si.

O edifício inteiro estava coberto de espinhos: ramos encravados que escalavam as paredes do hotel, uma hera afiada como lâminas de barbear. Um emaranhado de roseiras silvestres se cruzava nas portas de entrada e nas janelas, travando a saída para os que lá dentro estavam e impedindo Freddie e Blue de entrar. Só quando Blue tentou tocar uma das roseiras e um ramo saltou para cima dele e o arranhou, tirando sangue, foi que ele se deu conta de que não se tratava de uma ilusão.

Era a maldição de Mira.

Blue soltou palavrões. Virou-se para Freddie, cujos olhos brilhavam de animação — o infortúnio de uns era a felicidade de outros, imaginava ele.

— Vou pegar a minha espada! — disse Freddie.

— Aquela espada não vai servir de nada. — Blue tateou em busca de seu celular. — Vou pedir para o Henley trazer um machado.

— O Henley? — Freddie ficou lívido. — Mas eu... eu bati na cara dele com um pedaço de madeira faz poucas horas. Você realmente acha isso uma boa ideia?

— Tudo bem... vá pegar sua espada, mas ande logo!

Freddie já estava a caminho.

— Não se preocupe! — gritou ele, e saiu correndo.

Freddie era Comprometido pela Honra; finalmente ele tinha uma princesa a salvar, e, até onde sabia, não poderia haver nada de ruim nisso.

Já Blue não gostava do fato de o destino ter escolhido aquele dia para entrar em ação. O aniversário de dezesseis anos de Mira; ominoso, bem ominoso! Parecia que estava tudo ruindo...

Havia mais de mil e quinhentos quartos no Dream. Mais de mil lugares onde Mira poderia ter caído no sono. Mas não importava quantos quartos fossem, só havia dois ou três lugares onde Mira provavelmente estaria.

Com Felix. Com Felix. Com Felix...

O telefone de Viv caiu direto na caixa postal, então Blue ligou para a casa dos Deneuve. Regina atenderia, e ela era bem capaz de alegremente perturbar a beleza de Viv para obrigá-la a atender o telefone.

Viv iria *adorar* ser acordada pela madrasta. Mas ele podia enfrentar a ira dela. Estava disposto a lhe prometer qualquer coisa, ser seu escravo pelos cem anos seguintes, passar o resto da vida experimentando preventivamente todas as maçãs que a ela fossem oferecidas, contanto que ela conseguisse convencer Henley a ir até o Dream com um machado para permitir que ele, Blue, passasse por aquelas roseiras.

Ele precisava entrar lá. Precisava encontrar Mira para saber se ela estava bem.

Porque havia o sono... e havia Felix. E ele não fazia a mínima ideia de qual dos dois tinha chegado até ela primeiro.

— Isso não vai dar certo — disse Henley.

Ele tinha chegado com um machado, uma serra elétrica e Viv a tiracolo. Freddie não tinha voltado ainda, por isso é que Blue queria que Henley tentasse cortar a roseira *agora mesmo*. Quando ele dissera a Freddie para andar logo, tinha esquecido que o amigo interpretaria o conselho como *vá em frente, tome banho, troque de roupa, escove os dentes para que fiquem com cheirinho de menta para a concretização do seu destino*. E só depois: *Ande logo*.

— Pelo menos tente — pediu Blue. — Tente antes que eu mesmo me jogue sobre as roseiras. A última coisa que eu quero é Knight libertando meu corpo morto e aprisionado com sua espada.

— Só estou dizendo — prosseguiu Henley — que essas roseiras são encantadas. Teoricamente, só vão se abrir para um príncipe. Rá!

Henley girou o machado. Os galhos espinhosos foram partidos ao meio pela lâmina, depois encolheram e se separaram, ficando prateados e frágeis. A porta de vidro rachou com a força do golpe.

Viv examinou um galho que parecia morto. Quando tocou um dos espinhos, viu-o se desfazer, virando pó.

— A Mira está doente? — perguntou ela. — Estranho as roseiras serem assim tão fracas. Talvez tenha algo errado com ela...

— Machado na mão. Saia. Do. Caminho. Vivian — ordenou Henley, preparando-se para o segundo golpe.

"Doente"; "Fracas": alarme.

Blue se pegou fechando as mãos, cerrando os punhos. Ele queria matar Felix. Matar.

— Abra essa porta — disse ele, irritado.

Respirando fundo, o que era visível pelo subir e descer de seu peito, Blue esperou atrás enquanto Henley golpeava o restante das roseiras, cada galho se curvando lastimosamente para trás assim que era cortado.

A cada rachadura no vidro, o coração de Blue dava um salto. Ele precisava encontrá-la. Precisava acreditar que ela estava bem. Que já não era tarde demais.

A última das roseiras cedeu e então Henley chutou os painéis de vidro já rachados, derrubando-os da porta.

Passaram pelo buraco aberto e entraram em um pesadelo silencioso.

⌒〜⌒

Quer dizer, não tão silencioso assim. O Dream estava sempre vivo. Sempre zunindo de animação e desespero, vozes enchendo o ar como a velocidade de uma cachoeira. Não importava a que horas do dia ou da noite.

Menos agora.

As máquinas caça-níqueis ainda faziam o mesmo ruído eletrônico. Fileiras e mais fileiras de máquinas, os sons de umas se sobrepondo aos das outras, de maneira que nunca havia nem um pouco de silêncio, nunca um momento de calma.

Os apostadores, no entanto, estavam largados em seus assentos, com as bochechas esmagadas contra as telas de videopôquer, as máquinas esperando serem giradas mais uma vez. Copos de plástico engordurados estavam caídos pelo chão ou virados no colo das pessoas adormecidas, as moedas caindo ao chão.

As roletas de números tinham parado de girar. Os dados estavam congelados nas mesas. Full houses eram ignorados. Nenhum dos jogadores de blackjack jogava ou passava a vez; em vez disso, estavam caídos nas mesas ou no chão, em ângulos estranhos, com as cartas espalhadas. As garçonetes tinham derrubado bandejas e jaziam inconscientes em poças de bebidas alcoólicas e gelo derretido. Gerentes das mesas de jogos não viam nada além de seus sonhos.

Todas as pessoas no cassino dormiam.

Era como entrar em um cenário apocalíptico. Um filme sobre o fim do mundo em que as máquinas continuavam funcionando mesmo quando já não havia mais ninguém lá.

— Onde você acha que ela está? — perguntou Viv, enquanto seus olhos absorviam aquele cenário.

— Não sei — disse Blue. — Mas tenho alguns palpites.

Ele retirou a carteira do bolso para pegar a chave-mestra, idêntica àquela que Felix tinha dado a Mira e que ele tinha tomado dela. Mas uma das chaves não estava ali.

Mira a tinha roubado.

Provavelmente durante o show, porque ele estava com a chave-mestra antes disso, lembrava-se de ter verificado, paranoico com a possibilidade de ter sumido.

Então Mira só podia estar...

— Vocês precisam ficar aqui — disse Blue, a mão tremendo enquanto guardava a carteira de volta no bolso. — Não podem ir aonde estou indo.

— Ah, Blue, você não acha mesmo que... — Mas ela não terminou a frase.

Nem ela nem ninguém.

Eles conheciam o conto de Felix, sabiam do único lugar que era proibido. E o que acontecia por lá.

Henley pegou a mão de Viv, e pela primeira vez na vida ela pareceu feliz com isso; aninhou-se sob o braço dele, o medo estampado em seus olhos escuros. Blue apenas assentiu. Tinha medo de perder o controle se falasse alguma coisa.

— Quer levar o machado? — ofereceu Henley.

Blue balançou a cabeça em negativa. Se pegasse o machado, podia acabar usando-o contra o irmão. E não importava o que Felix tinha feito, não importava o quanto ele *quisesse* feri-lo, Blue sabia que não podia matar o próprio irmão. Não precisava de mais arrependimentos.

Ele se virou e correu na direção dos elevadores.

A suíte 3013 estava silenciosa como uma tumba.

O carpete branco como a neve estava coberto de manchas de sangue, formando uma trilha que dava no quarto. Havia no chão uma única folha de papel. Todo o resto estava em ordem.

Mas a porta do quarto estava fechada.

Ele voltou o olhar para a trilha de sangue. Como se não fosse o bastante drenar a vida dela. Felix a havia machucado também.

Blue cerrou os dentes e pressionou as palmas das mãos nos olhos. Inspirou e expirou algumas vezes, tentando se acalmar. Não podia ceder ao desespero. Ainda não.

O cheiro de rosas o atingiu em cheio quando ele empurrou a porta do quarto, com firmeza e gentileza para o caso de haver um corpo criando obstáculo. Não queria desrespeitar nenhuma garota morta, fazer-lhe mal, mesmo que toda a sua vida já tivesse sido roubada.

Ele já estivera naquele quarto antes. Uma vez, aos treze anos. E Felix nunca o perdoara por isso. A relação entre os dois nunca fora muito boa, mas, ao invadir o lugar mais secreto do irmão, Blue tinha destruído o pouco de amizade que ainda os unia. Havia tirado o véu dos seus crimes cuidadosamente ocultos, destruído a ilusão de que ele era menos monstruoso que o pai.

Entrar na câmara de um Romântico era a suprema invasão de privacidade, e tinha um alto preço. Para a maioria das pessoas, esse preço era a morte. Com a exceção de parentes de sangue que compartilhavam da mesma maldição e da mesma vergonha, ninguém que entrasse na câmara poderia sair dali para revelar o odioso segredo. Intrusos tinham de ser silenciados e somados à coleção. E, se eles não o amassem, se não pudessem ser silenciados e fortalecer o Romântico com o amor e a vida que lhes seriam roubados, então seriam silenciados de maneiras mais sangrentas e mais tradicionais.

Daí o termo *câmara sangrenta*. O sangue coagulado no chão, mulheres penduradas em ganchos em contos de fadas, gargantas cortadas. Mas Felix nunca precisara fazer nada disso. Ele era o mais perfeito encantador, suave e generoso, sua beleza capaz de vencer séculos de desconfiança nutridos contra qualquer um de cabelo azul. E Felix não gostava de sujar as mãos. Ele nunca cortaria alguém, a menos que fosse realmente preciso.

Então, se havia sangue, Mira devia ter lutado com ele. Ou talvez ela fosse mais forte que a maioria das garotas, porque em seu sangue pulsava a magia dos contos de fadas. Isso poderia tê-lo feito perder a paciência, entrar em pânico, temido ser a violência a única forma de silenciá-la.

Seria demais esperar que ela não amasse Felix de verdade. Ele tinha visto o efeito que o irmão causara em Mira; tinha testemunhado a fraqueza dela, visto com seus próprios olhos. Enquanto ela dormia na cama dele, inconsciente e impossível de ser acordada, ele ficara sentado ao lado, fitando-a, prestando atenção no mais leve mexer de pálpebras, no fraco subir e descer de respiração no peito dela.

Ele tinha achado aquilo agonizante.

Mas agora era infinitamente pior.

Quando Blue entrara na câmara do irmão pela primeira vez, Felix tinha dezessete anos. Na época havia duas garotas dentro do quarto, ambas lindas e jovens, mais novas do que Blue era agora. Eram garotas solitárias, sem amigos; muito bonitas, mas tão profundamente feridas emocionalmente que nunca encontrariam pontos em comum com mais ninguém. E tinham gravitado em torno de Felix, que as aceitava, que sabia exatamente do que precisavam. Felix gostava de almas perdidas, órfãs, garotas que tinham fugido de casa, tal como o pai deles gostava.

Porque ninguém nunca vinha procurar por elas.

As primeiras duas namoradas de Felix ainda estavam lá, com suas roupas e penteado uns quatro anos fora de moda. Mas a elas tinham se juntado quase duas dúzias de novas garotas. As que pareciam não ter oferecido resistência — sem marcas, sem nenhum sinal de luta — estavam sentadas ou deitadas, perfeitamente arrumadas, ou aninhadas em travesseiros. As que tinham lutado haviam recebido um tratamento menos atencioso, estavam jogadas onde quer que coubessem. Duas delas tinham sido enfiadas dentro de um guarda-roupa com as portas abertas, seus braços e pernas emaranhados uns nos outros, cheias de contusão na pele, como se Felix tivesse batido com a porta nelas enquanto tentava fechar o guarda-roupa abarrotado de corpos.

Blue se lembrava de algumas delas. Das que tinham sido legais com ele. As que ele tentara, sem sucesso, alertar. Essas tinham entrado rapidamente na vida de Felix e logo estavam radiantes, apaixonadas — mas nunca mais escaparam.

Haviam sumido. Ficado ali.

E lá estava Mira.

Blue mal a conseguia ver em meio à liteira de rosas que guardava a cama em que ela estava, um denso emaranhado de roseiras e botões de rosas vermelho-sangue cobrindo-a como se formassem um caixão. Protegendo-a.

Ela estava deitada, perfeitamente imóvel, o farto cabelo loiro estirado em volta no travesseiro, uma das mãos descansando sobre o peito, tão passiva quanto friamente bela, assim como todas as outras garotas ali naquele quarto. E, quando ele esticou o braço para tocá-la, os galhos o cortaram com movimentos rápidos, perfurando sua pele em vinte lugares diferentes. Gotas de sangue caíram no vestido estampado de rosas que Mira vestia.

Os espinhos agarravam seu braço como uma ratoeira; não permitiriam que ele a tocasse nem que chegasse perto dela, ou mesmo que se afastasse. Por mais força que fizesse, não conseguiria se libertar. E, embora ele fizesse um grande esforço para chegar mais perto, os espinhos o agarravam e forçavam seu braço a ir em outra direção, então ele ficou ainda mais envolvido pelos galhos que antes, em vez de mais perto dela.

— Por favor, esteja viva — sussurrou ele. — Por favor, esteja apenas dormindo.

Mas não havia nenhum sinal de que ela estivesse viva ou dormindo.

∾

Felix a tinha deixado ali. E Felix não era de deixar as coisas inacabadas.

Ele não a teria deixado viva.

Esses foram os pensamentos recorrentes de Blue durante a hora que passou aprisionado nas roseiras. Galhos espinhosos tinham se enrolado em volta de seu pulso, de sua cintura; seu braço direito estava totalmente aprisionado; espinhos perfuravam seu rosto. O sangue escorria por sua face, mas ele já não sentia mais a dor. Só sentia o desespero e a desesperança da situação.

Blue estava com o olhar fixo nos lábios de Mira, em seu peito, desejando desesperadamente ver alguma indicação de que ela estava respirando, quando ouviu o primeiro estrondo de rachadura contra o lado de fora da porta da suíte. Ele virou a cabeça na direção do som, tentando ver pelo vão da porta do quarto, os espinhos fazendo surgir novas linhas de corte em sua fronte; e então viu a porta da suíte se quebrar para dentro, um pedaço grande de madeira entrando como uma estaca no aposento. Aos poucos, quanto mais pedaços da porta caíam, ele viu que era Freddie no corredor, fazendo a porta em pedaços com o machado de Henley.

Blue cerrou os dentes. Felix não perdoaria a intrusão, mesmo sendo Freddie. O que fazer então? Expulsar Freddie dali ou apressá-lo, para terem uma chance de salvar Mira — que talvez até já estivesse morta?

Freddie era seu melhor amigo; Blue não queria que nada de mal lhe acontecesse. Mas Freddie também era Comprometido pela Honra, e, se sua princesa estava imobilizada sob uma prisão de espinhos, possivelmente perdida, definitivamente ferida, ele não iria embora apenas por Blue lhe pedir isso. A decisão estava tomada.

— Ande logo! — gritou Blue.

— Estou quase lá! — gritou Freddie em resposta.

Demorou uma eternidade até Freddie irromper pela porta, mas finalmente ele abriu um buraco bem grande na madeira e entrou na suíte correndo, o machado na mão e uma espada presa ao cinto. Tinha o rosto afogueado e suado, mas um olhar determinado no rosto ao ir em direção ao quarto.

Um olhar que vacilou assim que ele cruzou o limiar... e viu as garotas mortas lá dentro.

— Ah, meu Deus — sussurrou Freddie.

Ele piscou algumas vezes; seus olhos ficaram marejados e as lágrimas caíram. Era algo horrível de se ver mesmo que se esperasse por aquilo, até para quem era o mesmo tipo de monstro, como era o caso de Blue. Freddie era um herói de coração muito mole para aquilo.

— Tente não olhar para elas — disse Blue. — Sei que é difícil. Sei que é horrível, mas precisamos ajudar Mira. Eu não... não sei se chegamos tarde demais, mas temos que tentar. Se concentre em Mira.

E torça para que ela esteja viva, pensou. Porque, se ela não estivesse, se Freddie tivesse de ser um herói só para descobrir que ela estava morta, isso o destruiria.

Freddie assentiu, engolindo em seco.

— Tem razão. Vou fazer isso.

Foi preciso um pouco de esforço, mas Freddie conseguiu afastar o olhar das outras garotas, e então se aproximou, com cuidado, do emaranhado de rosas, a mão estendida para a frente como se fosse afastar uma fera perigosa...

E os espinhos se abriram para ele.

Os galhos se curvaram para trás, apertando Blue ainda mais, e criaram uma passagem para Freddie na lateral da cama, permitindo-lhe alcançar Mira.

Blue prendeu a respiração e viu seu amigo dobrar o corpo, forte e seguro; perfeitamente um herói. Ele nunca tinha invejado alguém mais do que invejava a Freddie naquele momento.

Os dois pareciam perfeitos juntos: Mira, bela e imóvel, com os lábios entreabertos; Freddie, ferozmente protetor, suas feições fortalecidas pelo amor. Se ela estivesse viva, se ela estivesse bem... Freddie poderia beijá-la e nunca a machucaria. Seu beijo tinha a capacidade de curar, de quebrar encantamentos e levar ao final de felizes-para-sempre. Ele era marcado para ser bom, e nunca tivera medo de ser diferente disso, de ser perverso, um assassino, mau.

O beijo de Blue só poderia destruir.

Ele quase se sentia grato pelos espinhos que o aprisionavam, mantendo-o em seu lugar, de forma que não pudesse impedir aquilo de acontecer.

Porque ele queria ser o homem a beijá-la.

Em vez disso, porém, forçou-se a perguntar:

— Ela está respirando?

— Não sei. — A voz de Freddie saía baixa agora; reverente e carregada de medo. — Ela não está se mexendo. Ou, se está, é um movimento tão leve que não tenho como saber. Mas... ela está segurando alguma coisa...

Freddie pegou a mão de Mira, a que estava repousada sobre o peito, e abriu seus dedos, revelando algo prateado. Blue apertou os olhos para enxergar além dos espinhos que enchiam seu campo de visão.

— O que é isso?

— É uma lâmina de barbear — disse Freddie, soando preocupado. — Em uma corrente. E a mão dela está com sangue. Ela estava... segurando uma lâmina de barbear...?

Ele ergueu o olhar de relance, e seus olhos se depararam com Blue em meio aos espinhos.

— Você acha que ela... será que é esse o gatilho dela? Por que ela usaria isso se sabia o que podia fazer com ela?

— Não sei — disse Blue. — Ela ia...

Ela ia falar com Delilah.

Então ele entendeu. Mira tinha ido falar com Delilah aquela noite, na Badalo, para descobrir qual era seu gatilho. Ele tinha ficado tão desapontado por ela ter ido embora antes de lhe dar uma chance de vê-la de novo que se esquecera de que algo além dos sentimentos dela por Felix, ou os sentimentos dela por ele, Blue, poderia tê-la feito ir embora como a Cinderela depois da meia-noite.

O que Delilah teria dito? Ela não podia ter falado a respeito da maldição dos Valentine, mas devia ter dito alguma coisa. Algo que levara Mira a roubar a chave de Blue e entrar em um quarto em que até então resistira a entrar.

Fadas más eram realmente más; elas não tinham pontos fracos nem vulnerabilidade emocional. Delilah não pedira pagamento a Mira... porque o que ela queria, somente Felix poderia lhe dar. E a fada certamente sabia que Felix tinha começado a sair com Mira; ela fazia questão de ficar sabendo dessas coisas, ainda mais sendo Felix, que seguia sua maldição com perfeição, e que era adorado por Delilah justamente por isso.

A maldição original da Bela Adormecida era cortar o dedo e *morrer*, mas essa maldição sempre era suavizada por uma fada boa, que alterava o encanto da princesa de forma que ela estivesse destinada apenas a cair em um sono profundo. Porém, é claro, qualquer fada má merecedora de sua perversidade queria ver a Bela Adormecida morrer. Haveria melhor maneira de conduzir Mira à sua própria destruição do que, de alguma maneira, tentá-la a entrar na câmara proibida de Felix?

Felix, que puniria tal transgressão da única forma que lhe era permitida.

Blue estava tão furioso consigo mesmo que mal conseguia respirar.

— Droga — murmurou ele. — Eu devia ter falado para ela me esperar. Devia ter ido com ela!

— Blue?

Freddie franziu a testa para ele. Blue podia ver a preocupação nos olhos do amigo, a incerteza que não estava lá antes. Ele inspirou fundo para se recompor.

— Freddie, você tem que beijar a Mira.

— Se ela estiver morta — começou Freddie, seus lábios tremendo quando ele se virou para Mira novamente —, eu... eu não sei se devo fazer isso. Não devo beijar os mortos. Eu não... não consigo nem encontrar a pulsação dela. Mas... eu tenho que tentar. Nunca iria me perdoar se não tentasse...

Freddie se inclinou na direção dela, fechando os olhos, abrindo os lábios, um beijo em câmera lenta.

Blue ficou tenso e cada corte em seu corpo voltou a arder. Cada segundo daquilo era uma tortura. Cada segundo em que ele não sabia...

Os espinhos o apertavam com ferocidade, e... Freddie a beijou.

༄

O mundo começou a voltar lentamente, em um processo encantador.

Chiffon.

O aroma de rosas.

Um beijo.

Lábios macios estavam encostados nos dela, e a boca de Mira acompanhava os movimentos, como se beijar fosse a coisa mais natural do mundo, como estar viva.

Viva.

Ela sentia as pálpebras pesadas. Seus braços e pernas pareciam distantes, como se sua mente e seu corpo estivessem em dois lugares diferentes.

Ela sentia a mão de alguém no rosto, e era tão cálida que quase queimava, mas de um jeito bom, infundindo-lhe vida; ela não queria deixar de sentir a mão dele. Estava com frio, congelando, como se alguém tivesse roubado o calor de seu corpo enquanto dormia.

Roubado.

Felix.

Sua tentativa de se salvar havia falhado.

Seus olhos se abriram subitamente, seus lábios lutavam para se descerrar em um grito. Ela ouvia o próprio sangue correndo nas veias, como se fosse uma explosão em sua cabeça. Um gemido de protesto escapou de sua garganta. Nuvens negras flutuavam na frente de seus olhos, e manchas escuras invadiam sua visão. Ela estava morrendo. Tinha achado que alguém a impedira de morrer, interrompido o processo de sua morte, tinha uma vaga lembrança de uma ausência de todas as coisas, de uma pausa sombria, mas se enganara, estava morrendo de novo... *devia estar...*

— Mira, você está bem. Está tudo bem — apressou-se a dizer uma voz masculina, uma voz muito próxima dela. Uma voz que transmitia preocupação e alívio ao mesmo tempo.

Uma outra voz parecia mais fraca e mais distante:

— Ele já foi, Mira. Não pode mais machucar você.

— Quem? — perguntou ela. A palavra saiu como o mais fraco dos sussurros.

— Felix. O Felix já foi. O Freddie e eu estamos aqui com você. Não vamos deixar que ninguém te machuque.

Blue. Freddie e Blue estavam ali. Seu coração quase se partiu de tanto alívio, e ela começou a chorar.

— Não consigo ver nada — sussurrou ela.

Ela deixou que as emoções a dominassem, como se as lágrimas fossem lavar a cegueira e levá-la embora — como as lágrimas de Rapunzel, que tinham curado o príncipe depois que ele caíra da torre e tivera os olhos arrancados por espinhos.

Mira sentiu alguém a erguendo da cama, colocando seu corpo aninhado em braços calorosos, em um corpo quente; e, pela estrutura física da pessoa, imaginou que se tratava de Freddie e não de Blue.

— Sinto muito. Espero que você não se importe — disse Freddie. — Eu não consegui suportar ver você daquele jeito. Deitada ali, como se estivesse... — Ele a puxou para mais perto em seus braços, e ela deixou o corpo se colar ao dele. Então o sentiu estremecer. — E você está muito fria.

Sem saber ao certo por quanto tempo, Mira ficou ali encolhida nos braços de Freddie. O tempo parecia ter congelado. Todos eles estavam muito quietos; tinham passado por algo dramático, e ninguém sabia ainda o que dizer. De vez em quando Freddie dava um beijo na testa de Mira, ou em seu rosto, e uma pequena onda de calor despertava os membros dela, enviando uma centelha até seus nervos. Seus olhos então começaram a clarear, as nuvens negras ficando cinza, o cinza se dissipando e deixando um borrão para trás, e então ela podia enxergar novamente formas e cores, embora nada muito distinto, até que por fim se viu encarando Blue, preso em um denso emaranhado de roseiras, observando-a.

Teve a impressão de que ele a observava fazia algum tempo. E, quando a névoa se dissipou de seus olhos e ele notou que ela conseguia vê-lo, ele soltou o ar, aliviado. O corpo dele relaxou visivelmente, os galhos espinhosos lhe arranhando e estalando, cortando sua pele. Uma lágrima caiu de seu olho e ele abriu um largo sorriso, quase doloroso, quando a sentiu descer por sua bochecha.

— Você está chorando — disse Mira, assombrada.

Ela nunca o tinha visto daquele jeito. Nem mesmo quando ele lhe contara a história de seu décimo sexto aniversário.

— Esses espinhos machucam — disse Blue, sorrindo; um sorriso tímido dessa vez.

E ela riu. Ele estava tão cheio de si. Freddie riu também, aquele ressoar como o repique de um sino. Eles riam e também choravam um pouco, e Freddie a abraçou com tanta força que por um instante ela quase ficou sem fôlego — mas não era uma sensação assustadora. Ela se sentia a salvo com eles. Sabia que eles nunca a machucariam.

19

DEPOIS QUE FREDDIE CORTOU os galhos e libertou Blue, os três desceram até o térreo, onde os hóspedes adormecidos começavam a acordar. Apostadores encaravam suas cartas com ar confuso. Garçonetes se erguiam do carpete ensopado de gim e pegavam suas bandejas de bebidas. Jogadores em caça-níqueis coletavam moedas em copos de plástico e discutiam sobre quais pertenciam a quem. Não havia nem sinal de Felix, e Mira queria sair do cassino antes que o visse.

Blue a tinha avisado, antes de saírem do quarto proibido, que Felix não deixava as coisas por terminar, que a maldição dele não permitia que isso acontecesse. Ele só a deixara viva porque os espinhos o tinham atacado, isolando-a dentro de um muro, o que o impedira de selar seu destino.

Felix voltaria para enfim matá-la, e também a Freddie. E, embora Blue e Freddie tivessem jurado protegê-la, ela sabia que só havia uma forma de tudo aquilo ter um fim... mas não queria aquele fim ainda.

Eles foram encontrar Viv e Henley, que esperavam por eles no saguão, e deixaram o Dream para trás.

❧

Os cinco tomaram café da manhã em um pequeno e sujo restaurante não frequentado por ninguém que conheciam. Ingeriram café suficiente para ficarem acordados durante dias. Quando o ar começou a cheirar a hambúrguer em vez de ovo mexido, finalmente se levantaram e saíram para enfrentar o mundo. Viv e Henley foram para um lado; Mira, Blue e Freddie, para a casa dos Knight.

Mira sabia que não podia mais continuar com seu sumiço. Tinha que ligar para suas madrinhas e confessar o que fizera, e estava determinada a acabar com aquilo... hoje.

Ela só não esperava ver as duas no quintal da casa de Freddie.

Eles tinham contornado a casa para entrar pelos fundos, na tentativa de evitar os pais de Freddie, mas qual não foi a surpresa quando, ao chegarem ao quintal, se depararam com uma pequena reunião. Mesas, cadeiras e arcos de croqué tinham sido dispostos sob um tenda do lado de fora. Jarras de vidro cheias de chá gelado e rodelas de laranja suavam sobre as mesas.

Elsa e a mãe de Freddie tomavam chá enquanto conversavam. Bliss tinha nas mãos um taco de croqué, sua saia em forma de sino subindo a cada vez que ela se curvava para dar uma tacada. Caspian dava apoio moral, dizendo "Isso aí! Muito bem!", e o sr. Knight estava sentado sozinho, fumando um cachimbo e lendo o jornal.

Mira ficou paralisada.

— As notícias correm rápido quando um cassino é coberto por roseiras selvagens — dizia Elsa. — Ainda mais hoje... Deduzimos que só podia ser Mira.

A mãe hipersensível de Freddie se abanava com um leque, os lábios constritos em uma expressão de vítima.

— Eu devia ter percebido que ele estava quebrando um encantamento. Ouvi quando ele entrou em casa tropeçando em tudo hoje de manhã, passando perfume às sete da manhã. Não consigo acreditar que ele não me contou nada!

Freddie tinha parado um pouco antes de chegar perto delas, ao vê-las reunidas. Agora ele estava voltando pelo mesmo caminho, sussurrando:

— Talvez seja melhor a gente entrar pela frente...

Mas Elsa já os tinha visto. Seus olhos encontraram os de Mira, e ela abriu um sorriso. A mãe de Freddie seguiu a direção do olhar dela e levantou-se rapidamente.

— Frederick! — gritou ela. — Como você pôde?

— Hã... o quê? — tentou Freddie.

— Não lhe ocorreu que eu poderia querer tirar uma foto? Você nem me avisou! Agora só me resta esperar por... uma garota-peixe! E uma criada suja que conversa com ratos!

O tom de voz da sra. Knight subia e descia. A cada respiração, ela soava mais próxima do choro.

Caspian parecia magoado.

— Uma garota-peixe? É isso que você pensa dela?

O sr. Knight tirou o cachimbo da boca apenas o suficiente para dizer:

— Meninos, não perturbem sua mãe.

Freddie soltou um suspiro e foi se desculpar, enquanto Mira foi até Elsa e Bliss. Estava na hora de encará-las. Ela imaginava que as duas estariam com raiva, por ela ter mentido, por tê-las deixado chateadas, mas elas também tinham explicações a lhe dar.

Era estranho olhar para suas madrinhas e vê-las não apenas como suas guardiãs, mas também como fadas, o verdadeiro eu de cada uma delas. Em casa, Elsa e Bliss se faziam parecer um pouco mais velhas a cada ano, mas agora as cuidadosas rugas e as mechas prateadas haviam sumido de seus cabelos. Elsa parecia os alunos a quem ela dava aulas na universidade, com seu cabelo castanho ainda molhado do banho, uma calça jeans desbotada e uma camisa branca larguinha. Bliss parecia até mesmo mais jovem, como uma boneca de porcelana trazida à vida. E, ainda assim, elas resplandeciam com um poder silencioso, com uma majestade que sempre tinham ocultado.

Parecia que estavam esperando que Mira dissesse algo, então ela se pronunciou:

— Eu sei da verdade agora. Sobre os meus pais. E sobre a minha maldição. Por que vocês mentiram para mim? Por que me disseram que eles tinham morrido?

Ela se controlou, inspirou fundo para não chorar. Não queria agir como uma criança. Precisava mostrar que podia lidar com a verdade, não importando qual fosse.

Bliss pousou o taco de croqué na grama.

— Seus pais não queriam que você soubesse que eles estavam vivos, Mira. Eles achavam que você estaria mais segura assim. Fizemos apenas o que eles queriam.

— Venha aqui, Belle. Nós sabemos que foi difícil para você. — Elsa parou ao lado de Mira; Bliss fez o mesmo. Cada uma delas colocou o braço em volta da menina. — Quer saber como tudo aconteceu?

Mira assentiu. Havia um nó em sua garganta.

— Você realmente teve uma festa de batizado — começou Bliss. — Foi em um belo salão, o mesmo lugar onde seus pais fizeram a festa de casamento. Eles achavam que não poderiam ter filhos, então, quando você nasceu, queriam fazer algo mais que especial para comemorar sua chegada.

— É uma tradição na comunidade dos contos de fadas convidar fadas para um batizado — explicou Elsa. — As fadas concedem dons à criança, na forma de talentos ou de virtudes. Geralmente há uma ou duas. Seus pais convidaram sete delas.

— Aposto que eles tiveram que pagar o olho da cara a um produtor para achar tantas — comentou Bliss.

Elsa assentiu, concordando.

— Quando chegou a hora de as fadas concederem os dons, fomos nos apresentando em ordem de idade. Decidimos que você seria linda, bondosa, que teria uma bela voz e habilidade para a dança, que seria graciosa e estudiosa. Este último foi o dom que concedi a você.

— Eu era a mais jovem das fadas — disse Bliss —, então tive que esperar até o fim. O dom que eu daria a você seria o magnetismo com animais; acho que Frederick tem isso...

— Eu seria irresistível aos esquilos? — Mira ergueu as sobrancelhas.

— Isso é *muito* em voga em nosso mundo — retrucou Bliss, fungando em desdém. — Mas enfim. Eu ia fazer isso... quando uma fada má apareceu.

— Ninguém sabia quem era ela — continuou Elsa. — Nem mesmo eu tinha ouvido falar dela. Teria sido impossível convidá-la, mas ela estava furiosa: elas sempre ficam furiosas. Ela vestia uma capota de penas pretas e um vestido longo da mesma cor, infestado de besouros, que saíram correndo de debaixo da saia dela, levantaram voo e pousaram nos cupcakes. Cobertura de baunilha com ouro comestível e besouros negros... — Elsa estremeceu. — Nunca vou esquecer. Dava vontade de vomitar... Eu sabia que ela amaldiçoaria você. E só tinha restado uma fada que poderia amenizar a maldição. Então empurrei Bliss para debaixo da mesa de bebidas e ficamos esperando.

— Aqueles besouros ficavam pousando em mim — disse Bliss. — Aquela fada detestável foi direto encostando a varinha mágica em você. Era uma varinha de ouro, não de vidro como as nossas.

Bliss puxou uma delgada varinha de vidro do bolso, e Elsa fez o mesmo. Mira já tinha visto suas madrinhas carregando aquelas coisas para cima e para baixo, brincando com elas distraidamente... e a vida toda achou que fossem agulhas de tricô.

Mas eram varinhas, claro.

Bliss encostou sua varinha na palma da mão, como se isso a ajudasse a recordar.

— A fada declarou que quando você fizesse quinze ou dezesseis anos, você cortaria o dedo em uma lâmina de barbear e morreria. E então ela foi embora e aí chegou a minha vez. Eu não podia desfazer a maldição, mas tinha como amenizá-la, em vez de conceder o dom que ainda não tinha concedido. Eu decidi assim para que você não morresse quando se cortasse. Você apenas cairia em um sono profundo: um sono encantado que duraria cem anos ou até que um príncipe Comprometido pela Honra chegasse para te acordar com um beijo.

— E com isso a festa acabou. Você pode imaginar... ninguém tinha vontade de celebrar nada. E era como se você tivesse uma bomba-relógio logo ali... — Elsa deu uns tapinhas na base das costas de Mira, onde estava a marca —, ... e ninguém sabia qual seria a melhor maneira de proteger você. Muito menos seus pais. Algumas das fadas ficaram um pouco mais para dar conselhos, e, por fim, sua mãe e seu pai decidiram entregar você a duas fadas-guardiãs, que fariam o que pudessem para te proteger e amar — disse Elsa, abraçando-a. — E que levariam você para longe, para um lugar onde contos de fadas não passassem de histórias, onde você teria a melhor chance de driblar o destino. E depois de dezessete anos, quando o perigo tivesse passado, elas trariam você de volta.

— E eu acho que... o perigo não existe mais — disse Bliss, e depois ficou calada, tateando a varinha com os dedos.

Mira fechou os olhos. Sentiu, por um instante, como se fosse muito pequena de novo. Tinha passado a vida toda com Elsa e Bliss. E, por mais que estivesse ansiosa para conhecer os pais, não pretendia simplesmente deixar sua vida para trás e entrar em uma nova, como se o tempo que passara com Elsa e Bliss fosse como um vestido que não lhe servia mais. Seus pais eram seus pais, eram mais especiais para ela do que poderiam imaginar.

Mas Elsa e Bliss eram suas guardiãs, e sempre seriam.

— E se, depois de passado o perigo, eu decidisse que já tinha um lar? — perguntou Mira.

Os olhos de Elsa reluziram de emoção. Ela parecia quase surpresa, e então sorriu.

— Bem, imagino que nesse caso a gente podia sugerir que começassem com uma visita, e que partissem disso. O que acha?

— Acho ótimo.

Elsa colocou uma mecha de cabelo atrás da orelha de Mira.

— Vou combinar tudo. Hoje você só aproveita o que sobrou do seu aniversário, ok? Amanhã podemos dar início a todas as mudanças. Tenho que ajeitar minha antiga casa. Agora que estamos de volta ao lar, onde é o nosso lugar...

Lar. Era bom pensar em Beau Rivage como um lar. Como o lugar que era delas, e onde poderiam ser elas mesmas. Elas três.

Mira olhou de relance ao redor, ciente do mundo mais uma vez. Freddie tinha conseguido acalmar a mãe e estava parado observando Mira, como se à espera de lhe ser útil, de servi-la, indiferente ao pequeno pássaro empoleirado na borda de seu copo de chá.

— Ele é *bonitinho* — murmurou Bliss no ouvido de Mira, provocando-a com cócegas para arrancar dela alguma reação. — Ele beija bem?

Mira sentiu o rosto ficar vermelho e mais quente que o ar.

— *Bliss!*

— Agora vamos nos livrar dessa coisa feia.

Elsa fechou os dedos em volta do colar com a lâmina de barbear. Já ia puxá-lo, mas então Mira rapidamente segurou a corrente para impedi-la.

— Não. Quero guardar isso comigo.

Suas madrinhas não sabiam o que a lâmina significava para ela. Não sabiam que aquele objeto tinha salvado sua vida — e ela não pretendia contar isso às duas. Não contaria nada sobre Felix.

Ela teria de enfrentar Felix um dia, Mira não tinha ilusões quanto a isso, mas não daria a suas madrinhas um motivo para torturá-lo, como haviam feito com Louis, o Lobo. Ninguém merecia esse tipo de crueldade. Elsa e Bliss eram pessoas boas, mas se soubessem que Felix tinha tentado matá-la, nunca se sabe o que poderiam fazer.

Elsa franziu o cenho, sem entender.

— Mira, essa coisa é repulsiva... está coberta de sangue. Não deve ser usada como acessório.

— Você pode se cortar — acrescentou Bliss. — E dá uma impressão ruim. Como se você fosse suicida.

— Eu não vou me cortar de novo — insistiu Mira. — E não me importa que impressão dá.

— Mira... — disse Elsa, em tom de alerta.

— A escolha é dela — disse Blue.

Ele tinha ficado afastado das pessoas ali reunidas, e só agora se aproximara das três. Estava com a postura rígida, sem olhar direito para nenhuma delas. Mira então se lembrara de como ele também ficara daquele mesmo jeito perto de Delilah. Ele não confiava em fadas. E por que confiaria? Uma fada má lhe lançara sua maldição. E fadas boas o viam como algo a ser destruído.

Porque ele não era um herói. Heróis *matavam* pessoas como Blue. Ele era um vilão.

E isso era algo que Mira nunca aceitaria, porque, para ela, Blue era um herói. Ele havia ajudado a salvá-la; tinha dado o melhor de si para avisá-la, mesmo atado pelas regras de sua maldição, e a havia afastado até mesmo quando a queria perto de si. Para ela, isso tinha muito mais significado que o destino.

Elsa e Bliss se viraram para ele com um ar feroz.

— Você acha muito bom que Mira faça coisas perigosas, aposto — disse Bliss.

— Não quero que você chegue perto de Mira — disse Elsa. — Está me entendendo?

Ela sacou sua varinha como se aquele bastão de vidro tivesse o poder de uma espada de samurai. E talvez tivesse mesmo. Fadas amaldiçoavam pessoas com suas varinhas, retiravam magia do sangue delas e as transformavam, para melhor ou para pior.

— Com todo o respeito — interveio Freddie, colocando-se na frente de Blue. — Não vou permitir que vocês ameacem o meu melhor amigo.

— Não seja insolente — disse, em tom de reprimenda, o sr. Knight.

Bliss tremia, tomada por uma fúria que lhe parecia completamente descabida. Ela mirou Blue com a varinha, embora Freddie, o nobre Freddie, Comprometido pela Honra, formasse um escudo humano na frente do amigo.

— Esse garoto é um vilão, Mirabelle. Um vilãozinho perverso e asqueroso...

— Eu sei — disse Mira. — Ele é um Romântico. Eu não quero nada com ele.

Mira olhou de relance para Blue. Pela expressão no rosto dele, era como se ela o houvesse apunhalado.

Ela lamentava ter dito isso, mas erguer argumentos em defesa dele não os levaria a lugar nenhum. Elsa e Bliss ficariam alertas novamente se soubessem que Mira gostava dele, que confiava nele, e ela não queria ser protegida. Preferia deixá-las no escuro por um tempinho.

— Que bom — disse Elsa, depois de um instante.

Ela não parecia totalmente convencida, mas não foi tão ruim quanto poderia ter sido.

— Sorte sua que Mira é uma menina sensata — disse Bliss. — Porque eu sou uma fada boa, mas você não vai querer ver o que faço quando alguém machuca a minha Mira.

— Agora tire o colar — ordenou Elsa.

— *Não* — disse Mira, irritada.

As duas fadas pareciam chocadas. Mira nunca tinha ficado irritada com elas antes. Por mais frustrada que estivesse.

Mas... agora ela tinha se acostumado a tomar suas próprias decisões.

— Ei, ei, vocês não precisam fazer essa cara — disse a sra. Knight. — Que tal uma foto de todos nós? Freddie, você fica ao lado de Mira.

Mira cedeu à sessão de fotos da mãe de Freddie. Eles fizeram cerca de cinquenta poses artificiais e tiraram algumas fotos em grupo, metade das quais foi invadida por pássaros. Os olhos dela se focavam em todos os lugares, exceto na câmera... estava procurando por Blue.

Ela não sabia onde ele estava, se tinha entrado na casa ou ido embora, mas torcia para que ele ainda estivesse ali. Tinha esperanças de que ele a conhecesse bem o bastante para saber que ela não o queria longe.

20

O PÔR DO SOL se apagava do céu, dando lugar ao intenso tom arroxeado da noite.

Lanternas de papel pendiam em volta da piscina no quintal dos fundos da casa dos Knight, reluzindo suavemente. Bandejas de comidas estavam dispostas em cima de uma mesa perto da tenda. E os melhores seres dos contos de fadas de Beau Rivage se divertiam ao lado da piscina. Viv tinha organizado uma festa de aniversário surpresa.

Estavam lá: Layla, Viv e Henley, Jewel e os dois irmãos de Freddie, além de Rafe (que estava se comportando), Freddie e Blue. Eles tinham levado presentes de aniversário de última da hora, como um CD gravado em casa, uma camiseta da banda Curses & Kisses, um esquilo listrado que Viv dizia ser manso (mas não era) e as chaves do carro de Wills — que Mira tinha plena certeza de que teria de devolver assim que ele se desse conta de que tinham sumido, mas mesmo assim agradeceu a Henley pelo Porsche.

Mira tinha trocado o vestido com estampa de rosas por um maiô emprestado, complementado com um short e sua nova camiseta da Curses & Kisses.

Restavam poucas horas para o fim de seu aniversário, de seus doces dezesseis anos, e ela estava determinada a aproveitar ao máximo esse pouco tempo. Tirar algum proveito do que tinha sido o pior e o mais importante dia de sua vida.

Logo antes de se reunirem ao redor do bolo, Viv disse a Mira que eles tinham mais uma surpresa para ela: desejos. Assim como em sua festa de batizado. Só que os desejos daquela noite não se tornariam realidade a menos que ela fizesse com que isso acontecesse. Era mais pela diversão da coisa.

Caspian e Freddie acenderam uma fogueira e Layla entregou aos convidados faixas de papel colorido, que eles usaram para escrever algo que desejavam para Mira. Um de cada vez, eles iam até perto da fogueira e liam seus desejos, depois jogavam os papéis coloridos nas chamas. A fumaça subia, carregando os desejos para as estrelas.

De Layla: *amor verdadeiro*. De Viv: *dormir apenas quando quiser*.

Henley lhe desejou *paciência*; Caspian, *que você sempre tenha cabelo de sereia*; Wills, *uma conta bancária que nunca fique vazia*.

Jewel disse *magia* e jogou na fogueira a safira que saiu junto com a palavra. Rafe colocou sua cerveja de lado apenas por tempo suficiente para desejar a Mira *gostosura eterna*.

De Freddie: *confiança*. De Blue: *esperança*.

E, quando foi a vez de a própria Mira fazer um desejo, ela foi até seu bolo de aniversário, coberto por glacê com sabor de baunilha e pontilhado por estrelas cor-de-rosa e azuis, e soprou todas as dezesseis velas de uma vez só, desejando *que as coisas tivessem sido diferentes*.

༖

Eles não cantaram "Parabéns a você". Freddie pegou sua guitarra e, com Jewel nos vocais, tocou "Summertime", seguida de "Wild Horses", no bis. Todos comeram bolo, a cobertura cor-de-rosa e azul manchando os lábios. Wills pegou a mangueira e encheu um punhado de balões com água; então se dividiram em times e deram início a uma batalha de balões, correndo descalços pela grama, usando as árvores e a tenda como proteção e depois lançando um ataque. Divertiram-se assim até estar ensopados, quando então ficaram só de roupa de banho e pularam na piscina.

Mira não se jogou na piscina, mesmo com eles lhe gritando para cair na água.

— Mais tarde! — ela prometeu.

Ao ver seus amigos espirrando água na piscina, Mira foi completamente tomada por uma emoção muito diferente da solidão que sentira no passado. Era uma sensação de fazer parte de um grupo agora, e de felicidade, embora incompleta. Lá no fundo, ela sentia dor; pois havia se apaixonado, e essa paixão tinha dado terrivelmente errado. Mas ela não se permitiria ser devastada por um coração partido dessa vez. Podia seguir em frente.

Sabia que podia.

A lâmina de barbear pendurada em seu pescoço a fazia se sentir valente. Honesta. Uma lâmina nua não escondia nada, nada temia. Ela queria ser assim. Porque fora assim que se descobrira, se criara. Ninguém deveria se esconder. Ninguém deveria esperar pelo momento perfeito para virar borboleta, como em um passe de mágica.

O que vale é ir lá e *fazer a* mágica. Fazer os desejos virarem realidade.

Mira encheu mais um balão d'água e amarrou a ponta, depois foi carregando a bamboleante arma pela escuridão coberta de folhas do quintal. Afastando galhos lineares e espantando mosquitos, ela avançou sorrateiramente, até que a lua revelou Blue sentado na base de um salgueiro-chorão.

A camiseta molhada da Curses & Kisses ia até os quadris, pesada com a água da brincadeira com os balões. Quando Blue olhou para ela, Mira se sentiu ultraconsciente de seu corpo. De tudo.

— Oi — começou ela, hesitante.

— Oi, aniversariante. — Ele ergueu a mão em saudação. — E então, aquilo que você disse antes era sério?

— Aquilo o quê? — Ela tinha dito tanta coisa.

— Quando você disse às suas madrinhas que não queria nada comigo. No começo achei que fosse sério, mas agora não sei; me pareceu bem esperto dizer aquilo.

Ela estava prestes a confortá-lo, mas então mordeu o lábio, para manter a expressão séria no rosto, e se preparou para lançar o balão d'água.

— Não reparou que eu estou armada?

— Lamento ter de arruinar os seus planos, mas isso aqui não é *O mágico de Oz*. Eu não vou derreter.

Ela jogou o balão mesmo assim, sem força, e a arma foi estourar perto dos pés de Blue.

— Isso foi um desperdício de munição — murmurou ele.

Blue estava tão taciturno agora...

Mira se agachou ao lado dele.

— É claro que não foi sério — disse ela, porque talvez ele precisasse ouvir. — Falei aquilo para não ter que discutir. Eu não queria ouvir minhas madrinhas dizerem nada de ruim sobre você. Já sei que estão erradas.

Blue balançou a cabeça em negativa.

— Elas não estão erradas. Esse é o problema. Eu tenho a capacidade de ser um vilão, esse é o meu destino. Assim como você precisava saber a verdade sobre o Felix, e precisava cair no sono encantado. Podemos até lutar contra isso, mas...

— Mas o destino tem um jeito de torcer nossos esforços para atender às próprias expectativas.

O destino ou outras pessoas, ela pensou, com amargura, lembrando-se do papel que Delilah tinha desempenhado em tudo aquilo.

— Exato. E eu não quero nunca... eu não... — Ele desistiu de terminar a frase, sentindo-se frustrado. — Você sabe o que eu estou tentando dizer?

— Você não quer nunca me fazer mal.

Ele assentiu.

— E você já sabe como é fácil... como é inevitável. Então suas madrinhas têm razão. Quer dizer, eu não gostei de ouvir aquilo, mas elas têm razão.

— Não é inevitável — disse Mira.

Porque você é você. *Porque você não é egoísta.*

Ela sabia que preferiria machucar a si mesma a machucar qualquer pessoa de quem gostasse, e sentia que Blue era assim também. Ele havia lhe mostrado isso, no que dizia, e por ter se afastado do amor do qual precisava de um jeito desesperador. Amor que seria tão fácil de roubar.

O arrependimento, o lamento dele sobre o que tinha acontecido com Jane em seu décimo sexto aniversário era pelo que *ela* havia perdido... e não pelo que *ele* nunca teria.

Com a ponta do dedo, Blue tocou a lâmina de barbear pendurada no pescoço dela.

— Eu ainda acho que você devia ficar com isso se quiser. E... meu Deus, nem acredito que estou dizendo isso, eu não devia defender o Felix, ele é um canalha... mas obrigado por não contar sobre ele. Porque aquelas fadas teriam...

Ele fechou os olhos, como se estivesse visualizando algo horrível. E parecia culpado quando voltou a abri-los. Como se não devesse haver misericórdia para alguém como Felix.

Ou para alguém como ele.

— Eu sei — disse ela. — Ele é seu irmão. Eu entendo. E eu não faria... — Ela balançou a cabeça. — Não sou vingativa. Não acredito em tortura.

— Você é especial — murmurou Blue, e um sorriso se formava em seus lábios enquanto ele erguia a lâmina de barbear do peito dela. Virou a parte sem corte da lâmina, levou-a até a boca e a beijou.

— Não flerte comigo, Romântico — disse ela, mas estava brincando, sabia que ele entenderia o tom de brincadeira em sua voz.

— Não estou flertando com você — disse ele, ainda com o mesmo sorriso triste. — Não estou, não dessa vez, juro! Você só é... diferente... muito especial. E eu sinto completamente que tenho uma justificativa para estar apaixonado por você.

O coração de Blue ficou congelado. Estático, como se o tempo tivesse parado.

— Blue...

Ele encostou a testa na dela e sussurrou:

— Não diga nada, Mira. Não preciso que você diga nada. Só quero que você saiba.

Eles ficaram assim por um instante. Mira fechou os olhos, consciente do suor que escorria por entre a pele deles, de seus dedos lentamente se encontrando e se entrelaçando, cada vez mais apertado, porque essa era a despedida.

— Vou indo agora — disse ele. — Mas obrigado. Obrigado por tudo.

Eles soltaram os dedos, restando somente o calor. Ele afastou a cabeça da dela, e a brisa noturna passou por eles nesse momento.

Quando Mira abriu os olhos, Blue estava de costas para ela. Estava parado, um pouco distante, brincando com a ponta de um galho de salgueiro.

— Espere — disse ela. — E se eu não gostar de você? Tipo, realmente não gostar de você?

Blue se virou, analisando-a.

— Você não gosta mesmo de mim?

Ela assentiu com rapidez, a garganta apertada demais para falar, os olhos se enchendo de lágrimas. *Não me deixe, não me deixe, não me deixe.* Ele se aproximou. Seu peito arfava, acompanhando o ritmo da respiração; Blue estava tão nervoso que Mira podia ver aquela agitação como uma aura em torno dele.

— Você realmente não gosta de mim?

— Não gosto mesmo — sussurrou ela.

Hesitante, ele foi na direção de Mira, aninhou o rosto dela nas mãos, e seu olhar ficou fixo no dela durante o tempo de uma respiração lenta, longo o bastante para dar a ela uma chance de se afastar .

E então ele a beijou, e as lágrimas que ela tentava conter transbordaram quando ela fechou os olhos. Ele a puxou para junto de si, apertando-a contra o peito, o coração batendo forte contra o dela; e ela o abraçou tão apertado, mas tão apertado, porque não poderia nunca mais fazer isso, e queria senti-lo todo, queria se lembrar disso para sempre.

Ela estava mentindo. Será que ele podia sentir o gosto da mentira?

Porque ela podia sentir... sua força sendo drenada, o amor lhe escapando. O doce choque da boca dele era como se ela estivesse encostando a língua em um condutor energizado, que insensibilizava seus sentidos; que a fazia se sentir viva, mesmo enquanto ele lhe sugava a vida, e ela continuava voltando para isso, de novo e de novo. Ondas de sensação a puxavam para baixo, afogando-a. Mas Blue fazia com que aquela sensação de se afogar parecesse a coisa mais deliciosa do mundo. Como se ela estivesse perdendo o fôlego, mas não precisasse, não quisesse respirar, quisesse apenas Blue...

— Mira, meu Deus, Mira — ele sussurrou.

Uma das mãos dele estava no cabelo de Mira, tremendo, envolvendo sua nuca, e ela notou que ele sabia. Como ela se sentia. O que ele significava para ela. O mesmo que ela havia percebido.

A pele dele estava agora mais vibrante, seus olhos brilhando como um belo e prateado mar noturno sob o luar. Ela sentia os joelhos fraquejarem. Imprudente e feliz. Sua força se esvaía a cada movimento dos lábios dele. Quanto mais se entregava, mais lhe era drenado, a energia vital fluindo de sua boca para a dele. E valia a pena, valia totalmente a pena. Porque ele tomara um pedaço dela — mas agora ela tinha um pedaço dele também.

— Sua louca mentirosa — disse ele, sem fôlego.

— Você sabia que eu estava mentindo.

— Não tão... não tanto assim.

— Tudo bem, então talvez eu goste um pouco de você.

E nisso ela quase caiu, e ele a sustentou com o braço. Ele a baixou com cuidado até o gramado, apoiando-a em si, seu corpo forte como o tronco do salgueiro. A sensação de estar tão perto assim dele era maravilhosa... e de não ter medo, ao menos uma vez, de que fosse errado querer estar ali.

— Eu vou ficar bem — disse ela, para confortá-lo. — Só preciso recuperar as forças. É só não me beijar de novo até que eu tenha me recuperado. Sempre volta.

— Não podemos fazer isso de novo.

— Podemos ser mais cuidadosos. Vamos devagar, e vamos descobrir, e...

— Não. — Ele deixou escapar um suspiro profundo. — Não, não podemos, não podemos... Não podemos fazer isso nunca mais. E... merda. — Ele estava procurando algo, tateando, e então colocou um cartão plástico na mão dela, fechando os dedos dela em torno do objeto. — Não deixe que eu faça isso de novo. E... nunca entre na suíte 3024 do Dream. É particular.

Mira ficou encarando-o, boquiaberta. A chave-mestra estava em sua mão.

— Você está brincando, certo? Você não tem um... um quarto... para...

— Você tem que me prometer que nunca vai entrar lá. Estou falando sério. Não estou brincando. Prometa.

— É claro — disse ela, baixinho. — Eu nunca faria isso.

Blue ficou em silêncio por um instante. O coração dela batia com rapidez no peito, como se estivesse tentando compensar o tempo perdido. Quando ela esticou a mão para pegar na dele, ele a afastou. Com delicadeza, mas com uma determinação que a deixou triste.

— Eu quero ficar — admitiu ele. — Não me sentia assim fazia muito tempo. Eu me sinto como se... como se eu tivesse subido à tona depois de ficar debaixo d'água e agora pudesse finalmente respirar. Não quero parar de me sentir assim. É por isso que eu tenho que ir embora.

— Você não me machucaria — disse ela. — Eu sei que você não faria isso. *Eu conheço você.*

Mas Blue balançou a cabeça.

— Você não me conhece por inteiro; nem *eu* me conheço por inteiro. Mas sei que, quanto mais fico com você, mais quero estar. Já faz mais de um ano desde que... — Mas a voz dele falhou.

Mira colocou a mão sobre a dele. Dessa vez ele não a afastou.

— Acho que eu vou ter um colapso — disse ele. — Eu preciso do que você tem. De como se sente. Preciso de amor como preciso de água ou de ar. E não vou tirar isso de você. Não vou me permitir fazer isso.

— Então você está indo embora — ela murmurou.

De novo. Ela sentiu como se já o tivesse perdido uma vez aquela noite, e que ele tinha voltado para ela. Mas ele não iria ficar.

— Eu preciso ir. É a único jeito de ter certeza de que nunca vou machucar você.

Mira tinha desejado acreditar que Felix valia seu coração. Criara desculpas até mesmo quando ele a havia machucado, quando mentira para ela. Mas nunca precisara criar desculpas para Blue. Ele era todas as coisas nobres que ela amava e que queria que Felix fosse. Era terrível pensar em como tinha sido cega. E que, assim que se dava conta disso, tivesse que perder Blue.

Era difícil falar. Todas as palavras doíam.

— E se para mim valer a pena correr esse risco? — perguntou ela, mesmo sabendo que ele não lhe daria ouvidos. Mas ela precisava tentar.

— Então você não sabe o risco que corre. Eu sei. Sei o que você perderia. E nada vale essa destruição.

— Mas você vai se destruir.

Ele assentiu.

— Eu sei que é estranho, Mira, mas não tenho medo de morrer. Venho me preparando para isso a minha vida toda. Está escrito no meu conto que alguém Comprometido pela Honra deve me matar... E eu preferiria ser a pessoa responsável pela *minha* morte em vez de me tornar mais vilão do que já sou. Esse pode ser meu único ato heroico. — Ele sorria debilmente. — O único que me é permitido.

— Blue...

Ele beijou as pontas do cabelo dela... ergueu uma mecha dourada até os lábios, como se fosse a mão dela, para se despedir.

— Adeus, Mira.

໑◡๏

Ele se foi.

Foi embora, e ela não foi atrás.

Ela sabia que ele provavelmente ainda estava na festa, avisando os amigos que ia embora. Talvez Freddie tentasse dissuadi-lo da ideia. Ou talvez todos já esperassem por isso: ou sua resistência falharia, ou ele sumiria. De uma forma ou de outra, aquilo teria que ter um fim.

Ele estava certo em ir embora. Racionalmente, ela sabia disso. Mira se sentou com as costas apoiadas no salgueiro. Sentia-se trêmula, como se precisasse se alimentar, embora não fosse esse o problema. E, mesmo sabendo que suas forças voltariam, não havia garantia de que ela sobreviveria a todos os beijos, de que ela e Blue não seriam levados pelo momento e de que não iriam longe demais, ou se tocariam por tempo demais. Ela poderia ter o mesmo fim que qualquer outra garota do quarto proibido, uma bela adormecida que nunca acordaria.

Ele não queria aquilo para ela. E ela também não queria. Era o tipo errado de "para sempre". Um amor sem alma, congelado. O vento fazia farfalharem as folhas das árvores, um sussurro acalmando tudo ao seu redor. As folhagens do salgueiro estremeceram, chacoalhando como seus ombros, que tremiam enquanto ela se segurava para não chorar.

Vocês nunca deveriam ficar juntos. Não foi por isso que você veio até aqui... esse não era o seu destino.

Ela não queria morrer nos braços dele. E a única maneira de garantir que isso não acontecesse seria se manterem separados.

Mas ela também sabia que se deixasse Blue ir embora, ele morreria. Talvez não de imediato, mas muito em breve. E ela não conseguia tolerar essa ideia.

Ela andava de um lado para o outro, tentando decidir se devia deixar que ele se sacrificasse, pensando no que *ela* tinha de sacrificar... Inspirou fundo e fixou o olhar no céu negro e reluzente....

Desejou que uma daquelas estrelas fosse mais que apenas uma estrela, que fosse capaz de lhe conceder um desejo, porque ela desistiria de sua suposta "bela voz" e de sua "habilidade para a dança", de sua graça e beleza e do que quer que fosse que aquelas sete fadas lhe tinham prometido em seu batizado. Desistiria de tudo aquilo para salvá-lo.

Mas trocas não podiam ser feitas. O que tinha sido feito não podia ser desfeito. Mesmo no caso da maldição de Mira, Bliss só tinha conseguido amenizá-la...

Amenizar.

Talvez...

Talvez a batalha ainda não tivesse terminado.

Seu peito se inflou de uma esperança tão imensa que doía. Ela temia querer algo mais e perder isso também. Mas tinha que tentar.

Segurando-se na árvore para se equilibrar, Mira se forçou a ficar de pé e esperou que a tontura diminuísse. Então começou a voltar para a festa. Suas pernas pareciam feitas de chumbo e geleia ao mesmo tempo, mas ela continuou andando. Não desistiria dele.

Avistou Freddie debruçado na cerca da piscina, discutindo com Blue. Ela queria ir até eles, dizer a Blue que talvez houvesse uma chance, mas era melhor não elevar as esperanças dele. Não até que tivesse certeza de que poderia salvá-lo.

Tinha de haver uma maneira de salvá-lo...

21

A CASA DOS KNIGHT estava às escuras. Os relógios marcavam 11h29 e 11h31. Do dia de seu aniversário, restava apenas meia hora.

Mira seguiu os sons de conversas até a extremidade mais afastada da casa, onde janelas em ambos os lados da sala estavam abertas para deixar entrar uma brisa. O sr. e a sra. Knight, assim como Elsa e Bliss, estavam dispostos em um círculo de sofás e cadeiras. Eles pararam de falar ao vê-la chegar, erguendo o olhar para ela e dedicando-lhe total atenção. Mira se sentia horrivelmente exposta.

Precisou lembrar a si mesma de que eles não podiam ver o interior de sua mente. Nem de seu coração.

— Posso falar com vocês um minuto? — perguntou Mira, dirigindo-se a suas madrinhas. — Em particular?

— Claro... — disse Elsa, e fez menção de se levantar, mas a sra. Knight o fez antes. Ela e o marido pediram licença e deixaram a sala.

Quando as três estavam a sós, Elsa perguntou:

— O que houve?

Mira se fez de chateada.

— Vocês não me deram nada de presente de aniversário. É quase como se... tivessem esquecido.

— É claro que não esquecemos! — insistiu Bliss, com uma expressão irritada no rosto de boneca.

— Bem, hoje é meu aniversário e...

— Venha aqui, Belle.

Com um gesto, Elsa a chamou mais para perto. Mira ob deceu, torcendo para que não notassem a fraqueza em seus passos. Elsa pegou sua mão, franzindo a testa ao notar os talhos vermelhos em seus dedos.

— Foi um dia difícil, não?

Mira assentiu, feliz por elas não poderem ouvir o alucinado bater de seu coração.

— Você passou por tanta coisa, mas ficou bem. É *claro* que devemos comemorar. Diga o que você quer — falou Elsa.

Apesar do calor, Mira sentia os dedos da madrinha frios contra os seus.

— Posso ter um desejo realizado? — quis saber Mira. — Como os dons que vocês me concederam na festa do meu batismo?

— Você já é perfeita para nós — falou Bliss, em tom provocativo. — Demos a você tudo em que pudemos pensar na época. O que mais você poderia querer?

— Tem muita coisa que eu quero.

A boca de Elsa se curvou em um sorriso embevecido.

— Tudo bem. Vou conceder um desejo para você. Só não deseje algo que qualquer um possa te dar, como um carro.

— Pode deixar.

Ela inspirou fundo, medindo os passos. Tinha medo de dizer as palavras em voz alta. De tornar o desejo algo real e descobrir que seria impossível.

— Quero que vocês amenizem a maldição do Blue — disse ela.

Suas madrinhas ficaram encarando-a, tão sem expressão que por um instante ela não soube ao certo se tinha mesmo pronunciado as palavras.

— Você o quê? — perguntou Bliss.

Mira seguiu em frente:

— Eu sei que vocês não podem desfazer a maldição dele. Mas quero que a amenizem. Como fizeram com a minha.

— De onde veio essa ideia? — quis saber Elsa, cuja expressão deixava claro que ela sentia ter sido enganada.

Mas, sinceramente, Mira não estava nem aí. Elas haviam lhe prometido um desejo. Não era sua culpa se tinham imaginado algo diferente; as duas a haviam enganado durante a sua vida toda. Para protegê-la, era certo, mas também aquele seu desejo era por uma boa causa.

E agora... ela teria de tomar cuidado. A maldição de Blue era um segredo. Mira só tinha pleno conhecimento do tormento dele porque havia entrado na câmara proibida de Felix. Se falasse demais, suas madrinhas exigiriam que ela contasse o que sabia.

— Eu sei que a maldição dele é uma coisa ruim. É dolorosa para ele. É perigosa. E quero que vocês diminuam o peso de tudo isso. Seja lá o que puderem fazer para ajudar, quero que o façam.

— Mira, isso é realmente... não ortodoxo — protestou Elsa.

— É o que eu quero.

Até que tivesse provas de que Elsa e Bliss *não poderiam* fazer isso, Mira haveria de se manter firme. Estava pronta para implorar, chorar, fazer com que as duas se sentissem mais culpadas do que jamais haviam se sentido, mas não aceitaria o *não, de jeito nenhum* como a resposta que elas lhe tinham dado tantas vezes antes.

Mira lutaria por Blue.

— Isso eu entendi — falou Elsa. — O que eu quero saber é por que você está me pedindo isso. Foi ideia dele?

Mira balançou a cabeça em negativa.

— Não é um desejo dele, é meu.

Bliss cruzou os braços e fez cara feia por um instante.

— Achei que você nem gostasse de Blue Valentine.

— Eu não preciso gostar dele — retrucou Mira. — Eu sinto compaixão. Uma fada me concedeu o dom da bondade, lembra?

Elsa suspirou.

— Você tem plena certeza disso? Porque eu não posso te conceder um segundo desejo se mudar de ideia.

Mira assentiu, com o coração prestes a explodir. Tentou ficar serena. Temia que elas vissem quanto aquilo significava para ela e que recuassem.

— Tenho certeza.

— Tudo bem — disse Elsa. — Então é melhor encontrar Blue Valentine antes de meia-noite.

∿

— Antes de meia-noite? — Mira engoliu em seco. O relógio acima da cornija da lareira marcava 11h47; isso significava que ela teria menos de quinze minutos para encontrá-lo. E ela nem sabia se ele ainda estava lá. — Eu não sabia que havia um limite de tempo.

— É claro que existe um limite de tempo. É um desejo de aniversário. Não posso simplesmente concedê-lo todos os dias. — Elsa se ergueu da cadeira, espiando pela janela que dava para o quintal dos fundos. — Onde ele está? Perto da piscina?

— Não sei. Talvez — disse Mira.

— Então temos que correr.

Todos os convidados da festa estavam reunidos dentro ou em volta da piscina. Chamaram Mira quando ela apareceu, mas só lhe importava encontrar Blue. Ela deu uma olhada em volta, mas nem sinal dele. Ela o vira ali ao entrar na casa, mas agora ele já se fora.

Mira sentiu como se tivesse levado um soco no estômago.

— Acho que ele não está aqui, Mira — disse Elsa. — Sei que você queria fazer algo de bom por alguém... mas que tal um desejo para você?

Mira balançou a cabeça, recusando-se a aceitar.

— Eu vou encontrar o Blue — insistiu ela.

Freddie estava ao lado da piscina. O cinto com a espada estava preso por cima de sua roupa de banho, e ele conversava com Layla, que estava empoleirada na beirada de uma mesa de piquenique, uma toalha de praia enrolada bem apertada em seu corpo, como um vestido bem curto.

Mira foi correndo na direção deles.

— Freddie! — gritou ela.

Ele ergueu a cabeça, sem jeito. Conhecia bem a voz dela, o suficiente para reconhecer quando havia algo errado.

— Mira?

— Você sabe onde o Blue está? Pode encontrá-lo para mim? Por favor?

— Frederick — disse Bliss. — Você sempre traz uma espada para uma festa na piscina? Espero que esteja familiarizado com o conceito de ferrugem.

— Eu... sim, é claro — disse Freddie, parecendo não querer responder a princípio, mas dando atenção à fada em respeito a seus anciões mágicos. — Eu a carrego para o caso de surgirem problemas e eu precise decapitar o Fel... hum, alguém. Qualquer pessoa. Qualquer um que precise ser decapitado.

— Frederick, isso é muito perturbador — disse Bliss. — Eu realmente espero que você esteja brincando.

— *Onde está o Blue?* — gritou Mira.

Freddie a olhou assustado.

— Ele... foi embora. Achei que ele tivesse avisado você.

— Bom, parece que não — disse Elsa. — Estamos procurando por ele.

— Temos que encontrar o Blue antes da meia-noite — explicou Mira.

— Posso ligar para ele...

Freddie se virou e foi em direção à casa, parecendo levemente desorientado; é claro, a espada estava ali com ele, mas não seu telefone. Ele perguntou lá de longe, só com o movimento labial: *O que está acontecendo?* Mas Mira não tinha tempo de responder, portanto apenas acenou com as mãos no que esperava que fosse um gesto de *Ande logo* e fez uma súplica extra com os olhos, até que Freddie saiu correndo. Ela olhou de relance ao redor para ver se alguém estava com o celular, mas todos tinham deixado seus pertences dentro da casa.

— Até um carro seria melhor — disse Bliss. — Você pode pedir um carro realmente *exclusivo*.

— Você vai fazer um pedido? — quis saber Layla, demonstrando interesse.

— Estou tentando — disse Mira. — Para o Blue.

— Eu não sabia que isso era permitido — disse Layla.

— Geralmente não é — falou Elsa. — Mas Mira é nossa garota, e o aniversário de dezesseis anos é uma data importante, então eu posso fazer com que funcione. Mas meia-noite é o prazo-limite.

— Ah — fez Layla, e não disse mais nada.

Faltavam poucos minutos para a meia-noite.

— Onze e cinquenta e quatro — disse Elsa. — Docinho, acho que não vai dar tempo. Por que não pede alguma outra coisa, só para garantir?

— Magnetismo animal — sugeriu Bliss. — Ou serenidade.

— Eu não quero nenhuma outra coisa.

O tempo continuava passando. O mundo continuava girando.

O relógio se aproximava pouco a pouco da meia-noite.

Mira olhou de relance para a casa, contorcendo as mãos, perguntando-se por que Freddie estava demorando tanto. Fosse qualquer outra situação, ela mesma teria ido atrás de Blue, mas não tinha força para isso, não sabia onde ele estava, não conseguiria alcançá-lo rápido o bastante.

— Que horas são?

Elsa pôs a mão no ombro dela.

— Onze e cinquenta e oito. Ele não vem, esqueça isso.

As coisas poderiam ter sido melhores. Blue poderia ter tido uma chance. Ela havia chegado tão perto, e acabara de mãos vazias.

Ela deu de ombros e se afastou de Elsa; ficou de costas para suas madrinhas, para o caso de começar a chorar. Não queria que as duas a vissem desmoronando. Tocou o colar e levou a parte sem corte da lâmina aos lábios, tremendo. Sentiu o cheiro metálico, como de aço e sangue. Beijou a lâmina no local que tinha sido beijado por Blue.

Guardou-o em sua memória. Era lá que ele teria de ficar.

Se ele não conseguisse chegar ali até a meia-noite, seria melhor que nem aparecesse. Ela não teria nada para ele, nada que pudesse mudar as coisas, nada que o pudesse salvar. E não suportaria vê-lo partir uma terceira vez.

Mira começou a seguir em direção à casa. Ia dizer a Freddie para nem se dar ao trabalho de procurar Blue.

Lágrimas rolavam por suas faces. Ela as limpou com a mão, seus dedos ardendo do sal presente no suor, resquício de quando Blue pegara sua mão. Mira mal prestava atenção aonde ia, ocupada demais em limpar os olhos, que as lágrimas insistiam em nublar. Foi quando alguém a pegou pelos braços. Com força. Ela sufocou um grito.

Era Blue. Ele a fitava intensamente, seu olhar exigindo alguma coisa. As palmas das mãos dele estavam escorregadias em contato com a pele dela. A frente da camiseta dele estava úmida. Ele havia corrido naquele calor para chegar até ali.

— O que foi? — ele perguntou. — O Freddie me ligou, disse que tinha algo errado. Que você precisava... de mim. — E, em uma voz mais baixa, mais suave: — Do que você precisa, Mira? Diga.

— Eu preciso que você fique bem — sussurrou ela.

E, enquanto dizia isso, ouviu o primeiro lúgubre *bongue* de um sino de igreja marcando a hora — a primeira badalada da meia-noite; a primeira de doze.

❧

Era o hoje se transformando no amanhã. A meia-noite estava se aproximando, e o aniversário de Mira chegava ao fim.

Ela achou que a segunda badalada do sino lhe roubaria todo o fôlego, que a terceira faria seu coração parar de bater, que a décima segunda a mataria. As badaladas do sino eram demoradas, cada uma se estendendo por alguns segundos, sua música solene perdurando como se marcassem uma morte e não um novo dia.

Na terceira badalada, alguém a afastou de Blue. Era Bliss.

— Solte-a — disse Blue, irritado.

Ele estava interpretando tudo errado; tentou pegar Mira pelo braço, e Bliss a segurou com força e a afastou dele.

Elsa se pôs entre eles.

A quarta badalada soou. A noite estava se esvaindo...

— Por favor, eu exijo respeito... e silêncio — disse Elsa. — Não quero perder a concentração.

Elsa empunhava sua varinha no alto, como se fosse a batuta de um maestro, e o gesto parecia tão familiar que Mira sabia que estava vendo magia ser feita.

Talvez, se desse tempo...

A quinta badalada do sino tocou, seu som forte e intenso rolando pela noite.

— Saia de perto de mim — disse Blue.

Ele estava com medo. Com medo por causa da forma como elas o haviam ameaçado antes. Temendo que Mira tivesse contado a elas... Que estivessem fazendo a única coisa que podiam para protegê-la...

— Blue, está tudo bem — insistiu Mira. Sua voz saía alta e tensa, a esperança lutando contra o desespero iminente.

Não havia tempo, era impossível, quanto tempo era necessário para seu desejo ser concedido?

A sexta badalada do sino tocou. Em sua alma ela já sentia como se fosse meia-noite.

A fina varinha de Elsa se acendeu da base até a ponta, e uma onda de luz iridescente foi na direção de Blue. O medo tremeluzia em seus olhos e por um instante ele ficou parecendo um animal acuado. E então relaxou. Seus músculos deixaram de se retesar, e ele deixou cair os braços. Estava se rendendo.

Ele achou que elas o estavam destruindo. Não se importava mais.

A sétima badalada do sino soou.

— Vá em frente — disse ele.

Elsa encostou a ponta de sua varinha no peito de Blue. A pele dele acendeu, com o mesmo brilho das cores do arco-íris que a varinha, como se a magia estivesse passando em alta velocidade por suas veias. Blue tremeu. Ficou ofegante.

A oitava badalada do sino soou. Bliss abraçou Mira com mais força.

— Eu não posso desfazer a maldição dele — declarou Elsa. — Mas posso amenizá-la.

Os olhos aterrorizados de Blue encontraram os de Mira.

— O que ela está fazendo?

— É por você — disse Mira. — Para te ajudar.

A nona badalada soou, silenciando-os, como um trovão.

A luz que iluminava Blue diminuiu um pouco quando Elsa fez uma pausa, distraída. Mas voltou à brilhar intensamente quando a fada recomeçou:

— Em vez de drenar a força vital de sua amada a cada beijo e carícia, o Romântico amará como um homem normal.

Blue a observava, boquiaberto. Nenhum deles sabia realmente o que estava acontecendo, o que aquilo significaria para eles. Só conseguiam imaginar como aquilo poderia mudar as coisas. A décima badalada do sino ecoou pela noite.

— Ele não tirará a força de sua amada, tampouco precisará disso para sobreviver.

A décima primeira badalada do sino já estava soando quando Elsa passou para a segunda parte do desejo, a voz e a varinha tremendo enquanto o tempo se esgotava.

— A punição por invadir a câmara do Romântico...

A luz iridescente se esvaiu da varinha. Esvaiu-se da pele de Blue como tinha acontecido com a força de Mira quando ele a beijou. Até que todos os quatro foram deixados ali, parados no escuro, iluminados somente pela lua e pelas estrelas. A décima segunda badalada roubou-lhes a voz e o fôlego, marcando o fim da noite, o fim do aniversário de Mira, o fim da magia.

— O quê? — quis saber Blue. — E quanto à câmara?

Elsa balançou a cabeça.

— Não consegui mudar isso. Não deu tempo. Você ainda tem de entregar a chave. E pôr fim à vida de qualquer um que a invada...

— Não será um fim limpo, é isso que você está dizendo — falou Blue, com amargura. — Porque eu perdi a capacidade de sugar vida. Terei de fazer isso de modo tradicional... transformar o quarto em uma câmara sangrenta.

Elsa assentiu.

— É um infortúnio, e eu sinto muito. Eu pretendia amenizar isso.

— Então ainda será... eu ainda serei um assassino. Se alguém entrar no quarto...

Os olhos de Mira se encheram de lágrimas. O beijo de Blue não podia mais matar ninguém... mas não fazia diferença. Se ele tivesse de matar a garota que amava, teria medo de viver de verdade. Ela não podia suportar isso.

— Não é justo! — ela explodiu. — Como você pôde deixar isso assim?

— Mira, eu sinto muito — disse Elsa. — Mas o dia acabou. Não há nada que eu possa...

Bliss ergueu sua varinha e a magia emanou um ruído agudo como o de unhas raspando uma lousa. Seu maxilar estava tenso, seus olhos apertados, e ela encarava Blue. Bliss sabia deles dois? Iria puni-lo?

— Espere! — ela gritou, mas era tarde demais.

Bliss se esforçou para fazer um círculo com sua varinha no ar, mexendo o pulso em sentido anti-horário.

E o sino da igreja tocou novamente. Intenso, funéreo... e familiar.

A varinha de Elsa tremeluziu com uma nova luz. Sua boca formou uma fina linha de descrédito.

— Bliss, o que você fez?

— Shhh! — disse ela, furiosa. — Deixe que eu me preocupe com a encrenca em que me meti; você não terá quebrado regra nenhuma. Agora vá e termine isso. Restam só onze badaladas.

A segunda badalada soou pela segunda vez aquela noite. Uma segunda meia-noite.

Elsa inspirou fundo. Tocou com a varinha no coração de Blue, que estremeceu quando a luz iridescente o invadiu mais uma vez.

Elsa repetiu a amenização da maldição dele, recitando-a rapidamente agora, e, quando chegou à segunda parte do desejo, exatamente quando os sinos da igreja estavam soando pela sexta vez, ela disse:

— A punição por invadir a câmara de um Romântico sempre será a morte. Contudo, o Romântico não terá mais que dar à sua amada uma chave para o aposento proibido, nem terá de revelar sua localização. O segredo permanece com ele.

A luz invadia Blue como se fosse água, esvaindo-se com um chiado logo antes da décima segunda badalada da meia-noite. Estava feito. O desejo estava completo.

— Pronto — disse Elsa, deixando escapar um suspiro de exaustão. — Eu não posso fazer nada em relação à câmara, isso sempre será um tabu. Mas a maldição de Blue está efetivamente inofensiva.

Ela sorriu, e Mira sorriu também, determinada a manter uma expressão contente no rosto.

Ela não poderia, jamais, contar às duas fadas que a maldição de Blue era inofensiva para todo mundo, menos para ela. Nem que a última chave que Blue entregara estava em sua posse.

Ela podia sentir a chave-mestra no bolso... o mesmo fantasma frio que sentira quando a lâmina de barbear tocara seu peito pela primeira vez. E tremeu diante da promessa sombria que aquela chave carregava.

— Obrigada — disse Mira, puxando as madrinhas em um abraço. — Isso é perfeito.

— Eu não gosto dele — sussurrou Bliss no ouvido de Mira. — Só para deixar claro. Mas eu amo *você*. E sei que era isso que você queria.

— Você vai ter problemas pelo que fez? — perguntou Mira.

— Talvez — respondeu Bliss. — Mas ouvi dizer que a prisão para fadas madrinhas é bem legal.

— Shhh — fez Elsa, e Bliss deu uma risadinha.

— Feliz aniversário — disseram Elsa e Bliss.

෴

As duas a deixaram sozinha com Blue. Ele se aproximou e pegou nas mãos dela, tomando cuidado para não apertar seus dedos machucados.

— Bem bacana esse show de luz, hein? — comentou ele. O som de sua respiração parecia trêmulo. Ele olhava para baixo, para si mesmo, como se esperasse ter mudado do lado de fora também. — Estou com um pouco de medo de acreditar nisso. Sinto como se não pudesse ser verdade.

— Mas é. Foi meu desejo de aniversário... que elas amenizassem a sua maldição, como fizeram com a minha.

— Você tinha um desejo de aniversário? E o desperdiçou comigo?

Ele abriu um largo sorriso. Era a primeira vez que ela o via sorrir daquele jeito em um bom tempo, e isso a iluminou por dentro, e ela também abriu um largo sorriso.

— Onde eu estava com a cabeça?

— Podemos pensar em algum tipo de troca, para eu recompensar você pelo que fez...

— Ainda tem uma coisa que eu quero no meu aniversário.

— Qualquer coisa — disse ele.

Você, pensou ela.

E envolveu o pescoço dele com os braços, tanto alegre quanto nervosa e com medo.

Era animador pensar que eles tinham uma chance agora... e assustador saber que o destino dos dois estava nas mãos dela. Ela era a única que poderia traí-lo. E, se fizesse isso, haveria de transformá-lo em um monstro. Ele seria forçado a matá-la, seria violento. O risco de morte sempre estivera entre os dois... mas agora ele poderia se afastar dela, e nunca teria de se arriscar daquele jeito de novo. Ela estava nervosa — talvez ele fosse optar por isso.

— Mira — disse ele. — Você sabe que confio em você, não?

— Eu sei — disse ela. — É só que... você estaria mais seguro com alguma outra pessoa. Não teria que se preocupar... de jeito nenhum... e...

— Mira. — Ele pegou o rosto dela nas mãos. — Não estou preocupado. Você sabe que está lá. Não vai entrar naquele quarto.

— Eu sei, mas...

— E isso é pra valer, certo? O que suas madrinhas disseram. Minha maldição está...

Ele a beijou de leve no nariz, e ela riu. Ele a ficou olhando com falsa seriedade.

— Como foi? Alguma fraqueza?

— Não, mas não acho que haveria alguma de qualquer forma.

— Bom, e que tal isto?

Ele roçou a boca na dela, provocando seu lábio inferior, e Mira fechou os olhos, estremecendo quando os dedos dele se prenderam em seus cabelos. E então, de repente, não havia mais nenhum espaço entre os dois. A sensação de afogamento estava lá, mas não era como se sua força estivesse deixando seu corpo. Era como se ela quisesse ser uma parte dele. Como se não soubesse onde ela terminava e ele começava, e não se importasse em saber.

Quando os dois se separaram, ela sussurrou:

— Fraqueza nenhuma.

— Mesmo? — quis saber ele. — Porque eu estou me sentindo um pouco fraco.

Mira sentiu o sorriso de Blue, com as bocas ainda se tocando. E os dois riram; um riso fácil que os sacudia. Seus rostos estavam muito próximos um do outro, nariz e bochechas colados, juntos, meio sem jeito, mas nenhum dos dois se moveu. Ela o apertou contra si, e ele simplesmente fez o mesmo. A respiração dele murmurava junto ao rosto dela.

— Você está a salvo comigo, Mira. E eu estou a salvo com você.

Ele a beijou novamente para provar isso. E, quando o relógio soou a badalada da uma hora, aquele tom solitário e ominoso pairando no escuro, os dois ainda estavam se beijando. A lâmina de barbear do cordão enroscou na camiseta dele e fez um arranhão de leve em seu peito. Eles acabaram indo se deitar na grama, ocultos em uma sombra, ignorando sempre que alguém chamava o nome deles. Ele traçava o contorno da boca de Mira com o dedo várias vezes seguidas, como se ainda não pudesse acreditar que aquilo estava realmente acontecendo.

Sempre haveria uma parte de Blue que Mira não poderia conhecer. Um local secreto onde estava armazenado o coração partido dele, onde a inocência perdida e o arrependimento enchiam o ar como fumaça. Ela não tinha desejo algum de abrir aquela porta... mas não sabia se aquilo mudaria algum dia. Se a chave a deixaria tentada, se uma fada a manipularia, ou se simplesmente se deixaria levar pela curiosidade, mas tinha de acreditar que poderia ser forte o bastante para resistir. Que o que ela queria, o que os dois queriam, importava mais que o caminho que tinha sido disposto para eles.

Ela deixou a mão deslizar por sob a camiseta de Blue e tocou a marca de coração nas costas dele. Ele pegou a outra mão de Mira e a levou aos lábios, beijando todos os dedos a que ele tinha confiado a chave. Ele era muito mais que sua maldição, e ela era muito mais que a garota que poderia traí-lo. Juntos... eles podiam ser qualquer coisa.

Impresso no Brasil pelo Sistema Cameron da Divisão Gráfica da
DISTRIBUIDORA RECORD DE SERVIÇOS DE IMPRENSA S.A.